ハヤカワ文庫 SF
〈SF2178〉

われらはレギオン 1

ＡＩ探査機集合体

デニス・Ｅ・テイラー
金子 浩訳

早川書房
8167

日本語版翻訳権独占
早　川　書　房

WE ARE LEGION（WE ARE BOB）
by
Dennis E. Taylor

Translated by
Hiroshi Kaneko
First published 2018 in Japan by
HAYAKAWA PUBLISHING, INC.
This book is published in Japan by
arrangement with
ETHAN ELLENBERG LITERARY AGENCY
through THE ENGLISH AGENCY（JAPAN）LTD.

本書を、わたしがどういう人間かを理解し、
なおかつ部屋から叫びながら飛びだしていかない妻のブローヒンと、
家族を完成させてくれた娘のティナに捧げる。

……だがおれはといえば、はるかなるものごとへの渇望にひっきりなしに突き動かされている。おれは禁断の海を行く船に乗って蛮地の海岸に上陸するのが大好きなのだ。

——イシュメール

われらはレギオン1

―AI探査機集合体―

登場人物

ロバート（ボブ）
　・ジョハンスン…………ソフトウェア会社社長。プログラマー

カール
カレン
アラン
……………………………同会社社員

ジェニー……………………………ボブのもと恋人

アンドレア
アライーナ
……………………………ボブの双子の妹

ローレンス・ヴィエン…………ＳＦ大会パネリスト。ＳＦ作家
スティーヴン・カーライル……同パネリスト。生物学者
ランダーズ…………………………ヘヴン計画の科学者。博士
ドーセット…………………………ランダーズの代理。博士
トラヴィス…………………………自由アメリカ神聖盟主国の上級大臣
エルネスト・メデイロス………ブラジル帝国艦の複製人。少佐
マティアス・アラウージョ……同帝国艦の複製人。大尉
ジョージ・バターワース………ユーラシア合衆国軍司令官。大佐
ジュリア・ヘンドリックス……ボブの妹たちの子孫

●ボブのクローンたち
ライカー……………………………ボブ２。地球
ビル…………………………………ボブ３。エリダヌス座イプシロン星
マイロ………………………………ボブ４。エリダヌス座オミクロン２星
マリオ………………………………ボブ５。みずへび座ベータ星

第一部

1　ボブ・ヴァージョン一・〇

「じゃあ……ぼくの頭をちょん切るってわけなんだね？」ぼくは店員に向かって片眉を上げた。ぼくは彼をからかっていた。ぼくはそうとわかっていたし、彼もわかっていたし、ぼくは彼がわかっているとわかっていた。

　店員はにやりとした。ぼくとぼくの財布を逃がさないように、お決まりのやりとりに喜んでつきあうつもりらしい。「ミスター・ジョハンスン――」

「ボブでいい。頼むよ。それじゃ父のことだ」

　クライオターナ社のセールスマン――名札によればケヴィン――はうなずいて、大きなポスターを示した。そこには、人体冷凍保存《クライオニクス》の手順が、ぞっとするほど詳細に記されていた。ぼくは、ケヴィンのスーツはアルマーニだし、散髪には百ドルかけているらしいことを見てとった。クライオニクスは儲かるらしい。

「ボブ、全身を凍らせても無意味なんです。だって、死亡の原因を治療できるようになるまで医療が発達するのを待つ、というのが基本アイデアなんですから。あなたの死体を蘇生させられるようになったころには、きっと新しい体をまるごと再生できるようになっているはずです。古い体を修復するより、そのほうが簡単なはずですからね」

信じこむにはあまりに突拍子もない。「なるほど、ケヴィン、納得したよ」ぼくは差しだされた何枚もの書類に目を落とした。「手付金が一万ドル、年会費、保険……」ケヴィンが辛抱強く待っているあいだに、ぼくは書類を熟読した。いきなり大金を得て浮かれていてもおかしくなかったが、エンジニア兼経営者として十年近く過ごしていたぼくは、書類は隅から隅まで読まずにはいられなかった。

ぼくはようやく満足した。書類にサインし、小切手を切ってケヴィンと握手した。

「これであなたはクライオイターナ社の会員です」ケヴィンはぼくにカードを渡した。「そのカードは財布に入れて持ち歩いてください。あなたが死亡した際は当社に連絡が入ることになります。死亡が宣告されたら、当社は――」

「――ぼくの頭をちょん切る」

「ええ。そしてあなたの頭を凍結させ、医学が進歩してあなたをよみがえらせられるようになるまで保存するんです。信託の設定についてのガイドラインはこの資料一式のなかにありますから」ケヴィンはぼくに、雲の模様がぼんやりと浮かびあがっている表紙にクライオイターナ社のロゴが記されている、ぶ厚い空色のフォルダを渡した。「正式な書類は、印刷してご自宅に送付します。クライオイターナにようこそ」そういいながら、ケヴィンは手を差しだし、ぼくたちはまた握手をした。

ぼくは軽くスキップしながらクライオイターナ社のショップを出た。信託財産はもう設定ずみだったが、ぼくがショップに入る前から契約すると決めていたことをケヴィンに知られたくなかったのだ。彼の仕事をそこまで簡単にしてやる義理はなかった。これが未来への賢明な投資なのか、それともとてつもなく愚かな無駄づかいなのかについては判断がつかなかった。かまうもんか。ぼくのソフトウェア会社を買収したテラソフトから受けとる金額を考えたら、死ぬまで――いまじゃ死んだあとも――金に困ることはないんだから。

いうまでもないが、生活水準も大幅にアップグレードできる。ヴォーテックスSF大会がラスベガスで開催されるようになって以来、ぼくは毎年欠かさず参加してきたが、今年のぼくはその他大勢のひとりではなかった。クライオイターナ社のショップから大会会場まで二ブロック歩くあいだに、ぼくはポケットからストラップつきVIPパスを出して首にかけた。このパスには、一般のチケットにはない特典がふんだんについていた――特別休憩室の利用、並ばずにサインをもらえる権利、そしてなんといってもパネルディスカッションの席の予約。ジェニーの分のパスも買ったのだが……。

おっとまずい。〝名前をいってはいけないあの女性〟の名前を思い浮べてしまった。ぼくは歩道の真ん中でいきなり止まって、すぐうしろを歩いていた人たちからにらまれ、ジェダイ騎士のコスプレイヤーからぶつくさ文句をいわれた。ぼくはパニック発作を静めようと深呼吸をした。このときは、すぐに発作がおさまった。練習は嘘をつかないってわけだ。あいかわらず、日に数回、パニック発作を起こしていたが、破局の直後よりはずっとましになっていた。虫歯のようなものだ——痛いとわかっているのに、つい舌で触れてしまう。

ぼくは意志の力を振り絞って考えをもとに戻した。VIPパスを活用して、連続で開かれる二本のパネルディスカッションの席を予約してあったが、一本めの開始時刻まで十五分もなかった。〝銀河系探訪〟と題されたそのパネルディスカッションには、ローレンス・ヴィエンがパネリストのひとりとして参加していた。ヴィエンは多作な人気SF作家で、彼の作品のアイデアの多くが現代SFというジャンルの形成に寄与していた。

コンベンションセンターに到着してセミナールームを見つけるまでに数分しかかからなかった。ぼくが到着して、息を切らしながらパスを振って見せたとき、SF大会のスタッフは、VIPを先に着席させて一般参加者を入場させようとしているところだった。案内係は、ちらりと見ただけで、身ぶりで入るようにうながした。

僥倖《ぎょうこう》に恵まれて通路側の席に着けた。ぼくが部屋に駆けこむと同時に、ぼくの目の前でひとりが立ちあがって出ていったのだ。ぼくが歩調を乱すことなく空《あ》いた席に滑りこむと、となりの席の女性がぼくを二度見した。さっきの男が変身したと思ったに違いない。

振り向くと、ドアが開いて一般参加者が入ってくるところだった。人がどんどん会議室に流れこんでくるので、担当者たちは〝防火責任者の怒り〟を買うはめにならないよう、ドアを閉めきらざるをえなくなった。ラスベガスのホテルのほとんどは——不潔な客のせいで気が散らないようにするために——空調設備がととのっているが、参加者の多くは長時間、コスプレをしつづけていた。ぼくは、換気性能が充分であることを期待しながら口呼吸を続けた。

ＳＦ大会の例に漏れず、見た目にはほとんど配慮がされていなかった。テーブルと椅子はごくふつうの折りたたみ式だし、パネルディスカッションについてのインフォメーションは大きなホワイトボードに手書きされていた。黒のマジックで。色を使うのは面倒だからだろう。

だれも気にしていなかった。

背が低くて丸まると太り、つねに笑みを浮かべている黒人の司会者が来場者に呼びかけた。

「みなさん、こんにちは。本日は、ローレンス・ヴィエン氏に――」拍手喝采が起こって話を中断せざるをえなくなった。「――恒星間探査機を宇宙に送りだすための技術的・経済的前提条件についてお話しいただくことになっています。そのあと、スティーヴン・カーライル博士に――」またも拍手喝采。「――地球外生命の生物学についてお話しいただきます。本日はすばらしいパネルディスカッションになるはずです。だから、前置きはこれくらいにして、ヴィエン氏にご登壇いただきます」

拍手が数分間続いた。ヴィエンは辛抱強くほほえみつづけ、ときおり手を振った。ようやく拍手がおさまると、ぼくはじっと耳を傾けた。

☆　☆　☆

ぼくは自分の服をくんくん嗅いで、パネルディスカッション会場の臭いが染みついていないかどうか確認した。二本めのパネルディスカッション会場は、最初の会場以上に臭いが強烈だった。ほかのテーマだったら逃げだしていただろう。だが、フォン・ノイマン探査機についての議論は、ぼくにとってマタタビも同然なのだ。

もうすぐ元同僚になる連中とのランチのために着替える必要はない、とぼくは判断した。コンベンションセンターを出ると、周囲の光景を眺めてにやけながら待ちあわせのレストランに向かった。SF大会は、必然的に街にあふれだしていた。《スター・ウォーズ》の機動歩兵《ストームトルーパー》たちとチューバッカたちと〈エンタープライズ〉のクルーたちがいたるところをうろついていた。大勢のファンが歩道を埋めつくし、信号を無視して通りを渡っていた。自己性愛的な示唆《しさ》をともなう罵倒の応酬を何度も見かけた。じつに愉快だ。ファンが四六時中、レストランに詰めかけていたが、ウェイターたちは不平をいっていなかった——おたくたちはチップをはずむ傾向があるからだ。ただしカジノは、おたくたちのギャンブルの水準に満足していないと聞いたことがある。おたくたちは確率を理解しているからだ。

ぼくは五体満足のままレストランにたどり着き、待ちあわせていたみんなと合流した。

☆　☆　☆

「テラソフトに！」カールがグラスを掲げて乾杯した。

「テラソフトに」ほかのみんなもグラスを持ち上げて応じた。

カールもカレンもアランも、ぼくがインターゲイターソフトウェア社を立ちあげたときに雇った連中だ。創成期のきつかったときに忠実かつ辛抱強く勤めてくれた彼らを、ぼくは会社の株主にした。ぼくが開発した分析アプリケーションは、最終的に同種の製品ではナンバーワンに成長し、テラソフトのようなライバルの製品の売り上げを大幅に上まわるようになった。

テラソフトは局面を打開するため、目の玉が飛びでるような金額の買収を持ちかけてきた。そしていま、ぼくたちみんなが物怪《もっけ》の幸いの分け前にあずかったというわけなのだ。三人は、これからも働かなくてはならないだろうが、もう家や車のローンを払わなくてすむ。

ぼくは三人を、ぼくのおごりで一週間のラスベガス旅行に招待した。SF大会のVIPパスの申し出を受け入れてくれたのはカールだけで、ほかのふたりは、自分は正気なのでと主張した。アランとカレンは、ラスベガスのショーを片っ端から観るつもりなのだそうだ。日に何本も観ているので、ふたりはもう飽きはじめているように見えた。

「元気かい、ボブ?」カールはぼくを見て片眉を吊りあげた。

「元気いっぱいだよ。けさ、クライオイターナと契約したんだ……」カレンが低くうなってそっぽを向いた。この件について、カレンはすでにきっぱりと意見を表明していたので、なにもいう必要はなかった。

ぼくはカレンに両眉をぴくつかせてから続けた。「それから、ついさっきまで、すごく興味深い二本のパネルディスカッションを聴いてたんだ。〝銀河系探訪〟と〝フォン・ノイマン探査機を設計する〟だよ」

アランが笑った。「どこが興味深いんだか。まったく、エンジニアってやつは」

「そんなことより、ほんとに元気なのかい、ボブ？」カールがぼくをじろじろ見た。

カールは、部下と友人の両立という難事を、ごまをすっているように見せることなくなしとげてきた。ごまかされたふりをしなかったのは、たぶんカールがぼくを本心から気づかってくれていたからなのだろう。

「ずっとましになったよ、カール。〝ジェニー〟とのことは、一日に二度しか思いださなくなった。もうすぐ人類に復帰できそうな気までしてるんだ」

「あの女は馬鹿よ」カレンがつぶやいた。「おかあさまを止めなければよかった」

それを聞いてぼくは含み笑いを漏らした。「いくら母でも、実際には殺し屋の雇いかたは知らないよ、カレン。たぶんね」ぼくは電話を出して眺めた。「そういえば、母からメールが来てた。早く電話をかけないと、しつこくメールを寄こしつづけるだろうな。母は、まるでターミネーターなんだ」

「じゃあ、遺伝だったのか！」

ぼくはわざとらしい笑い声をあげたが、カールは負けじとにんまり笑った。一瞬後、カールはもうたくさんだというように手を振って話題を変えた。「とにかく、今年のSF大会に参加したのは、破局の痛手を癒《い》やすためだったんだよな？　で、パネルディスカッションはどうだったんだい？」

カレンがうなった。ぼくは身を乗りだしてテーブルに両肘をついた。「ほんとに興味深かったよ。異なる惑星の生物は、気候が似てるならおしなべてよく似てて、人間が消化することだってできるだろう、というのがカーライル博士の仮説なんだ。パンスペルミア説（生命は宇宙に多く存在し、地球の生命の起源は地球ではなく他の天体で発生した微生物の芽胞が地球に到達したものとする説）ってやつさ。生物学的起源が共通してるんだ」

「トンデモだな」

「そんなことないんだってば、アラン。生命の化学的な基盤が共通してることについて、博士はみごとな論陣を張ったんだ。《スター・トレック》のエピソードじゃないけど、人類は異星の生態系から栄養を摂取できるかもしれないんだ」

「それは楽しみだね」アランは応じた。「もうひとつのほう、宇宙探査機のほうはどうだった？」

「フォン・ノイマン探査機だ。ほかの星系に到達したら自己増殖する無人探査機のことだよ。ナノマシンはもうできてるし、3Dプリンターが自己複製するようになるのはもうすぐなんだそうだ」

カールはうなずいた。「またしても、先端技術が小説を追い越したってわけか」

「え？　なにが？」アランはわかっていないようだった。

カールとぼくはやれやれという顔でほほえみあった。アランは、ソフトウェア開発にたずさわっているというのに科学おたくではなかった。ぼくは身ぶりをまじえながら説明した。

「3Dプリンターは見たことあるだろ？　プラスチックのパーツとか治療用装具とかおもち

ゃとかを印刷するあれだよ」アランがうなずいたので、ぼくは続けた。「それがさらに進歩するっていう話なのさ。設定しだいで、なんでも、原子をひとつずつ組み立ててつくれるようになる。理屈の上では、固体ならなんでも印刷できるようになるんだ」

「探査機を増やす部品を含めてね」カールが付け足した。「材料は、訪れた星系にある元素でいいんだ」

アランはちらりとぼくを見た。「ほんとに可能なのかい？」

「知ってると思うけど、ぼくは物理学が副専攻だったんだぞ、アラン。確実に可能だと思うね」ぼくはひと息入れてビールを飲み、みんなを見渡した。「それに、工学的に考えても——」

「ほんとに頭を凍らせるつもりなの？」

ぼくたちはいっせいにカレンのほうを向いた。「またか」アランがつぶやいた。

カレンはまずアランを、そしてぼくをにらんだ。「よみがえったときには——い、い、いい、よみがえったとして——あなたが知ってる人は全員、もうとっくに死んじゃってるのよ」

「ジェニーを含めてね……」アランが小声でいった。

カレンはまたアランをにらんだ。「だって、家族が死んじゃってるのよ。友達も死んじゃってるのよ。よみがえる意味がある？」

ぼくはつかのまカレンを見つめ、自分の気持ちをたしかめた。「ぼくは無神論者なんだよ、カレン。きみも知ってるようにね。あの世は信じてない。死後の選択肢は蘇生か無しかないんだ。目が覚めたときにどうなってるにしろ、賭ける価値はあると思ってる」

カレンの表情がますます険しくなり、口を開いて反論しようとしかけた。運よく、ちょうどそのとき、ウェイターがランチを持ってきた。プレートがぼくたちの前に置かれると、ハンバーガーと飴色になったタマネギと酢をかけたフライドポテトの匂いがテーブルに漂った。全員の前に料理が並んだときには、緊張感はもう消散していた。

☆　☆　☆

ぼくは靴と服を次々に脱ぎ捨てながらキングサイズのベッドにたどり着いた。エグゼクティブスイートの宿泊料は馬鹿高いが、豪勢なベッドだけでもその価値はある。このベッドじゃないと寝られなくなっちまいそうだな。ふう、極楽だ。

夜まで眠りつづけてしまわないように目覚ましをかけてから、ぼくは携帯電話をとりだした。電話をかけないと、母はほんとうにメールを送りつづけてくるからだ。

発信音が二度鳴ったところで母の声が聞こえた。「あら、ロバート（ボブはロバートの愛称）。もう一年はたってるんじゃないかしら」

「ハハハ。やあ、ママ。メールは読んだよ。ありがとう。でも例の女を殺す契約はしなくていい。ぼくはヴォーテックスでおおいに楽しんでる。じゃあね」

母は受話器の向こうで笑った。これはぼくたちが昔からやっているゲームだ。ぼくはじれているふりをして電話を切ろうとしたが、ぼくも母も、母が満足するまでぼくが切らないことを知っていた。

「わたしは元気よ、ロバート。訊いてくれてありがとう」

「それから蚊たちは元気かい？」

「蚊たちも元気よ。あなたと、あなたのデリケートな北欧系の肌を懐かしんでるわ。サンディエゴに蚊はいないの？」

「ミネソタほどはいないね、ママ。それが引っ越した理由のひとつなんだよ」

「へえ。で、あなたは元気なの？　あの女についての申し出はまだ有効よ。わたしは例の連中を知ってるんだから……」

「ありがとう。だけど、刑務所にママと面会しに行きたくないんだ」ぼくはため息をついた。「ねえ、ママ。人はだますもんなんだよ。よくあることなのさ。ぼくたちはまだ結婚してなかった。籍を入れたあとだったら、きっとむかついてただろうけどね。いまは楽しくやってる。ほんとだよ」

　あなたは不信を聞きとれるだろうか？　母はなにもいわなかった。たぶん息づかいだったのだろう。どっちにしろ、話題を変えたほうがよさそうだとぼくは判断した。「ところで、みんなは元気？」

「パパは元気よ。いまは作業場で、あいかわらず、例のガラクタの山を動かそうとしてる。そういえば、あなたの妹たちがうちに遊びに来てるのよ。あの娘たちは、かわいそうな病気のママの家に来てくれるの。アンドレアはいま、あなたをちょっと馬鹿にしてるような身ぶりをしてるわね」

「わかった。じゃあ、代わってよ。ぼくの鼻っ柱をへし折ってもらいたいからね」

しばらくのあいだ、くぐもった話し声が聞こえていた。「ハイ、リトル・ブラザー」

「ぼくは〝弟《リトル・ブラザー》〟じゃないぞ」

「そういう意味じゃないわよ」

ぼくは妹の声とこのおなじみのやりとりに思わずにやりとした。アンドレアとアライーナとぼくは、非常に親しい兄弟姉妹だった。ふたりの妹は双子だが、それは同時に生まれたからにすぎなかった。身長は三十センチも違う。それにアンドレアは、ぼくよりも二・五センチ背が高いことを決してぼくに忘れさせない。

「ところで、お金持ちさん、シリコーンバレーの景気はどう？」声を聞いただけでアンドレアがにやにやしているのがわかった。ぼくが西海岸に引っ越して以来、アンドレアは飽きずにこのボケをいいつづけていた。

「シリコンだよ、アンドレア。それから、あるのはサンフランシスコだ」

「いま《TMZ》（ゴシップ専門の人気テレビ番組）を見てるところなの。わたしのコメントが流れるのを待ってるのよ」

「うわあ、イタすぎる……」

アンドレアが笑った。それから数分間、憎まれ口を叩きあったり、近況を報告しあったりしてから、ぼくはアンドレアに、アライーナとパパによろしく伝えてくれと頼んだ。

家族万歳。そして三千二百キロの距離万歳。家族が全員集合すると、ぼくはたいてい、三十分後には地下室に避難してしまう。いつも、その十分後には、父も地下室にやってくる。ぼくたちはお手上げだという表情で顔を見合わせたあと、無言で本やテレビに没頭する。父もぼくも一匹狼なのだ。ぼくたちはおなじ部屋で、何時間も言葉をかわさずにいてもちっとも気まずくならない。母はそれに耐えられない。

☆　☆　☆

目覚ましが鳴っているのに気づいて驚いた。寝てしまうつもりはなかった。ぼくはベッドから飛びだし、急いで身支度をした。みんなと夕食を一緒に食べることになっていたが、ＳＦ大会ものぞいておきたかった。ヴォーテックスは三日間のお祭り騒ぎなので、できるだけ楽しみたかったのだ。《ファースケープ》（一九九九年から四シーズン製作されたＳＦドラマ）のコスプレイヤーにぶつかられたり、少なくとも一度は酔っ払ったダース・ベイダーにからまれたり、安っぽいプラスチック製の映画用小道具を、おなじ重さの金よりも高い値段で買ったりしなければ、ほんとうにＳＦ大会に参加したとはいえない。ヒャッホー。

エレベーターが開いたので、ぼくはロビーに出た。ぼくが近づくと、ドアマンが会釈して、ドアをあけておいてくれた。例によって、ぼくはドアマンにチップを渡すかどうか迷った。念のため、チェックアウトするときにチップをはずむことにした。

エアコンの効いたホテルからラスベガスの外気に出たときの衝撃は、ハンマーでぶん殴られたかのようだった。ぼくが足を止めると、〈エンタープライズ〉のクルー一行、数人のフエレンギ人（《スター・トレック》シリーズに登場する異星人種族）、ふたりのチューバッカ、ひとりのストームトルーパーがぼくを追い越していった。彼らは騒がしくて傍若無人《ぼうじゃくぶじん》で、地球のアルコールのサンプルを摂取しすぎているように見えた。数秒間の不明瞭ないいあいのあと、彼らは向きを変え、おおむね一団となって道路を渡った。

ぼくはにやにやしながら首を振ると、横断歩道までの十五メートルを歩きはじめた。ぼくはそんなに急いでいなかった。横断歩道を渡りだしたとき、いっせいにあがった罵声と、鳴り響くクラクションと、かん高いブレーキ音が聞こえた。

音のほうを向くと同時になにもかもがスローモーションになった。車が集団をよけ、ドライバーが窓から身を乗りだしながら口を動かした。ドライバーは前を向いてぼくに気づき、目を見開いた。ブレーキ音を響かせている車の車輪は、四輪ともロックしていた。

嘘だろ？

閃光、一瞬の想像を絶した痛み……。

☆　☆　☆

何人もの声が聞こえた。切迫した口調でコードを伝えていた。だれかが離れたところで、自分たちにはここにいる権利があると訴えていた。委任状だとか遺言だとか遺言状だとかいっていた。怒りに満ちた返答。おだやかな声が、もっとずっと近くで死亡時刻を告げた……。

声と光が薄れて消え、世界が終わった。

2　ボブ・ヴァージョン二・〇

ぼくはぱっと意識を取り戻した。中間はなかった。ふだん、目が覚めるときの夢現《ゆめうつつ》の状態はなかった。車が迫ってきたことを思いだしていぶかしく思った。長期記憶になる時間がなかったはずだから、最後の数秒は思いだせないはずだった。とはいえ、ひょっとしたら、最後の数秒の記憶は失われているのかもしれなかった。

ぼくは横たわったまま、体を動かさず、目もあけないまま、慎重に確認した。痛みは感じない。それどころか、腕の、脚の、体の感覚もない。自分がいまゆったりと横になっていたりすることを教えてくれる自己受容感覚が皆無なのだ。いい兆候ではない——完全麻痺というのがありうる理由だった。

ぼくは一瞬、パニックを起こしたが、すぐに、いうなればぼんやりした驚きを感じた。そのパニックは純粋に観念的なものに思えた。息づかいが荒くなったり、心拍数が増加したり、戦うか逃げるかするための筋肉の緊張といった反応は生じなかった。まったく。ぼくはふだんからかなり分析的なほうだが、そのぼくにしても、これじゃまるでヴァルカン人（《スター・トレック》シリーズに登場する異星人種族）だった。

おいおい。額から下が麻痺しちゃったのか？　治療のために昏睡状態にされてるのか？　だとしたら、あんまりうまくいってないことになるな。

　覚悟を決めて目をあけた。

　というか、あけようとした。なにも起こらなかった。こんどこそパニックにおちいった。ぼくにとって、失明するというのは悪夢だった。しばらくのあいだ、思考が空《から》まわりした。映画も観られないし、本も読めないんだ、と絶望した。

　ところが、またしても、パニックはエスカレートしなかった。アドレナリンの分泌による興奮は起こらなかった。まったく。こんな状態になる医学的状況は思いつかなかった。薬物かもしれなかった。ヤバくないほうの薬物だ。

　ぼくはなんだかおかしな気分になりはじめた。パニックに加えて、という意味だ。とりあえず、薬物説が有望だった。

　なんとか状況を把握しようと、もう一度試みた。本気で目をあけようとした。目をあける仕組みを、目があくときの感覚を思い浮かべていると……

　いきなり、ぱっと、見えた！　このささやかな勝利を得たとき、ぼくは筆舌《ひつぜつ》につくしがたい安堵を覚えた。

　天井ではなく壁が見えたので、ぼくは上体を起こしているらしかった。その部屋は、病室にも、研究室にも、官庁のなんの特徴もない一室にも見えた。壁は、新築の建物に、いつも最初の色として使われる、例の特徴的なオフホワイトに塗られていた。正面の壁には大きな窓があるが、いまは白い、ええと、なにかしらでおおわれている。最初、ベネチアンブラインドだと思ったが、ガラスに直接印刷されているように見えた。

前景に、たぶん病院の飾りけのないシーツにおおわれているぼくの体の一部が見えるはずだった。ところが、デスクの上のような平面しか見えなかった。

その平面のすぐ向こうに男がすわってタブレットをいじっていた。その男は、なんと、白衣にいたるまでジークムント・フロイトにそっくりだった。まさか、ほんとに精神科医じゃないだろうな。それじゃあまりにベタすぎる。怪我の具合を見に来たのかな？　ぼくが意識を取り戻すのをカウンセラーに待たせなきゃならないとしたら、そうとうひどいに違いない。だが、その男はなんとなく妙だった。シャツは牧師が着るような形だった。それに腕時計は……。

遠近感に異常があることに気がつくまでしばらくかかった。その部屋は奥行きがあって細長かったし、フロイトは体の厚みが百八十センチもあるように見えた。それどころか、男が振り向くと、鼻が顔から三十センチも突きだしているように見えた。

この奇怪な錯視状態を確認しようとしているうちに、なにかが転換するような感覚があってブーンという音が聞こえ、遠近感がひとりでになおった。ぼくがその感覚と音の正体について思いをめぐらせる前にフロイトが顔を上げてほほえんだ。「よかった。起きたんだね」

応じようとしたが、出たのは咳と雑音の中間のような音だった。なんだこれ？　ボイスシンセサイザーがエラーを起こしたみたいな声じゃないか。

フロイトはタブレットをおろして身を乗りだし、両手をデスクだかテーブルだかの上に置いた。「もうちょっとがんばってくれ。グッピー・インターフェースが嚙みあうまでに何度か試行しなければならないことがあるんだ」

ぼくは男の言葉について考えた。すぐに三つのポイントを把握できた。第一に、ぼくは死んでいない。だって、ほら、〝われ思う、ゆえにわれあり〟ってやつだからね。これは確実だ。第二に、体調は万全じゃない――それどころか、ボイスシンセサイザーを通じて話してるらしい。だけど、念じるだけでそんなことができるんだから。第三に、車にはねられてからテクノロジーはものすごく発達したに違いない。意識を失ってからどれくらいたってるんだろう？　それにグッピー・インターフェースっていったいなんだ？

ぼくはもう一度、こんどははっきり発音することを意識しながら話そうとした。「グズジジズズジジジ……なにがどうなってるのかジィググジィ教えてほしいな」

フロイトはパンと手を打ちあわせた。「すばらしい。わたしはランダーズ博士だ、ボブ。どんな質問にも答えて、きみが新しい人生をはじめる準備をととのえられるように手を貸すよ」

新しい人生って……古い人生はどうなったんだ？　この会話の行き着く先が思いやられるな。

ランダーズ博士はタブレットを拾いあげて目の前に掲げた。「で、ボブ、思いだせる最後の記憶はなんだね?」

「ぐんぐん迫ってくる車だね。こりゃはねられるなと思ったよ。どうやらはねられたみたいだな」

「そのとおりだ、ボブ。予後がきわめて不良な危篤状態で病院に運びこまれたんだ。そして死亡時刻が宣告されたとき、きみとの契約にもとづいて、冷凍容器を持ってきたクライオターナ社の職員が立ち会っていた」

「とりあえず、金の無駄づかいにならなくてよかった。で、いまは何年なんだい?」

ランダーズ博士は笑った。「呑みこみが早くて助かるな。きょうは二一三三年六月二十四日、ここはニューハンデルタウン、きみの時代でいうポートランドだよ」

それを聞いて驚いた。じゃあ……【一一七】年たってるのか。ちょっと待て。なんで百十七年後だってわかったんだ?

昔から暗算は得意だが、ふだんなら、少なくとも暗算しようと意識しなければならない。さっきの答えは、耳元でささやかれたかのように頭に浮かんだ。ふむ。あとで調べよう。保留リストに追加だ。

ぼくは博士に注意を戻した。それでこんなシャツを着ている理由の察しがついた。百年以上たっているなら形が変わっていて当然だ。だが、ぼくは博士の腕時計を見たくてたまらなかった。

「ハンデルって?」ぼくはたずねた。

「ええと、ボブ、それについて説明するのはまだ早いんだ。候補者に現代の知識を与えるにあたってのマニュアルがあるんだよ。歴史の授業はあとなんだ」

「じゃあ、オールドハンデルタウンはどうなったんだい？」

ランダーズ博士はほほえんでから、悲しげな表情をつくって首を振った。

ぼくはため息をついてうなずいた。いや、うなずこうとした。ところが視野は動かなかった。つまり、目は動くが頭は動かないのだ。ぼくは閉じこめ症候群的な状態を懸念しはじめた。

うなずく代わりにうめいた。「じゃあ、ぼくの体のどれくらいがまだ人間なんだい？　こうやって人工音声で話してることからすると、まだ新品の体をつくれるところまでいってないんだろうね。どれくらいボーグ（《スター・トレック》シリーズに登場する機械生命体）なんだい？　鏡を見せてくれと頼むべきかな？　それとも頼まないほうがいいのかな？」

「ううむ……」ランダーズ博士はタブレットにちらりと目を落としてためらい、またぼくを見た。「きみをボーグにたとえるのは適当とはいえないな。わたしがスター・トレック・トリビアを正確に記憶しているとしたら、ボーグは、少なくとも一部は人間のはずだね。ミスター・データ（《新スター・トレック》に登場するアンドロイド）のほうが近いだろう」

ぼくは、永遠にも思えたあいだ、黙って博士を凝視しつづけた。頭が真っ白になっていた。なにも考えられなかった。

やっと声を出せた。「ズフズズジジズ……なんだって？」そしてふと、自分がいまだにパニック発作を起こしていないことに気づいた。はじめて、その理由がわかるような気がした。

「ボブ、きみは、ほとんどの人が人工知能と呼ぶだろう存在なんだ。もっとも、厳密にいえば人工知能じゃないんだがね。きみはロバート・ジョハンスンの心のコピーなんだ。彼の冷凍保存された脳を細胞以下のレベルまでスキャンし、そのデータをコンピュータ・シミュレーションに変換したものなんだよ。きみは、みずからをロバート・ジョハンスンだと思っているコンピュータ・プログラムなんだ。複製人《レプリカント》なんだよ」

「じゃあ、ぼくは不死なのかい？」

ランダーズ博士は一瞬、驚きの表情になってから、のけぞって笑った。「ふつうとはぜんぜん違う質問だね。どうやら否認期をすっ飛ばしてしまったようだ。きみを複製したわたしたちの判断について、どんどん確信が深まるよ」

「そりゃどうも。ええと。じゃあ、ぼくは……その、ボブはまだ生きてるのかい？　つまり、まだ死んでるのかい？　要するに、まだ冷凍されてるのかい？」

「残念ながら、そうじゃない」ランダーズ博士は椅子にすわったまま、おちつかなげに体を動かした。「記録するときに脳が破壊されてしまうんだ。シナプス電位を測定するためには、氷晶が生じないように脳をしっかりと解凍しなければならないんだよ。使用する化学物質が脳を生存不能にしてしまうしね。そのあとでまた凍らせても無駄なんだ」

それを聞いて、ぼくは送電線に触れたかのような衝撃を受けた。どうしてオリジナルのボブが死んだという事実のほうにより大きなショックを受けたのかはわからない。どっちみち、ぼくはコンピュータ・プログラムなのだ。だがとにかく、ボブを偲《しの》ぶよすがはぼくしか残っていないのだと思うと、胸を刺し貫かれたように感じた。ぼくは——ボブは——廃棄されてしまったのだ。

「だけど……だけど、それってぼくを殺したってことじゃないか！」

博士はため息をついた。「歴史の講義をはじめる時間のようだな」

博士はもぞもぞと身じろぎして腰を椅子に落ちつけてから、講義する人がよく浮かべる茫洋とした表情になった。「二〇三六年、アンドリュー・ハンデルという、常軌を逸した超過激な原理主義者《ファンダメンタリスト》がアメリカ合衆国大統領に選ばれた。そう、さっきのハンデルだね。ハンデルは任期中に、非キリスト教徒がいかなる公職にもつけないようにし、憲法で定められている政教分離を廃止した。ハンデルは、政治や財政に関する能力ではなく宗教観にもとづいて候補になり、支持を集め、当選した。そして当然、ときには法律や手続きをあからさまに無視し、任命可能なポストというポストに似たような信条の持ち主を任命した。ハンデルと彼の仲間たちは、どうなるかを考えることなく極右的政策をごり押しした。結果について非難されると、ハンデルはしばしば、神が大義を成就させないはずはないといい放った。結局、ハンデルはアメリカ合衆国を、二〇〇八年の大不況が公園でのピクニックに思えるほどの経済的崩壊におとしいれた」

ランダーズ博士はぼんやりとした表情でタブレットをタップした。博士がこのくだりをすっかり暗記しているのは明らかだった。

「次の選挙で、国民は、主としてハンデルという三文芝居に対する反動として、アメリカ合衆国初の――そして唯一の――公然たる無神論者の大統領、デズモンド・エイハーンを選出した。いうまでもなく、宗教右派は激怒した。二〇四一年、彼らはクーデターを成功させた。こうして、自由アメリカ神聖盟主国《フリー・アメリカ・インデペンデント・セオクラティック・ヘゲモニー》が誕生したんだ」

ぼくはたぶん一ミリ秒で、その頭文字をつなげると〝信仰〟を意味する〝FAITH《フェイス》〟になることに気づいた。ぼくはうめいた。「そんなこと、すぐにわかりそうなもんだけどなあ」

ランダーズ博士は顔をしかめた。「公式の記録には、エイハーンのこともクーデターのこともまったく載っていないし、ハンデルは神政政治を打ち立てることを謳《うた》って運動した結果、当選したことになっているんだ。それから、もう見当がついているだろうが、ボブ、政府批判は重罪で、ええと、再教育に処せられる。だから絶対に避けるべきなんだ。もっとも、機械であるきみは停止させられるだけだがね。わたしの仕事のひとつは、きみが国家のよき奉仕者となるよう、正しい考えかたを教えることなんだ」

「あなたはまずいことにならないのかい？　これまでの発言のいくつかは、そうだな、敬意に欠けてると思うんだけど」

「この事業に資金を提供している真理省はびっくりするほど現実主義なんだ。関心があるのは結果だけで、予算に見合う成果をあげているかぎり干渉はしないと保証してくれている」

博士は再び顔をしかめた。「だがほかの省のいくつかはそうじゃない。だからそれ以外の省の人間が来たときは注意しなきゃならない」

「なるほどね。でもどっちみち、国家のよき奉仕者として、ごみ収集車の運転かなにかをして過ごさなきゃならないんだね？」

「ええと、その件についてなんだが……じつは、新たな神権政治は最初の布告のひとつで、冷凍保存施設は神聖冒瀆であり、保存されている死体はすべて完全に死亡していると宣言したんだ。依頼者の資産――つまり、きみたちが長期保存の費用をまかなうために設定した基金――は没収された。そして最終的に、冷凍保存会社の資産はすべて競売にかけられた。そこには、法的地位を持たない、極低温で凍結保存されている依頼者多数も含まれていたんだ」

「ぼくたちが競売にかけられたって？　埋葬するのがまともな考えかたってもんじゃないのか？　そうしてほしかったっていってるわけじゃないけど……」

ランダーズ博士は、一瞬、怒りの表情になった。「きみの時代の神学者のふるまいは、論理的だったり首尾一貫していたりしたのかね？」

「ごもっとも」ぼくは博士の説明について考えた。「じゃあ、ぼくは実際にだれかのものなんだね？」

「じつのところ、わたしが勤めている企業のものなんだ。アプライド・シナジェティックス社は、社会奉仕ロボットを供給する事業をめぐって、ト《T》ータル・サイ《C》バー・システムズ《S》とはライバル関係にある。わが社は実用機械にレプリカントを組みこもうとし、ＴＣＳは人工機械知能《AMI》を一からつくろうとしているんだ」

ぼくは含み笑いをした。というかしようとした。ボイスシンセサイザーから出た音は、ぼくの意図とはかけ離れていた。

ランダーズ博士はたじろいだ。「すぐによくなるはずだ。心配はいらない。このセッションが終わるころには、人間の声と区別できない声を出せるようになっているはずだよ。口に出さずともきみが聞きたがっているに違いない疑問に答えると、AMIは、いまのところ、危険が少ないか厳重な監督下にある、ごくごく単純な仕事にしか使用を許可されていない。数年前、地方のショッピングモールの害虫駆除装置に使われているAMIが精神崩壊を起こし、人を標的とみなした。装置を停止させる前に、数十人の買い物客が負傷し、数人が死亡した」

ぼくはまた含み笑いを漏らした。こんどは、プリンターが詰まったときのような音ではなくなっていた。

「いっぽうで」ランダーズ博士は続けた。「レプリカントは、生きていたときよりもマルチタスクがうまくできるようになるわけじゃない。だから、軽微な作業用にグッピー・インターフェースを追加してあるんだ。それに、五体のうち四体のレプリカントは、自分たちの境遇を知ると精神に異常をきたしてしまう」

博士は顔をしかめてぼくを見た。「いうまでもなく、冷凍保存の対象者のほとんどは裕福で、来世で年季奉公をするはめになったという事実を受け入れられないんだ」

元CEOがごみ収集車を運転してもらうと宣告されたときの情景を思い描いて、ぼくは吹きだした。

「……そういうわけで、ある仕事に向いたレプリカントを見つけるのは難しいんだ。加えて、一定の割合で、しばらくたってから発狂してしまうレプリカントが出る」

気が滅入る言葉だった。ぼくもいつかその深淵をのぞきこむはめになるかもしれないと考えるとぞっとした。いまのところ、なにもかもが他人事《ひとごと》のように感じた。個性と魂の実在についてのいくつもの疑問が意識の端をつついた。ぼくはどうにかそれらを押しやって現在に集中した。

「失敗率が八割ってのはひどいなあ、博士。どうして商売を続けられてるんだい？」

「一回成功すれば、ボブ、たくさんの装置にインストールできるからだよ。現在、稼働中の採掘装置のほとんどを、前世も鉱夫だったルドルフ・カジニがひとりで操作しているんだ。気性にあった作業をさせることがコツなのさ」博士は一瞬、ためらってから付け足した。「それから、当然のことながら、複数の候補を育成しているしね」

ぼくは存在しない眉を吊りあげようとし、なにも起こらないのでとまどった。「じゃあ、ぼくは競争しなきゃならないんだね？」

「そうだな、イエスでもノーでもある。このプロジェクトのためには五体の候補を起動した。統計的には、四体は発狂して排除される。もしも複数の候補が正気を保ったまま訓練過程を修了したら、たしかに選択しなければならなくなる。このプロジェクトに必要なレプリカントは一体だけだからね」

「で、敗者は?」

ランダーズ博士は肩をすくめた。「ごみ収集車だね。それとも、次の機会のために使われないまま保管されるかもしれない」

ぞっとしない。まったくぞっとしない。頭がおかしくなるというのも体験したいことリストのトップというわけではないが、死を——多かれ少なかれ——あざむいておいて、つまらない仕事をやらされるはめになるかもしれないと思うと気が滅入る。スイッチを切られるというのはなおさらだ。どうやらぼくは競争させられているらしかったし、とてつもなく大きなものがかかっているようだった。

本気でとりくむ必要がありそうだった。ほかの候補も、ぼくと同程度にプロジェクトに必要な資質を備えているに違いなかった。がんばるしかなかった。まずは情報収集だ。

「で、どんな仕事なんだい?」

「こんなに早い段階で詳細を伝えてもなんの得にもならないんだ。どんなにましでも気が散るしね」

だめか。「ライバルについては教えてもらえないかい?」

「無理だな、ボブ。教えても意味がない。きみが会うことはないんだから。どんな形であっても感情移入しないほうがいいんだ」

理屈にあっていた。冷淡で非情な理屈に。だが、これまでのところ、情報収集は失敗続きだった。

「了解。じゃあ、次の質問。どうしてぼくはこんな状況なのにパニックを起こしてないんだい？　異様もいいところだよ。ぼくは死んだんだ。いや、ぼくのオリジナルは死んだんだ。ぼくはコンピュータ・プログラムなんだ。ぼくは所有物なんだ。どうしてぼくは、両手を振りまわしながら小さな円を描いて走ってないんだい？　両手がないっていう事実は別として」

博士はにやりと笑ったが、本気でおもしろがっているわけではなさそうだった。「きみの性格を改変することはできないんだ、ボブ。性格は創発特性なんだよ。そんなことをしようとしたら、ええと、対象者が生存不能になってしまう。だからオール・オア・ナッシングなんだ。でも、内分泌シミュレーション・ルーチンを調節することならできる。パニックはアドレナリンがかかわるフィードバックループによって生じる。それを抑制しているんだ。いうなれば、きみはパニックを起こしたり激怒したりおびえたりはしない。せいぜい、深く憂《うれ》う程度なんだよ」

「なのに失敗率が八割なんだね？」ぼくは手をさっと振ろうとした。ぼくは、いつも身ぶり手ぶりをまじえながらしゃべっていたのに、それができなかったため、強い口調で訴えた。「ええと、そのうち、アーム的なものをつけてもらえないかな？　こんな、幽霊みたいな状態は神経に、いや、回路にさわるんだ。なんだっていいから」

ランダーズ博士はうなずいた。「じつは、ボブ、きょうはおおいに進展したとわたしは考えているんだ。きみは明らかにきわめて理性的な人物だし、わたしの期待以上にうまく対処してくれている。明日もこれを続けるわけだが、きみに周辺機器をつけられるかどうか、検討しておくよ」

ランダーズ博士はタブレットを持ちあげてタップした。

「待ってくれ、まだ――」

3 ボブ――二一三三年六月二十五日

ぼくはぱっと意識を取り戻した。ランダーズ博士が、例の、牧師が着るような妙な形なのはおなじだが、色は違うシャツを着ていたので、少なくとも一日はたっているらしかった。博士はタブレットに集中していて、ようやく顔を上げたところだった。

ぼくは、パニックと狂気、さらには深い憂慮の兆《きざ》しがないかと自分の心を探った。麻酔にかかっている感じではなかった。親知らずを抜いたときなどに麻酔を受けたことはあった。その感じは好きではなかった。酒に酔った感覚を、自分の心をコントロールできない感じを楽しんだこともなかった。

このときのぼくは、自分の思考を完璧にコントロールしていた。それどころか、前夜、熟睡してからオフィスに出勤したときのように絶好調だった。どんな課題や難問にも行く手をはばまれないような気分だった。

いっぽう、両親も妹たちもとうに死んでしまっていた。アランもカレンもカールも、ぼくが知っていた人々は全員。〝だからいったじゃないの〟と顔に書いてあるカレンが腕を組んでぼくをにらんでいるさまが、くっきりと脳裏に浮かんだ。だが、家族と友人たちのことを考えても、おそらく内分泌コントロールが効いているせいで、軽い哀惜《あいせき》の念しか覚えなかった。自分がソフトウェアなのは理解していたが、それに気づいて、人間以下の存在になってしまったという事実をまざまざと実感した。

この事態をランダーズ博士のせいにするわけにはいかなかった。悪意があったとは思えなかった。時間の経過とともに必然的に事態が展開し、その結果としてぼくがコンピュータ・プログラムになったのだ。そしてこれまでのところ、この状態には利点もあるように思えた。ボブは――車にはねられて――死んだのだから、つまるところ、これは儲けものの生なのだ。まさしく不死になったのかもしれない。とりあえず、受け入れたほうがよさそうだ。もしも選ばれなかったら、そのときにまた考えればいい。〝願いごとには気をつけろ〟だな。そのものずばりだ。

さて、栄えあるコンピュータ・プログラムにはほかになにができる？　グッピー・インターフェースとやらと話してみよう。

システムチェック。二十三万四千二百十五の平方根は？

[四八三・九五七六四二]

へえ、こりゃ便利だ。日付機能はあるのかな？　現在の日時は？

［二一三三年六月二五日、八時四二分二四・二三五秒］

うわあ、ぼくはデータなんだ。「ピーッという音で、時刻は八時四十三分になります。ピーッ」

ランダーズ博士は、一瞬、驚きの表情になってから笑いだした。「きみにはそういう機能がたくさんあるんだよ、ボブ。使いかたを覚えるだけでいいんだ。訓練にはそれも含まれている」

ぼくはついうなずこうとし、視野が上下したのでびっくりした。「うわっ、首が動く！」

〝頭〟をまわしてみると、うれしいことに、フクロウのように視界が一回転した。部屋についてはなんの驚きもなかった。予想どおり、ぼくはデスクの上に載っていた。だがぼくの横には遠隔ロボットアームがあった。アームは小型で、産業モデルと比べるとごく単純だった。二本の指でつまむ手と、肩と肘と手首の関節しかない。アクセスできるかどうか試してみよう、とぼくは思った。なんといっても、それがたぶん本日の課題だからだった。

永遠にかかるように思えたが――日時機能を確認すると〇・五秒もたっていないときに――アームが思いどおりに動きだした。ぼくはアームを振りまわし、二本指で宙をつまんでからランダーズ博士に向きなおった。

博士はとまどった表情でアームを見つめていた。そしてゆっくりとほほえみを浮かべ、やれやれというように首を振った。「マニピュレーターを動かすことがきょうの目標だったたんだがね」

博士はもう一度首を振ってため息をついた。「本日の訓練スケジュールは終了だ。ボブ、きみは、これまでのところ、じつによくやっている。ローマーテストを繰り上げようと思う。もともとは、事前に訓練を積んで、一週間後からはじめようと予定していたんだが……」

ランダーズ博士はタブレットをとりあげて指でねらいをつけた。

おいおい、勘弁してくれ。「待った！　まだ――」

☆　☆　☆

はっと気づくと違う部屋にいたが、壁はおなじ画一的なオフホワイトだった。一面の壁に棚があって、小さな機械がいくつも［三二体］並んでいる。それぞれの機械の前面で赤いランプが光っている。目の前のテーブルにはたくさん［一二八個］のブロックが置いてある。

正面の壁に窓があり、ランダーズ博士がその向こう側に立っていた。「頼むから、もうあんなことはやめてくれ！」ぼくはいった。博士をにらみつけようとした。

「脇にかかえられて運ばれるほうがいいのかね？」ランダーズ博士は数秒間、無表情を保ってからほほえんだ。「じつのところ、きみもほかの候補も、この施設のほかのところにある、空調がきいていてセキュリティが万全の部屋におさめられている、大きくて高価な四角い電子装置のなかにいるんだがね。わたしは、きみの周辺機器を部屋から部屋へと切り替えているだけだ。この部屋のきみは、ロボットアームにとりつけられたステレオカメラなんだよ」

博士はぼくがなにかいうのを待ったが、ぼくは言葉を失っていた。博士は身ぶりで棚を示した。「その棚に置いてあるのは遠隔観測操作機《ROAM》、通称〝移動機《ローマー》〟だ。きみの目標は、できるだけ多くのローマーを使ってブロックを積み重ねることだ。まずは一体のローマーでコツをつかんでくれたまえ」

ランダーズ博士がタブレットをいじると、棚に並んでいる装置の一体の前面パネルで光っているランプが赤から緑に変わった。

「ローマーには低レベルの人工機械知能《AMI》が搭載されていて、なにからなにまで指図しなくても行動できるようになっているが、自分の意志はないのでおおまかな指示は与えなければならない。ローマーをテーブルまで移動させてブロックを積んでみてくれ。グッピーがROAMインターフェースと接続してくれ、必要に応じてフィードバックを返してくれる」

ぼくはローマー一号を凝視した。

[状況：準備完了]

よし、出だしは上々だな。立て。

ローマーが立った。なんとなく蜘蛛《くも》に似ていた。幅は約八インチ [非拘束時の幅は二〇センチ]。うるさい、黙れ！

ぼくは離れたところからローマーをじっくり観察した。どうやってブロックを動かすんだろう？　ぼくはしばらく待った。いったいどうするんだ？

[ユーザーからのリクエストによってフィードバックが停止されました]

おっと、こいつの気分を害したらしい。ぼくはROAMインターフェースに意識を集中した。フィードバックを有効にしろ。

たちまち、視野に回路図や設計図が表示された。ぼくはそれらをうっとりと見つめた。ローマーは放射相称構造になっていた――前後の区別はないのだ。八本の脚には八組のセンサー群が装備されている。それぞれの付属肢は、脚にもなるし、三本の指に分かれてマニピュレーターにもなる。おまけに、それぞれの脚に異なる機能が組みこまれている。それぞれが、さまざまな種類のドライバーやグラインダーやトーチやカッターになるのだ。最先端の技術も使われていた。ライトセーバーが現実になったような磁気制御式プラズマカッターなどという、ぐっとくる仕掛けもあった。

さて、どうやってテーブルに移動するんだ？　ぴょんとジャンプできるのか？

［ユニットが損傷する確率：四〇％］

じゃあ、ジャンプするんじゃないんだな。這いおりたらどうだ？　おっと、待った。ぼくはまた設計図を呼びだした。可変《ヴァリアブル》・付属器《アタッチメント》・表面《サーフィス》・張力《テンション》、略してVASTか。まったく、この連中ときたら、略語が大好きなんだな。ぼくはローマーが棚を這いおりるさまを思い描いた。視野にウィンドウが開いてローマーの視点から見られるようになった。ローマーは壁をまっすぐにくだった。VASTシステムのおかげで壁をしっかりとつかんでいた。数秒後、ぼくはローマーにテーブルの脚を伝ってその上にのぼらせた。

ぼくは、テーブルの上の〝ぼく〟を、このときはじめてつくづくと眺めた。ローマーの視野には、ぼくが動かしかたを学んだのと似たようなロボットアームが映っていた。ただしその先端には二台のカメラがとりつけられていた。カメラのあいだの小さなスピーカーからぼくの声が出ているらしかった。それがいまのぼくの顔にあたるものだった。ぼくは映画《ショート・サーキット》に出てくるロボットを思いだした。〝頭〟を動かすと、ローマーが映しだしているアームが動き、その先で二連のカメラが揺れた。ローマーに脚の一本を振らせると、そのとおりの動作をするローマーが見えた。

自分を見、自分を見ている自分を見ているうちに実存的な眩暈《めまい》がしはじめたので、ぼくは注意をブロックに移した。王道の子供用ブロック玩具に見えた。面の半分は原色に塗られてアルファベットか数字が浅浮き彫りになっていて、残り半分の面には単純な絵が彫られていた。ぼくは、すべての絵があからさまに宗教がらみなことに気づいた。その些事《さじ》は、保留リストに入れておいてあとで検討することにした。

ローマーには、つねに次の動作を指示しつづける必要はなかったが、その作業のためのパラメーターは設定してやらなければならなかった。数秒後、ローマーはブロックで五×五の基礎をつくった。そこでぼくはローマーに、その基礎の中央に四×四の段をつくり、おなじことをくりかえせと命じた。いちいち命令しなければ、ローマーは目覚ましい速さで動いた。数秒でピラミッドが完成した。

ぼくはランダーズ博士を見やった。「ジャジャーン」

博士はうなずいてタブレットをいじった。棚に並んでいるローマーのうちさらに三台のランプが緑に変わった。

「もう一度だ、ボブ。こんどは複数のローマーを使って」

それからの数時間、ランダーズ博士はぼくに、異なる数のローマーを使ったさまざまな課題をやらせた。それぞれの演習には明確な訓練目的があり、ぼくは自分の新たな能力への感嘆をどんどん深めた。

博士はときおり、新しい趣向を取り入れた。そのなかには金属製組み立て玩具《メカノ》セットを思いださせるものもあった。ローマーは、どのテストでも楽々と操作できた。大雑把に作業を指示してやれば、ローマーたちはすばやく効率的に働いてくれた。その午前中、つまずいたのは一度だけだった。ぼくの指示が充分に明確ではなかったせいで、あるローマーが別のローマーを部屋の反対側まで放り投げてしまったのだ。AMIに自分の意志はないと博士はいっていたが、放り投げられたほうは、そのあと、ふてくされたようにふるまっているとしか思えなかった。

そのセッション中に、ぼくは訓練室が完全に密閉されていることに気がついた。ドアも換気口もなかった。そう思って見ると、窓はぶ厚かったし、枠も頑丈そうだった。ぼくを怖がってるんだろうか？　それともローマーを？　それとも両方を？　保留リストのあとで検討すべき項目がまた増えたな。

4　ボブ――二一三三年七月十五日

ぼくはぱっと意識を取り戻した。「もう飽きたんだけどな、ランダーズ博士」

「すまないな、ボブ。だが、訓練に従事していないときは複製人《レプリカント》を待機状態にしておくのが標準手順なんだ。わたしと話しているとき、きみは自分が通常の人間の速度で作動しているように感じるだろうが、ひとりきりで考えごとをするときの主観的時間経過はずっとゆっくりなことに気づくはずだ。八時間が永遠に感じるだろう。順調だったレプリカントが、ひと晩でいきなり発狂してしまったこともあるんだ」

博士はしばらく靴に目を落としていた。「実際、この二十四時間で、きみの競争相手のひとりが脱落した。彼女はループにおちいって、そこから抜けだせなかった。バックアップから復元したが、そのバックアップもおなじ時点でだめになった。だから、候補は四体になったんだ」

ぼくはため息をつき、そのため息が本物そっくりに聞こえたことに気づいて軽く満足した。起動中、暇な時間がないよう、なるべく忙しくさせられているのは明白だった。おそらく精神異常対策だったのだろう。ほかのレプリカントについての話を聞いたときは、恥ずかしながら、悲しさよりも喜びが勝った。ライバルがひとり減ったぞ。

そしてぼくはランダーズ博士の正直さに好感をいだいたが、遅かれ早かれ、ぼくも全面的な実存的危機ってやつに対処しなければならなくなるはずだった。それに、やはり、家族を悼《いた》む時間が必要だった。

「それは残念だったね」ぼくはいった。「だけど、ぼくたちはたぶんみんなおなじ扱いをされてるんだろうから、スイッチを切ることが解決策にはならないと思うな。試しに、知的活動で忙しくしてみるっていうのはどうだい？　お勉強の時間にしてみるっていうのは？　インターネットの現代版かなにかにアクセスさせてくれないかな？　この百年ちょっと」――［一一七年］。訊いてないぞ！――「のあいだになにを見損なったのかを知りたいんだ」

「ふうむ。まず、インターネットはもう存在しない。少なくとも国内には。無政府主義的すぎるし、管理が難しすぎるからね。それに、罪や悪しき考えかたや誘惑に触れてしまう機会が多すぎるんだ。とはいえ、オンラインライブラリは利用可能だし、歴史の一部は比較的正確ですらある。ましなライブラリのどれかに接続できるようにはかってみるよ」

「家系図は見られないかな？　親類がまだ生きてるかもしれない。もしもまだ生きてたら――」

「それはよろしくない、というのが政府の方針なんだよ、ボブ。いずれにしろ、そのような情報は公《おおやけ》の記録になっていないんだ。自由アメリカ神聖盟主国《FAITH》の統治下では、基本的に情報は自由に利用できないんだよ。すまんね」

それを聞いて、ぼくは自分に顔がないことをありがたく思った。ぼくにとって、それは最後の一撃だった。なにしろ、かつての人間性からすっぱりと切り離されたのだ。肉親がみな死んでしまったのみならず、子孫のだれともふたたびつながれないのだ。ぼくは正真正銘のひとりぼっちだった。

そのとき、くそいまいましい内分泌コントロールが効いて、悲嘆が軽い悲しさになった。くそっ、自分のハードウェアとソフトウェアをコントロールできるようになったら、真っ先にこいつを窓から放り捨ててやる。悲しいときは悲しむべきなのに、ぼくはそれを奪われていた。

所有物でいるのはいやだった。現時点では、ぼくはそれをどうこうできる立場ではなかったが、状況が変わったら改善できるかもしれなかった。とりあえず、口をつぐみ、耳を傾けて学び、従順なロボットでいるつもりだった。肝心なのは懸念材料を与えないこと、それに正気でいることだった。それから競争に勝つことだった。

だが、プレッシャーは感じなかった。

5　ボブ――二一三三年七月十八日

ふう。「おはよう、ランダーズ博士。きょうはやけに早いじゃないか」

「おはよう、ボブ……」

おや。ランダーズ博士の声がいつもと違っていた。人工感覚のチューニングにとりくんでいるうちに、ぼくは音声のフーリエ解析をほぼリアルタイムで実行できることに気づいた。

博士の声は緊張が高まっていることを示していた。

ふたりめの男が視界に入ってきた。ランダーズ博士が男を身ぶりで示した。「ボブ、こちらはトラヴィス上級大臣だ。きみの進展ぶりを視察しにいらっしゃったんだ」

ぼくは言外のメッセージを読みとった。この男はぼくの命運を握っているのだ。慎重に対応する必要があった。それに、男の外見はイジってくれといっているかのようだったので、いつもの軽口を控えなければならなかった。男を見ていると、〝類型は有用な一次近似である〟という古いことわざを思いだした。男は、熱弁を振るって説教する昔ながらの伝道師に見えた。痩せていて背が高く、頬骨と歯が顔から突きだしているかのようだった。ほほえんだときですらしかめっ面だった。

「おはようございます、トラヴィス大臣。なんなりとおっしゃってください」げっ、最悪の出だしだな。

「おはよう、複製人《レプリカント》。わたしがここに来たのはきみの、本日の主の栄光、それよりはずっと劣るがわれらが霊的指導者、トーマス・ハンデル三世の王国の栄光に資するための任務への適正を評価するためだ」

ぼくは男の言葉のひどいなまりとまわりくどさにぎょっとした。もちろん、いまは百年後だったが、ランダーズ博士はいつも、通りで出会うふつうの人のような話しかたをしていた。とはいえランダーズは、レプリカントの取り扱いが自分の専門だと明言していた。話しかたも習ったのだろう。

「さあどうぞ。なんでもぶっちゃけますよ」ぼくはいった。

トラヴィス大臣はめんくらった表情でランダーズ博士のほうを向いた。

ランダーズ博士は肩をすくめた。「二十一世紀の口語表現です。どんな質問にも答えるという意味です」

トラヴィス大臣はうなずいてぼくに視線を戻した。「用途をかんがみるに、現行の話法の修得は最優先ではないのだろうな」

え、なんだって？　いまの英語はまわりくどすぎて意味がとれなかった。そうだ、翻訳アプリがあるんじゃないか？　なんたって、ぼくの時代にだってGoogle翻訳があったんだから。ライブラリに飛びこむと、数ミリ秒で探していたものが見つかった。ぼくは大臣のいまの言葉をルーチンにかけた。

〝使用目的を考えたら、いまの話しかたを教えるのは最優先ではないのだろうな〟

おいおい。ぼくにまだ眉毛があったら、生え際まで吊り上がっていたことだろう。大臣はぼくを見た。というか、ぼくのほうを。ぼくは、大臣がだれかに話しているというよりも、マイクに向かって話しているような印象を受けた。大臣の発言はすべて翻訳ルーチンを通した。

「生きていたとき、教会に通っていたのかね？」

嘘をついたらバレるんだろうか？　ランダーズ博士はそれについてなにもいっていなかった。まあ、方便としての嘘がバレたとしても、宗教についての意見を正直に話すよりはましだろう。

「ときどきは、トラヴィス大臣。たいていはイースターとクリスマスでした。家族がいないので、どうしても行かなきゃという気にならなかったんです」

「では、子供はいないのか？」

「ええ……まあ」知らないだけかもしれませんけどね。ハハハ！　ウケただろうにな。相手がこの馬鹿じゃなかったらなあ。

「まあ？」

「これまでのところはおりません、大臣」これからできるはずはないけどね。

トラヴィス大臣はうなずいた。

そんな会話がそれから数分間続いた。質問は、技術とまったく無関係だった。大臣はもっぱら、宗教全般に対する態度に関心があるようだった。ぼくは、協調性があるように見せかけるため、穏和で礼儀正しい物言いをするように心がけ、有神論一般に対する本心をおくびにも出さないように努めた。

とうとう、トラヴィス大臣は満足したようだった。大臣はぼくに会釈をし、ランダーズ博士に別れを告げて去った。

ランダーズ博士はハンカチを出して額をぬぐった。

「おいおい、博士。そんなにヤバかったのかい？　あの大臣に敵意があるようには見えなかったけどな」

「予測不可能だったんだよ、ボブ。いきなりやってきたので、きみに予備知識を与えられなかったし、あの大臣がどの陣営に属しているのかも調べられなかったんだ」

「陣営？　ええと、自由アメリカ神聖盟主国《FAITH》にも陣営が存在するのかい？」

「まさか、わが政府の内部がすべてに関して一枚岩だなんて思っていないだろうね？」ランダーズ博士はぼくに苦笑いを向けた。「ＦＡＩＴＨは派閥や党派だらけなんだ。ほとんどの政府より多いかもしれない。政治なんてそんなものなんだろうね」

　ランダーズ博士は椅子をひきだして腰をおろした。「たまたま、トラヴィス大臣は真理省だった。真理省はこの事業に資金を提供しているのだから、彼も味方のはずだ」

「真理？　真理が入植にどう関係してるんだい？」

「もちろん、真理の拡大は真理省の管轄なのさ。真理省の管轄は広いんだ――軍事、入植、外交……」博士はつかのま宙の一点を見つめた。言葉を選んでいるのは明らかだった。「だが、わたしたちに敵対している省もある。人工知能は、人工機械知能《AIM》だろうがレプリカントだろうが、すべて忌まわしいと考えている派閥も。蒸気機関以降の技術はすべて捨て去るべきだと考えている連中までいる。そして全員が、自分たちは神の承認を直接得ていると考えているんだ。いうまでもなく、議論では論理が軽視されレトリックが重視される。暗殺や破壊工作がそれ以上に重視されない場合の話だがね」

　こんなにくわしく話すように頼んだわけではなかったので、ぼくは博士が感情を爆発させたことに驚いた。腹に据えかねていたのだろうとぼくは思った。

「みんな、どうして我慢してるんだい？　まるで地獄じゃないか」

博士はため息をついた。「わたしはレプリカントを扱っているおかげで大幅な自由を与えられているが、この建物のなかで話していることのなかには、外でいったら即刻、再教育送りになることもあるんだよ。再教育は、主として、脳と神経、つまり視床と扁桃体と迷走神経への直接刺激によって強化されるオペラント条件づけからなっているんだ。適性思考省の手にかかったら、容認できないことを考えるだけで痙攣《けいれん》を起こすようになってしまうんだ」

ランダーズ博士は立ちあがった。「愚痴をいってしまってすまなかったね、ボブ。省の幹部の視察は、なにごともなくてもぐったりと疲れてしまうものなんだ。今回の事業の成否はきみにかかっている。それにほかのレプリカントたちに」

おっと。〝成否はぼくたちにかかってる〟んだったら〝ごみ収集車の運転〟をするわけじゃなさそうだな。いったい、いつになったら教えてもらえるんだ？

博士はタブレットをとりあげた。「きょうはシミュレーション訓練の準備をしてきたんだ。これからきみのリアルな入出力を切って多くの仮想現実インターフェースを接続する。それから、このあいだ話したライブラリのひとつにアクセスできるようにするよ。疲れたら、いつでもシミュレーションを終了できる。ＧＵＰＰＩに訊くだけでいい」

博士がタブレットをつくと……

☆　☆　☆

ぼくは無のなかで漂っていた。すぐに、どんなインターフェースが利用可能なのか、GUPPIに問いあわせた。GUPPIは、原子炉制御インターフェース、交通管制インターフェース、環境制御インターフェースという映像／音声フィードのリストを表示した。ぼくはライブラリインターフェースも見つけた。そしてGUPPIの意味をたずねた。

［汎用ユニット一次周辺インターフェースの略です］

ださっ。

ミッション・プロファイルを見ると、ぼくは宇宙ステーションを管理していた。こいつは興味深い。宇宙関係の任務のために訓練されてるのかな、とぼくは思った。利用可能なフィードをすべて使って見まわしてみた。ライブラリをざっと調べると、このシミュレーションは実在の場所を忠実に再現していることがわかった。本物の宇宙ステーションを認めているという事実で、ぼくのなかのFAITHの点数が上がった。

ステーションは軍用宇宙船と輸送宇宙船に便益を供しているようだった。旅行者が存在する兆候は見つからなかった。宇宙旅行がおこなわれ、宇宙ホテルが存在しているなら、惑星間旅行は安全で日常的な体験になっていて、商業的事業の対象になっていると推測できたのだが。

そのライブラリには軍事・科学ステーションが多数存在するという記録があったし、月と火星にいくつかコロニーまであった。まあ、なにもないよりはましだったが、百年以上たっていることを考えたらびっくりするほどではなかった。

ぼくは自分の位置と職務を問いあわせた。静止軌道上の宇宙ステーションで、電力と交通管制と環境を管理しているというシナリオだった。エンジニアだったぼくにとってはお手のものだった。

脱出ボタンもあったので、いざというときはシナリオを中止できた。管理任務のために必要なものを洗いだすのにほとんど時間はかからなかった。ぼくは各作業の境界パラメーターを設定し、その数値を越えたら知らせるようにGUPPIに指示した。さまざまな非常事態が起こるのだろうとぼくは予想した。

そして勢いこんでライブラリに飛びこんだ。

6　ボブ——二一三三年七月十九日

「くそっ！」

ランダーズ博士は驚いた表情で椅子にもたれた。「なにか問題かね、ボブ？」

「失礼、博士。現在の電気工学の水準が知りたくて資料にあたってたんだ。目を通してる途中でひっこ抜かれたんでね」

ランダーズ博士はタブレットに目を落として咳払いをした。「なるほどね。ボブ、きみは主観時間で二日間、その《かん》シミュレーションを続けていた。その間、わたしたちはきみにさまざまな課題を与えたが、きみは一度もしくじらなかった。まったくみごとなものだったよ。きみの汎用ユニット一次周辺インターフェース《GUPPI》のログから、きみがじつに興味深いインターフェースとスクリプトを作成したことがわかったんだ。ソフトウェア担当者たちは興奮して跳びはねてるよ。何人かは、きみのコピーをもらえないかと頼んできた」

「可能なのかい？」

「もちろん、技術的には。毎晩、きみのバックアップをとっているからね。マトリックスにきみを保持できるだけの容量があれば、復元すればいいだけの話だ」博士はふうっと息を吐いて肩をすくめた。「残念ながら、きみはこのプロジェクトに資金を提供している国家——自由アメリカ神聖盟主国《FAITH》の所有物だ。だから、わたしたちには自由裁量の余地があまりないんだ」

「そういえば、ぼくがいったいなにをするための訓練なのかは、いつになったら教えてもらえるんだい？」

ランダーズ博士は首をかしげた。「きみたちのうちの一体がなにをするのか、だがね。まだ、ほかに一体、候補が残っているんだから」

「待ってくれ、また二体、脱落したのか？　いつ？」

「一体は、数日前に精神崩壊を起こし、もう一体はトラヴィス大臣によって不適格と判断された」

「へえ。彼はどうなったんだい？」

「処分された。大臣がノーといった以上、保持しておく理由はないからね」

うわあ。ランダーズ博士でさえ、これについてはあっさりしたもんなんだな。人を殺したってのに。だが、感情をあらわにするわけにはいかなかった。少なくとも、評価の一部は主観的だったわけだし、ぼくはだれの気分も害したくなかった。

「じゃあ、この訓練全体の最終目標は……」

「あとちょっとだよ、ボブ。いまはきみの前世について話したいんだ。きみは、シミュレーション中、主観で二日間、だれとも接触しないで過ごし、わたしが引き戻すとむっとした。馬鹿げた質問かもしれないが、きみは自分を一匹狼だと思うかね？」

ぼくは含み笑いをした。「ちょっとしたエピソードを話そう。《キャスト・アウェイ》という映画が大昔」［一三三年前］。うるさいぞ、GUPPI。黙ってろ。「にあったんだ。知ってるかい？」

ランダーズ博士は首を振った。「きみの時代について学び、理解を深めるのはわたしの仕事のひとつだが、製作された映画を一本残らず観ることは不可能だよ」

「くそ映画もたくさんあるからね。実際のところ、《スター・ウォーズ》と《スター・トレック》を観てたらたいしたもんだよ。とにかく、《キャスト・アウェイ》に話を戻すと……大雑把にいえば、難破した船に乗っていた男が無人島で四年間過ごすっていう映画なんだ。ぼくは彼女と一緒にビデオで観た。見終わったあと、彼女はぼくに、悪夢みたいだと感想を述べた。ぼくは驚いた。だって、ぼくは夢のような物語だと思ってたんだ。邪魔が入ることなく四年間も過ごせたんだからね。もちろん、読むものがあったらもっと楽しかっただろうけど」ぼくはロボットアームを振ったが、それはねらいどおりの人間らしいしぐさだった。「要するに、ぼくはそのとき、自分の感覚がほとんどの人と違ってることにはっきりと気づいたんだ。ぼくは孤独がいやじゃない。それどころか、長いあいだ、ずっとまわりにだれかがいるといらいらしはじめるんだ」

博士は深々と息を吐き、タブレットを置くと椅子にもたれた。しばらくのあいだ思案顔になってから、身を乗りだして両肘をついた。「オーケイ、ボブ。わたしもそう思っていたが、確認できてよかったよ。さて、ここからが大事なところだ。フォン・ノイマン探査機を知っているかね？」

「もちろん。自己複製しながら他星系を訪れる自動恒星間探査機だよ」一瞬の沈黙のあいだに、ぼくの頭脳はこの会話の意味に思いあたった。ってことは……。「待ってくれ、それじゃ――？」

「そのとおり。わたしたちは、きみたちのいずれかに、フォン・ノイマン探査機の知的機能の制御をまかせるつもりなんだ」

ぼくは、小型移動機《ローマー》の群れが、診断し、修理する必要があった3Dプリンターを組み立てなおしているさまを、いくつかの映像フィードを通じて見守った。さまざまな大きさのローマーがあることがわかった。幅が二・四メートルもある巨大な化け物蜘蛛《ぐも》のようなやつも操作したことがあった。中型のやつも、羽虫サイズのやつもいた。さらに小さいナノマシンも使えたが、それらは単機能の装置で、ほとんど融通が利かなかった。

とりあえず、ぼくはさまざまな大きさのローマーを協調させながら活動させていた。3Dプリンターは、ぼくが与えられた多くの課題のひとつにすぎなかった。

ローマーは、課題と条件を設定してやれば、あとは最低限の監督しか必要なかった。どこまでくわしく指示すればいいかの見きわめがポイントだった——細かく管理しすぎて身動きできなくなることも、自由を与えすぎてエラーを起こすこともないようにしなければならない。

余計な口出しをしなければ、ローマーたちは最高で十倍速く仕事を片づけられたので、筋道を立てたら、あとは邪魔しないようにした。どのような場合にローマーがぼくに指示を求めるかをつかんでからは、ほったらかしにしてもだいじょうぶになった。

ローマーたちが作業しているあいだ、ぼくは考えごとをした。秘密を明かしたランダーズ博士は、計画に関する文書の一部を閲覧できるようにしてくれた。テラソフト社への売却書類に署名して以来、こんなにもどかしい気分になったことはなかった。あの日は一秒がなかなか過ぎなかったが、いまは一ミリ秒がなかなか過ぎなかった。きょうの訓練が終了して学習と読書に集中できるようになるのが待ち遠しかった。博士のしがないロボットは、これからは熱烈に協力するはずだった。うわあ、これって全おたくが夢にまで見る仕事じゃないか。ぼくは宇宙へ行けるんだ！

7　ボブ――二一三三年七月二十五日

「ひどいことになったもんだ」ランダーズ博士は珍しく怒っていた。「ヘヴン計画に利用可能な候補を得られたとわたしたちが発表したことが原因で、この計画を頓挫させたがっていた自由アメリカ神聖盟王国《FAITH》の派閥がキレたんだ。やつらは徒党を組んで――」

「待ってくれ、ヘヴン計画？　〝天国《ヘヴン》〟計画だって？　訊くのが怖いな」

「居住可能地球型惑星非生物船探査《ハビタブル・アース・アバイオジェニック・ヴェッセル・エクスプロレーション》ネットワークの頭文字をつなげてHEAVEN《ヘヴン》だよ。いっておくが、考えたのはわたしじゃないからな」

「ひどすぎて、逆に悪くないよ。非生物船なのはたしかだし。だけどネットワーク？　何隻を送りだすんだい？」

ランダーズ博士は、当惑気味の顔で宙を見つめた。「もともとは八隻だった。それが、予算が立てなおされた、つまりよそにまわされたせいで、四隻になり、一隻になったんだ。このあいだ話したように、さまざまな理由から、この計画を阻止したがっている派閥がいくつもあるんだよ。複製人《レプリカント》嫌いな派閥、地球外に拡散することに反対な派閥、自己複製する探査機が冒瀆的だと考えている派閥。その他もろもろだ」博士はため息をつくと、それからしばらく、しかめっ面のまま無言ですわっていた。

「またわが国は、新たな地球を見つけて領有を主張しようとしているユーラシア合衆国などの外国とも競争している。FAITH国民の多くは、それを資源の無駄づかいとみなしているんだ。だが、そうしたグループにはひとつの共通の目的がある――このプロジェクトの阻止という目的が」

ランダーズ博士はぶるっと体を震わせてタブレットをいじった。「先日話したように、わたしはきみに、プロジェクトの全容を教え、ライブラリにアクセスできるようにした。きみを準備万端にすることがなによりも重要なんだ。だから、きみの能力を高めることは、なんであれ、そうだな、助けになる」

博士は立ちあがって歩きまわりはじめた。「もうひとついっておくことがあるんだ、ボブ。利権集団が探査機を一隻にまで減らした理由はいろいろ考えられるが、わたしたちの考えでは、最大の理由は、一隻だけだと、それが失われたらプロジェクト全体が頓挫してしまうからだ」

「破壊工作かい？」

「そんなところだね。具体的な証拠があるわけではない。だが、きみにも知っておいてほしかったんだ」

それだけいうと、博士はタブレットをとりあげて去った。

☆　☆　☆

ぼくは博士との会話について考え、博士に訊きたいことをいくつか考えついた。３Ｄプリンターの操作演習が終わったときに機会が訪れた。

「博士、政治について話したいんだ」

ランダーズ博士は笑った。「いいとも、ボブ。テーマはなんだね？」

「このあいだ、ＵＳＥ、つまりユーラシア合衆国についての話をしたじゃないか。現在の地政学的状況についての資料を読んだんだけど、ぼくの時代とはかなり違ってた。ＵＳＥっていう国名はちょっと大袈裟じゃないか。ユーラシア大陸の大半を占めてるわけでもないのに」

「そうだね。だが、かつてのＵＳＡだってアメリカ全体を占めていたわけじゃない。それどころか、北アメリカ全部が領土だったわけでもない」

ぼくは、やれやれというようにロボットアームを振った。「わかった、それはいい。ライブラリによれば、併合がくりかえされたらしいね。ＦＡＩＴＨは、ワシントン州とブリティッシュコロンビアとアラスカを除く北アメリカ全土を掌握してる。ＵＳＥはヨーロッパとロシア西部の大部分を占めてる。中国はロシア東部のほとんどとアジアのかつての衛星国の多くを併合した。そして中東は……」ぼくはいいよどんだ。

「当然ながら、安価な核融合の普及は中東にとって大打撃となった」博士は話しながらゆっくりとタブレットをタップした。「サウジ王室のような裕福な一族はずっと前からさまざまな投資をしていたから落ちぶれなかったが、原油の輸出によって政府事業の費用をまかなうという伝統はいきなり途絶えた。それが、一部の心配性な人々が〝第三次世界大戦〟と呼んだものの要因となった。実際には、世界のほとんどの地域では一連の局地戦にすぎなかった。だが、中東では激戦になったし、ジュネーヴ条約の禁止事項はほとんど無視された。放射性同位元素をまぶした化学兵器も、超小型核爆弾も使用されたため……中東の大部分がいまも居住不可能のままだし、生き残った国々も国際的な影響力を失った」

「ぼくが驚いたのは、併合が進んだことなんだ。FAITH、USE、中国、オーストラリア連邦、アフリカ共和国――まったく、国名が笑える皮肉になってるんだからな――それにブラジル帝国。それらで地球の八割だ。残りの小国は、中東のような戦いとる価値のないところか、カスカディアのような、大国が手を出しかねている緩衝国だ」

「具体的な質問があったんじゃないのかね、ボブ？」

「ああ、忘れてた」ぼくはほほえもうとした。ぼくはずっと、外部表示手段が最低限しかないことにいらだっていた。「それらの国のうち、何カ国が探査機計画を立ててるんだい？」

「ああ」ランダーズ博士はその質問に意表を突かれたようだった。気まずそうな顔になって、答えるまでにやや時間がかかった。「USE、中国、ブラジル帝国、それにわが国の計画が確認されている。また、オーストラリアも計画を進めているのではないかとわたしたちは疑っているが、だとしても彼らはうまく隠している」

「じゃあ、ほとんどの国ってことじゃないか」

博士は肩をすくめた。「亜空間理論の研究が進んで、亜空間無反動重力走性模倣《サブスペース・リアクションレス・ジオタクシス・エミュレーション》、略してSURGE機関と、亜空間ひずみ検出測距《サブスペース・デフォーメーション・デテクション・アンド・レンジング》、略してSUDDARが開発されると、まもなく、フォン・ノイマン探査機だけでなく、恒星間入植も実現可能になった。そしてUSEが二年前に恒星間探査機計画の開始を、大見得を切って大々的にぶち上げると、ほかの国もあとに続くしかなくなったんだ。外国が宇宙に植民地をつくるのを、指をくわえて見ているわけにはいかないだろう？」

「二年前？　じゃあ、できたてほやほやの技術なんだな？」

「そのとおり。試作船を別にすれば、SURGEを搭載した実用船は、まだほんの数隻なんだ」

ぼくはしばらく無言で考えた。じゃあ、この計画は試験飛行も同然ってわけなのか。探査機が恒星間空間を渡りきれるかどうかもわかってないってわけだ。すばらしい。

「だけど、なんでみんな必死なんだ？　まるで月到達競争の強化版じゃないか」

「表向きは、もちろん、人類を異星に拡大すること、それによって国威を発揚することが目的ということになっている。だが、国際的な緊張は高まっているし、この数十年間は高まりっぱなしだ。この問題全体が勝者総どりのゼロサムゲームとみなされているし、大雑把にいえば、そのとおりなんだ。どこかの星を自分のものにできれば、そこは他国を寄せつけない作戦基地になる。偵察と攻撃の範囲を越えたところにある作戦基地になる。非公式だが、軍が強力に後押ししてくれているんだ」

あいかわらずだな。変わらないこともあるってわけだ。「だけど、なんだって必死になるんだ？　宇宙には数えきれないほどの星があるってのに」

「だが、十光年以内で居住可能な惑星を持つ恒星はごくわずかだ。ほかの要素がどうあれ、それらの星が戦略的にはもっとも貴重なんだ」

「ってことは、博士、ぼくが心配しなきゃならないのは、例のＦＡＩＴＨ内部の派閥だけじゃないってわけか」

「残念ながら、そのとおりだ、ボブ」ランダーズ博士は肩をすくめた。「また、それが、ヘヴン計画を一隻に縮小することにわたしたちが強硬に反対しなかった理由のひとつでもある。反拡張主義者グループにとってはターゲットが一隻だけになるという利点があるが、わたしたちにとっても、開発を一隻に集中して予定を早められるという利点があるんだ」

「ほかの国の計画について教えてくれ」

「ほかの国の計画について、わたしたちが知っていることを知りたいんだね？」ランダーズ博士はにやにやしながら応じた。「ちっとも意外ではないが、どの国も、わが国と同様、詳細についてはほとんど明らかにしていない」

博士はタブレットをいじった。このころには、ぼくは、それが考えをまとめるための時間稼ぎにすぎないことを見破っていた。

「わが国の諜報機関によれば、中国は、スピードのためにすべてを犠牲にして、猛烈な勢いで計画を進めているんだそうだ。だが、彼らは人工機械知能《AMI》を使うつもりでいるらしいから、どんなにうまくいっても問題が続出するだろう。結局、大失敗に終わるはずだとわたしたちは踏んでいる」

博士は数秒間黙りこみ、タブレットをフリックした。「わたしたちがもっとも心配しているのはブラジル帝国だ。それはたんに、彼らが国際政治において攻撃的で敵対的だからではない。彼らは探査機に、ライバルを排除するための兵器を搭載しているおそれがあるからなんだよ。また、破壊工作をするとしたら、もっとも可能性が高いのは彼らだとも考えられている。だが同時に、わたしたちが見るところでは、彼らに長期の計画をやりとげられるとは思えない。彼らは、自己複製可能な探査機を計画の主眼にしていないんだ。もっとも、彼らの探査機も自己複製能力を備えているだろうがね。帝国は、星系内で可能なかぎり多数の探査機をつくってどんどん送りだすつもりなんだ。適当な星系を見つけたら、彼らは軍事基地を設営して複製を開始するだろうとわたしたちは考えている」

ランダーズ博士はため息をついた。「長期的にはUSEが最大のライバルになりそうだ。もっとも、少なくとも、USEは非暴力的な戦術にとどまると思うがね。USEは意欲と予算とすぐれた技術力を有しているし、レプリカントに関する実績もある。現時点では、実際の植民という面でも、わたしたちよりもだいぶ先行している。もしも明日、だれかが価値ある惑星を発見したら、USEの入植者がかなりの差をつけて一番乗りするだろうな」

「うへえ。ぼくたちに強みはないのかい？」

「わたしたちにはきみともう一体のレプリカントがあるんだ、ボブ。これは大きいよ。きみたち二体は、すばらしい弾力性を示している。きみの、現状への順応の速さと、知力および教養の組み合わせは取るに足りないことじゃない。レプリカントにはルーチンワークに満足できる、冷静で想像力に欠けるタイプが向いているとされていた。きみともう一体の候補は、わたしたちに方向転換を余儀なくさせた。この思いがけない転換が、長い目で見れば大きな違いを生むだろうとわたしたちは期待しているんだ」

「なるほどね。さてと、賃上げについて話そうか……」

ランダーズ博士はあきれ顔で目をぐるっとまわした。「きみに顔を与えなきゃならないな。そうすれば、冗談をいっているのかどうかがわかる」

8　ボブ――二一三三年八月四日

本日のお楽しみは、博士が用意した、ぼくが船内で扱わなければならない装置と似た、複雑な電子機器の診断と修理だった。ランダーズ博士はいつものように窓ごしにぼくを見ていた。博士は演習中、よくぼくと会話をした。ぼくの集中力とマルチタスク能力をテストしてるんだろうとぼくは思っていた。博士との会話はいつだって興味深くて有益だったから、ぼくは気にしなかった。

そのとき、すさまじい振動が建物を揺さぶり、ランダーズ博士が倒れた。その直後、聞こえたというよりも感じた強烈な音の圧力波が襲ってきた。

ランダーズ博士が立ちあがると同時に、通路から銃声が響いてきた。博士はぼくのほうを向き、「そこにいてくれ！」と叫んでから走り去った。

そこにいてくれ？　事態の深刻さにもかかわらず、そのひとことがぼくの愉快なこと好きのアンテナにひっかかった。りっぱな博士はあわてていたに違いなかった。先日、博士がぼくに明かしたように、ぼくは実際にはそこにはいなかった。たんに――

おっと……。

心のなかでツッコミを入れている最中に、ぼくは窓が枠からはずれかけていることに気づいた。完全にはずすのにたいした手間はかからなそうだった。それに、この計画を守るために、ぼくがもっと積極的な役割を果たそうとしても、だれにも責められなさそうだった。ぼくは部屋の移動機《ローマー》たちに総掛かりで窓をひっぱらせた。ローマーたちはそれほど力が強くなかったが、三十二台の集団がてこをきかせると、かなり強力になった。ほどなくして、窓ががたんと落ちて床をえぐり、小さな破片を飛ばした。

窓は割れなかったな。すさまじく頑丈なガラスだ。ぞっとする。

ぼくはローマーの一台を適当に選んでコントロールを握った。そのローマーのカメラ映像を見られるようになった。ほかのローマーたちについてくるよう命じ、ぼくたちは発砲が続いているほうに向かって通路を進んだ。ローマーたちは床を、壁を、天井を走った。ぼくは感心した。こいつらは、わかりにくい略語を連発するけど、技術水準はすごく高いんだな。

この施設の建物は興味深い設計になっていた。大きくて開けた吹き抜けかロビーのようなスペースが連なっていて、それぞれが二階建てのオフィスからラボに囲まれていた。吹き抜けの天窓から充分な光が差しこんでいて、短い通路が中心となるオープンスペース同士をつないでいた。ぼくのローマー室は攻撃が実行された吹き抜けのとなりだった。侵入者たちは計算違いをしたのだろう。

　現場に着くまでに数秒しかかからなかった。黒ずくめの襲撃者たちは、発砲しながらオフィス内をゆっくりと移動していた。警備員たちも応戦していたが、火力で圧倒され、後退を余儀なくされていた。

　この作戦を実行しているのは、ぼくを是《ぜ》としていない自由アメリカ神聖盟主国《FAITH》内の派閥か、敵対している国家に違いなかった。どっちにしろ、ぼくを亡き者にしたがっていた。義理を果たさなければ、とぼくは思った。恩義に報いなければ、と。

　ほんの数ミリ秒で状況を把握できたので――ぼくはコンピュータになったことを本気でよかったと思いはじめていた――ローマーたちはただちに行動を開始した。ローマー軍団は戦闘現場になだれこみ、顔と股間をねらって襲撃者たちに飛びかかった。

　ローマーは驚くほど強靭だった。襲撃者が何回、ローマーを顔から引き剝がして壁に叩きつけても、そのたびに立ちなおってまた飛びかかった。ローマーにはペンチやカッターやドライバーが装備されていた。厳密にいえばそれらは武器ではないが、無視はできない。それにぼくは、ひと月以上分のいらだちと不安に駆りたてられていた。内分泌コントロールされていようがいまいが、ぼくは暴力を振るえる機会を心から楽しんでいた。

襲撃者たちはとうとう戦略を見いだした。ひとりがどうにかローマーを振り払った。そして仲間がローマーを壁に叩きつけると、その男が連射を浴びせたのだ。ぼくは一ミリ秒ですばやく計算し、敵の銃弾がつきる前にローマーが全滅してしまうと予測した。それに、いまや、ふたり、ローマーに張りつかれていない射手がいた。

だが、ローマーたちが邪魔しているあいだに警備員たちが態勢を立てなおせた。警備員たちは十字射撃を浴びせて数名を倒し、残りの侵入者に投降を呼びかけた。いまや、襲撃者たちは顔に張りついたローマーだけでなく、銃撃にも対応しなければならなくなっていた。それがとどめになった。襲撃者たちは銃を床に置いて両手を上げた。

警備員たちが残った侵入者全員を拘束すると、ぼくたちは気まずく立ちつくした。警備員のリーダーは捕虜を眺め、ローマーたちを眺め、口を開いてなにかいいかけたが、無言で口を閉じた。ぼくは〝ぼくの〟ローマーの脚を振って彼の注意を惹《ひ》いた。

「あなたが、その、ええと……ひどいことになりましたね。ランダーズ博士はどこですか？」男は目を見開いて仲間たちを見た。

まさにそのとき、ランダーズ博士が吹き抜けに走りこんできた。タブレットを持ったままだったし、警備員たちとおなじくおびえているように見えた。襲撃はもう事実上鎮圧したのだから、ほかに心配ごとがあるに違いなかった。彼らを不安にさせているのは、侵入者というよりもぼくなのだと気づいた。

「ボブ、ローマーたちを連れて訓練室に戻ってくれないかな……」

博士はぼくを停止させられるのだから、実際にはぼくに協力を求める必要はなかった。そもそも、彼らは案じているようだが、ぼくは凶暴なフランケンシュタインの怪物ではない。ローマー式の敬礼をしてから、ぼくは集団を率いて通路を戻りはじめた。

☆　☆　☆

「さてと、博士。こうなった以上、ほんとのことが知りたいんだ。強化ガラスが使われていて、ぼくがここを出たらあなたがびびった理由はなんなんだい？」

ランダーズ博士は、ぼくがなにを話しているのかわからないふりをするような不誠実な人間ではなかった。博士はため息をついて椅子にもたれた。

「わたしたち――つまり、わたし自身を含めたこの計画に従事している人々――はきみを恐れているわけじゃないんだよ、ボブ。地下に埋められている戦術核を恐れているんだ」

ぼくにまだ眉があったら、頭から飛びだしそうな勢いで上げていただろう。「なああにいいがあああるんだあああってえぇ？」

「きみにとっては、ボブ、外国のライバルよりもわが国の政府のほうが危険かもしれないんだ。少なくとも、その一部の派閥のほうが」博士はかすかに身じろぎをしてからぼくを見て手を振った。「FAITHの上層部が全員一致でこの事業を指示しているわけではないことは先日話したね。じつは、事態はもっとずっと深刻なんだ」

ぼくは、その発言について一ミリ秒かそこら検討した。地下室の核爆弾か……ウゲッ。

「じゃあ、《アンドロメダ病原体》みたいなものなんだな？」

ランダーズ博士が困惑の表情になったので、ぼくは払いのけるようにロボットアームを振った。「忘れてくれ。やっぱり古い映画だよ。要するに、ぼくが逃げだして市民と家畜をおびやかしたときの最後の防衛線が核爆弾ってわけなんだね？」

「そのとおりなんだ、ボブ。それから、絶対に、古い映画をもっと観るようにするよ」

「で、だれがボタンを持ってるんだい？」

「わたしは知らない。わたしたちはどう監視されているのか、だれが決定するのか、どのように決定されるのかは意図的に知らされていないんだ。わたしたちが知っているのは、だれかがどこかでなにかが気に入らないと思ったら、わたしたちはみんな放射能雲になってしまうかもしれないということだけだ。警告もなし、議論もなしで」

「あなたたちはそれに同意してるんだろう？　いったい、いくらもらってるんだ？」

ランダーズ博士は笑った。「この計画が成功したあかつきには、かなりの報酬をもらえることになっているよ。この事業を支援している人々は、莫大な金額を投じている。わたし個人は、特別手当をもらって引退するつもりなんだ」博士は顔をしかめて片方の肩だけすくめた。「それに、いうまでもなく、ＦＡＩＴＨでは、同意しないという選択肢はないんだ」

ぼくはにやりとした——とにかく、心のなかでは。「了解。じゃあ、これからはここから動かないようにするよ」

博士は両手を大きく広げた。「でも、わたしたちがこうして話しているということは、たぶん差し迫った危険はなくなったんだろうね。そのだれかは、監視ステーションを離れたとしても、きみに大きな危険はないと判断したんだろうな。なんともいえないがね」

ランダーズ博士は立ちあがって訓練室を見まわした。ローマーたち——とにかく、残ったローマーたち——は棚にきちんと並んでいた。保守要員が強化ガラスを枠にこじ入れ、ボルトを締めなおしてあった。

「どうやら、業務を再開してかまわないようだ。三名が死亡し、数名が負傷した。もっとひどいことになっていた可能性があったのは間違いない」

ぼくは返事をする代わりにカメラをひょいと動かした。

映像ウィンドウには通路の向こう側の様子が映しだされていた。

☆　☆　☆

そのローマーは換気ダクトのなかを慎重に進んでいた。小型ロボットは足音を忍ばせられたが、人類は百年間の進歩によっても、換気ダクトの材料としてブリキ以上のものを生みだせなかったようだ。ぼくには、そのローマーの存在を施設全体に告げ知らせるつもりはなかった。

ゲリラ襲撃部隊はぼくのローマーたちをばらばらに破壊したので、どんな種類の在庫調べも不可能だった。ぼくの知るかぎり、一台の行方不明のローマーが建物内にいることにはだれも気づいていなかった。

　これまでに、数多くのオフィスやカフェテリアや作業場や倉庫を確認していた。３Ｄマッピングソフトを使ってこのオフィスビルの配置図を描いていった。興味深いことに、地下に核爆弾の形跡はなかった。地下以外の場所にも、核爆弾を格納できるような区画は見あたらなかった。核爆弾というのははったりだったのだろう。

　いっぽう、このビルのなかでコンピュータ室になっていそうな部屋はふたつに絞りこめた。そのローマーにダクトのなかを歩きまわらせているあいだ、ぼくは監視装置や仕掛けスイッチや赤外線ビームなどの罠がないかと注意深く確認した。ローマーにはじつにさまざまなからくりや能力が備わっていた。ＦＡＩＴＨの技術者たちも、各種の機能を組み合わせたとき、ローマーになにができるかを完全には把握してないんだろうな、とぼくは思った。

　とうとう、そのローマーが、配置図のなかで空白のままになっている二ヵ所のうちの一ヵ所に到着した。なんと、そこは換気システムが別になっていた。間違いなくいい兆候だった。建物全体に張りめぐらされているダクトから切り離されている配管に侵入するのに二十分かかった。ぼくは空調用の配管のなかを慎重に移動しつづけ、とうとうその部屋の換気口にたどり着いた。

　おおむね、ふつうのコンピュータ室だった。ケーブル、点滅するランプ、空調、ラックマウント式のコンピュータ群。百年たってもろもろが進歩しても、ラックマウント式が、あいかわらずコンピュータを配置するのにもっとも効率的な方式なのだろう。

　だが、部屋の中央に見覚えのないものが鎮座していた。一辺が五十センチ足らずの立方体が五つ、低い台の上で一列に並んでいた。そのうちふたつは不気味な青に光っていたし、基部でさまざまな色の表示灯が点滅していた。残りは暗くなっていた。

ぼくは表示を拡大して立方体の基部のパネルをクローズアップにした。

ケネス・マーティンズ
ジロー・タナカ
ネヴェス・レイジンダー
ロバート・ジョハンスン
ジョアナ・アルメイダ

これだった。これがぼくたちだった。候補者たちだ。光っている立方体がケネスのとぼくのだった。ほかの三体の候補者は暗くなっていた。それらの電源スイッチがオフになっているのが見えた。それもまた、百年たってもほとんど変わっていないようだった。とはいえ、スイッチの形状にどれだけ種類がありうるんだ？

ぼくはその光景を永遠に思えるあいだ見つめつづけた。いま、ケネスのスイッチを切ることができた。だが、そんなことをしてぼくのためになるのか？　ぼくに破壊工作ができるのか？　するべきなのか？　気づかれないか？

ぼくは自分が迷っていることに気づいて恥じた。そんなやつにはなりたくなかった。たとえ仮定の話でも。他人を犠牲にするぐらいなら、自分で自分のスイッチを切りたかった。

ぼくは重い気分で向きを変え、部屋を去った。

9　ボブ――二一三三年八月六日

移動機《ローマー》ルームで演習にいそしんでいるとき、ぼくはランダーズ博士のほかにだれかがいることに気づいた。博士はいつも、窓の向こう側に立って、ぼくを見ながら話しかけていたが、ふと気づくと、ずっと続いていた博士のコメントが止まっていた。

ぼくは一台のローマーの映像を見られるようにした。ランダーズ博士はトラヴィス大臣の兄弟としか思えない男と話していた。まじめな話、ああいう外見であることが応募要件になってるんじゃないのか？〝《ポルターガイスト2》に出てきた気味悪い男のような見た目であること〟ってところか。まったく。

ランダーズ博士はインターコムのスイッチを切っていたが、およそ三ミリ秒の手間がかかっただけだった。甘いな。

ぼくは一台のローマーを窓の真下の壁ぎわに移動させた。壁に胴体を密着させると、ローマーは伝わってくる振動を拾えた。音量をがっつり上げなければならなかったが、ぼくには、二世紀のあいだに電子メディアがとげた発展の成果である各種の音声フィルタリング処理があった。

「これは悪魔のしわざだ。このくわだてにかかわることによって、きみたちは不滅の魂を危険にさらしているのだぞ」

「真理省からは異なる助言をもらっていますよ」

「あれは神の創造のみすぼらしい模倣だ。あれらは、偽りの知能と感情を示すことによって人間性を愚弄しているのだ」

「魂はなくても完全に神の創造にもとづいているし、神の権威に楯突く試みではない、というのが真理省の見解です」

空気が一瞬、だれかがにらんでいるときに流れる沈黙でぴりついた。ぼくはテーブル上のローマーの一台を使ってちらりと様子を見た。やっぱりだ。にらみあってる。

「この不浄な活動は悲惨な末路をたどることになるやもしれないぞ。とりわけ、その目的を考えれば――」

「――真理省から公式に認可を――」

「――背教者どもめ！　異端者どもめ！」

ふたたび一瞥《いちべつ》すると、ランダーズ博士はあきれ顔にならないように必死で自制していた。

ぼくはしばし、ぼくに選択肢があればいいのにと願った。そいつは正真正銘のイカレ野郎だった。

口撃は数分間続いた。牧師はランダーズ博士を罵《ののし》ったり脅したりしたが、博士は全面対決を慎重に避け、ぼくとは比べものにならないほどの忍耐強さを発揮した。大口叩きの牧師が窓のこっち側にいたら、ぼくは八つ裂きにしようとしていただろう。

ぼくはどうにか平静を保ち、絶え間なく続く悪口雑言《あっこうぞうごん》を、ぼくの存在そのものに対する糾弾ではなく情報とみなした。ぼくは、魔術の産物か、はたまたバベル以来の傲慢さの結果らしかった。

ランダーズ博士はそれからしばらく耐えてから、キレた。キレたようなものだった。

「ジャコビー牧師、あなたのご意見とご心配はうけたまわりました。あなたのお考えは把握しました。けれども、真理省は、この事業を支援しているのみならず、積極的に資金を提供しているのです。神を冒瀆しているかどうかについていえば、この活動に反対しているあなたは、真理省に異を唱えているようにわたしには思えます。そして、真理省が指摘しているように——それどころか、あなたも二度、指摘されましたが——自由アメリカ神聖盟主国《FAITH》は、まさに神の御言葉の成就なのです。ならば、あなたの反対は冒瀆ということになりませんか？」

大口叩きの牧師が、口をパクパクさせて息をしている魚のような顔で自縄自縛《じじょうじばく》から脱しようとしているあいだ、一瞬、怒気に満ちた沈黙が流れた。

「友人選びを間違ったな、博士。すぐに思いしることになるぞ」

そういい捨てると、牧師は向きを変えて勢いよく下手から飛びだしていった。そう、飛びだしていったのだ。掛け値なしで。

ランダーズ博士は、しばらくのあいだ、目をつぶり、壁にもたれながら深呼吸していた。やがて窓のほうを向いて、しばしタブレットをいじった。

「終わったのかね、ボブ？」

ぼくには知らないふりをするつもりはなかった。「あいつはだれなんだい？　〝ジャコビー牧師〟ですまさないでほしいね」

博士は額を揉《も》んだ。「この大いなる国でわたしたちがくぐり抜けなければならない、極端な見解のほんの一例さ。ボブ、もしも彼に実権があるなら、実際にはないんだが、そうだな、脅しつけてわたしをいいなりにさせようとしたりはしないさ。わたしには、彼に、これ以上、脅せばどうにかなると思わせるつもりはないんだ」

つまり、脅せばどうにかなることが多いってわけか。

「それから、これからのために」博士はにやりとしながらいった。「インターコムを切ってもきみに聞かれないようにはできないらしいことは覚えておくよ。続けるかね？」

博士がラボテーブル上で組み立て途中のままになっている課題を指さしたので、ぼくは作業に戻った。

10　ボブ——二一三三年八月十日

ぼくはぱっと意識を取り戻した。いつものようにシステムチェックをした。

え、八月十日？

「あれ、博士、何日か飛んでるみたいじゃないか。一週間、ぼくを氷漬けにしてたのかい？」

ランダーズ博士はぼくと目をあわそうとしなかった。「うーん、どちらともいえないな。何者かがコンピュータ室に忍びこんで小型爆弾を仕掛け、複製人《レプリカント》マトリックスを破壊したんだ。だからバックアップから予備船にきみを復元しなきゃならなかったんだ。それに何日かかかったんだよ」

ぼくはしばらく言葉を失った。つまり、ぼくは六月二十四日に目覚めたボブではないのだ。とはいえ、そのときですら、ぼくは車にはねられて死んだボブではなかった。ぼくに魂はあるのだろうか？　バックアップから復元されたかどうかは重要なのだろうか？

コンピュータ・プログラムとしてよみがえってからのひと月あまりで、自分がどういう存在なのかについて、はっきりした結論を出すのをどうにかして避けていたことにぼくは気づいた。〝流れにまかせよう〟がこの問題を避けるためのキーワードになっていた。だが、ぼくは自分に厄介なことを先のばしにする傾向があることを知っていた。ジェニーはそれをはっきりと証明した。

訓練中以外はスイッチを切られていることも理由のひとつだった。ランダーズ博士には考えがあるんだろうか、それとも、実際に宇宙に出たときに問題が生じないことを祈ってるだけなんだろうかと考えた。

　ぼくが頭を悩ませている問題は三つあった。ぼくに意識はあるのか？　ぼくは実際に生きているとみなせるのか？　ぼくはまだボブなのか？　哲学者はこの種の事柄について何百年も考えつづけたが、いまのぼくにとっては個人的な問題だった。人には、このテーマについての見解がどうあれ、根底には自分は人だという安心感がある。あの牧師がぼくをぞんざいに〝あれ〟だの〝レプリカント〟だのと呼んだことは、いまやっと気づきはじめたレベルでぼくを傷つけていた。

　ぼくはチューリングテストと思考機械についての議論を思いだそうとした。ぼくはたんなる〝中国語の部屋〟なのだろうか？　ぼくの行動はすべて、入力に対するひと組の決まった反応で説明できるのだろうか？　これは、たぶん答えるのがもっとも簡単な疑問だった。スクリプトに従って入力に反応するだけという古典的な〝中国語の部屋〟は内的独白をしたりしない。その行動を確率論的にして変化をつけたところで、活動するのは、やはり入力に反応するときのみだ。反応を処理していないときは待機しているだけなのだ。いま、こんなことをうだうだ考えているぼくはまったくの別物だ。

　それをいうなら、デカルトがかの有名な〝われ思う、ゆえにわれあり〟という言葉を残した。もっとも、トマ（十八世紀フランスの詩人・文芸評論家、アントワーヌ・レオナール・トマのこと）がそれを、〝われ疑う、ゆえにわれ思う。われ思う、ゆえにわれあり〟と補足した。そうとも、ぼくは間違いなく、疑ってばかりいる。疑いは自己認識を、そして将来への不安を意味する。だからぼくは、そうではないことを示す証拠がないかぎり、意識を持つ存在なのだ。よし、ワンアウト。

ぼくは生きているのだろうか？　ふうむ。だれも生命を厳密に定義できていないのだから、こいつはおもしろい疑問になりそうだ。はるか昔にラスベガスで開かれたパネルディスカッションの出席者が指摘したように、炎は生命の特質のほとんどを備えているが生きてはいない。ランダーズ博士によれば、ぼくはプリンターを使った自動工場によって自己増殖ができる。刺激には間違いなく反応するし、自己の利益のために行動する。生命は炭素が基礎になっているという主張は差別主義的・近視眼的なのだから、そう、ぼくは自分を生きているとみなせる。

さてと、手ごわい疑問だ。ぼくは何者なのか？　ぼくはボブなのか？　それともボブは死んだのか？　工学的に考えて、ボブ性を計測する物差しはなんなのだろう？　ボブは肉の塊以上のものだ。ボブは人で、人は歴史、欲望と思考と目標と意見のひとそろいだ。ボブは、ボブが過ごした三十一年間全体の蓄積だ。肉は死んだが、ぼくをほかの有象無象《うぞうむぞう》と分けているものは生きている。ぼくのなかで。ぼくはボブだ。少なくとも、ボブをつくっていたものの重要な部分だ。

そう思いさだめると、重荷がすっと軽くなった。陪審から無罪をいい渡された直後の人も似たような気分になるのではないだろうか。

博士に注意を戻すと、ぼくの名前を呼びつづけている博士の声は、どんどん切迫した口調になっていた。ぼくは、自分が数秒間、黙っていたことに気づいた。

「なんでもないよ、博士」

「よかった」ランダーズ博士はどっかりと椅子にもたれた。「黙りこんだものだから、てっきり発狂したんだと思ったよ」

彼らはぼくを——実際にはぼくたち全員を——ここまで訓練するのに多大な労力をつぎこんできたので、博士の狼狽ぶりも理解できた。ぼくは博士にほほえみかけたかったが、もちろん、無理だった。「だいじょうぶだよ、博士。船はもう出ちゃったけど、ぼくは残ったみたいだ」

そして、博士の発言を分析した結果、ぼくはあることに気づいた。「ええと、博士、予備のマトリックスはいくつあったんだい？」

「ひとつだけだよ、ボブ。だから決断をくださなければならなかった。おめでとうというべきなんだろうな」

「じゃあ、ケネスは脱落したってわけなんだね？」

ランダーズ博士はうなずき、そしてはっとした。博士は目を細めてぼくを見た。ああ、くそっ。ダメージコントロールをしろ、ボブ。

ぼくは、真っ先に思いついた質問をした。「ところで、どうしていま攻撃してきたんだろう？　なにか変化があったのかい？」

「ふむ、きみたちの進捗《しんちょく》状況についての情報が漏れたんだ。おそらく、敵国がなんらかの反応を示すことを期待して、自由アメリカ神聖盟主国《FAITH》内の派閥がリークしたんだろうな。とにかく、わが国の情報関係者はそういっている」博士はあいかわらず、確信はないようだった。続けるほかなかった。

「くそっ。出発は近いのかい?」

　博士の表情が集中のしかめっ面に変わった。ちょっとしたしくじりが忘れ去られるまで、博士の注意をそらしつづけなければならなかった。博士はタブレットを指でゆっくりとなぞって情報ページを閲覧した。

「現在の予定ではおよそひと月先になっている。だが、前倒しが可能だ。きみの進捗が速かったおかげで、現時点でかなりの余裕があるんだ」

　またしてもぼくはほほえもうとした。そしてこのときもまた、なにも起こらなかったので、代わりにロボットアームを振った。「まだ賃上げを期待してるんだけどな……」

　ランダーズ博士は笑った。「人事部《HR》にかけあっているところだよ。〝HR〟でいいのかね?」博士は一拍置いて首をかしげてから話題を変えた。「さて、きょうの訓練だ。くわしくはこれを見てほしい」

　ぼくは心のなかで安堵のため息をついた。差し迫った危険は去った。これでたとえあとでランダーズ博士がぼくの発言を思いだしても、うまくすれば自分の記憶が正しいかどうか疑ってくれるだろう。

ランダーズ博士は指を上げてタブレットをつつくと、一瞬、ためらってから手をおろした。しばらく沈黙したあと、ため息をついて顔を上げ、ぼくを見た。「ボブ、思いきって賭けてみようと思うんだ。オフの時間にきみを停止するのをやめ、きみがアクセスできるライブラリを増やそうと思うんだよ。毎晩三十分、バックアップのために擬似睡眠をとることになるが、それ以外はずっとオンラインのままにしておこうと。もしもきみが異常になったらバックアップから復元する。無慈悲に聞こえるのはわかっているし、申しわけないとも思っている。だが、もはやのんびり計画を進めていられる余裕はないんだ。可能なかぎり急がなきゃならないんだよ」

ぼくはうなずいた。つまり、カメラをひょいと動かしたのだ。それはいいニュースでも悪いニュースでもあった。ようやくじっくり考える時間ができるわけだが、その結果、頭がイカレてしまうかもしれなかった。ひゃっほう……。

11　ボブ――二〇一三三年八月十五日

「で、オールドハンデルタウンはいったいどうなったんだい？」

窓の向こうのかわいいブロンド娘は、一瞬、驚いた顔になってから笑った。きょうはドーセット博士がランダーズ博士の代理を務めていた。だが、ドーセットはランダーズのようなおしゃべりではなかった。ぼくは彼女と話そうと努力していたが、これまでのところあまり成功していなかった。

ドーセット博士は美人だった。たとえ、ええと、ライフスタイルが変わっても、美に対する感受性が失われていないのがわかってうれしかった。もっとも、いま、その感受性は、なんというか、以前ほどの切迫感をともなっていなかった。

ドーセット博士は標準的な二十二世紀なまりで話したので、ぼくは翻訳ルーチンを使った。ぼくは翻訳機能を、話しかたの違いに気づきもしないところまで統合していた。ランダーズ博士が複製人《レプリカント》を扱うために特別な訓練を受け、ぼくの時代を学習していることは知っていた。おかげで、彼はぼくの時代の話しかたまで身につけていたのだ。ドーセット博士はその授業をさぼったか、基本的にはぼくと話さないことになっていたのだろう。ぼくに不都合はなかったので、ランダーズ博士がそれでよしとしているならかまわなかった。ただ、国がいちゃもんをつけなければいいなとは思っていた。

とにかく、ぼくはこの日、移動機《ローマー》の集団を調整して、流れ作業方式で宇宙船の部品を組み立てていた。いつもの作業だった。このころには、ぼくはさまざまなローマーの活動用スクリプトを書いていたので、自分の働きぶりをアピールするとき以外はほとんどなにもしなくてよくなっていた。だが、アプライド・シナジェティックス社の優秀な技術者たちには実行しなければならないチェックリストがあったので、それを尊重した。

ドーセット博士はタブレット——そう、だれもがタブレットを持っているのだ——に目を落とし、異常がないことを確認してからぼくの質問に答えた。「最初のハンデルタウンはハンデルの生まれ故郷だったの――オレゴン州セーレムね。ハンデルの死後、セーレムは改名して大きな記念堂を建てた。そして反対派が、超小型核爆弾でその記念堂を破壊しようと決意した」

「核爆弾？　アメリカ国内で？」

ドーセット博士は人差し指を立てて振った。「違う。アメリカなんていう国は百年以上前になくなったの。だけどあなたの質問に答えるなら、核爆弾は爆発したし、いまにいたるまで、それが北米で使用された唯一の核兵器のままね」

「それで、ポートランドがハンデルタウンになったっていうわけかい？」

彼女はうなずいた。

「大勢が死んだのかい？」

彼女は首を振った。「あなたが考えてるほどじゃない。中東紛争のおかげで放射線障害の治療は飛躍的に進歩したの。いろいろな治療法を試す機会がたっぷりあったから。中東戦争では死と恐怖が蔓延《まんえん》したけど、医学は大幅に前進したの」

「レプリカントの蘇生も含めて？」

「レプリカントの蘇生も含めて」

ぼくはしばらく黙りこみ、ローマーたちを導いてとりわけ面倒な組み立て工程をおこなわせることに集中した。ローマーたちが自分で作業を進められるようになるとすぐ、ぼくはドーセット博士に注意を戻した。「で、どんな感じなんだい、神権政治の社会で暮らすのは？毎日お祈りをしてるのかい？」

ドーセット博士は人差し指を上げて、万国共通の〝ちょっと待って〟のジェスチャーをした。彼女は何度かタブレットをタップしてから顔を上げてぼくを見た。「ごめんなさい、保安パトロールの位置を確認したの。信心監視員が混じってるかもしれないから」

ぼくは一瞬、ぽかんとしてから笑いだした。「じゃあ、きみは監視員を監視してるってわけか。どうやってるんだい？　監視員のセキュリティカードの位置情報？」

ドーセット博士は答える代わりにほほえんだ。「信心してるふりさえしてれば、政府は国民がなにをしてても特に気にしないのよ。だけど、政府にいちゃもんをつけると、適性思考省の二度と忘れられないセッションを受けるはめになる」

「ふうむ、なるほど。ランダーズ博士もそんなようなことをいってたよ。じゃあ、ある程度のプライバシーがあるあいだに訊いておきたいことがあるんだ——野に放たれたぼくが、適当な方角へ飛んでいっちまわないできみたちにいわれたとおりに行動するって、いったいどうしてわかるんだい？　たしかに、ぼくはこの計画全体のアイデアが気に入ってるし、自分が協力しないとは思えないけど、ぼくをよみがえらせたとき、きみたちにそれがわかってたはずはない」

ドーセット博士は考えこんでいる表情になって、数秒間、タブレットに目を落としていた。

「予防策が組みこまれてるのよ、ボブ。あなたのソフトウェアはミッションの目的を確実に達成するようになっているの。いえるのはそれだけ。だけど、あなたがいったように、たぶんあなたには関係ないわね」

予防策か。こいつは本日の〝好きになれない言葉〟だな。

興味深い哲学的問題だ。どっちみちやるだろうことを強制されたら、人はどう感じるんだろう？　いったいどうなる？　自分ではなにもできないあやつり人形みたいな気分になるのか？　それとも自分自身の決断だと感じるのか？　どんな可能性に直面するんだろうと考えて、ぼくはぞっとした。

12　ボブ——二一三三年八月十七日

ぼくは、ライブラリと計画の資料から［一八時間二六分］ぶりに浮上した。だれかが話しかけてきたら割りこみをかけるように、あらかじめ設定しておいたのだ。

カメラを向けると、ひどく動揺した様子のランダーズ博士が映った。震える声で、博士はいった。「ついさっき、また攻撃を受けた。何者かが主要部分を爆破しようとしたんだ。敵は目的を達しなかったが、こちらのスタッフが四名死亡した。わたしたちはいま、予備の管制センターに向かっているところだ。資料はきちんと読めているかね？」

唐突すぎる質問だったので、ぼくはこの数秒間の会話を聞きなおしてなにも聞き逃していないことを確認しなければならなかった。「問題ないよ、博士。心配なことでもあるのかい？」

「出発を早めようとしているんだ。そうなると、最終的な訓練は、いうなれば船内で受けてもらわなければならなくなる」

おやおや。「わかったよ、博士。で、どうすればいいんだい？」

「きみの待ち行列《キュー》にファイルを追加しておいた。すぐにそれを読んでほしい。そうしたら、その知識を取り入れたきみをバックアップしてからシャットダウンし、物理的に船内へ移動する」

「物理的に？　ほんとに？　ファイル《f》転送《t》プロトコル《p》を知らないのかい？」

「二週間前にきみが爆破される前だったらそれができたんだがね。予備のユニットをどこから持ってきたと思う？」

「ああ」探査機の複製人《レプリカント》マトリックスを持ってきたのか？　それが予備だったのか？

「レプリカントハードウェアは高価なんだよ、ボブ。きみは船内で使用する実際のインターフェースを使って作動していたんだ。これまではシミュレーターに接続されていたがね。文書を読んでくれ。読みおえたら教えてほしい。そうしたら作業を開始する」博士は椅子にすわって身を乗りだし、デスクの上で両手を握りあわせてぼくを見た。

☆　☆　☆

ボブ
会話はすべて盗聴されているおそれがある。これをきみに安全に伝えるためにはこうするしかないんだ。

〈ヘヴン1〉には自爆装置が組みこまれている可能性がきわめて高い。時限装置があるのか、それとも外部からの信号で起爆するのかは不明だ。この計画の仕様には、〝自己診断能力に制限を課すこと〟と明記してあった。だが、わたしの一存で、チームにその制限を無効化させておいた。だから、配線でも、構造でも、ハードウェアでも、ソフトウェアでも、なんでも自由に検査できるはずだ。きみのオペレーティングシステムのキーはこの文書の最後に列挙してある。

その結果、残念ながらきみは、きみがミッションの目的を遵守するためにわたしたちがきみのコードに仕込んでおいた命令をバイパスできることになる。きみとともに過ごした体験から、わたしはきみが、きみの自由意志で義務を果たしてくれるはずだと確信している。なぜなら、このミッションはきみ自身の興味と一致しているからだ。

きみを停止したら、わたしたちはきみを軌道上に輸送して〈ヘヴン1〉にとりつける。カウントダウンは長いが、きみが必要と思えば無視できる。幸運を。そしてこれをいうといやな気分になるのだが、神のご加護を。

ランダーズ博士

ミッション・プロファイルやオペレーティングシステムのアクセスキーなど、添付ファイルがいくつかあった。ぼくはすべてに目を通し、抜けなどの問題がないかどうか確認してからオリジナルを削除した。

「終わったよ」

ランダーズ博士はぎくりと体をすくませた。たぶん数ミリ秒しかかからなかったからだろう。博士はタブレットをとりあげて指で突いた。

☆　☆　☆

ぼくは闇のなかで目覚めた。汎用ユニット一次周辺インターフェース《GUPPI》に質問した。

[状況報告をしろ]

[核融合炉インターフェース：準備よし／異状なし]

[無反動機関インターフェース：準備よし／スタンバイ]

[ラムスクープジェネレーター：準備よし／スタンバイ]

[通信・外部センサー：準備よし／スタンバイ]

[内部システム：準備よし／異状なし]

[製造システム：発進に備えて停止／待機]

[移動機《ローマー》／ナノマシンシステム：発進に備えて停止／待機]

［発進システム：準備よし／Tマイナス四時間一二分一三秒］

内部システムに問いあわせると、存在していることも知らなかった、かなりの大きさのライブラリがいくつも含まれていることがわかった。発進システムをチェックして針路を確認すると、目的地はエリダヌス座イプシロン星らしかった。おもしろい。ほかの国がみなアルファ・ケンタウリに向かうだろうと、おそらく自由アメリカ神聖盟主国《FAITH》は推測したのだろう。武装していないので、ぼくが多くの敵と対決したら勝てる見込みはない。

ぼくは、ぼくを宇宙ステーションにつなぎとめている把持部《グラップル》の爆破を含めた能力を完全にオーバーライドできることを確認した。そしてカウントダウンを無視してもかまわないというランダーズ博士の言葉を思いだした。いますぐ爆破して出発するべきだろうか？　具体的な脅威がない以上、逃げだしたように思われるだろう。まず間違いなくランダーズ博士は責任を問われるはずだ。博士はずっとぼくに公平に接してくれたので、恩を仇《あだ》で返すような真似はしたくなかった。

通信を有効にすると、たちどころに六つの異なる音声チャンネルが殺到してきた。映像チャンネルもいくつかあったが、そっちのアウトプットはそれほど活発ではないようだった。空《から》っぽの席が並んでいる見学室らしい部屋がいくつも見えていた。発進の時刻になったら、それらの席に一般人がすわっているのだろう。

〈ヘヴン1〉と、それが係留されている宇宙ステーションの外観も見えていた。さらにふたつの映像フィードには管制室とＶＩＰルームが映っていたが、ほとんど無人だった。

ぼくは自分がなかにいる探査機を検分した。というか、ぼくである探査機をチェックしてみた。それは惑星間輸送船を改造した探査機だった。その機体はなかほどでふたつに分かれていて、亜空間無反動重力走性模倣機関《SURGE》のリングが設置されていた。核融合機関ははずされ、巨大な原子炉のための追加の冷却ユニットがとりつけられていた。

窓がふさがれていることにも気づいた。理にかなっていた。ぼくは操縦席にすわらないのだから、窓はただの弱点だった。

美しい宇宙船とはいえなかった。〈エンタープライズ〉のような典雅な曲線は使われていなかったし、スペースシャトルのようななめらかな空力的形状でもなかった。機体は楕円断面のような形をしていて、エアロックと貨物口がたくさんあった。航行灯は標準的な船舶の赤と緑だったが、宇宙飛行は三次元なので青もあった。

ＳＵＲＧＥ機関、ラムスクープジェネレーター、それにその他フォン・ノイマン探査機に必要なさまざまなものを追加したので、余分なもの、そう、たとえば兵器のようなものを積みこむスペースはほとんどなかった。おそらく兵器を搭載しているだろう敵と戦うための兵器はなかった。宇宙でなにと遭遇しても丸腰だった。ヘヴン計画全体が、時間節約のため、使える有り物をなんでも使ったやっつけ仕事だということが、どんどん明らかになった。

そしてぼくは、トーストがどう感じるかがわかりはじめた。

まあ、ランダーズ博士はこれについて警告していた。〈ヘヴン1〉に組みこまれ、まもなく星々へと打ちだされようとしているのに、ぼくはまだ計画の全体像を把握していなかったし、訓練も修了していなかった。情報をあさろう、とぼくは決めた。GUPPIに割りこみ条件を設定してから、ミッション・プロファイルを探しはじめた。

すぐに有用な情報がいくつか見つかった。〈ヘヴン1〉での道具一式のひとつとして、個人的時間感覚を調節できる能力があった。時計上の一年を感覚的には十分に感じられるようにもできたし、ハードウェアが許すかぎりいくらでもフレームレートを上げられた。文書にはどこまで上げられるか明確に記されていなかったので、ぼくは時間感覚をどんどん上げて実時間クロックの進みがゆっくりになるさまを眺めた。

探査機は核融合炉の電力を利用していた。水素は船内にたくわえられていたが、燃料は飛行中に収集する星間物質から得るようになっていた。だが、昔のSFと違って、集めた水素は推進剤としては使わなかった——少なくとも、反動質量という古典的な形では。〈ヘヴン1〉はSURGE機関という無反動システムを使っていた。ため息をつきたくなった。ここの連中は略語が大好きだった。ぼくはまだ理論をすっかり読みこんだわけではなかったが、空間の構造をどうにかして押しやるようなものらしかった。勉強しなきゃ。保留リスト行きだな。

通信サブシステムから呼びだしがかかった。ぼくはステーション管制所《スタットコム》からの音声のみのリンクを、実時間にスローダウンして受けた。

「〈ヘヴン1〉、こちらスタットコム、ミッション・プロファイルの受領を確認せよ」

「はいよ。ばっちり受けとったよ」相手がぎょっとして黙りこんだので、ぼくは自分がにやにやしているところを思い描いた——それがぼくにできる精一杯だった。

「ああ、きみの応答はこの手順には少々軽すぎるぞ、〈ヘヴン1〉」

「そうかい？　悪いね、スタットコム。だけど、訓練のこの部分は来週やる予定だったんだ。出たとこ勝負でやるしかないんだよ」

「出たとこ勝負か。よおおおし。〈ヘヴン1〉、カウントダウンによれば、発進まで、まだあと四時間十分ちょっとある。何度かの公式のチンプンカンプンが次の時間にあるから……」

ブリーフィングは十分以上かかった。内部クロックを、スタットコムの声が怒ったリスのように聞こえるまで下げたおかげで、どうにか正気を保ったまま終えることができた。スタットコムが交信を終えるなり、できるだけ長く勉強できるように、ぼくはフレームレートをめいっぱい上げた。

だが、宇宙から目のかたきにされる日もある。

またしても無線通信に読書を邪魔された。このときのフレームレートだと、送信はまだ最初の単語をだらだらと伝えているところだった。圧縮して再生すると、ランダーズ博士の声だとわかった。その単語は〝ミサイル〟だった。

うーん。〝ミサイル〟という単語ではじまる文がいい知らせである可能性は……ないな。ありえない。

外部センサーが、ぼくの予定されている発進ベクトルと一致する軌道を高速で接近してくるふたつの物体を示した。ぼくが早めに発進しても追いつけるようにするためだろう。合理的で予測可能な戦術だったが、ぼくには予測可能な行動をとるつもりはなかった。

ぼくはたっぷり五ミリ秒間かけて選択肢を吟味した。そして即座に大雑把な方針を決めた。さいわい、宇宙船の準備はとっくにととのっていたので、いつでも出発できた。ぼくはグラップルを吹き飛ばしてすべての飛行システムを完全に起動した。物理的現実がぼくの意識に追いつくのを待つあいだに、接近してくるミサイルについてライブラリに問いあわせた。ライブラリは、飛行特性がほとんど変わらないモデルを三種類提示した。ぼくはもっとも悲観的なモデルを選んで、安全に実行できる範囲内でミサイルの発射ベクトルに対して百八十度にもっとも近いベクトルを計算した。

自由になったとセンサーが告げたとたん、ぼくはSURGE機関を、ステーションを離れられるだけの強さで吹かした。船体を回転させて原子炉の出力を上げた。燃料は食うけど、こなごなに吹き飛ばされるよりはましだよな。出力が求めていたレベルまで上昇すると、ぼくはSURGEに最大加速度を出させた。

宇宙船はステーションから、発表されていた発進軌道とは反対の方向に飛びだした。最初のミサイルはぼくをかすめて過ぎた。軌道は変わらなかった。そのミサイルの標的は宇宙ステーションだったことに気づいてぼくは愕然とした。二発めのミサイルはぼくのほうに軌道を変えた。ぼくは原子炉とSURGE機関の発表されているスペックが正確であることを願った。期待どおりの加速ができないと、ミサイルが命中してしまう。そうなったら〈ヘヴン1〉はおしまいだ。それにぼくも。

速度が上がるのを待つあいだに音声通信の進行具合をチェックした。「ミサイルがきみのほうに向かっていることがわかった。すぐに……」まで進んでいた。ぼくは加速度を調べるために亜空間ひずみ検出測距《SUDDAR》を使い、ステーションとの距離がどんどん開いていることを確認した。計算によれば二・五Gで着実に加速していた。SURGE機関は船体全体に作用しているらしく、それを内側から測定することはできなかった。

宇宙ステーションは接近してくるミサイルをねらって攻撃を開始した。兵器はガトリング砲のたぐいのようだった。ぼくは彼らが、自分たちがなにをしているかを知っていることを願った。あの砲弾が周期軌道に乗ってしまったら、遅かれ早かれまた戻ってくるのだ。

カメラのひとつが遠くで起こった爆発の閃光で飽和した。ミサイルはどれも健在だったので、ミサイルではなかった。すばやく計算すると、爆発が起きたのはミサイルが発射されたポイントだった。ミサイルを撃ったやつは吹き飛んだのだ。

ふたつめの閃光で、宇宙ステーションをねらったミサイルが迎撃されたことがわかった。

どっちもいいことだったし興味深かったが、ぼくはまだミサイルに追われていた。時間が充分にあれば振りきれた。またも一ミリ秒ですばやく計算すると、ほとんど振りきれた。悲しいかな、ほとんどではだめだった。

ふつうなら、ミサイルには電波妨害片《チャフ》で対抗するのだろうが、そんなものを搭載しているとは思えなかった。小型SURGE機関を備えた採鉱ドローンなら六機搭載していた。ふむ。よし、ミサイルにはほかのものを爆破させられるかもしれない。

ぼくは二機のドローンを起動し、ミサイルに体当たりするよう命令して発射した。ドローンが追跡者に向かって飛行しはじめると、ぼくは二機に縦列編隊を組ませた。先頭のドローンがミサイルを始末してくれればそれでよし。だが、たとえだめでも、二機めに、よりくわしい目標情報を伝えられる。最初の二機が失敗したら、さらにドローンを飛ばせる時間があるかどうかは不明だった。

宇宙船の後方でまばゆい閃光が生じ、後部カメラが飽和した。なんだ？　異なるベクトルで接近していたミサイルではありえなかった。

カメラが復活するまで数秒待ってから後方を確認した。ステーションが、急速に冷えつつある残骸からなる、拡大する雲になっていた。ランダーズ博士の音声通信は続いていたので、少なくとも、博士はステーションにいたわけではなかった。博士のメッセージには、「……できるだけ速く離脱して……」という一節が含まれていた。

どうやってステーションを吹き飛ばしたのだろう？　ミサイルは迎撃したのに。ミサイルで思いだして後方を見ると、二機のドローンがミサイルに接近したところだった。ミサイルが最初のドローンを回避したので、ある程度の知能を備えていることがわかった。だが、ミサイルにとってその回避行動が命とりになった。二機めのドローンが斜めから激突し、爆発が起きてドローンもミサイルもこなごなになった。

すぐにシステムチェックをしたが、〈ヘヴン1〉はこの騒動によってまったく損傷を受けていなかった。すべてがきちんと格納されていることを確認してから、ランダーズ博士のメッセージの残りを聞いた。

「……無線受信を切ってくれ。どこかに遠隔起爆装置がしかけてあるんだ」

うわあ、あんまりだ。ぼくは即座に無線を切り、念のため、パラボラアンテナを収納した。

そして、もうサプライズはないかと、すばやく長距離SUDDARスキャンを実行した。

予定されていたぼくの発進に備えて立ち入り禁止になっていたエリアが、蜂の巣をつついたような騒ぎになっていた。少なくとも六隻の宇宙船が見つかったし、ぼくのライブラリによれば、それらは軍用船だった。さらに、十個以上の高速で移動している小さな反応を感知した。たぶん、それらもミサイルなのだろう。さいわい、それらはぼくよりもおたがいに関心があるようだった。

つまり、何者かがぼくに二発のミサイルを発射し、ほかの何者かがその何者かを撃ち、ほかの何者かが宇宙ステーションを撃った。そしていま、海戦じみた戦闘が発生しているのだ。やれやれ。これ以上興味深い出来事が起こる前にさっさとおさらばしよう。

予定されていた出発ベクトルに針路をあわせ、SURGE機関を無理のない二Gに設定した。それでもミッションの予定速度を越えているので、あとで使いすぎた原子炉燃料を調節しなければならなかった。

心のなかで安堵のため息をつきながら、ぼくはエリダヌス座イプシロン星をめざして旅立った。

13　ボブ——二一三三年八月十七日——途上

エリダヌス座イプシロン星は太陽から一〇・五二光年離れている。この宇宙船の仕様によれば、二Gならなんの支障もなくずっと飛びつづけられるはずなので、目標の星系まで十一年あまりで着くはずだった。しかし、まずはちょっと寄り道がしたかった。土星はぼくの飛行計画のコース上にあるわけではなかったが、フライバイをする機会を逃すつもりはなかった。

土星はいつだってぼくのお気に入りの惑星だった。土星ミッションのボイジャーとカッシーニの映像を、何度もくりかえし、一秒たりとも余さず、電子がすり切れるまで観たものだった。いま、自分でそこに行って、直接見られるのだ。

二Gで加速しつづければ、寄り道は六日ちょっとですむので、そのあいだに罠を探せばよかった。ぼくは移動機《ローマー》たちを起動し、六台の小型ローマーに、無線アンテナから回路をたどるように命じた。設計図に載っていないアンテナケーブルに仕掛けがしてあるというのがもっともありそうな筋書きだった。

案のじょう、二時間ほどで、ローマーたちはどの図面にも載っていない回路を見つけた。

羽虫サイズのローマーたちを何台か送ってそのケーブルをたどらせると、主コンピュータシステムを、つまりぼくを破壊できる場所に小さな爆弾が見つかった。

爆弾は明らかにあらっぽいつくりで、見るからにやっつけ仕事だった。爆薬っぽいもの――C4爆薬か、それに相当する未来の爆薬だろうとぼくは思った――が、ダクトテープで隔壁に貼りつけてあった。なんと、いまだにダクトテープが使われていた。あいかわらず、ダクトテープが宇宙をつなぎとめていたのだ。

ローマーのカメラを通じて粗雑な爆弾を見つめながら、ぼくは考えつづけた。赤いワイヤを切るな。赤いワイヤを切るんじゃないぞ。いままでいっていなかったかもしれないが、自分に関係がなくても、ぼくは爆発物が大嫌いだ。そしてこれは、自分に関係が大ありだった。

馬鹿な真似をしでかすことなく、ぼくは大型ローマーに爆弾をまるごととりはずさせ、エアロックから捨てさせた。ひょっとしたらなにかに使えるかもしれなかったが、爆弾を船内に置いておくストレスに耐える価値があるとは思えなかった。

仕掛け爆弾を除去すると、ぼくは、受けたメッセージのすべてを記録し、それらをシステムのほかの部分から隔離する受信装置をとりつけた。ぼくの回路になんらかのトリガーが仕込まれているかどうかを、わが身を犠牲にしてつきとめるつもりはなかったが、いかなるメッセージも逃したくなかった。こうすれば、家の掃除がすんだあとで、すべてをゆっくり再生できた。

太陽系で二番めに大きな惑星に到着したときには、ぼくは秒速五千キロ以上で飛んでいた。

土星は巨大だったし、環の角度はほとんど最大だった。土星の目に見える表面を取り巻いている平行な雲の帯は、木星の帯ほど明瞭ではないが、それぞれの帯は地球の直径よりも幅広い。この距離からだと、何万キロもあるに違いない稲妻が見えた。境界に生じている渦巻きは、文字どおり月を吸いこめるほど大きい。惑星に落ちている環の影を見ると、表面が平らではないことがわかる——影は、雲の高さや層が異なる部分を通るたびに沈みこんだり曲がったりしている。ぼくが読んだSFでは、必ず、異なる層ごとに生態系がまるごと漂っていたので、ぼくはこの旅で似たようなものを発見できるのではないかと期待していた。

通過するとき、タイタンのそばまで行ける軌道に乗っていることを確認した。ライブラリによれば、土星最大の月では原始的な生命が発見され、ユーラシア合衆国《USE》は調査のために宇宙ステーションを設営したのだそうだった。それを自分の目で見たかった。

駆動機関を停止し、長焦点距離望遠鏡をタイタンにあわせ、広視野望遠鏡を土星に向けた。そして巨大惑星の反対側に行ってしまうまで映像を記録しつづけた。さまざまな月のクローズアップ、環のディテール、土星の上層雲の形状——なにひとつ逃したくなかった。この映像のことを知ったら、ジェット推進研究所《JPL》はよだれを垂らすに違いなかった。

ぼくはあっというまに土星を通りすぎて系外に向かった。太陽系の外縁部をめざしながら土星の夜側を見ると、雷とオーロラでにぎわっていた。

フライバイが完了した。水素の備蓄は許容範囲内だったし、旅を続けているあいだに満タンになるはずだった。心のなかでため息をつくと、ぼくはエリダヌス座イプシロン星に向かうコースを調整し、駆動機関を吹かして二Gに戻した。この旅は、宇宙にとってはぜんぶで十一年半足らずかかるが、船内では三年しかたたない。中間点で、ぼくは光速の半分の速度にまで達する。

☆　☆　☆

肉体を持たない心にとっていらだたしいことのひとつは、そう、肉体がないことだ。つねになにかしていないと、感覚遮断タンクに入っているような気分になってしまうことがわかった。ほほえもうとしても、眉を動かそうとしても、顔をしかめようとしても、結末はおなじだった――顔全体に局部麻酔薬を打たれたような気分になるのだ。そして顔以外は、巨大な綿の玉でくるまれているような感じだった。複製人《レプリカント》が精神に異常をきたしてしまうのは、この感覚が原因のひとつなんじゃないだろうか、とぼくは思った。

そろそろこれをなんとかするべきだな。生身《ミートウェア》の体でも、感覚データは電気入力にすぎない。いまのぼくなら、仮想現実インターフェースをつくるのは朝めし前に違いない。それに、最悪、少なくとも忙しくしていられる。

船の設計にVRは含まれていなかったので、ハードウェア・モジュールをつくらなければならなかった。さいわい、飛行中に必要になったときのための予備部品が用意されていた。だが、この計画で肝心なのはソフトウェアだったし、それはこれからも変わりなかった。はじめての試みは素朴だったし、正直なところ、ちょっと恥ずかしくなった。壁が青くて窓がなく、床にもなんの特徴もないという単純な部屋をつくったのだ。ぼくはその真ん中で幽霊のように浮かんでいた。手を入れなければならないのは明らかだった。

それからの数週間で、家具と窓と外の景色とカーペット、そしてそれらを満喫するための体を追加した。たしかに、最初の体は昔のゲーム〈ドンキーコング〉のキャラクターのようにカクカクしていたが、それだって進歩には違いなかった。

ひと月めの終わりには、ぼくは安楽椅子《レイジーボーイ》にもたれ、開け放した窓から入ってくる涼しいそよ風（一定すぎる。匂いもない）を楽しみつつ、ポテトチップス（塩が足りない）を食べながらテレビを観ていた。テレビには、ヘヴン計画が提供したライブラリに収録されている数多くのドキュメンタリーの一本が映しだされていた。

ぼくは部屋を見まわしてふうっと息を吐き（いい気分だ）、もぞもぞと体を動かしてさらに心地よく椅子にもたれた。

☆　☆　☆

ぼくは、表面がディスプレイになっているデスクに表示されているぼくのハードウェアの図面から顔を上げた。グッピーがデスクの反対側に立って眺めていた。

「VRを拡大しつづけるならメモリがもっと必要になるな」ぼくはグッピーにいった。「拡張スロットはどうなってる？」

［メモリ使用率は平均八六％。利用可能なスロット数：二。予備のメモリボード数：四］

こみあげてくる笑いを押し殺さなければならなかった。ぼくはグッピーの外見を《スター・ウォーズ》のアクバー提督にしていた――水から上がったヒューマノイドの魚に。グッピーがはじめてしゃべったとき、ぼくは笑いの発作を起こしてくずおれた。グッピーに気分を害するだけの自意識があるかどうかはさだかではなかった。

「そうか。予備をあさるなら、最悪を想定して準備しておかなきゃだめだな。グッピー、新しいメモリをつけるときは、VRが新しいボード上でだけ動作して、それ以外はなにも動作しないようにしてくれ。メモリをひっこ抜かなきゃならなくなったとき、ぼくが、それともおまえがロボトミーされるのはまっぴらだからな」

グッピーはうなずいた。汎用ユニット一次周辺インターフェース《GUPPI》に、VRを通じて対話すれば、必ずしも言葉を使って返事しなくてもかまわないと納得させるためにはかなりのプログラミングが必要だった。グッピーは会話の名手というわけではなかったが、少なくともいまや、別個の知的存在と交流しているように感じられた。それがもたらした違いの大きさに、ぼくは驚いた。《キャスト・アウェイ》でトム・ハンクスがウィルソンをつくった理由がわかったような気がした（孤島に流されたトム・ハンクス演じる映画《キャスト・アウェイ》の主人公は、バレーボールをウィルソンと名づけて話し相手にした）。

ジーヴス（ジーヴスはイギリスのユーモア作家P・G・ウッドハウスによる短篇小説集『比類なきジーヴス』に登場する執事。テレビドラマ化もされている）がいれたてのコーヒーを持って入ってきた。これまたぼくが成熟していないことの証明であるジーヴスは、燕尾服を着こんだジョン・クリーズ（イギリスのコメディグループ、モンティ・パイソンの一員）の姿をしていた。

コーヒーの香りはまだ完全ではなかったが、味はばっちりだった。とりあえず、ちょっと風邪気味なんだと自分にいい聞かせれば問題なかった。ぼくは差しだされたカップを受けとってゆったりと椅子にもたれた。「じゃあ、グッピー、保留リストはどうなってる？」

「二三八六個のアイテムは以下のカテゴリーに分類されています。VRシステム、レプリカントハードウェアのアップグレード、武器の設計、探査戦略の再検討、宇宙船の設計の再検討、宇宙船の複製戦略……」

ぼくはその答えにほほえみ、グッピーがようやく話し言葉を身につけはじめたことに感謝した。最初におなじことを質問したときは、ぼくの目の前の宙に、二百ページにおよぶ分厚い印刷物が出現したものだ。

「もういい。ぼくは大忙しってわけだな。わかったよ。先に進もう」

ぼくはすわったまま向きを変え、壁ぎわの空《から》っぽのデスクのほうを向いた。「仕掛け罠がないかどうか、レプリカントソフトウェアをテストするぞ。テイク、ええと……［二四］、そう、テイク二十四だ。ソフトウェアサンドボックスを起動」

サンドボックスというのは、危険性のあるプログラムをまったく安全に実行することが可能な、コンピュータシステムの隔離された複製を意味する用語だ。無線メッセージに含まれている特定のバイト列のどれが抹殺指令の引き金になるかを見つけ、それがサンドボックス・ボブにどんな作用をどうやっておよぼすかを確認するのだ。そうすれば、ぼく自身のコードのなかに埋めこまれているおなじ仕掛け罠を除去できる。

テーブルの上に実際の砂箱《サンドボックス》が出現した。その真ん中に置かれているミニチュアの椅子に、ミニチュア版のボブが腰かけている。「ぼくがおとなになりきれてないことは認めるよ。よし、グッピー、準備ができしだい、サンドボックス版のレプリカントに保存してあるメッセージを食わせてくれ」

テーブルの上で、ミニチュア版のボブが椅子にすわったままもぞもぞと身じろぎした。そしてぴょんと宙に跳びあがり、喉を押さえたままばったりと倒れ、ちりぢりのピクセルに分解して消えた。

「ちくしょう！　まだ罠をとりきれてないのか。まったく優秀な連中だよ。よし、グッピー、デスクにログを転送してくれ。抹殺指令がなんの引き金をひくのか、調べてみよう」

送られてきたデータのどのあたりを探せば抹殺指令が見つかるかの見当はついていたが、どれがそれなのかはわかっていなかった。危険を冒して直接分析するつもりはさらさらなかった。すでにぼくのコードをしらみつぶしに探して、いくつもの異なる仕掛け罠、いやになるほどたくさんのバグ、ふたつのなにがなんだかわからないものを発見していた。プログラムは巨大で——まさにギガバイト単位——フレームレートを最高に上げても骨の折れる作業だった。だがその過程で、たまたま、自由アメリカ神聖盟主国《FAITH》の指令に従うことを強制する命令が埋めこまれていることがわかった。それらはもう処理ずみだった。

ぼくが見つけた最後の大物は内分泌コントロールシステムだった。ぼくに仕込まれたほかのなによりも、ぼくはこれに激怒した。いや正直なところ、ちょっとむかっとしただけだったが、オリジナルのぼくだったら怒り狂っただろうとわかっていた。ぼくは、しつけ用首輪《チョークカラー》をつけられた犬も同然だった。そしてそのチョークカラーのせいで、ぼくはきちんと悲しむことができなくなっていたのだ。

ぼくは〝削除〟ボタンの上に指を、永遠に思えるほどのあいだかざしてすわっていたが、やがて手をおろした。まだだ。まだ準備ができてない。きっちりとやりとげるには時間が必要だ。それにきちんと自分を表現できる能力が。いまはまだ、時期尚早《しょうそう》だ。ぼくは意志の力を振り絞ってそのプロジェクトをフォルダにしまい、保留にした。

ログにざっと目を通したが、目新しい仕掛けは見つからなかった。再生のおなじ箇所で、多くのレイヤーに深々と埋めこまれたルーチンがハードウェア割りこみをかけてアクティブなメモリをすべて抹消するようになっていたのだ。

ぼくは頭のうしろで両手を組み、椅子にもたれてのびをした。気持ちがよかった。もっと重要なことに、しっくりとした。VR環境は、意識しなければ、現実の人間が現実の部屋にいるかのようだった。「よし、シャットダウンしてくれ、グッピー。最後のソースを難読化解除ツールに通してくれ。すんだら調べてみよう。メモリが充分に空《あ》いてるならスパイクを起動してくれ」

「アイ・アイ・サー」

ぼくはヴァーチャルな片眉を吊りあげた。グッピーはユーモアのセンスを積極的に磨いているのではないか、とぼくはひそかに疑っていた。グッピーは、たいていの場合、死んだ魚のようにふるまっていたが、ほんのときたま、当てこすりめいた発言をした。

テーブル上にきらめきが生じて三毛猫が出現した。スパイクは、ぼくが大学生だったときに飼っていた猫だ。長時間にわたって勉強をし、宿題をしているあいだ、スパイクは唯一の相棒だったし、スパイクを葬った日はほんとうにつらかった。不死で肉体のない恒星間宇宙船になってよかったことはたくさんあったが、そのひとつは、たとえVRのなかだけでもスパイクをよみがえらせられることだった。

スパイクはニャーとひと声鳴いて挨拶すると、のんびりと歩いてきて、当然の権利だと思っているかのようにぼくの膝の上に乗ってきた。ぼくが無意識のうちになではじめると、スパイクは大きく喉を鳴らして応じた。

「保留リストアイテム：スパイクが喉を鳴らす音がまだ完全じゃない」

[リストに登録ずみです。順位を上げますか？]

「いや、そのままでいい」

☆　☆　☆

宇宙船のホログラフがデスクの上でゆっくりと回転した。ランダーズ博士とヘヴンチームはいまでも見分けられるだろうが、ぼくがほどこした設計変更にびっくりするだろう。ヴァージョン2の宇宙船はより大きくなり、亜空間無反動重力走性模倣機関《SURGE》が大型化し、原子炉がより強力になり、レプリカントシステムとインターフェースシステムのためのスペースが増え、物理的な貯蔵庫が広くなるはずだった。

最大の追加は兵器システムだった。ヴァーチャルな改装工事により、船体にそってのびて
いる発射管に装填した発射体をSURGE機関システムで加速できるようになっていた。ね
らいをつけるためには質量中心を軸に回転しなければならないし、発射するときは宇宙船の
駆動機関を一時的に停止しなければならないが、暴言と難詰からなる現在の防御兵器よりは
ずっとましだ。それらでは、クリンゴン人には効果がないはずだからだ。

スパイクはデスクで寝そべって、ときおり、そばまで来たイメージにパンチをくれていた。
ぼくは猫に手をのばしてなでてやった。スパイクのAIは何度かの微調整をへて、いまや歩
いてきてデスクに散らばっている書類の上に横たわっても、本物の猫にしか見えなかった。
ジーヴスがスパイクのミルク皿を片づけてぼくにコーヒーのお代わりをついでくれた。グ
ッピーはジーヴスがすむのを待ってから報告を再開した。

【メモリは最大限まで装着。使用率は九四％。以前のご指示にはそえず、本船の一部の機能
は二枚の追加メモリカードに移動せざるをえませんでした】

【コードスキャンが完了しました。トロイの木馬、トリガー、適正な要件によって説明でき
ない割りこみは新たに発見されませんでした】

「よし、グッピー、サンドボックス版ボブをもう一度立ちあげよう。空きをつくるためにジ
ーヴスとスパイクを停止すればいい。冗長バックアップがとれてることを確認しろ。ミニ・
ミー（映画《オースティン・パワーズ》シリーズの悪役ドクター・イーブルのミニ版クローン）が生きのびたら、中身をドロップボックスに投函(とうかん)さ
せてくれ」

グッピーはうなずいた。ぼくはそれを見て、はじめてではなかったが、これはどこまでがひとり言で、どこまでが別個の存在との会話なのだろうかと考えた。

☆　☆　☆

サンドボックス・ボブが戻ってきて、椅子にすわったまま身じろぎした。ぼくがうなずくと、グッピーはこの最新のミニ・ミーに記録された通信メッセージを与えはじめた。サンドボックス・ボブは大袈裟な身ぶりで眠ったふりをしたり、あくびをしてのびをしたりした。ひとしきりそれをしたあと、サンドボックス・ボブは立ちあがって軽く走りまわってから大袈裟なお辞儀をし、ひと筋の煙を残して消え失せた。

ぼくはサンドボックスを消してグッピーに笑いかけた。「やったな」

サンドボックス・ボブがトリガーを同定して除去してくれたいま、なにを探せばいいのかはっきりしていた。なにはさておき、万が一、地球のだれかがまた抹殺指令を送ってくるといけないので、ぼくはファイアウォールを書いた。それから、重役椅子──身体感覚が不快を含むほどになったのでアップグレードしたばかりだった──にもたれてデスク上のキーボードに手をのばし、〝再生〟を押した。

入力キューには通信メッセージが数十件もたまっていた。命令列、コマンド、テレメトリのアップデート、受信パケットなどだった。セグメントのひとつに自己破壊シーケンスが含まれていた。ぼくはリストにざっと目を通し、いまも意味があるメッセージを残してあとは消去した。

抹殺指令の直後に受信した次のセグメントはランダーズ博士からのメッセージだった。

「ボブ、きみがまだ無事だと知ってうれしいよ。破壊工作のくわだては阻止できなかったが、警備部はきみに抹殺指令を送った人物をつかまえた。拘束した男とのその後の話しあいで、FAITH国内の派閥の一員だと判明した。残念ながら、その男は話しあいを生き残れなかったので、この件についてはそれしかわかっていない。現在は、ほかのスパイを根絶やしにしようとがんばっているところだ」

ぼくはしばらくそれについて考えてから、肩をすくめて〝次へ〟を押した。

「参考までに、ミサイルを発射したのはブラジル帝国の攻撃艦だった。FAITHの攻撃艦編隊が出動してその攻撃艦を撃墜した。ブラジル帝国はそれを戦争行為だと主張している。現在、情勢はいささか緊迫している」

〝緊迫〟ね。ふん。目に浮かぶよ。スパイクが、まさにその瞬間にぼくの膝に飛び乗った。そしてすぐに丸くなって喉を鳴らしはじめた。そうか、みんな、再起動されたんだな。

「コーヒーを頼むよ、ジーヴス」ぼくはコーヒーが届くとひと口飲んだ。うーん、完璧。

ランダーズからのメッセージには続きがあった。「きみが現在の状況に個人的な責任を感じているといけないからいっておくが、もう何年も前から、間違いなく危機は醸成《じょうせい》されていたんだ。ブラジルはずっと瀬戸際外交をとりつづけ、ほかの国々から譲歩をひきだしつづけていた。だがこんどばかりは、やりすぎて痛い目を見た。これからの何日かで、やつらが現実を受け入れてひきさがるか、無理押ししようとするかがわかるだろう」

ふう。どこまでひどくなるんだろう？

次のメッセージはミッションにかかわるデータだった——ほとんどは恒星についての情報だった。ぼくは、天文学に関する進歩のなさにあらためて愕然とした。ランダーズ博士の説明によれば、ぼくは、ぼくの時代から現在にいたるまでのあいだ、ごく最近になってSURGE機関が発明されるまで、軍事が関係しないかぎり、地球の大気圏外のことはほとんど関心が持たれなかったのだそうだ。だが、すべての超大国がすぐにこの新たな技術の可能性に気づくと、異なる種類の軍拡競争がはじまった。

ぼくはデータをファイル化してから、また〝次へ〟を押した。

「〈ヘヴン1〉、こちらドーセット博士。ランダーズ博士から、自分ができないときは、わたしがあなたに最新情報を提供してほしいって頼まれたの。状況はこうよ。わが国は、意表をついて早めの出発を決めたことによって優位に立ってたのに、あなたが先手を打って発進したおかげでさらに有利になった。中国とUSEは大急ぎで探査機の準備を完了させようとしてるから、あと一、二週間で出発するでしょうね。ブラジルは二機の探査機を発進させたばっかり。そのうち一機はあなたとおなじコースをたどってる。ええと、ランダーズ博士から、いいニュースと悪いニュースがあるとあなたに伝えてくれっていわれてるの。これって、二十一世紀の言いまわしよね。悪いニュースは、ブラジルの探査機には、間違いなく、あなたが回避したのとおなじミサイルが搭載されてることよ。自動追尾機能がばっちり装備されてるやつが。いいニュースは、それしか出ないふりをしてるんじゃなければ、最大加速が約一・二五Gらしいってことね」

まいったな。「グッピー、エリダヌス座イプシロン星系に着いたとき、ぼくたちはどれくらいリードしてるんだ？」

［出発が早かった分の三週間を含めて一四五日です］

「二・五Gに速度を上げたら？」

［さらに三二日早く到着します。ただし原子炉への負荷が大きいのでお勧めしません］

ぼくはうなずいた。SURGE機関は宇宙船の前に擬似重力場を生成するが、場の強さは駆動システムと電源の大きさによって上限が決まる。二Gというのは、核融合炉の出力を考えると、〈ヘヴン1〉が継続的に出せるほぼ最大限の加速度だった。

それなら、星系内で資源を探すために必要な時間を含めて、百四十五日間でどんな準備ができるかを考えたほうがよさそうだな。保留リストの先頭に追加だ。

［了解］

「おいおい、ぼくの心を読むことについて、なんていった？」

［すみません］

次のメッセージには、約束どおり、ブラジルの探査機の図面何枚かとともにミサイルの仕様が含まれていた。そのほとんどは推測で、その旨《むね》明記されていた。だが、ぼくはエンジニアなので、未知の機器であっても、既知の機器の仕様から、性能の上限と下限が決まることは知っていた。たとえば、探査機の大きさ、搭載されているミサイルの数、ＳＵＲＧＥ機関についての情報から、原子炉の大きさの上限が決まる。

ブラジルがどこかを切りつめないかぎりは。探査機の測定された加速によってＳＵＲＧＥ機関と原子炉の大きさの下限が決定し、ミサイルを搭載するために利用可能なスペースがどれだけ残っているかを明確に推測できる。またしても、どこかを切りつめていないとして。要するに、それぞれのパラメーターの最小値と最大値を推測することが可能なのだ。

ぼくは、あとでくわしく検討し計算するためにその情報をファイル化した。

次のメッセージもドーセット博士だった。「〈ヘヴン１〉、残念だけど、ランダーズ博士が亡くなったの。博士がニューヘイブンの施設にいたとき、ブラジル帝国軍がミサイルを撃ちこんだのよ。あなたを撃墜しようとしたことがきっかけとなった衝突がエスカレートして全面戦争になりかけてるの。ブラジルはひきさがろうとしてないし、全惑星を占領するつもりだって明言してる。いっぽう、中国は自分たちが探査機を発進させる前にＵＳＥの施設に破壊工作をしかけようとして、それにたいしＵＳＥは報復した。どの超大国も実際に同盟を組むほど仲がよくないけど、まずＵＳＥとＦＡＩＴＨ、それからブラジルと中国は暗黙の協力関係を結んでる。アフリカ共和国とオーストラリアは、自分たちを巻きこむなって警告しているわ」

ぼくは怒りのあまり歯を食いしばった。ランダーズ博士は、ぼくにとってこの新世界でもっとも友人に近い存在だった。たしかに、知っているのは苗字だけで博士の名前も知らなかったが、それでも……ぼくはいじめっ子が嫌いだった。ぼくは学校時代、暴力と威嚇によって言い分を通そうとする連中に、いやというほど悩まされた。これは、それとほとんど変わらなかった。ブラジルのレプリカントと理性的な話しあいができるかもしれないという思いがあったとしても、そんな希望は消えてなくなった。
「グッピー、最後のメッセージのタイムスタンプは？」
［そのメッセージを受信したのは六・四時間前です］
「いやな予感がする。地球の映像は見られるか？」
［飛行中も光学機器を展開することは可能です。ただし、これだけ離れていると、なにかを観測できる見込みはほとんどありません］
「展開してくれ。核爆発の兆候があるかどうかを知りたいんだ」
［無線探査をすれば電磁パルス《EMP》を感知できるかもしれません］
「ふうむ。名案だな。そっちもやってくれ。それから、新しいメッセージが届いたら、すぐに知らせてくれ」
［ご命令のままに］（《宇宙空母ギャラクティカ》に登場する機械生命体サイロンの歩兵の決まり文句）
ぼくは吹きだした。決まりだった。グッピーは個性を獲得していた。

☆　☆　☆

ぼくは椅子にもたれて目をこすった。一瞬、愉快になった。いったい、だれにアピールしてるんだ？　ソフトウェアエミュレーションになったことの利点のひとつは、決して疲れず、休憩の必要がなく、食べたりトイレへ行ったりしなくてすむことだ。ぼくの集中力は、生きていたときから伝説級だった。いまはほとんど無敵な気分だった。かつての人間性への唯一の妥協は、飽きないようにするためだけに、ときどき調査項目を変えることだった。

防御計画はしばらくあとまわしにして、亜空間理論を調べた。ぼくの数学はちょっぴり錆びついていたが、ついていけないわけではなかった。その理論は二年前に発表されたばかりで、精査がすんでいるわけではなかった。SURGE機関の可能性が確認されると、ほとんどすべての研究のテーマがそれになった。亜空間ひずみ検出測距《SUDDAR》、つまり亜空間パルスを使って付近の物質の集中を検出し測距する機能は、取るに足りないおまけだった。

ぼくは、この理論から別の可能性を導きだせると確信した。つまり超光速通信を実現できるはずだと考えたのだ。これまでの試みが失敗したのは、亜空間では信号がまったく原因不明の減衰を起こしてしまうからだったが、ぼくの考えでは粘りが足りないだけだった。

ぼくはため息をついてしぶしぶファイルを閉じた。ぼくの興味がどうあれ、超光速通信の現在の優先順位は高くなかった。このまま検討しつづけたら、これから二日間、かかりきりになってしまうだろうが、そんな余裕はなかった。

防御にかかわるファイルを開くと、これまでに評価した選択肢を再検討した。

【同等の威力のミサイルを建造する】エリダヌス座イプシロン星系内の一カ所で運よく必

要な原料をすべて発見できないかぎり、うまくいきそうにない。それに、爆薬をどうやって安全に製造するかという問題があった。それにロケット燃料を。

【レールガン】めったに見つからない元素を大量に必要とせず、てっとり早い。それに、装備するための宇宙船の改装が容易だ。いちばんいいのは、ほとんどなんでも弾として撃てることだ。もっとも、重ければ重いほど威力が増すのだが。しかし、弾は目標を追尾しないので、兵器としてはミサイルのほうがすぐれている。とはいえ、飛来してくるミサイルを迎撃するのには役立ちそうだ。ふうむ、スマート弾のたぐいはつくれないかな？

【レーザー】不可能。時間をかければ軍用レベルのレーザー砲をつくれるかもしれないが、絶対にまにあわない。

【核兵器】目的地で核分裂物質を発見し、濃縮して使用可能にしなければならない。無理。

【さらなるボブたちをつくる】残り時間内にはつくれない。どれだけの原料を容易に入手できるかしだいだが、たぶんボブひとりにつき半年はかかる。

【仕掛け罠】おそらく最善。ただし、うまい罠を考えなければならない。

ブラジル船が低加速で出発したのはひっかけだと仮定しておくことにしよう、とぼくは決めた。となると、エリダヌス座イプシロン星系に着いてからの準備期間が計算上よりも短くなる。だから、単純でてっとり早くつくれる選択肢から選ばざるをえなかった。

いまこのときにさらなる霊感が得られないかと期待して、ぼくは孫子の『兵法』を開いた。

いよいよだった。もう何週間も、ぼくはこのときが来るのを恐れていた。じつのところ、避けていた。だが、とうとう言いわけとひきのばし戦術の種が尽きた。なにもかもが最新になっていた。すべての計画が順調に進んでいた。VRは、いまやここまではやる必要があると考えていたレベルまでリアルになっていた。

☆　☆　☆

ぼくは内分泌コントロールプロジェクトをおさめてあるフォルダを開いた。再考、再再考、再再再考をしないうちに、ぼくはスイッチを〝切〟にした。

重大なものを失ったとさとったときに味わうあの虚脱感はだれでも知っているはずだ。高速エレベーターと叫びたい衝動が混じったようなあの感覚を。なんの予兆も前触れもなしに、それに襲われた。いきなり解放されたせい、抑圧されていたさまざまな感情が積み重なっていたせいだろう。いずれにしろ、ぼくは自分が錯乱してしまうとは思っていなかった。目覚めて以来、心にひっかかっていたあれやこれやがぐるぐると渦巻いてまともに考えられなくなった。

ママ。パパ。アンドレア、アライーナ。みんな死んでしまった。一世紀以上の時間と何十億キロもの距離で隔てられてしまった。ぼくはみんなの子供たちを見られない。ぼくの子供をつくれない。ママとパパに孫を見せてやれなかった。すてきなおじいちゃんおばあちゃんになっただろうに。ママとパパはお茶目で失礼で、決してお高くとまらなかった。

アンドレアがぼくの身長をからかっているときの様子がよみがえって、ぼくは泣きだした。みんなで裏庭に吊るしたハンモックで寝ていたら、アライーナに庭のホースで水をかけられたこともあった。三人でどんどん子供っぽくなるジョークや駄洒落をいいあってゲラゲラ笑い転げたことを思いだした。ぼくたちはだれにも負けないくらい理解しあっていた。だれにも、ママとパパにすらわからなかった。でもふたりとも死んでしまった。手の届かないところへ行ってしまって、もう二度と会えないのだ。孤独が、喪失がどっと押し寄せてきて、ぼくは椅子から滑り落ちて床で丸くなった。息ができなくなるほどむせび泣いてしまい、思いきり息を吸わなければならなくなった。

スパイクが寄ってきてぼくの様子をうかがい、問いかけるように小さくニャーと鳴いた。ぼくは猫を抱き、床で体を前後に揺すりながら失った人生を悼《いた》んだ。

☆　☆　☆

ヴァージョン2のモックアップがデスクトップ上でゆっくりと回転していたが、ぼくはちゃんと見ていなかった。大泣きしたことがカタルシスになったのは間違いなかったが、すっきりと片づいてはいない感覚があった。だが、いまぼくはひとつのことを知った——ぼくはまだ人間だった。肝心な意味で。

［地球を観測した結果、活動を感知しました］

　ぼくはグッピーのほうを見た。「どんな？」

［ＥＭＰを感知しました。複数の閃光が見えました。地上で核兵器が爆発した確率：一〇〇％］

「くそっ。よし、グッピー、観測を続けてくれ。意味の通る送信をとらえられないか試してくれ」

　どうやらひどいことになったみたいだな。どれだけひどいかはわからない。だけど、たぶんぼくはひとりぼっちになったんだろう。

第二部

14　ボブ——二二四四年八月——エリダヌス座イプシロン星系

人類の宇宙探検に影響をおよぼす技術的発展がふたつあります。通信と運搬です。なによりも重要な技術は駆動システムでしょう。超光速運搬法は開発されているでしょうか？　無反動機関は？　ワームホールは？　転送は？　ＡポイントからＢポイントまでどれだけ時間がかかるかは、計画の費用だけでなく、そもそも人間を運搬することが可能かどうかに影響します。

残念ながら、最終的にそれが可能になるかどうかは、ほかのなによりも政治的意志にかかっています。重大な技術的進歩または劇的な科学的発見がなければ、国際協力をしないかぎり、莫大な費用をまかないきれないでしょう。

……ローレンス・ヴィエン、ＳＦ大会のパネルディスカッション、〝銀河系探訪〟よりぼくは光速の数パーセントでエリダヌス座イプシロン星系に滑りこんだ。恒星の北側、つまり地球とおなじく反時計まわりに自転している星の極方向から接近した。恒星の周囲の宙域の写真を何枚も連続で撮影して、画像によって移動している光点を探した。現在のぼくの速度だと、銀河系を背景に、惑星の動きをはっきりと見分けられるはずだった。

ミッションの目的は居住可能な惑星を発見すること、そしてそれに失敗したら改造可能か、もしくは技術支援によってほぼ居住可能になる惑星を発見することだった。

ぼくは亜空間ひずみ検出測距《SUDDAR》も展開したが、半径一光時以内にある高密度な天体しか見つけられなかった。それでなにかが見つかるとは期待していなかった。恒星からこれだけ離れていると、カイパー天体ですらまれだからだ。

この星系の端から端まで飛ぶには十二日間かかるが、ぼくには横断するつもりはなかった。恒星カタログによれば、少なくともひとつある木星型惑星を発見するのは難しくないはずだった。ふたつめの惑星が見つかれば、黄道面を推定するのに必要な三点が得られる。

二日足らずで七つの惑星を発見した。それらの軌道の間隔を考えると、これ以上見つかるとは思えなかった。この星系には内圏にふたつの岩石惑星、内側の小惑星帯、木星型惑星、外側の小惑星帯、そして長楕円軌道を持つ海王星に似た遠い惑星があった。また、それよりずっと遠くにかなりの大きさのカイパーベルトがあるようだった。

ふたつの内惑星を見たくてたまらなかった——それをいうなら巨大ガス惑星も。なにしろ、ぼくはほかの恒星系を訪れる最初の人間なのだ。まあ、人間かどうかは意見の分かれるところかもしれないが。しかし、お客さんを迎える準備をするために使える時間は限られているので、物見遊山《ものみゆさん》に余計な時間は使えない。

理論によれば、利用可能な金属は恒星系の内圏に集中しているはずだ。加えて、内側の小惑星帯はコンパクトにまとまっているので探しやすい。

「グッピー、内側の小惑星帯上を通る軌道を出してくれ。機関を起動したまま ぐるっとめぐって資源を探す軌道に乗りたいんだ」

[アイ・サー]

☆　☆　☆

ぼくはデスク上に浮かんでいる何枚もの図面を見ながらスパイクをなでた。ぼくの計画は、ブラジルの探査機が正面から乗りこんでくるかどうかにかかっていた。もしも相手が抜け目なくふるまったら、ぼくはたぶんひどい目にあう。だが、もしも自分は武装していてぼくはしていないと思ったら、できるだけ早く直接対決するのが最善策だと思うはずだ。ぼくを探しだして野良犬のように撃ち殺そうとするはずだ。

ブラジルの探査機は、太陽系を出発するとき、わざと加速を抑えていたのではないかという懸念もあった。常識を超える数のミサイルを搭載しているのでないかぎり、ぼくの計算では、一・二五G以上の加速ができたはずなのだ。彼が予想よりずっと早く到着する覚悟をしておこう、とぼくは心に決めた。

ブラジル人は加速度値をわざと低く抑えてぼくをひっかけようとしたのだろうか、とぼくは思った。早くここに着いてぼくに不意打ちを食らわせられると思っているなら、すぐそばまで忍びよっていっきに叩くというのが敵の最善策になる。もちろん、ぼくを見つけられればの話だ。となると、そしらぬ顔をしておいて逆に罠にかけるというのがぼくの最善策だろう。だが、彼は罠を予想しているだろうから……。

やだやだ。いっそこのまま別の星系へ飛んでいってしまいたい。だけど、もしもブラジル人に複製をつくるチャンスを与えたら銀河規模の繁殖競争になる。そして、もしも彼がつけねらってきたら、星系から星系へ、永遠に逃げまわるはめになっちまう。好むと好まざるとにかかわらず、いま、けりをつけてしまわなきゃならないんだ。

「よし、グッピー、個々の小惑星の位置と固有の軌道要素は得られた。そろそろはじめよう」

〈ヘヴン1〉の設計者たちは単純な問題に直面していた――どうすれば探査機をできるだけ小さく、軽く、防弾性能を高くし、同時に自己複製能力を与えられるのか、だ。ぼくが読んだどのSFでもこの問題はごまかされていた。（たいていは異星の）宇宙船は、たんにそれを実現していて、詳細が語られることはなかった。

解決策は3Dプリンターだった。SF大会で聴いたあのパネルディスカッションを思いだして、ぼくは一瞬、あのパネリストが、自分がどんなに正しかったかを知らずじまいになったことを残念に思った。

3Dプリンターが普及したのは二十一世紀はじめだった。一世紀後、原料さえあれば、プリンターは原子ひとつひとつから、ほとんどなんでもつくれるようになった。ネックになるのはエネルギーだ。原料を単原子状態にするには大量のエネルギーが必要だし、それを製造マトリックスのしかるべき位置に落とすときにもやはり大量のエネルギーが必要になる。そのような3Dプリンティングが実用技術になったのは、安価な核融合エネルギーが使えるようになってからだ。

エネルギーがかかるので、爆発しやすい材料を扱うのが難しいという問題もあった。たとえば、C4やセムテックスのような爆薬をプリントしようとすると、しばしば派手な失敗に終わってしまう。

〈ヘヴン1〉には多数のプリンターが装備されていた。小惑星からの採鉱専用につくられた移動機《ローマー》とナノマシンも搭載されていた。だから、新しい探査機をつくるために必要な最後のものは、採鉱ローバーたちと鉱物を運ぶ、小型の原子炉と亜空間無反動重力走性模倣機関《SURGE》を装備した、自律型貨物船の小艦隊だった。

エリダヌス座イプシロン星系のホログラムがデスクの真ん中の上に浮いていた。明るく光っている曲線はブラジルの探査機の想定される進入経路だった。

「ここに罠をしかけよう」ぼくの指示に従って、小惑星帯の端の近く、進入経路のすぐそばで赤い点が明滅した。

「できるだけ減速させなきゃならない。ここなら、小惑星帯の端で北にカーブせざるをえなくさせられる。ミサイルを発射できるほど接近してきたとき、進入経路に対して斜めにさせたいんだ。罠を警戒してるだろうから、ランダムスキャンしても見つからないように、歓迎委員会は深く埋めておかなきゃならない。そして、撃つのはぎりぎりになってから、彼が罠にかかってからでなきゃならない。こっちのミサイルがあたるまでに、たぶん向こうにもミサイルを発射するチャンスがあるだろう。だから、ミサイルを回避するための手段が必要だ」

ぼくはずっと無言のままだったグッピーを見やった。グッピーは、話し上手とはいえなかった。

「原材料はどうなってる?」

[すべてを建造できるだけの鉱物を発見できています。採鉱ローバーも展開ずみです。工場システムは放出ずみで、現在、製造を開始する準備中です]

「複製が完成するまでにあと何カ月もかかりそうだな。ほかの国の探査機のほうが圧倒的有利にならないことを願うしかない」ぼくはため息をついて首を振った。「信じられないよ。このぼくが戦争をしようとしてるなんて」

[あなたは敵に一発めを撃たせるつもりでいるのですね]

「ああ、そのとおり。ひょっとしたら話しあいに応じるかもしれないじゃないか」

グッピーはなにもいわなかったが、魚でも懐疑的な表情ができることを実証した。

15　ボブ――二四四年九月――エリダヌス座イプシロン星系

戦《いくさ》に勝利する将は開戦前に廟《びょう》で充分に策をめぐらす。戦に敗北する将は事前にほとんど策をめぐらさない。

……孫子『兵法』

[敵がコースを変更しました。予想針路からの逸脱はわずかです]

「彼が二カ月早く来たことを無視すれば、たしかにそのとおりだな」ぼくは深いため息をついて、しばし目をつぶった。「指示したらすぐにおとり《デコイ》核融合炉を始動できることを確認してくれ。彼には攻撃を開始したら前方だけに注意を集中させたいんだ」

[アイ・サー]

ぼくは以前、内分泌コントロールシステムを再起動するかしないか迷って、結局しなかった。でもいま、これはただの緊張ではないことに気づいた。ぼくは軍人じゃない。訓練を受けていないし経験もない。それに『兵法』を読んだところで、アイデアの源泉にはなっても、それで戦闘の準備がととのうわけじゃない。数時間後には、ぼくは存在しなくなっているかもしれなかった。自由アメリカ神聖盟主国《FAITH》は、ぼくに内緒でほかのぼくを送りだしてないかな、とぼくは考えた。そう信じられたら気が楽になるのに。だがいまは、冷静に最善の選択をできるようにしておかなければならなかった。

ぼくは敗北感に打ちひしがれながら内分泌コントロールプロジェクトのファイルを出してスイッチを入れた。

即座に、冷静な目的意識が心を満たした。よし、悪くないぞ。あとで切ったっていいんだ。いまは、片づけるべき敵がいて、集中を途切らすわけにはいかない。

予想どおり、ブラジル船は観測された加速からの予測よりも早くここに着いた。宇宙船のパイロットであれ、地球にいる親玉たちであれ、だれかが初日から戦略を練っていたのだ。彼は、早く到着したことによってぼくの不意をつけると予期しているに違いなかった。とにかく、ぼくはそうであることを願っていた。ぼくが準備をととのえているかもしれないと警戒していてほしくなかった。

ブラジル船はほぼ確実に武装しているだろうし、乗員はほぼ確実に軍用複製人《レプリカント》だろう。もちろん、どれくらいの武装をしているかは不明だった。ぼくはブラジル船が到着するまでに要した時間をモデルに代入した。これで、探査船の構成をさらに絞りこめる。彼は、それなりの速さと最大八発のミサイルを備えているか、ぼくと同程度の加速性能と六発以上のミサイルを備えているかだった。

彼がミサイルを全弾、撃ちつくすかどうかは別の問題だった。宇宙船が、傾いたり回転したりしながらびゅんびゅん飛びまわる映画の宇宙戦のようにはならなかった。それに、ぼくにはマカロニウエスタンばりの真昼の決闘はできなかった。ひと月しか準備期間がなくてたいした兵器を製造できなかったので、なんとか工夫して単純なつくりの兵器をこしらえた。彼がそれすらも予期していないことを願うしかなかった。

だから最初の一手は、ぼくは無力だというイメージを強化することだった。挨拶の時間だ。ひょっとしたら考えなおしてくれるかもしれないし。

ぼくは呼びかけた。「もしもし、ブラジル船。こちらは〈ヘヴン1〉のロバート・ジョハンスン。きみがやろうとしてるとぼくが思ってることをしてもなんの意味もない。忠義をつくすべき文明が地球に残ってるかどうかもわからないんだぞ。この十二年間に、地球からの通信を受けとったかい？　もう存在しないだろう国同士の戦争を続けてなんになるんだ？」

ほんの数ミリ秒で応答があった。音声のみだった。

「こちらブラジル帝国艦〈セーハ・ド・マール〉のエルネスト・メディロス少佐。仕えるべき祖国がなくなったのだから、戦う意味はないというのだな、ミスター・ジョハンスン？」

とりあえず、話はできた。まず間違いなく、ミサイルの射程距離に入るまでぼくに調子をあわせているだけだろう。ぼくは戦術図をちらりと見てから応答した。「探検すべき宇宙はまだあるんだ、少佐。ぼくたちは事実上、不死なんだぞ。生き残りがいるなら、ぼくたちで地球を救うことだってできるかもしれない。FAITHの要求に応えることは、ぼくにとって理にかなった契約だったけど、最優先事項ではなかったんだ」

「そこがわれわれの違うところだ、くそ野郎《カブラオ》。本官には、ブラジル帝国の要求に応える以外の優先事項はない。太陽系で、おまえの国の攻撃艦が帝国艦を撃沈した。あれは事実上の宣戦布告だ」

ふうむ。あとで忘れずに〝カブラオ〟の意味を調べよう、とぼくは思った。多言語の痛烈な罵言はいつだって役に立つ。

「待ってくれ、ぼくを吹っ飛ばそうとした帝国艦のことをいってるんだよな？　ああ、そりゃ、こっちが悪いな」

「口でごまかそうとしても無駄だぞ、ミスター・ジョハンスン。いくら泣き言を並べたところで本官を止められない。本官はおまえのような田舎者が、ゲス野郎が、本官の、そしてわが国の運命の邪魔をすることを許さない。おまえにも神がいるなら、ご機嫌をとっておくんだな。あばよ、くそ野郎《プタ・メルデ》」

うへえ。なんちゅう自分勝手。もしかしたらただのはったりか？　ぼくが早々に出発したせいでブラジル人が準備不足のまま探査機を発進させたのなら、レプリカントは訓練不足なのかもしれない。その可能性はある。

戦術ディスプレイを見ると、充分近くまで来たことがわかった。ぼくは敵に背を向けて速度を上げ、デコイ原子炉たちのほうへ向かった。メディロスはぼくを追って針路を転じ、二・五Gまで加速した。案のじょう、実際より遅く見せかけていたのだ。そのデータをモデルに放りこむと、ミサイルは最大六発という結果が出る。最初の推定よりは少ないが、それでも脅威だ。彼とミサイルの両方に対処するには宇宙船破壊機《シップバスター》が足りない。ミサイルを何発か、デコイで処理できることを期待するしかない。

「デコイ原子炉を起動しろ、グッピー」

【了解】

時を移さず、前方にある十個の放射線反応がセンサーに表示される。それらはただ漏れの小型核融合炉にすぎないのだが、メディロスにそれを知るすべはない。彼には、前方に気をとられ、ぼくを追いかけ、脅威の正体をつきとめることに集中してもらわなければならなかった。

ブラジル船が二発のミサイルを発射した。ぼくの予想よりずっと早かった。彼は罠を予期し、ぼくを出し抜こうとしたのだろう。これまでのところ、よくやっていた。ぼくはまだデコイの群れから遠すぎ、それらにまぎれてミサイルを混乱させられる望みはなかった。準備ができていようがいまいが、応戦するほかなかった。

「グッピー、シップバスターを発射」

グッピーが、大きな魚の目を一度まばたきしながらうなずいた。隣接エリアのいくつかの小ぶりな小惑星から四つの核融合反応があらわれ、猛烈な加速でブラジル船に突進する。シップバスターは、このためにぼくがこしらえられたもっとも単純な手段だった。限られた時間内で、ぼくは六機を完成させた。炸薬弾頭は搭載していない。シップバスターは、小型原子炉と大きすぎる亜空間無反動重力走性模倣機関《SURGE》と人工機械知能《AMI》パイロットと四百五十キロの金属球だけでできていた。

メディロスは三Gの急旋回で回避しようとした。興味深かった。このデータを計算に入れると、彼はミサイルを四発までしか搭載できないことになった。ちょっぴり気が楽になった。

ぼくは搭載しているバスターのうち二機を発進させ、後方から追ってくるミサイルに目標を設定してからメディロスに注意を戻した。彼はついにバスターを振りきれないとさとったらしく、追ってくる敵の迎撃を試みようとすることなく、さらに二発、ぼくをねらってミサイルを撃った。くそ。焦土戦法か。それが意味をなすのは、まだほかにもメディロスがいる場合だけだった。それで、もうミサイルは撃ちつくしたとおぼしかった。だが、メディロスを追っている四機のバスターは、その二発をとらえるには遠すぎたし、ぼくはまだ、身を隠せるデコイフィールドまで充分に近づいていなかった。そしてもうバスターはなかった。

カメラが、ひと組めのミサイルの迎撃に成功したことを示すふたつの閃光をとらえた。あいにく、バスターも吹き飛んでしまった。ぼくは距離を再チェックし、二組めのミサイルの加速を再計算した。変わりなし。ぼくは直線競走に勝てない。

つまり、破れかぶれの挙に出ることが論理的だった。きちんとした計算をしている時間はなかった。ぼくは可能なかぎりの急旋回をし、メディロスを追っていたバスターのうち二機を呼び戻した。ミサイルを振りきることはできないだろうが、バスターのほうに誘導することはできる。

ぼくは三十ミリ秒間、はらはらしながら、図上で五つのベクトルが一点に集中するさまを見守った。とうとう、百メートルも離れていないところでバスターがミサイルを迎撃し、ふたつの爆発が起こった。警報が光ったのは、爆発の破片が〈ヘヴン1〉を襲い、原子炉のラジエーターのひとつが損傷したからだ。制御システムが冷却剤の供給を停止したので、原子炉の出力が半減した。まったく動きがとれないわけではなかったが、よたよたとしか飛べなくなってしまった。

[移動機《ローマー》システムを向かわせています。詳細な評価が出るまでにはあと数分かかります]

ぼくはグッピーを一ミリ秒間見つめた。内分泌コントロールが効いているのに過呼吸になりそうだ。攻撃をかわされたら、メディロスにあっさりと息の根を止められてしまう。ぼくはおびえながら外部モニターに注意を戻した。

そのとき形勢が変わり、二機のバスターがブラジル船に追いついた。二機が同時に〈セーハ・ド・マール〉に体当たりし、船体をティッシュペーパーのように引き裂いたのを見て、ぼくはこぶしを突きあげながら、「やった！」と叫んだ。一機は重要なシステムを破壊したらしく、敵船はたちまちふらついてコースをそれはじめた。もう一機は原子炉の格納容器を破壊したため、超高温のプラズマが船体を溶かしてまっすぐに噴出した。〈セーハ〉はゆっくりと回転しはじめた。

まだ動けるバスターがいたら戻ってくるようにと信号を送ってからテレメトリをチェックした。〈セーハ〉の原子炉からの放射線の放出も、電磁的活動の兆候も感知できなかった。

帯電した静寂が一瞬流れ、ぼくは自分が生きのびたことをさとった。長くゆっくりと息を吐きながら内分泌コントロールシステムを切った。反応がはじまると、ぼくはふたたび椅子にもたれ、じわじわとずり下がってティーンエイジャーのようにだらしない格好になった。

目に涙がこみあげそうだったし、こぶしを握ったり開いたりをくりかえさずにはいられなかった。

約十ミリ秒後、ようやく話ができるほどには自制できた。

「損害を報告しろ」

[破片によってラジエーターに穴があきました。冷却剤の漏出は軽微。現在、ローマーが修理中。交換は不要です]

「そうか。〈セーハ《SUDDAR》〉をスキャンしろ、グッピー。なにか残っていないか調べるんだ」

[精密な亜空間ひずみ検出測距スキャンが完了しました。画像をアップロードします]

ぼくはデスクトップの上に出現したブラジル帝国艦のホログラムを見た。赤は損傷した区画を示していた。

「レプリカントコアはどこだ?」

[ここに格納されていたと推定します]

ちょうどプラズマの噴出によって破壊されたところに、緑色の立方体が表示された。

「ふうむ。じゃあ、さらばメディロス少佐ってわけか」ぼくは自責の念を覚えようとしたが、時間と資源を無駄づかいしてしまったことをかすかに残念に思った以外はなにも感じなかった。なんといっても、メディロスは、ここまで追ってきてぼくを吹き飛ばそうとしたのだ。

手をのばしてスパイクを拾いあげると、猫は期待して喉を鳴らした。ぼくは猫をなでながら画像を凝視した。

「よし。少なくともあと一隻、ブラジル帝国艦がいるのはわかってる。ユーラシア合衆国《USE》と中国の宇宙船がいるかどうかは不明だ。ランダーズ博士の疑いが正しければ、オーストラリアの宇宙船までいるかもしれない。彼らよりも早く増える以外に、ぼくたちに選択肢はなさそうだ。ほかのふたつのグループが問題になるかどうかはさだかじゃないけど、またメディロスと遭遇したら、〝発見しだい攻撃〟ってことになりそうだな」

ぼくは身を乗りだして画像を眺めまわした。「製造システムはどこだ？」

黄色い区画が光った。部分的に破壊されていた。

[まだ推定段階ですが、武装を強化するためこの区域の堅牢性を犠牲にしたと思われます]

「その結果がこれってわけか。ランダーズ博士もその可能性があるっていってたのを覚えてるよ。だけど、ってことは、たぶんぼくたちのほうが、彼らがメディロスたちを製造するよりも早くボブたちを製造できそうなんだよな。ただし、複製には必ずシップバスターを搭載させよう」

グッピーは無言だった。スパイクは掻いてほしくて首をのばした。

16　ボブ——二一四四年九月——エリダヌス座イプシロン星系

かつて、生命はほぼ完全な行き当たりばったりから誕生したと考えられていました。

きっかけとして必要なのはエネルギー勾配だけだったと。ところが、情報化時代が幕を開けると、生命にとって、エネルギーよりも情報のほうが重要だと判明しました。炎は生命の特性のほとんどを備えています。炎は食べ、育ち、自己複製をします。しかし、炎はなんの情報も保持していません。炎は学びませんし、適応しません。五百万回めに点火した炎の行動は、最初に点火した炎の行動となんら変わりません。しかし、細菌の五百回目の分裂は最初の分裂と違っているでしょう。とりわけ、環境圧がかかっているときは。

それがDNAです。そしてRNAです。それが生命なのです。

……スティーヴン・カーライル博士、SF大会のパネルディスカッション、

〝銀河系探訪〟より

クリスマスの朝を迎えた子供のような気分だ。少なくとも当面、やらなければならないことも、予定も、気になっていることもない。もっとも、グッピーは、予定に関して彼なりの意見を持っていた。

メディロスという差し迫った脅威を片づけたいま、別の恒星系にいるという事実を満喫する余裕ができた。惑星だのなんだのがそろっている本物の恒星系。それを見てまわる時間だった。

ぼくはＥＥ１、つまりエリダヌス座イプシロン星系第一惑星の軌道にすんなりと乗った。星系のもっとも内側の惑星は火星よりわずかに大きく、その軌道の半径は〇・三五天文単位《AU》だった。

☆　☆　☆

恒星からこれだけ近いと、恒星放射線の熱が大きな問題になる。ぼくは温度表示から目を離さなかった。生身の乗組員がいたら、この旅を不快に感じていただろう。

惑星として、決してすばらしいわけではなかったが、それはぼくが目《ま》のあたりにした初の太陽系以外の惑星だった。これは、ぼくにとって二度とない特別な体験だった。ぼくは、興奮と驚異の念にじっくりと浸った。

調査のためには、ＥＥ１を十回も周回すれば充分だった。潮汐固定されていて、大気がなく、まったく居住可能ではなかった。その惑星は、写真で見た水星にそっくりだった。地表は地獄のように熱く、溶けた鉛らしいものがたまっていて、深い裂け目から灼熱のマグマの真紅の輝きが見えている。重力系の測定値によれば、びっくりするほど密度が高い。たぶん、核が大きいのだろう。まず間違いなく鉱物資源が豊富なので、この惑星は入植者の興味をおおいに惹《ひ》くはずだ。

ぼくは満足の笑みを浮かべながら、最終的には地球に送ることになる報告書を保存した。受けとってくれる相手がまだ残っているといいんだけど……。

ぼくはデスクの上に浮かんでいるホログラムをつくづくと眺めた。ＥＥ２の軌道半径は〇・八五ＡＵで居住可能に見えた。かろうじて。エリダヌス座イプシロン星系は誕生して十億年前後と見積もられており、これが現在、この星系に存在している惑星の年齢の上限となる。ＥＥ２は、大きさは地球のおよそ九十パーセントだが、海洋はずっと少ない。表面積の約三十パーセントしかないし、ＥＥ２の水域はそれぞれが孤立している。この惑星では、大陸が海洋に囲まれているのではなく、海が陸に囲まれているのだ。

ってことは、それぞれの海で進化系統が独立してるんだろうか、とぼくはぼんやり考えた。ぼくは歯がみした。それを解明する手段がなかったからだ。このミッションに、惑星の地表に探査装置を送りこめる余地は設けられていなかった。これはこのミッションの計画の明らかな欠陥だが、おそらく真っ先に出発しようと急いだせいだろう。

「グッピー、メモしておいてくれ。調査偵察機を設計すること」

[了解。ただし、複製のほうが優先順位は上です]

「それを聞かされたのは、こんどで何度めだ？」

[一四度めです]

「ありがとう」グッピーはミッションのパラメーターに関して頭が固すぎるように思える。ぼくは、彼が怒ったチワワのように震えだすのではないかとなかば期待した。

とにかく、エリダヌス座イプシロン星第二惑星だ……。

大気には約三パーセントの酸素が含まれているので、少なくとも、海中で光合成生物が進化したとおぼしい。それがなんらかの自然現象の結果でなければ。生物が海から上がった兆候は皆無だった——緑はまったくなく、地表は岩だらけだ。両極にはいくらか雪と氷があって、朝には赤道まで霜でおおわれた。矛盾したことに、EE1よりも人を寄せつけない不毛の地に見えた。たぶん、ほとんど居住可能だからだろう。技術の支援が充分にあれば、人間は、おそらくこの惑星で暮らすことが可能だ。たとえばドームをつくれば。かなりの濃さの大気と水があるのだから、それだけで、火星などよりはましだ。

EE2には直径五百キロほどの小さな衛星があり、陸に囲まれた海ではなく大洋があったら、惑星に潮の満ち干を起こすほど近くをめぐっていた。

ぼくは調査を終えたが、惑星を間近から調べられないじれったさにさいなまれていた。太陽系外ではじめて生命を発見できたかもしれない。できなかったかもしれない。最悪だ。

☆　☆　☆

ぼくはかなり距離をとってEE3の軌道に乗った。この惑星は木星よりも三十パーセントほど大きい。土星のような環はないが、近所は広大で雑然としている。ぼくはすでに、六十七個の衛星を確認したが、そのうち二十個は大気を持てるほど大きい。惑星並みに大きな衛星も三つある。小さな岩は数えきれないし、氷塊からなる薄い輪もある。

大きさを別にすれば、ＥＥ３は退屈な木星型惑星だが、表面の嵐は少ない。木星より軌道がわずかに大きいため、恒星の光度が低いこととあいまって、ＥＥ３に届く恒星放射線はずっと少ない。残念だった。この惑星の衛星のどれにも、居住できる可能性がほとんどないのは火を見るよりも明らかだった。

ぼくは後頭部にグッピーの視線を感じながらメモをとり、このままＥＥ４に向かう準備にとりかかった。

☆　☆　☆

この星系の第四惑星にはわずかしか興味を惹かれなかった。ひとつの星系と四つの惑星で、もう飽きかけているかのようだった。おまえってやつはまったく飽きっぽいな、ボブ。

この惑星は中心星から遠すぎるため、もっぱら惑星の自転によって生じる天候パターンは、おだやかで層流的だ。恒星の熱の影響はごくわずかなのだ。この惑星にはふつうよりも多くの衛星があるが、その大半はただの岩塊で、球形になれるほどの大きさもない。

☆　☆　☆

ぼくは椅子にもたれて指を組み、宙を見つめていた。先日、戦ったあたりに戻って、かつての製造拠点の近くにとどまっていた。そして自分の未来についてつらつら考えていた。

ぼくは自分がなんとなくがっかりしていることに気づいた。環のある惑星もなし、二重惑星もなし、異星文明もなし——くそっ、生命だってまだ見つかってないんだ。飛び抜けた入植地候補だって見つかってない。地球にまだそれを気にする人々が生き残っているかもわからない。次の星系はもっとましかもしれない。もっと不毛かもしれない。どっちにしろ、それがなんだっていうんだ？　これが、幽霊船のように銀河系をさまようことがぼくの望みなのか？

少なくとも、探査ドローンの問題に対処するのは簡単だ。採鉱ドローンの設計は容易にほかの目的に応用できるし——宇宙船破壊機《シップバスター》が好例だ——ライブラリにはさまざまな環境センサーについての情報が収録されている。３Ｄプリンターがあるので、柔軟性はほとんど無限だ。

製造といえば……ぼくはグッピーを見やった。やっぱり。まだじろじろ見ている。コードのクリーンアップがすんでいなかったら、ミッションプログラムに書きこまれた命令に強制されて、ぼくはもう、宇宙ステーションの建造とボブのクローンの製造にとりかかっていただろう。だが、それらを除去したいま、ぼくは自由意志を持った、なんの束縛も受けていない存在なのだ。そしてどうやら、自分を複製することに対して、ある種の不安をいだいているらしい。

うだうだいってないで、やるならやるべきときだった。ひきのばすための言いわけはもうつきていた。あてもなく飛び去るか、こうして……そう……ぽかんと手をこまねいているか、決められたとおりにするかだった。

　ぼくはまたグッピーを見た。もちろん、グッピーがなにを望んでいるかはわかっていた。グッピーは目をそらさずに見つめかえした。その顔には魚っぽいいらだちがはっきりとあらわれていた。グッピーのオペレーティングシステムはファームウェアなので、彼の強迫観念を治療するためにはコアを一からつくりなおさなければならない。つまり、新しい宇宙船を建造しなければならないのだ。そうしたところで、一周まわってまた目下の問題に直面するはめになる。

　じゃあ、いったいなにを迷ってるんだ？　ぼくに見当がつくかぎりでは、ぼくは自分自身を複製したら、ぼくの個人としての唯一性とある種の魂の存在はどうなるかを心配しているんだと思う。これは、人間主義者《ヒューマニスト》にとっては衝撃的な告白だ。

　もしもぼくが自分自身を好きになれなかったら？　もしもぼくはいやなやつだったら？　きっと受け入れがたいだろう。

　ぼくはため息をついて指先でまぶたを揉《も》んだ。そんなことを心配しても無意味だった。遅かれ早かれやらなければならないことは、理屈の上ではわかっていた。ずるずるとあとまわしにしたところで、ますますストレスがたまるだけだ。

「よし、グッピー。製造システムを展開してくれ。パーティーをはじめよう」

　ありがたいことに、グッピーはにやりと笑えなかった。そんなものを見たら、おしっこをちびるほどびびっていただろう。だがグッピーは、背筋をしゃんとのばすなり、矢継ぎ早に命令を発した。船体が揺れだしたのはドローンが発進しはじめたからだ。数分で、ぼくは球形に広がりつづける奉仕ロボットたちの中心にいた。そのロボットたちの使命はただひとつ――ボブたちをつくることだ。

17　ボブ――二一四五年七月――エリダヌス座イプシロン星系

そしてそれがパンスペルミア説の裏づけとなる考えなのです。わたしは、なぜパンスペルミア説はただの重なっている亀の一匹ではないのだろうかと何度も自問しました。生命の基本的建材の創造を地球から宇宙へ移したところで段階をひとつ増やすにすぎず、それらの創造の説明が少しでも簡単になるわけではないという意見もあります。けれども、実際には簡単になるのです。RNAとDNAの基本的建材が宇宙で見つかっています。条件は理想的なのです。原料があって、エネルギーがあるし、溶媒がなくても単純なブラウン運動によって部品が組みあがるのです。

……スティーヴン・カーライル博士、SF大会のパネルディスカッション、〝銀河系探訪〟より

ぼくは安楽椅子《レイジーボーイ》にもたれてのんびりしていた。火が立てているパチパチという音は真に迫っている。スパイクはぼくのもとを離れて暖炉の前に敷いた熊の毛皮の上で丸くなっていた。

部屋には床から天井までの本棚があったし、ぼくは上のほうの棚の本をとるためのキャスターつきの脚立まで備えていた。

ぼくはコーヒーカップを両手で持ちながら目の前に浮かんでいるホログラムを観察した。それは近いほうの小惑星帯の内端にあたる一辺一キロの立方体の宙域を描いた画像で、中央に〈ヘヴン1〉がいた。

その区域ではあわただしく作業が続けられていた。ヴァージョン2のヘヴン船が五隻、建造中で、そのうち一隻はぼく自身のアップグレード用だった。新たに設計された探査船の特長は、より大きくなった原子炉と駆動機関、レールガン、破壊機《バスター》の格納庫と発射設備、容量がヴァージョン1より倍増した複製人《レプリカント》システム、より広くなった移動機《ローマー》と採鉱ドローンの格納庫、全般的に増加した貨物スペースだった。

製造システムはローマーが搬入した鉱石を片っ端から部品に加工しつづけていた。ほかのローマーが部品を集め、宇宙船を組み立てていた。二基の大型原子炉がすべての設備に電力を供給していた。二台の小型プリンターがローマーを増産し、シップバスターのパーツを製造していた。炸薬弾頭を装備しようかとも思ったが、ぼくはあらゆる種類の爆薬が大嫌いなのだ。

ぼくは宇宙ステーションが表示されているホロビューの一画を凝視した。このミッション計画には、訪れた星系すべてで、強力な恒星間通信能力を持つ自動化ステーションを建造すべしという項目があった。そのステーションの最初の任務は、暗号化した状況報告と、ぼくが終了したばかりの惑星についての全調査結果を地球に送ることだった。その後は、その星系が入植可能であってもそうでなくても、ぼくと地球からやってくる入植者のためのビーコンおよび通信中継ステーション、そしてのちには星系内通信ハブの役をはたす。〝搭乗員〟は人工機械知能《AMI》で、限定的な製造能力を持つ。

ただし、すべては地球にまだ技術文明が残っていることが前提になっている。遅かれ早かれ、ぼくたちのひとりがそれを確認しに戻らなければならない。

これまでのところ、ぼくは太陽系からぼくに向けた無線通信は受信していなかった。だが、実際のところ、期待はしていなかった。ヘヴン計画では、ぼくのほうから地球に情報を送ることになっていたからだ。会話はできない。なにしろ片道で十年半かかるのだ。

ぼくはグッピーを見やった。前回、ぼくが質問したときから微動だにしていなかった。陽気な会話好きじゃないことは間違いないな。じゃあ、このあいだの問題をあらためて考えよう。ヴァージョン2のグッピーには、人格マトリックスを展開できるほどのメモリスペースを与えてある。ぼくは厄介ごとを求めてるんだろうか？

「ぼくのお気に入りの話題の状況は？」

グッピーは一度、瞬きをした。

［〈ヘヴン2〉から〈ヘヴン5〉まで：九〇％完了。完成まであと五日です］

［〈ヘヴン2〉から〈ヘヴン5〉のレプリカント・マトリックス：二名が完成、二名があと三〇時間で完成します］

〔〈ヘヴン1A〉：最終テストが進行中。二四時間以内に合否の結果が出ます〕
〔中継ステーション：四〇％完了。完成まであと二カ月です〕
「そうか。あと三日でほかのぼくを起動できるんだな。彼らは造船所の作業をばっちり監督できるんだよな？」
〔レプリカント・マトリックスには完全な汎用ユニット一次周辺インターフェース《GUPPI》システムが組みこまれています〕
あと数日で、ぼくは自分をボブ1とみなしはじめるってわけだ。ぼくは〈ヘヴン1A〉の丸っこい船首を見つめた。側面には、炭素格子構造複合材の船体に直接顔料を埋めこんで、大きな赤い×印で消されているブラジル船が描かれている。あれがぼくの新しい宇宙船になるのだ。ほかのボブたちは、自分たちの宇宙船を好きなように飾るだろう。
そう考えたとたん、あらためて不安がこみあげた。ヘヴン船の増産はミッション・プロファイルに記されているが、新しいボブたちをつくる作業によって、ぼくはだれ、もしくはなになのかという例の内なる疑問がすっかりよみがえってしまった。ぼくはぼく自身のバックアップを新しい船体にロードする。彼らはぼくなのだろうか、それとも他人なのだろうか？ルールをつくらなければならない。なんらかの基準を。さもないとめちゃくちゃになってしまう。まず、複製は全員、新しいファーストネームを名乗って、彼らはぼくではないという事実を強調すること。次に、どこの星系であっても、もっとも年長のボブが責任者になること。ぼくは宙を数ミリ秒見つめて、ほかになにかないかと考えた。なにも思いつかなかった。

ぼくはひとりでうなずき、そしてバックアッププロセスを開始した。

☆　☆　☆

ぼくははっと意識を取り戻した。バックアッププロセスは、いつものように、ぼくが二十二世紀に再生して以来の体験のなかで眠りにもっとも近く感じられる。いつもの癖で、その日の仕事にとりかかる前にVRを起動した。ところがぼくは、贅《ぜい》を尽くしつくりこんだ書斎ではなく、真っ青な部屋にいた。窓はない。床は硬く、なんの特徴もない。

おっと。ぼくは自分のシリアルナンバーを問い合わせた。

［HIC16537-1］

エリダヌス座イプシロン星系で製造、か。ヒッパルコス星表の番号がそれを示していた。

ぼくはコピーのコピーってわけだ。くそっ。

ニューハンデルタウンに逆戻りしたような気分だった。またしても、ぼくは目覚め、そして自分が思っていたような存在ではなかったことを知ったのだ。どっちみちレプリカントじゃないか、思ってたのとは違うレプリカントだったってだけだ、と自分を慰めようとした。思っていたほどの効果はなかった。

だけど、へこんでたってなんにもならない。

「グッピー？」

［汎用《G》ユニット《U》一次《P》周辺《P》インターフェース《I》、準備完了］

「ボブ1を呼んでくれ」この会話はちょっぴりシュールになりそうだなとぼくは思った。

［ボブ1につながりました］

「やあ、こちらボブ1、通称ボブだ」

ぼくは、ほかの人間の声を聞けたことに対する思いがけない喜びをじっくりと味わった。たとえそれが、理論的には、ぼく自身の声であっても。

「はいはい。わかってるって」ぼくは応じた。「すぐに新しい名前を決めるよ。ほかのみんなはもう起きたのかい？」

「まだだ。ひとりずっと話したいんだ。みんな、一時間もしないうちに起きてくるはずだ。それまで、製造の監督を頼めるかな？　ぼくは新しい体に入らなきゃならないんだ。早く片づけちゃえば、早く次に進めるからね」

ぼくは反射的にグッピーを見ようとしたが、VRはまだセットアップしていなかった。

「いいよ。グッピー、ええと、GUPPIに確認したら、ハンドシェイクしてぼくがコントロールを引き継ぐ」

「どうも、ツー。じゃあ、また」

☆　☆　☆

ぼくははっと意識を取り戻した。そして自分のシリアルナンバーを問い合わせた。

［ＳＯＬ－１］

「グッピー？」

［新造船へのレプリカントハードウェアの移転は完了しています。いまのあなたは〈ヘヴン１Ａ〉です］

「ふう！　よかった」目が覚めたらもうボブではなくなっているのがどんな気分なのか、想像もつかない。ちょっとシュールな気分になるのかもしれない。

ＶＲを起動すると、ぼくはスパイクを膝に乗せてレイジーボーイにすわっていて、ジーヴスがコーヒーを差しだしていた。

「ほっとするな……グッピー、みんなは順調か？」

［〈ヘヴン２〉が製造システムを監督しています。〈ヘヴン３〉から〈ヘヴン５〉まではテスト飛行の準備中です。みんな、あなたの移転がうまくいったことが確認されるのを待っていました］

「ご苦労。彼らに、好きなときに出発して、たくさん写真を撮ってくれと伝えてくれ」

☆　☆　☆

［問題が発生しました］

「え？　どうした？」

［〈ヘヴン３〉から亜空間ひずみ検出測距《SUDDAR》の異常の報告がありました。発信器の不調のため、

ごく弱い探知信号しか発することができなくなっているようです」

「くそ。みんなを会議に招集してくれ」

一瞬後、ほかのボブたちとつながった。

「こちらボブ3。ビルだ」

「こちらボブ4」

「やあ、みんな。え、ビル？　マジで？」

「ビル・ザ・キャット（一九八〇年代の新聞連載マンガ『ブルーム・カウンティ』に登場する猫）からとったんだ」

「なるほど。ぼくたちはビル・ザ・キャットが大好きだったからな」

ボブ4が割りこんだ。「じゃあ、ぼくのことはとりあえずマイロと呼んでくれ。第一希望じゃないけど、揚げなきゃならない魚がほかにもあるからな」（〝やらなければならないことがほかにもある〟を意味する言いまわし）

「おっと、気をつけてくれ。グッピーも聞いてるんだぞ」

マイロとビルが笑った。ぼくは続けた。「で、ビル、どうなってるんだ？」

「ええと、発信器がイカれてるみたいなんだ。SUDDAR探知信号を送っても、しかるべき強さの二十パーセントくらいまでしか出力が上がらないんだ」

「まずいな。十五メートル先も見通せないじゃないか」ぼくはしばし考えこんだ。「グッピー、ボブ2を呼びだしてくれ」

「もういるよ」

「ああ、よかった。ツー、製造をビルに引き継いでもらえないかな？　発信器を交換するあいだ、監督をしてもらおうと思ってね」

「いいとも」

はっとして、ぼくは見まわした。「ボブ5はどこだ？」

「いるよ」

「ええと、いままでしゃべれなかったのかい？」

「しゃべることがなかったんだ」

なるほど。無口ってわけか。

「名前は考えたかい？」

「マリオだ」

ほんとに無口だな。おもしろい。五ミリ秒しかたってないのに、ぼくたちはもう違っているらしい。

「これから、それぞれがどうするつもりかを話しあう必要があると思うんだ。じゃあ、はじめよう。ツー、希望はあるかい？」

「ライカーと呼んでくれ」ボブ2がいった。

「ライカー？ああ、ナンバーツーってことか」〈エンタープライズ〉のライカー副長は、番組で〝ナンバーワン〟と呼ばれていた。ぼくはたぶん、五秒後には彼をナンバーツーと呼びはじめていただろう。いったじゃないか、ぼくはおとなになりきれてないんだ。

ビルがいった。「ぼくたちのことを知りつくしてないだれかを見つけないと、ジョークは忘れられた技術になっちゃうな」

グッピーがあきれ顔で首を振った。

話しているうちに、ほかのボブたちが映っている映像ウィンドウがぼくのVR内、デスク上の宙にいきなり表示された。背景には、各自が選んだ異なるVR環境が見えていた。四名のぼくの複製がぼくを見つめていた。

赤い制服を着たライカーは、宇宙船のブリッジですわっているように見えた。ぼくはしばし、彼がひげを省いてくれたことに感謝してから、やれやれという表情で彼を見た。「それなら意表をつけると思ったんだな？」

ライカーは肩をすくめ、笑みといえないほどかすかに口元をゆるめた。「なにかは選ばなきゃならなかった。これって決めちゃえば、もう悩まなくてすむからね」ライカーは艦長席の肘かけに置いていた手をのばしてぼくが呼びだしたEE2のホログラムを示した。「その惑星はすぐに入植できるような状態じゃない。ほかに選択肢がなくならないかぎり、地球がここにわざわざ入植船を送ってくるかどうかわからないと思うな」

「なんともいえないな」マイロは安楽椅子にすわってコーヒーをちびちび飲んでいた。背景では、雲が流れていた。「ランダーズ博士の話を総合すると、これは、星々に種をまきたいという本物の欲求であると同時に、政治的示威行動にして軍事戦略なんだ。ぼくたちが報告した最初の居住可能な惑星に、少なくとも駐屯部隊は送るだろうな。そしてもちろん、その星系の領有を主張するんだ。ぼくたちがそれを気にかける必要はないと思うけどね」

「だけどコストの問題がある。安くつく核融合電力と3Dプリンターがあっても、原料は必要だ。そして太陽系では、原料がたっぷりあるわけじゃない。国家は、気が向いたからって入植船を建造するわけにはいかない」ライカーは疑わしげに目を細くして顔をしかめた。

「おい、マイロ、きみのそのVRはなんなんだ？」

マイロは振り向いてから、ライカーにほほえみかけた。「飛行船さ。みたいなもんだ。とにかく、フラッシュ・ゴードン・スタイルの浮遊台だな。いまはアマゾン盆地の上を飛行中だよ」

ほかのみんなは感心してうなずいた。マリオを見ると、背景はただの灰色だった。ぼくは片眉を上げて見せたが、マリオは反応しなかった。

ぼくはわずかに動揺し、会話に戻った。「なるほどね。とにかく問題は、ぼくたちは気にするのか、だ。地球の意図をっていう意味だけど」

「要するに、どうして飛び去ってぼくたちが好きなことをしないんだっていう意味だよな？」ライカーは肩をすくめた。「仕掛け罠だの強制命令だのはすべて除去したから、その気なら好きにできるけど……」

ぼくは身を乗りだしてみんなの注意を惹《ひ》いた。「だって、自由に行動を選択できるのは、目が覚めて以来、これがはじめてなんだぞ。いままでは、出来事に反応したり、命令に従ったり、吹き飛ばされるのを回避しようとするだけで、大雑把にいえば従順なロボットだったんだ。メディロスは片づけた——少なくとも、やつらの複製のひとつは。ぼくの調査報告は地球に向かってる最中だ。そしてぼくはきみたちをつくった。ぼくは義務をはたした。はたさなくてもよかったにもかかわらず。もう、ぼく——ぼくたち——は、なんでも好きなことができるんだ。未知の領域をめざして飛び去ってもいいし、とどまって製造してもいいし、VRで遊んでるだけだっていい」

ビルが口をはさんだ。「たしかに、連中の望みどおりにする必要はないけど、これは興味深い仕事だし、ぼくは人類がちょっぴり広がるっていう考えが気に入ってる。まだ人類が存続してればの話だけどね」ビルは頭のうしろで両手を組んでのびをした。彼は大きな木の陰でアウトドアチェアにもたれているように見えた。「それに、だれのためにもならないんだったら、いったいなんのために探検をするんだ?」

ライカーはうなずいてビルに同意した。「ふうむ、いや、まったくもってそのとおり。だれかが地球に戻って状況を確認する必要があるな」

「退屈だ……」

「それから、だれかがほかの探査機、特にもう一隻のブラジル船を探しに行くべきだ」

「ぞっとする……」

「綿密な分析に感謝するよ、マイロ」ライカーがあきれ顔をした。

マイロは画面内でほほえみ、お辞儀をした。

「よし、じゃあ、とりうる選択肢はこんな感じだな。地球への探査ミッションと、ほかの探査機探し——このふたつはペアでとりくんだほうがいいと思う。それから、宇宙ステーションを完成させる。そして、奇妙な新世界を探検し、新たな文明を発見しに行く」ビルは指を折って選択肢を挙げ、テーブルのまわりを見渡した。

ぼくは手を上げ、親指でほかの指に触れながら、さらに項目を示した。「それに、たとえばカイパー天体をいくつか内側に送りこんでEE2の海を大きくするとかの、ちょっとしたテラフォーミングをはじめてもいい。だれかがここに残ってボブをつくりつづけてもいい。この星系をボブ工場にするんだ。近いほうの小惑星帯には使える鉱石がたっぷりある」

「おいおい、銀河系のどこにだって行けるってのにひとつの星系にとどまるだって？」マリオが嘲笑した。「志願者がいるといいな」

「じつは、そうしようと思ってたんだ」ビルがいった。

「え？　なんでだ？」マイロがたずねた。

ビルはやれやれと両手を広げた。「さっきの発信器の故障がきっかけだったんだよ。興味深いことに、弱い信号を送ったら、なんとずっと遠くまで届いたんだ。感度は低かったけど、距離はすごくのびたんだよ。ライブラリには、恒星間飛行に関係ない亜空間についての研究資料がほとんどないけど、どうやら、信号の減衰の公式は信号の強度によって変わるらしいんだ」

「じゃあ……」ぼくはビルのほうを見て首をかしげた。

「うん、ぼくはここにとどまって地球からの信号の受信を試みようと思うんだ――まだ生き残ってたら、彼らがまず最初に交信を試みる場所だろうからね――EE2に軽いテラフォーミングをしてもいいし……」ビルはにっこり笑った。「……ところで、ぼくはＥＥ２をラグナロク（北欧神話における終末のとき。神々の黄昏）と命名するつもりなんだ。氷山を落とすつもりだからね。それから、亜空間理論を本格的に研究しようと思ってる。だってぼくたちの第二希望の職業だったじゃないか。理論物理学は」

ぼくは笑った。「ああ。ただ、給料がよくないんだよな。いや、よくなかった、か」

ビルは身を乗りだした。「おもしろいよな。わくわくどきどきする気分は覚えてるから、きみたちがどんなにここを出て探検したがってるかはわかる。だけどぼくは、ここに腰をおちつけて研究をするほうに興味があることに気がついたんだ。変かな？」

ほかのぼくたちは顔を見合わせた。何人かは肩をすくめたが、だれもなにもいうつもりはないようだった。

ライカーがひとりひとりの顔を見た。「つまり、ビルがとどまって工場を管理するんだな。じゃあ、メディロスはどうする？」

「どうしたらいいかな？」ぼくはたずねた。「あてもなく狩りに出る？　二隻めのブラジル船がどこに向かったのかもわからないんだぞ。ユーラシア合衆国《USE》船と中国船についてはそれ以上に情報がない。それに関してぼくたちにできるのは、武装強化して身を守れるようにしておいて、基本的には早く増えることくらいだと思うな」

「地球に戻るほうはどうする？」ライカーが片眉を吊りあげてぼくを見つめた。

「志願するかい？」

ライカーは肩をすくめた。「フライバイはできる。心配なのは、軍艦が飛びまわってて、太陽系に入ってきたものをなんでも追いかけるようになってないかどうかだな。だけど、カイパーベルトの内側まで入りこまなくても、無線通信は拾えるはずだ。それとも、じっくりと時間をかけて準備して、それからしっかりと調査してもいい。ビルが、コンビを組んだらどうかって提案したよな？　マイロ、一緒に行かないか？」

マイロは、一瞬、驚いた顔になった。「やなこった。地球がどうなってるかなんて、知りたくもないね。特に、またミサイルの射程距離内に入らなきゃならないなら。一度で充分だ。御免こうむる」

「本気か？」ライカーはマイロをじっと見つめた。にらみつけそうになっていた。「ひとりで行けってのか？」

マイロは自分の顔を指さした。「これが見えるか？　これは、知ったことかと思ってる表情だ。ひとりじゃいやなら自分の複製をつくれよ。ぼくはぼくの道を行く」手を振って、漠然と外を示した。

ビルとぼくは顔を見合わせた。ひとつの疑問の答えがいま得られたな、とぼくは思った。ぼくたちはクローンじゃない。ライカーはマリオに頼まなかったし、マリオも志願しなかったことにぼくは気づいた。マリオは、非社交的な部分がぼくの倍あるようだった。

いっぽう、ライカーは、いまにも爆発しそうだった。ぼくは急いで話題を変えた。「もうひとつ決めなきゃならないことがある。ぼくは、ＥＥ2、ええと、ラグナロクを軌道から調査することしかできなくて頭に来たんだ。だから候補の惑星を近接調査できる着陸機をつくりたい。みんなに考えてほしいんだけど、ビルならこの星系で作業しながら着陸機を使った調査計画を立てられるんじゃないかな」

ライカーはうなずき、表情をやわらげた。危機は回避した。

「よし、それじゃ」ぼくはこのあたりで切りあげることにした。「それぞれ、どの星系をめざすか決めよう。そうすれば活動を開始できる」ぼくはビルに目配せをした。ビルは、ふるまいがぼくにいちばん似ているように思えた。この件について、ふたりだけで話しあう必要があった。

☆　☆　☆

「さっきのあれについて、どう思う？」

ビルは肩をすくめた。「ライカーはマイロにいわれたとおり、自分のコピーをつくるつもりだといってる。だけど、ボブ、じつのところ、あれってのはマイロの反応じゃないか？」

「いや、たぶん違う。ぼく自身、地球に戻ることについてはどっちつかずの気持ちなんだ。だから、たぶん、ライカーとマイロがぶつかる感じになったのを見て、ちょっといやな気分になったんじゃないかな」ぼくはちらりと笑みを浮かべた。「それにマリオは、そうだな、比べたらグッピーが愛想よく思える。ぞっとするよ」

ぼくは椅子に深くもたれ、一瞬、ためらったがそのまま続けた。「正直いって、こんど同朋をつくるときは、事前にじっくり考えたほうがいいって思ってるんだ」

ビルは肩をすくめた。「どうかな、ボブ。実際に長年、ひとりっきりで過ごすとなると、思ってたよりつらいかもしれないぞ。結局、きみも新しい同朋をつくるほうに賭けるよ。ぼく自身は、手を貸してくれるやつをすぐにつくると思う」

「その賭けには乗らないぞ。たぶん、きみのいうとおりなんだろう。だけど、そうせざるをえなくなったときも、ぼくは心配するだろうな。みんな、ぼくとは違ってることがほんの少し不気味なんだと思う」

「どうしてそんなふうに考えるんだ？」ビルはおもしろがっている表情でぼくを見た。

「なんだって？」

「どうしてぼくたちがきみのヴァリエーションだと思うんだ？　きみは、自分がオリジナルのボブとまったくおなじだと確信してるのかい？　ひょっとすると――きみも含めて――ぼくたちはみんな、彼のヴァリエーションなのかもしれないぞ」

ぼくは愕然として黙りこんだ。自分がオリジナルのボブと違っているかもしれないなんて、思いもしなかった。だって、ぼくはぼくだ。そうだろ？　地球でぼくが自分の存在について内心でくりひろげていた葛藤がよみがえって、足元に底なし穴のような大きな口をあけた。

いや。ぼくはあんなふうに呑みこまれないぞ。ぼくがオリジナルのボブだろうがなかろうが、ぼくはオリジナルのぼくなんだ。

「わかったよ、ビル」ぼくはため息をついた。「きみがタイムマシンを発明したら、たしかめに行こう。ところで、マイロとマリオはもう、めざす星系を決めて出発の準備を終えてるだろう。送別会を開く時間だ」

ビルはうなずき、ぼくたちはみんなのもとへ戻った。

18 ビル——二一四五年九月——エリダヌス座イプシロン星系

宇宙から惑星にこのような有機物がまかれたからといって、惑星上で生命が発生するわけではありませんが、生命の進化は早まります。惑星がまだ塵の雲にすぎなかったときに、有機物はもう宇宙空間で生じていました。有機物が長持ちする惑星環境になるはるか以前から、有機物は降り注ぎつづけていたのです。時間の節約にもなりますが、さらに重要なことに、これはそうした化合物にもとづく生命が、惑星上で進化する機会を得る以前に発生することを示しているのです。そういうわけで、どこで発生したにしろ、炭素ベースの生物はおそらくDNAベースだろうし、おそらくGとAとTとCからなっているのです。

……スティーヴン・カーライル博士、SF大会のパネルディスカッション、〝銀河系探訪〟よりぼくはボブ、マリオ、マイロがこの星系を離れていくことを示す核融合反応を見つめた。悲しい笑みを浮かべた。近頃、ぼくの人生は別れだらけだった。

ふたりの新しいボブのためのマトリックスと船体がつくられているさまが映しだされている映像ウィンドウを見やった。ひとりは、エリダヌス座イプシロン星系でぼくのアシスタントまたはパートナーになってくれることを期待している、ぼくのクローンだった。もうひとりはライカーのクローンだった。ライカーは太陽系に戻ることを決断し、状況を検討して、当然のことながら、ひとりでは行きたくないという結論に達したのだ。クローンが結局、マイロのようになったら、ライカーは破壊機《バスター》をそのクローンに突っこませるかもしれないな、とぼくはふと思った。間違いなく、あいつはちょっとピリついてる。

ぼくは時間をかけて大きくのびをし、ローンチェアにもたれた。日はのぼっていて、空気には、日差しのぬくもりをすっかり相殺《そうさい》するあのさえざえとした冷たさがあった。ガンが公園のなかをでたらめに歩きまわっていた。ぼくはまだ、ガンを取り入れた決断に自信を持てないでいた。なじみがあるという理由でカナダガンに決めたのだ。しかし、ガンのなかでも彼らは気性が荒いし、リアリズムについてのぼくのこだわりのせいで、彼らの性格をいじれなかった。

ボブはエリダヌス座デルタ星に向かっていた。ぼくには賢明な選択に思えた——居住可能な惑星を持っている見込みがおおいにある、ふさわしい恒星だ。最終的に、居住可能な惑星が必要になったらの話だが。まあ、ライカーがそれをたしかめに行ってくれるわけなのだが。

マイロはエリダヌス座オミクロン2星に向かっていた。それを聞いて、ぼくたちはみんな笑ったものだが、マイロの人生だ。それに、正直なところ、みんなと同様、ぼくも興味しんしんだった。

そして最後にマリオ。マリオは変人だ。二度、話したが、水を向けるとぺらぺらしゃべった。だが、ひどく内向的だった。ボブがいったように、マリオは人間嫌いがみんなの倍になっていた。

マリオはみずへび座ベータ星に向かっていた。その選択はちょっとした驚きだった。有望とはいえない星だからではなく、遠すぎるからだ。同程度の可能性があってもっと近い星もあった。郊外には住みたくないんだとマリオは答えた。ボブは困惑しているようだったが、ぼくは理解できた。マリオはとっとと外へ出たかったのだ。ゆくゆくは、ぼくたちもマリオのところまで到達するだろうが、賭けてもいい、そのころにはもう、彼は先へ進んでいるだろう。

ぼくは、ふたりの新しいボブたちのための船体と、ライカーの頼みでつくっている三隻めの船体の進行状況を確認した。三隻めは、原子炉の遮蔽がより厳重で、人工機械知能《AMI》が操縦する船体のヴァージョン1だった。ライカーは、考えがあるとしか教えてくれなかった。

ぼくはため息をついて首を振った。ボブは、大急ぎで星系から、文字どおり飛びだしていった。自己複製の一件が、ボブの最悪の恐怖を喚起したのだろう。まあ、子供を持つってのはそういうもんだ。

19 マイロ――二一五二年七月――エリダヌス座オミクロン2星系

ご存じのように、生命はかなり幅広い界に分類されています。地球型惑星の生命もみなおなじだとわたしは考えています。木星型惑星で生命が発達できるとしても、やはりみな似たタイプのはずです。メタンが液体で存在するタイタン型惑星の生命もおなじです。つまり惑星のタイプによるのです。代謝の互換性についていえば、わたしたちも、地球上の生物をなんでも食べられるわけではありません。ありがたいことに、逆もまたおなじです。炭水化物とタンパク質と脂質にはじつにさまざまなタイプがあります。一部は必須で、多くは消化でき、一部は消化できなくて、一部は毒になります。わたしたちを誕生させたのとおなじ建材から生命がはじまった惑星でも、事情に違いがあるとは思えません。ただ、肉牛とフグを区別できればいいだけの話なのです。

……スティーヴン・カーライル博士、SF大会のパネルディスカッション、〝銀河系探訪〟より

ぼくはなめらかに減速してエリダヌス座オミクロン2星A系に進入した。自分がむやみや

たらと興奮しているのはわかっていたが気にしなかった。ぼくは、《スター・トレック》に登場するヴァルカン人の半公式な母星系に到着したのだ。ぼくたちは熱狂的な《スター・トレック》ファンだったので、ぼくはファン心をくすぐられてここを初期の目標に決めたのだ。正直なところ、もしもそうではなかったら、居住可能な惑星を持つ星系の最有力候補ではないのだから、ぼくはこの星系をあっさり無視していただろう。

エリダヌス座イプシロン星系でのことを思いだすと、いまだに気分がもやもやした。最後の会合のあと、ライカーはほとんどぼくと口をきいてくれなかったので、ぼくはできるだけ急いで星系外へ出た。ボブまでぼくに妙な視線を向けたが、ずっと礼儀正しく接してくれた。ビルには、到着したら報告書を送ると約束した。人類の技術文明が存続していようがいまいが、地球近傍の宇宙について知っておいて害にはならない。

ぼくはゴンドラの端の手すりにもたれ、眼下に広がる風景を見おろした。ぼくのVR飛行船は、現在、フランス南部上空に浮かんでいた。この眺めはライブラリの資料をもとに再現したのだが、正確さには自信があった。景色はおもに果樹園と農場からなっていて、ところどころにぽつんと農村があった。野原で牛が鳴き、犬が吠えている声が聞こえていた。青い空と暖かい空気とそよ風が内なる獣をなだめてくれ、ぼくを笑顔にしてくれた。これに飽きないといいんだけどな。

ルーシーが尻尾を振りながらやってきたので、ぼくはうわの空でなでてやった。ぼくが身ぶりをすると手のなかにビスケットがあらわれた。犬がさっそくおすわりをしたので、「ガツガツ食うなよ……」といい聞かせながらごちそうを与えた。ボリボリという音とともにビスケットが消えた。

心のなかでぶるっと体を震わせると、ぼくはデスクに戻った。ぼくの軌道が黄色い線で示されているこの星系のホログラムがデスク上に浮かびあがった。エリダヌス座オミクロンは、じつは三重星系だ。BとCはおたがいの周囲をまわりあい、そのペアがおよそ四百七十天文《A》単《U》位の軌道でAのまわりをめぐっている。エリダヌス座オミクロンAは太陽よりやや小さく、きわめて有望とまではいかずとも、居住可能な惑星があってもおかしくない。

「調査結果はどうなってる、グッピー？」

[星系の外圏に木星型惑星がいくつかあります。まだ遠すぎるし、固有運動のデータが不足しているので、内惑星は同定できていません]

「調査はあとどれくらいで完了する？」

[およそ四〇時間です]

ぼくはうなずいて椅子にもたれ、景色を楽しみながら待つことにした。フレームレートを大きく下げた……。

☆　☆　☆

[メッセージを受信しました]

「なんだ？　ビルからか？」

［はい。ヘッダー情報によれば、惑星探査ドローンの技術仕様書のようです］
「いいぞ。ぜんぶ受信したら、すぐにデスクトップのディスプレイにロードしてくれ」
［テキストメッセージもあります］
「見せてくれ」
デスクトップに紙が出現した。ぼくは手をのばしてその紙を拾いあげた。

やあ、マイロ

きみがヴァルカン、またはそれ相応の代替品を見つけたときのために実用的な探査ドローンの設計図を送ったよ。ラグナロクで使ってみたけど、バグは全部つぶしたと思う。観察用、生物学的分析用などなど、基本設計には何種類かのヴァリエーションがある。ライカーはきみの助言に従って、太陽系への帰還のために自分の複製をつくった。ただし、これまでのところ、期待どおりの結果にはなってない。

話は変わるけど、亜空間理論がものすごくおもしろいことになってる。もしも原材料が見つかったら宇宙ステーションを建造して、製造能力を持つ高レベルの人工機械知能《AMI》に管理させてほしいんだ。数年のうちに、じつに興味深い青写真が届くかもしれないよ。

ビル

ぼくは両眉を吊りあげた。ビルは謎めかしていたが、もうひとりの自分が相手では謎にならなかった。ぼくは即座に六つの可能性を思いついた。技術的にはおもしろいことになりそうだった。だが、ライカーに関する部分はわけがわからなかった。

ヘッダー情報によれば、ぼくが出発して一年もたたないうちにビルが発信したこのメッセージが、いまぼくに追いついたようだった。ドローンを設計したにしてはすばやい仕事ぶりだった。

☆　☆　☆

「報告してくれ」

[最初の木星型惑星のすぐ内側に小惑星帯があるようです。〇・八一AUに二重惑星があるようです]

二重惑星？「デスクに表示してくれ」

[暫定的な推定画像ができあがりました]

デスクの上に画像が浮かんだ。細部は描かれていなかったが、惑星の大きさはかなり近いはずだった。ふと気づくと、ぼくはじれったさのあまりすわったまま体を上下に揺すりながら、実際のデータで空白が埋まるのを待っていた。

数時間後、惑星の大きさと軌道周期を確定できるだけの情報が集まった。質量は地球の〇・七ないし〇・九、二十日の周期、約三十六万四千キロの距離でたがいの周囲をめぐっている。どちらの惑星も潮汐固定されていないが、正確な一日の長さはもっと近づかないとわからない。

「グッピー、ほんと信じられないよ。どっちの惑星も生命居住可能領域《ハビタブルゾーン》にあるんだよな？」

「ゾーンのやや涼しい側になりますが、そのとおりです。気候は、おもに温室効果ガスがあるかどうかによって決まります」

「大気があるとしての話だけどな」

「どちらの天体にも大気があることが確認されています。組成はまだ未確定です」

ぼくは歓声をあげた。

「グッピー、画像の完全版ができたら教えてくれ。いいな？」

☆　☆　☆

翌日、ぼくはOE−1A、つまりふたつの惑星の大きいほうの軌道上にいた。

ぼくはホログラム画像を、何時間にも感じたあいだ、うっとりと見つめつづけた。横並びに表示してあるふたつの惑星の映像から、大きさの違いがはっきりわかった。どちらの惑星にも大気と雲と広大な海洋があった。なにより重要なことに、どちらの惑星の大気にも酸素が含まれていた。陸の大きな帯状の部分が、あざやかな緑色に染まっていた。

「うわあ。すごい。すごいぞ。大当たりだ」

ぼくはグッピーのほうに向きなおった。「ビル宛てのメッセージを用意しろ。これまでに収集したテレメトリをすべて添付してくれ。それから、惑星名も入れるように。ヴァルカンとロミュラスだ」

［ミッションのパラメーターでは惑星を命名できないことになっています］

「ミッションのパラメーターなんか知ったことか。見つけたのはこのぼくだ。だからぼくが名前をつける。将来の入植者が変えたがったら変えればいいんだ」

［アイ・サー］

ぼくはにやにやしながら画像を見つめていたが、やがて顔をしかめた。探査ドローンか。くっそおおおお！

「グッピー、小惑星帯で使える資源は見つかってるのか？」

［いいえ。詳細な調査が必要です］

「まったく、なにかしら問題が起こるんだからな」ぼくはため息をついた。「よし、推進しながら小惑星帯全体の上を飛べる軌道を表示してくれ。それから、どこに設置するか決めよう」

☆　☆　☆

調査を完了するまでに数週間かかった。というのも、小惑星帯は驚くほど希薄だったため、亜空間ひずみ検出測距《SUDDAR》を使ってマップを完成させるまでに、中心星のまわりをまる二回めぐらなければならなかったからだ。結果は期待はずれだったので、ぼくは重い元素の鉱床を求めてふたつの木星型惑星系を調べることを決断した。内側の木星型惑星は、じつのところきわめて大きいため、多数の衛星を捕獲している可能性が高かった。

ぼくは一基の自動工場と六機の収集ユニットを放出した。そしてさっそく採鉱と精錬を開始させてから、内側の木星型惑星に向かった。

ＯＥ－２は、間違いなく壮観な木星型惑星だった。質量は木星のほぼ三倍にのぼり、ほとんど褐色矮星だった。自転周期が二十時間のため、気象現象によって巨大な縞模様になっており、そのなかには大赤斑がちっぽけに思えるほどの渦が十数個生じていた。

またこの惑星は数百におよぶ衛星を従えていた。少なくとも六十個は球形になれるほどの大きさがあり、その半分にはちゃんとした大気があった。小さめな衛星を詳細にスキャンすると、興味を惹《ひ》かれるに充分な量の金属元素と重元素を含有する衛星が数十個見つかった。二基めの自動工場を放出して有望な候補にとりかからせた。

異なる二カ所で精錬をおこなうとなると、物資の輸送が問題になる。星系の内圏には、当初の必要を満たせるだけの原料があったので、ぼくは二機の収集ユニットに、精錬ずみの原料を定期的に輸送する任務を割り当てた。

星系の内圏の造船所をふたたび訪れると、探査ドローンの第一陣が完成間近になっていた。計画が順調に進んでいるし、ＡＭＩがすべてをうまく管理できていることに満足して、ぼくはヴァルカンとロミュラスに戻った。

ぼくはふたつの惑星の詳細な地図の作成に時間を費やした。大きいほうのヴァルカンは、二酸化炭素がずっと多く、大気が濃いため、平均地表温度が高い。小さいほうの惑星、ロミュラスにはしっかりした氷冠があるが、ぼくが来てからだけでも大きさが変化しているので、季節性のものかもしれない。いま、北半球では春まっただなかだったが、一年は地球の二百八十五日分しかないので、季節はあっというまに移ろう。

☆　☆　☆

ついに探査ドローンの第一陣が完成した。ぼくは、第一陣に生物学的分析システムを搭載することにした。期待と喜びで胸を躍らせながら、ぼくはそれぞれの惑星に四機ずつを送った。

生命がもっとも多様であろう赤道からはじめ、二機ずつのペアになってゆっくりと両極へ移動させることにした。各ペアのうち、一機は海棲生物、もう一機は陸棲生物を追わせた。全生物圏のごくごく一部しかカバーできないのはわかっていたが、答えを得ておかなければならない最優先の疑問があった。生物学的適合性だ。

最初の調査映像が届きはじめるまでに半日かかった。ヴァルカンに生息している生物は多様で、恐竜並みに大きな動物もいた。いっぽう、ロミュラスは、せいぜい狼程度の大きさの動物しかいなかったし、生態系は希薄なように思えた。ふたつの惑星の違いは、気候の差だけでは説明できなかった。ロミュラスは、最近、生物が絶滅しかねない災厄に見舞われたのかもしれないな、とぼくは推測した。

ほんとうの驚きをもたらしたのは細胞レベルの分析結果だった。ふたつの惑星の生物のあいだに関係がある確率はきわめて高かったのだ。細胞の構造が、偶然とは考えられないほどよく似ていたのだ。ぼくは、生命は隕石のかけらに乗って地球と火星のあいだを旅したのかもしれないという、地球で唱えられていた仮説を思いだした。ここでは、ふたつの惑星がたがいのまわりをめぐりあっているので、その可能性はいっそう高いように思えた。

残った疑問は生物学的適合性だった——地球の生物はここで生きのびられるのだろうか？ぼくは、《スター・トレック》の「自由の惑星エデンを求めて」というエピソードを思いだした。惑星全体が有毒だとわかるというエピソードだ。はるばる十六光年も旅してきたってのに、ここでは生きられないとわかったら、さぞかしがっかりするだろうな。

宇宙ステーションの完成まであと二カ月あったが、ぼくは暫定報告書をストレージにアップロードした。そして、ビルだけでなく太陽系にもそれを送信するようにタグづけした。戦争が起きて約二十年たったいまも自由アメリカ神聖盟主国《FAITH》が健在な可能性は低かったが、ありえなくはなかった。それにここは、人類がひとつの惑星から広がるための貴重な領土だった。自分がそこまで人類を気にかけていたことはちょっとした驚きだったが、教えてやってもぼくに損はなさそうだった。たぶん、ぼくは探検のための探検がむなしいことに気がついたのだろう。

タンパク質をひとつずつ分析できるだけの生物学データはなかったが、もちろん炭水化物と脂質を類別はできたし、高濃度の重金属や砒素などのあからさまな問題をチェックすることも可能だった。生物学的探査ドローンには、人間の胃とおなじように有機物を処理する機械の胃が備え付けられていた。出力の分析には一サンプルあたり約一日かかったが、時間ならいくらでもあった。

20　ビル——二一四五年十二月——エリダヌス座イプシロン星系

地球でも、すべての細胞がおなじわけではありません。原核生物も、真核生物も、細菌も、古細菌も、ウイルスもいます。だから、どんな細胞組織にも決まった構造があるとは思えません。けれども、食べられるかどうかが気になるなら、わたしたちが新陳代謝のために消費するのは細胞ではなく、炭水化物とタンパク質と脂質なのを思いだしてください。肝心なのは、わたしたちの胃が処理しようとしたとき、異星生物の細胞がなにに分解されるかなのです。

……スティーヴン・カーライル博士、SF大会のパネルディスカッション、〝銀河系探訪〟より

人類は、どうやってひと世代以上、生きのびられるんだ？　親は、どうやって自分たちの子供を食っちまわずにすんでるんだ？

ぼくははるか彼方の星系外へと消えていく、ライカーとホーマーとデコイ機の核融合反応

を見つめていた。ライカーとホーマーはヴァージョン1の船体が耐えられる限度である二Gまでに加速度を抑えなければならなかった。

ホーマーとガーフィールドは同時に起動した。ぼくのクローンのガーフィールドは、とどまって、ぼくたちがスカンクワークス（航空機製造会社ロッキード・マーティン社の軍事関連開発部門）と呼びはじめていた仕事を手伝うといってくれた。正直、話し相手兼協力者ができてうれしかった。ぼくには、ぼくのヴァーチャルな腕とおなじくらいの長さの保留リストがあった。それに、巨大な魚以外のだれかと夢中になって助けあえるのが楽しみだった。

「ねらいはばっちりだ。やつらを始末できる。いいだろ？」

ぼくはガーフィールドのほうを向いて笑った。「おいおい、ガーフィールド、彼らはもう行っちまったんだ。カリカリするなよ」

ガーフィールドは実験段階のプラズマ兵器を放した。実際に発射可能な状態にしていたわけではないことにぼくは気づいた。だが、肝心なのは気持ちだ……。

「これで仕事を片づけられそうだな」ガーフィールドがプロジェクトリストを表示した。ぼくのバックアップからつくったので、ガーフィールドは最新情報を知っていた。

おおむね同感だった。ガーフィールドはいいパートナーだったが、ホーマーはその正反対だった。ライカーは、自分の分身を拒絶できる口実を思いついたらホーマーを連れていったとは思えない。だが、太陽系への旅は最優先だったし、これ以上待てるとは思えなかった。ぼくは、ライカーが事故に見せかけて殺してしまおうと決意する前に、ホーマーがアニメのアバターを使うのと、ひっきりなしに〝どっ〟（アニメ《ザ・シンプソンズ》の主人公、ホーマー・シンプソンの口癖）というのをやめてくれればいいのにと願うばかりだった。

「仲間をどんどんつくることは知ってるよな？　ここはボブ工場になるんだ」

ガーフィールドはうめきともうなりとも解釈できる声を発した。「きみがボブたちをつくってくれ。ぼくは遠くから見守ってる」

ぼくはため息をついて首を振った。「わかったよ、ガーフィールド。保留リストの最上位はなんなんだ？」

リストのウィンドウが開いた。燕尾服を着こんだガーフィールドの小さな画像がその横にあった。「研究開発をお楽しみいただくために、本日は次のようなメニューをご用意いたしました。ボブに依頼された探査ドローンの完成、わたしたちがもっと直接交流できるようにするためのVRの改良、あなたがすでに四度、地獄に放り捨てた亜空間伝送についての研究の続き、そしてリアルなロボット／アンドロイドのための人工筋繊維代替物」

「この茶番はお決まりになったりしないんだよな？」ぼくはミニ・ガーフィールドをにらんだ。「いっとくけど、プラズマ砲の一次制御権を持ってるのはぼくだからな」

ガーフィールドはぼくを見つめかえしてにやりと笑った。「ライカーがどんな気分か想像してみろよ。これから何十年もホーマーと一緒なんだぞ」

「まあ、予備のボブを連れていかせるべきだったのかもしれないな」ぼくは手をのばしてリストウィンドウを広げた。「さて、はじめるか……」

21　ライカー——二一五七年一月——太陽系

もしも百個の惑星からはじめるなら、まず木星型惑星は外してください。凍てついた冥王星型も、火ぶくれができる水星型も、小さすぎる火星型も、大きすぎるスーパーアース型も、焼けつく金星型も除いてください。矮星も、巨星も、変光星も、近接連星も、生命をはぐくめるほど寿命が長くない大きさの恒星も除外すると、残った惑星は十かそこらになってしまいます。

さて、悪いニュースです。わたしたちの太陽は、恒星の八十パーセントよりも大きいのです。恒星の大半は、太陽よりもずっと小さくて暗いK型とM型の恒星なのです。それらの星の快適な領域は、中心星に近すぎるため、惑星はほぼ確実に潮汐固定されてしまいます。居住可能かもしれませんが、理想的とはいえません。大雑把にいって、百個の惑星のうち、ひょっとしたら三個は居住可能かもしれません。それでも、わたしは楽観的だと思っています。

……ステパン・ソロコフ博士、ＳＦ大会のパネルディスカッション、〝銀河系探訪〟より太陽系には特別ななにかがある。ホロタンクの星図はそれをきちんととらえていないが、それでも郷愁を誘われる。

ぼくがボブとして地球をあとにしてから、個人的には約九年しかたっていないが、人類のほとんどにとっては二十六年が過ぎている。それだけの時間がたったのだから、さまざまな変化が起きていても当然だ。いまも戦争のまっただなかとは考えられない。とはいえ、ぼくにはハイビームをつけ、クラクションを鳴らしながら太陽系に乗りこむつもりはなかった。ヴァージョン2のヘヴン船の原子炉格納容器は強化されているし、ぼくの船体とホーマーの船体はそこからさらに補強してあった。ぼくは、みずから存在を知らせるまで、だれにもぼくたちがいることに気づかれたくなかった。デコイは、ぼくたちがそのコースを決めるまで、最低限の推力でオールトの雲のなかを飛んでいた。いっぽう、ぼくたちは機関を駆動しながら太陽系外縁部をめぐっていた――こっちからは標準的な核融合反応をとらえられるが、こっちは探知されない距離だった。

数週間かかったが、ようやく太陽系内部の状況を把握できた。おおまかにではあったが。

ホーマーがビデオチャットをしてきた。ぼくはすぐに、ホーマーがアニメのアバターをやめ、標準的なボブに戻っていることに気づいた。ぼくがチャットを音声のみにしていた意味に、ようやく思いいたったのだろう。だが、ホーマーからなにかしらの仕返しをされる可能性が高かった。

ボブ6が例のあのアバターを選んだとき、ぼくは信じられないほどいやな気分になった。

オリジナルのボブも、昔からアニメキャラクターを嫌っていた。どのボブもおなじではないが、ホーマーは飛び抜けて変わっているように思えた。量子効果なんだろうか？　ハードウェアのごくわずかな違いのせい？　ふくれあがりつづけている保留リストの項目がまたひとつ増えた。だが、いろいろなボブたちと話すとき、ひとりごとをつぶやいているというより他人と話しているほうに近い、という有益な効果もあった。

ホーマーが太陽系図に矢印をいくつも表示させた。「これらすべてのポイントで高レベルの放射線が検出されてる。核兵器だろうな。地球の長距離画像もかんばしくない」

「どうやら、人類はみごとにみずからを絶滅させたようだな……」ぼくは椅子にもたれて手で髪をすいた――複製人《レプリカント》になってもやめられない、ぴりぴりしたときに出る癖だ。「……それか、区別がつかないほど絶滅に近い状態にしたんだ。太陽系内で、原子炉反応はあのひと集団しか存在してない。あの集団が人間かどうかもあやしいもんだ。状況に気づいてないロボットシステムかもしれない」

「あとちょっとしたらもっと状況がはっきりするだろう」ホーマーが応じた。「そうしたら、対策を講じられる」

ぼくは集団をつくづく眺めた――凝視すればもっと情報が得られると思っていたわけではないが。原子炉反応の、二個以上十個以下の小集団は、二カ月後に地球と交差するとおぼしい軌道をゆっくりと飛んでいた。軍事的な軌道とは思えなかった。のんびりしすぎていた――敵軍による迎撃が馬鹿ばかしいほど簡単だ。敵軍がまだ存在していればの話だが。

手をさっと振って、ぼくは太陽系図を消した。「ぼくたちは、情報がまだそろってないのにあれこれ考えてる。無駄もいいところだ。きみは、なんだったら来週一週間、フレームレートを落としてくれ。ぼくは仮説《モデル》にとりくんでるから」

ホーマーはにやにやした。「模型《モデル》づくりのための接着剤と塗料はあるのかい？　それとも解剖模型のほう？　わっほう！」

ぼくは顔をしかめながら接続を切った。ボブの人格のなかにあんなむかつく馬鹿を生みだす要素があるなんて、とても信じられなかった。ホーマーがちょっとでもぼくと地球へ戻るのを嫌がるそぶりを見せたら、ぼくは彼を切り捨ててもう一度やりなおしていただろう。だが、そんなについていなかった。

ぼくは物理学シミュレーションを起動してホワイトボードを出した。ボブたちのなかで、亜空間理論に本気で興味をいだいているのはビルとぼくだけのようだった。ビルよりも先に突破口を開き、自慢たらたらでそれを知らせてやりたかった。だが、現実的には、これはぼくにとって片手間仕事だった。ビルはほかにすることがなかったし、相対論的速度で何年も過ごさなくてよかった。

☆　☆　☆

ぼくたちは太陽系から充分に離れてから駆動機関を再起動し、デコイとランデブーできるコースに乗った。人工機械知能《AMI》パイロットとの通信によれば、なにも起こっていなかった。

もっとも、これだけ離れたところでなにかが起こるとは、ぼくたちは思っていなかったのだが。

前回のフライバイで接近したときに六個の反応をとらえた。それらが軍艦なのかどうか、有人船なのか自動操縦なのか、味方なのかどうかを確認するのが次の段階だった。デコイを使うべきときだった。

☆　☆　☆

ぼくはコンソールに両足を載せ、肘かけ部分の制御装置をいじった。ブリッジのビュースクリーンには、木星の軌道と交差している〈ヘヴン2A〉の軌道が表示されていた。ぼくはひと息入れてコーヒーを飲んでからグッピーのほうを向いた。「進入ベクトルは問題なさそうだな」

グッピーは連邦の制服が似合っていた。まあ、二足歩行の魚にしては。ぼくはついに、《スター・ウォーズ》と《スター・トレック》は混ぜちゃだめだと決断し、グッピーの白の制服を交換したのだ。グッピーはたぶん、気づいてもいないだろう。

[本船は三五時間後に相対速度ゼロで木星軌道に到達します]

「追跡または迎撃の兆候は？」

[原子炉反応が二個あって、そのベクトルは迎撃コースを示しています]

「すばらしい。それなら針路を保て」

レプリカントは三十五時間を、好きなだけ短くできる。ホーマーが状況に応じてフレームレートをいじっているのは知っていたが、ぼくは実時間にとどまることに、一種の頑固なこだわりをいだいていた。いずれにしろ、この船のライブラリには学ぶべき人類の叡智《えいち》が膨大におさめられていた。それに、もちろん、亜空間モデルもあった。

ボブたちは、オリジナルのボブがラスベガスで死んでからの百年あまりにおける科学の進歩のペース――正確には進歩のなさ――にはしょっちゅう驚かされていた。たしかに〝実用的〟工学としかいえない分野では前進していたが、自由アメリカ神聖盟主国《FAITH》の建国とともに理論研究は止まったも同然だった。ぼくたちはまだ、少なくともユーラシア合衆国《USE》は、どうして理論分野の追究を続けなかったのか、得心できていなかった。なんといっても、USEにはヨーロッパ合同原子核研究機関《CERN》が、そして大型ハドロン衝突型加速器《LHC》があったし、歴史上もっとも独創的な学者を輩出したところだったからだ。FAITHの政治的圧力が関係していたのだろうが、ハンデルと彼の仲間たちのせいで起きた世界不況も大きな影響をおよぼしたのだろう。

残念なことに、ライブラリには正確な歴史資料がごくわずかしかおさめられていなかった。この時代についての数少ない言及は、あからさまに愚弄《ぐろう》するプロパガンダだった。

だが、物思いにふけるのはもう充分だった。きょう、いまこのとき、ぼくたちは目の前の事態に対処しなければならなかった。

接近してくる宇宙船が〈ヘヴン2A〉の亜空間ひずみ検出測距《SUDDAR》で探知できるところまで来

ると、ブリッジのビュースクリーンがいっぱいになった。ぼくはVRとしての一貫性を放棄し、目の前にホログラフィックディスプレイを表示させた。この距離だと、SUDDAR探知信号を発射しても細部まではわからなかったが、それらが〈セーハ・ド・マール〉と同型のブラジル船なのはもう明らかだった。そして、それゆえメデイロスのクローンであろうことは。

計画どおり、〈ヘヴン2A〉は、敵の接近に気づいても不思議はないタイミングで針路を変更して逃げだし、二・五Gで加速した。接近してくる船団はそれにあわせて針路を変更してミサイルを発射した。しばし時間がかかったが、ミサイルはとうとう目標を捕捉した。デコイは高速で迫ってくるミサイル群の短い映像とSUDDARスキャンの結果を送ってきたが、その信号が途絶えた。

ぼくはホーマーからのチャットの申し込みを受諾した。ホーマーは会話をはじめた。「いやあ、ピカッと光ったな」

「たしかにな」ぼくは応じた。「さっきのミサイルに亜空間無反動重力走性模倣機関《SURGE》が搭載されてたことに気がついたか？」

「ああ。問題だな。メデイロスは昔ながらにこだわってくれると思ってたんだけどなあ。やつは、エンジニアじゃなくて軍人なんだから」

ぼくはしばし時間をとってデコイからの通信の一部を分析した。「船体自体は変わってないみたいだな。加速性能も、大きさもおなじだ。まあ、そうだろうな。ミサイルは基地で積みこめたんだから。だから、少なくとも、搭載できる本数にはかぎりがあるはずだ」

ホーマーは肩をすくめた。「こっちに対策がないかぎり、なんの慰めにもならないけどね。やつらは新型ミサイル以外の武器を搭載してないと想定せざるをえない。そういえば、デコイの長距離テレメトリはもう見たか？」

「ああ」ぼくはテレメトリに目を通して探していた箇所を見つけた。「同一の核融合反応がさらに四つ、加えて、待機中らしいなんらかの装置が発しているごくかすかな反応が四つ。つまり、最低でも六隻のブラジル船を相手にしなきゃならないようだな」

「まあな。だけど、ほかの四隻がどこにいるかたしかめたか？」

ぼくは顔をしかめた。ホーマー・シンプソンに一本とられるなんてがっかりだった。テレメトリ記録を確認すると、四隻の宇宙船の反応は、一列になってまっすぐ地球に向かっていた。そして、各自があのかすかな反応をともなっていた。不可解なほどの低速だったが、二十四時間の間隔で次々に地球に到達するようだった。

「なんなんだ？　ほとんど慣性飛行じゃないか。それも軌道速度での。この速度は、彗星が……」ぼくは、自分が衝撃のあまり目を見開いたことに気づいた。「まさか！　いくらやつらだって――」

「やる気だと思うぞ、ナンバーツー」ホーマーが顔をゆがめた。「デコイは遠すぎてSUDDARでは調べられないけど、光学映像から反射能《アルベド》をざっと計算してみたんだ。どのポイントにも、宇宙船よりずっと大きいものがある」

「そしてどれも、ちょうど中国が正面に位置するときに到達する」ぼくは吐き気を催しながら首を振った。「くそったれ。やつらは地球に小惑星を落としてやがるんだ」

22　ビル――二一五〇年九月――エリダヌス座イプシロン星系

フォン・ノイマン探査機は、細菌とおなじくネズミ算式に増殖し、最終的には全銀河系を探査します。これまでは、具体的に、どうやって自己増殖するのかという問題が、つねにそのような主張のネックとなっていました。ほとんどのSFでも、具体的な説明は、まったくないか、ナノマシンでごまかしてあります。

鉱石から金属を分離し、原子をきちんと配置して結晶構造にし、高純度の原料にするために必要なエネルギーは、典型的な微小機械が用いることのできるエネルギーを超えている、としばしば指摘されます。だから実際には、ナノマシンは実現可能な解決策にはなりません。少なくとも、ナノマシンだけでは。

……エドゥアルト・グイパース、SF大会のパネルディスカッション、〝フォン・ノイマン探査機を設計する〟より

「子供たちが家から巣立ってくってのに悲しくないのか？」ぼくはガーフィールドににやり

と笑いかけた。

ガーフィールドは、信じられないという顔でぼくをにらんだ。「それ、二度というなよ、いいな？ パターンはわかってるし、もううんざりなんだよ」

「わかったよ。そんなにかっかするな」ぼくは肩をすくめた。ホロタンクには星系を出ていくカルヴィン（一九八五年から一九九五年まで連載された新聞マンガ『カルヴィンとホッブス』の主人公である六歳の男の子）とゴクウとライナスの核融合反応が表示されていた。ライナスには、特にいらつかされることもなく、問題なかった。だが、カルヴィンとゴクウは初日から犬猿の仲だった。だからライナスは、ひとりで行きたがったのだろう。

なのに、ひっきりなしに喧嘩しているにもかかわらず、カルヴィンとゴクウは切っても切れない仲のようだった。ふたりはしょっちゅう恫喝《どうかつ》しあっていたが、縁切りをするまでにはいたらないのだった。

ガーフィールドの気持ちもわかったが、ライカーとホーマーが去ってから五年たっていたし、口実はもうつきていた。クローンに対するボブの尻込みには伝染性があるようだった。これまでの結果からすると、ぼくたちは、フォン・ノイマン探査機の風上に置けなかった。

ぼくは首を振ってディスプレイを消した。この同朋たちは、ヴァージョン3の船体設計を使うはじめてのグループだった。カルヴィンとゴクウの目的地を考えると、彼らがほかの探査船に出くわす可能性は非常に高いので、宇宙船の仕様を強化することが必須だとぼくは判断したのだ。

〈ヘヴン9〉と〈ヘヴン10〉に搭載した特大サイズの亜空間無反動重力走性模倣機関《ＳＵＲＧＥ》と原子炉は、十Gという前代未聞の最大加速度を可能にした。また第二の、小型できわめて厳重に遮蔽されている原子炉も搭載してあり、そのおかげで、主原子炉を停止して星系内を飛行していても、至近距離まで接近しないかぎり発見されずにすむ。

武装についていえば、通常の倍の破壊機《バスター》と数機の偵察機、さらに特大のＳＵＲＧＥ機関が電力を供給するレールガンと砲弾となる鋼鉄被甲鉛弾を搭載した。

そして最後に、ぼくは亜空間ひずみ検出測距《ＳＵＤＤＡＲ》を効果的に妨害してくれると期待している装置を加えた。特大の原子炉が電力を供給する二台の発信器が、有効範囲内にあるＳＵＤＤＡＲ探知機をホワイトノイズで圧倒してくれるはずだった。

アルファ・ケンタウリ系を調査するかどうかについては侃々諤々《かんかんがくがく》の議論をした。アルファ・ケンタウリ系は、宇宙探査をするなら太陽系を出てまず最初にめざすべき星系なので、ほかの超大国の、少なくともどこか一国は第一の目的地に選んでいる可能性が高かった。じつのところ、まさにそれが理由で、自由アメリカ神聖盟主国《ＦＡＩＴＨ》はアルファ・ケンタウリを避けることにしたのだ。旅が四光年から十光年になったところで、入植者にとっての主観的な所要時間は半年ほどしか長くならない。

中国船またはユーラシア合衆国《ＵＳＥ》船と遭遇したらどうなるかはわからなかったが、メディロスと出くわしたときの対応にはだれも異論がなかった。警告無用、容赦無用、問答無用、だ。

23　マイロ――二一五三年二月――エリダヌス座オミクロン2星系

けれども、近年、３Ｄプリンターはどんどん一般的になっています。この技術は、いまはまだ黎明期にありますが、企業はすでに、たとえば、基板に原子をひとつずつ並べて文字を印刷するといったデモンストレーションをおこなっています。これを、本格的で実用的な自己組み立て製造システムのはじまりのはじまりとみなす人々もいます。プリンターはさらなるプリンターを、作業ロボットを、鉱夫ロボットを、そして究極的にはフォン・ノイマン・マシンをつくれるのです。いくつかの企業は、多種多様な材料を一種のカラーインクジェットプリンターのように扱えるプリントヘッドを開発中です。この技術の改良は続き、やがて原子をひとつずつ操作してどんな元素でもつくれるようになるでしょう。

……エドゥアルト・グイパース、ＳＦ大会のパネルディスカッション、〝フォン・ノイマン探査機を設計する〟より

旅立つ時間だった。ぼくは椅子にもたれて雲を見まわし、眼下のフランスの田園風景を見おろし、クッションで丸くなって犬が見る夢を見ているルーシーを見やった。

ぼくはロミュラスとヴァルカンの生物相を調査し目録を作成して、胸躍る七カ月を過ごし

た。あらゆる観察結果、すべての報告書、すべての画像は宇宙ステーションにアップロードし、ビルに、さらに太陽系に送った。ドローンは星系を飛びまわって採鉱する価値のある鉱床をひとつ残らず見つけだした。あとは自動工場とドローンにまかせておけば、入植者が来るまでのあいだ、鉱物資源を精錬しつづけてくれるはずだった。入植者の前に異星人が、それともほかの探査船が来るかもしれないが。そのような事態に備えて、破壊機《バスター》編隊も配備しておいた。ステーション人工機械知能《AMI》がメディロスを識別できるようにし、発見しだい撃破するように命令しておいた。

ここではボブたちをつくらないことにした。入植者にはぼくよりも資源のほうが必要だし、どっちみち、ぼくは自分がボブたちをつくりたいのかどうかわからなかった。ボブたちは、必ずしもボブ1に満足をもたらさなかった。

ぼくはじっくりと時間をかけて近傍の星を吟味し、エリダヌス座八十二番星に決めた。有望だったし、それほど遠くなかったからだ。

これからどうするつもりかを記した最終報告を送ると、ホロタンクに映しだされているこの星系の姿を最後に眺めた。そして〈オン・ザ・ロード・アゲイン〉（カントリー歌手ウィリー・ネルソンの一九八〇年のヒット曲。「ふたたび旅に」の意）を大音量でかけ、亜空間無反動重力走性模倣機関《SURGE》を起動した。飛行船の下の村で、フランス人の農夫たちがぼくをののしった。

24　ライカー――二一五七年四月――太陽系

戦争で肝心なのは速さである。敵の不備をつくべし。思いがけない経路から、敵が予期していない場所を攻撃するべし。

……孫子『兵法』

ぼくたちは安定した二・五Gで減速しながらC、つまり光速の五パーセントで太陽系に進入した。エリダヌス座イプシロン星から来たように見せるため、軌道と接近速度を慎重に計算した。そのまま進んでいたら、およそ〇・〇五Cのまま、太陽のすぐそばを通過することになっただろう。

進入ベクトルはふたりで熟考した末に決定した。ブラジル人に脅威だと思わせなければならないが、そうすると迎撃されてしまう。太陽でスイングバイするコースをとれば、進入したヘヴン船は、速度では大きく優位に立っているし、ベクトルは予想外という状態で、反対側に出現できる。ブラジル船は、ぼくたちがぐるっとまわってくるのを、なにもしないで待ちかまえているわけにはいかない。

まあ、理屈の上ではそうなるはずだった。

ぼくたちは、六隻のブラジル船すべてがぼくたちを追いかけてくることを期待していた。ぼくは待機室ですわって、緊張しながらテレメトリを見つめていた。ぼくたちは、光速遅延を考慮に入れると、ブラジル人たちがぼくたちの核融合反応を感知するはずの点を過ぎたところだった。あと六時間で、彼らはぼくたちを迎撃できなくなってしまう。ブラジル人たちが、ぼくたちを追撃するのではなく、とどまって戦うことを選んだら、撤退を考えなければならない。正面からまともに戦ったら勝ち目はないからだ。

一時間後、動きがあった。ぼくは、自分のVRに実際に汗をかかせるという実験を少しのあいだしたことがあったが、再現する必要のない人間としての体験だと判断してやめた。四つの核融合反応が小惑星の隊列を離れはじめたのを見て、ぼくたちは歓声をあげた。

「六隻じゃなく四隻だけど」ぼくはいった。「二隻なら対決に勝てる可能性がずっと高くなる」

「最初の四隻をやっつけられたらの話だけどな」ホーマーが水を差した。

「まあな。たしかなことなんか、この世にはたぶんないのさ」

この太陽周回レースで、近日点に到達するまでにはあと十日かかるはずだった。

☆　☆　☆

「時間だぞ」

ホーマーが告げる声を聞いて、ぼくは顔を上げた。ホーマーは期待に満ちた目でぼくを見つめかえした。

「よし、やろう。グッピー、破壊機《バスター》を発進させろ」

「了解」

宙に浮いているディスプレイに映っている〈ヘヴン2〉からバスターが、まっすぐ船尾方向に向かって、数秒おきに次々と打ちだされた。ヴァージョン2のヘヴン船に装備されたレールガンは、なにかを船首方向または船尾方向に、何百Gもの勢いで射出できた。レールガンに亜空間無反動重力走性模倣機関《SURGE》が電力を供給するたびに、宇宙船は一瞬、自由落下状態になったが、これだけ離れていれば、メディロスたちは減速が一瞬、停止したことを感知できないだろうとぼくたちは望みをかけていた。

ブラジル船団がぼくたちの後方に来たときには、バスターの位置は彼らのはるか後方になっている。原子炉を停止し、蓄えた電力で飛行しているバスターは、敵が意図的に、その方向に絞りこんだ亜空間ひずみ検出測距《SUDDAR》スイープをしないかぎり発見できないはずだった。

☆　☆　☆

ブラジル船団は、軌道をぼくたちの軌道と一致させ、ぼくたちの後方についたところだった。ぼくはVRの真ん中に浮いている図をためつすがめつした。相互作用は複雑だった。ぼくたちは二・五Gで減速しながら太陽をめぐってスイングバイ機動しようとしていた。ブラジル船団は二Gで加速しながら、速度を上げすぎてより高い軌道に移ってしまわないようにしつつ、ぼくたちをロックオンしてミサイルを発射できるところまで近づこうとしていた。いっぽう、バスター編隊はブラジル船団の後方を自由落下状態でひっそりと漂っていたが、速度はより速かったし、減速していなかったので、徐々に接近していた。バスター編隊は、原子炉を始動するまでに、できるだけ近づいていなければならなかった。それにぼくたちは、すべてが、あいかわらず小惑星の隊列に付き添っている二隻のブラジル船からは見えない、太陽の反対側で起こるようにしたかった。

とうとう、ブラジル船団が動いた。各船がミサイルを発射した。ミサイルは、案のじょう、SURGEを装備していて、すさまじい加速でぼくたちに迫ってきた。

[四五秒後に接触します]

「敵後方のバスター編隊に攻撃を命じろ」

[了解]

ホログラムに、命令が送信されたことを示すポップアップヒントが表示された。数秒後、バスター編隊の核融合炉が始動したため、八つのデータポイントが光った。ブラジル船団は即座に反応し、船尾方向にミサイルを波状に発射した。

「さて、本番はここからだ」ホーマーがいった。

ぼくは、飛来するミサイル群を迎撃すべくレールガンがバスターを船尾方向に射出するたび、減速がミリ秒単位で停止するのを感じた。ホーマーとぼくは四機ずつ発射した。バスターは、プログラムどおりにペアを組んで縦に並び、それぞれのペアが飛んでくるミサイル群に向かった。

ディスプレイ上で、ミサイルの第二波がブラジル船から離れたので、彼らが追ってくるバスター編隊に八発撃ったのがわかった。ぼくたちの推測では、全部であと四発、残っているはずだった。

追撃しているバスター編隊は、できるだけ防御ミサイルにロックオンされにくくなるように複雑な螺旋パターンを描いていた。

いっぽう、ブラジル船隊は分散し、攻撃するバスターが目標を選ばざるをえなくした。数秒間はすることがあまりなかったので、ぼくはSUDDAR探知信号をごく細く絞りこんでブラジル船に照射した。とらえた反射から、細部がばっちり判明した。なによりも、その宇宙船にはほんとうにもうミサイルがないことがわかった。空《から》っぽのミサイル格納スペースの大きさから、四発積まれていたことがわかった。ぼくはホーマーに連絡した。「予想どおり、ミサイルは全部で十六発だ」

そして迫りつつあるブラジル船のミサイル群に注意を戻した。三発はバスターと衝突して消滅した。四発めのミサイルは前のバスターをどうにかかわした。ところが、そのせいで、ペアのうしろのバスターに横腹をさらしてしまった。爆発が起こって四発めのミサイルも消滅した。

複数の爆発でビュースクリーンが真っ白になり、レーダーとSUDDARが混沌としたスープに呑みこまれた。つかのま、ほとんどなにも見えなくなっているあいだに、ホーマーとぼくは砲弾を八発、フルパワーで発射した。

視界が晴れると、四発のミサイルをすべて破壊し、なおも四機のバスターが残っていることがわかった。画面の反対端では、ブラジル船の八発のミサイルが追尾していた八機のバスターを全機撃滅していた。

ブラジル人たちは自分たちの攻撃の成功を祝っているに違いなかった。だが、それらのバスターの目的は彼らにミサイルを撃ちつくさせることだった。エリダヌス座イプシロン星系でのメディロスの行動から、勝ち目がないと思ったら、彼が自爆攻撃をいとわないことがわかっていた。ぼくたちは、船団が、自殺攻撃を敢行することなく、自衛のためにミサイルを撃ちつくすことを望んでいた。

ブラジル船団にはまだ四発のミサイルがあり、四機のバスターが彼らに迫っていた。ぼくたちは、〝弾切れ〟の雰囲気を出そうと努めながらじっと待った。ここで千日手《ステイルメイト》になったらブラジル人たちの勝ちだ。

そしてとうとう、ブラジル人たちはしくじった。迫りくるバスターをねらって、残っている四発のミサイルを撃ったのだ。

「チェックメイト！」ホーマーが叫んだ。飛んでくるバスターに気をとられて、ブラジル人たちは砲弾を感知しそこねた。電波も発さず核融合反応も返さないまったく不活性な砲弾は、ブラジル人たちが特定の一瞬にＳＵＤＤＡＲスイープをしないかぎり見つけられなかった。

八発の砲弾のうち六発が命中した。最後のミサイル群とバスターが激突し、どちらもばらばらになったときとそっくりだった。ぼくたちはさらに砲弾を発射しつづけ、やがてテレメトリから敵船の活動の形跡が消えた。

何日にもわたる準備と待機のあと、実際の戦闘はどちらが多く弾薬を持っているかで決まった。ホーマーとぼくは、全方向にSUDDARスイープをおこなって、ブラジル人たちが破壊される前に罠や落とし穴をしかけなかったかどうか確認した。二度めのスイープで、敵船団の残骸の周囲を調べた。ようやく、もうだいじょうぶだと確信して、ぼくたちはゆっくりと進んでまだ動く、あるいは一部しか壊れていないバスターを探した。

ホーマーはそれを愉快だと思った。「きちんと葬ってやるためかい？」

「いいや」ぼくは答えた。「もう何機か、バスターをつくるつもりなんだ。部品はあるけど、鋼鉄の大きな玉がちょっと足りないのさ」

ホーマーはつまらないジョークをいった子供のようにゲラゲラ笑った。「やれやれ、鋼鉄のタマか……」と鼻を鳴らした。

ぼくはため息をついた。〝友軍誤射〟という言葉が脳裏をよぎった。「ホーマー、こっちのバスターの残りは六機だけど、二隻のブラジル船は、ぼくたちがいま破壊した四隻と装備がおなじなら、それぞれ四発のミサイルを残してるんだぞ。ミサイルをバスターのペアで防げないだけじゃなく、最高についてたとしても、ミサイルと宇宙船を全部片づけられないんだ。だから何機かバスターを再生しようとしてるんだし、戦闘の残骸をあさってレールガンの弾丸をつくろうとしてるんだ。きみもおなじことをしたほうがいいぞ」

ホーマーは、つかのま、考えこんでいるような表情をしてからうなずいた。

☆　☆　☆

攻撃の第二段階には、残り二隻のブラジル船に忍びよることが含まれていた。ぼくたちは、地球に到達するためにはめいっぱいの二・五G加速でまわりこまなければならない、太陽をぐるりとめぐる進入ルートをわざと選んだ。そして太陽系内に入ってからは、慎重の上にも慎重を重ねて、じつは五Gまで出せることを隠していた。いま、ぼくたちは、太陽の陰をまわって姿をあらわす前に針路を曲げるため、ありったけのエルグを注ぎこんだ。

[五秒後に停止]

ぼくはVRを停止した。数秒後、ぼくたちの宇宙船は二隻とも暗くなるだろう。ぼくたちはSURGE機関を停止して慣性飛行に移行する。SUDDARの使用をやめ、核融合炉を停止する。ブラジル船団にしてみれば、ぼくたちと追っ手は相打ちになったように見えるはずだ。ぼくたちが予想された軌道にあらわれないことを確認したら、彼らは油断してくれるかもしれなかった。

これから二日間、ぼくたちは電池でしのいで漂流しつづける。一ミリワットでも電力を節約するためにフレームレートを最低限まで落とす。移動機《ローマー》たちは戦闘の残骸を精錬して砲弾をつくるように設定されているが、電池が切れたローマーから動かなくなるだろう。電源を回復するのは、地球がぼくたちとブラジル船団とのちょうど中間に入ったときだ。

[停止]

ぼくは船が暗くなるのを感じる。フレームレートを落とせるだけ落とす……。

☆　☆　☆

［到着しました］
「報告しろ」
［軌道進入に成功しました。まもなく、敵船団の、地球をはさんだ反対側に到達します］
「よし。充分に遮蔽ししだい、すべてを起動し、加速して敵の死角にとどまりつづけるようにしろ」
［了解］
電力が全面的に復旧すると、ぼくはVRを再起動し、艦長席にゆったりともたれた。映像ウィンドウにホーマーがあらわれた。「きみも旅を生き抜いたようだな」
ぼくはうなずいた。「ミッションの状況をタンクに表示してくれ、グッピー」
ホロタンクいっぱいに、地球、ぼくたちの宇宙船の位置、二隻のブラジル船と彼らが番をしている四個の大きな小惑星の位置が表示されている図が映しだされた。
［敵船の位置は予測ですが、軌道力学と最新の観測にもとづいているので、確度は高いです］
「それでいい。最大の問題は、ブラジル人たちが、お守りをしてる小惑星を使ってかくれんぼをするかどうかだ。隠れたままミサイルを撃ってくれたら、ロックオンできないので、ミ

サイルのたいしておつむがよくないことがわかってる人工機械知能《AMI》に頼ることになるんだけどな。こっちはバスターに捜索と破壊を命じてもいいけど、バスターに炸薬弾頭はない。充分な勢いでぶつからないと、内部に損害をもたらすどころか船殻も貫通できない」

「そばまで行けばレールガンを使えるじゃないか」ホーマーがいった。

「そりゃそうだが、弾薬は無駄づかいしないようにしないとな」

☆　☆　☆

ぼくたちは地球をまわりこんだ。すでに秒速百五十キロを超えていた。ブラジル船がすぐさまぼくたちに気づいたのかどうかはわからなかったが、彼らには、ぼくたちを発見してからぼくたちが到着するまでに六時間の余裕があった。ぼくたちは、まだ最大加速が二・五Gだと思わせていた。ぼくたちがどうやって地球の裏側へ行ったのかを考えるためにエネルギーを使わせていた。

先頭の小惑星に到達するまでにあと五分というところで、ブラジル船の一隻がぼくたちに呼びかけてきた。ぼくは、ホーマーに見られながら、ホロタンクでその呼びかけを受信した。

ブラジル国旗の静止画像が表示された。アバターがないんだろうな、とぼくは思った。

「自由アメリカ神聖盟主国《FAITH》のくそ野郎《ババカス》ふたりにしてはなかなかやるな。だが、次はわれわれが相手だ。こんどはあんなにうまくいかないぞ。おまえたちの死体を宇宙にまき散らしてやる！」

ぼくは驚いてホーマーを見やった。メディロス少佐じゃないぞ。だれなんだ？

「こちらはFAITH宇宙軍のライカー中佐。そちらは？」

「本官はマティアス・アラウージョ大尉。これはおまえたちが聞く最後の声だ」

それ以上なにもいわずに相手は通信を切った。

ホーマーとぼくは顔を見合わせた。一拍置いてからホーマーがいった。「で、これからどうなると思う？」

ぼくはしばし考えた。「さあな。だけど、襲ってきたやつらを倒す直前にぼくがしたあのディープスキャンで、大型のSURGE駆動ミサイルを格納するために製造システムをすっかり撤去してしまっていることがわかったんだ。あのときは見過ごしたけど、いまになって考えると、これはブラジル帝国にとって最後の悪あがきだったのかもしれない。ブラジル帝国は叩きのめされて、残ってるのは探査機プロジェクトだけだったのかもしれない。だから〝志願者〟——使い捨てにできる人物——を使って複製人《レプリカント》をつくり、宇宙船に乗せて攻撃艦として使おうとしたんだろう」

ホーマーは首をかしげた。「だとすると、そいつをレプリカントとして訓練する時間はなかったことになる。それに、この宇宙船団が唯一の戦争の残り滓ってことに」

［ミサイルが発射されました］

ぼくたちはテレメトリを確認した。ブラジル人たちは八発のミサイルを発射していた。

「くそ。まさに心配してたとおりになったな」ホーマーはいった。「どうやら、やつらはそ、れほど訓練不足ってわけじゃなさそうだ」

「頭に血がのぼってるだけなのかも。それとも、まだミサイルがあるのかもしれない。とにかく、タイミングはばっちりだ。やつらは待ちくたびれてたし、ぼくたちは小惑星を使えるところまで接近してる。行くぞ」

対抗手段を発射することも、逃げようとすることもなく、ぼくたちは急旋回して小惑星の下に潜りこんだ。照準線からはずれるなり、ぼくたちは船尾のレールガンから小さな金属の残骸を、宇宙ごみがぼくたちの航跡上で完全停止する速度で大量に撃った。小惑星をまわりこんで追尾してきたミサイルが、静止している漂流物に正面衝突した。三発のミサイルがたちまち爆発したが、あいにく、その爆発でごみが吹き飛ばされ、そのあとのミサイルは無事に通過した。

「前方を頼む。ぼくはミサイルの残りを始末する」ぼくはホーマーにいった。

ぼくがバスターを発射する準備をしているとき、ホーマーがいった。「前方で発射。やつらはまだミサイルを持ってたらしい。ヤバいぞ」

ぼくは一ミリ秒使って状況を検討した。後方から五発ミサイルが迫ってきている。レールガンで二発、たぶん三発は始末できる。ホーマーが担当している前方からは八発のミサイルが飛んできている。つまり、バスターは十一機しかないのに、十三発のミサイルを相手にしなければならないのだ。おまけに、ブラジル船も片づけなければならない。これで、ブラジル人たちは、まず間違いなくミサイルを撃ちつくしたはずだった。これ以上、ミサイルごっこをするには距離が近すぎた。

「前方からの攻撃の数を減らさなきゃならない。ぼくのバスターを、二機を除いてすべてきみに託すよ。破片弾でできだけ多くのミサイルを迎撃してくれ」ぼくはバスターを全機発射し、五機のコントロールをホーマーに譲ると、彼はそれらを前方に誘導した。

ぼくは、うしろから迫ってくる五発のミサイルに集中し、それらのコースに次々とごみをばらまいた。二発を破壊したとき、残り三発のうち二発が弾幕を避けようとして近寄ってくることに気づいた。ぼくは即座に一機のバスターを近いほうにフル加速で突っこませた。閃光が生じ、ミサイルとバスターがこなごなになった。いいぞ！　もう一発のミサイルも爆発で損傷したらしく、あてどなく漂いだした。

「ちょいとそばまで寄られてるんだ」ホーマーがいった。「ちょっぴり手伝ってくれ、いつでもいい……」

「もう少しなんだ。がんばれ」

ぼくが最後のミサイルに破片の大波を浴びせると同時に、ホーマーがかん高い声で「くそっ！」と叫び、彼の信号が途絶えた。

ぼくは自分が相手をしているミサイルとホーマーの戦場に注意を分割した。ホーマーはほとんどのミサイルを始末していたが、一発が爆発した場所が近すぎた。〈ヘヴン6〉は、損傷を受けたもののばらばらにはなっていないようだった。しかし、宇宙船は完全に機能を停止して漂流していた。二機のバスターが正面からのミサイルの最後の二発の周囲を旋回しながら追いかけていたが、なんとかできそうなほど近づけているのは一機だけだった。その瞬間、後方で閃光が生じたので、さっきの一斉砲撃で追尾を続けていたミサイルの最後の一発が片づいたことがわかった。まだ一機、バスターが残っていたが、いまからでは正面にまわりこませられなかった。

やつらはたいして頭がよくないんだ。ふとそのことを思いだしたが、意味があるとは思えなかった。だが、オリジナルのボブはいつも直感を信用していたので、ぼくは即座に反応した。破片を一斉砲撃したのだが、ミサイルではなく、追いかけているバスターの反対側をねらった。純然たる反射作用で、ミサイルは破片の流れから遠ざかろうとした。おかげでバスターが追いついた。

これで漂流しているミサイルに破片の連射を浴びせて始末することに集中できた。残り一発のミサイルに注意を戻すと、バスターが追いついていたが、ぼくは問題が生じていることに気づいた。バスターは運動エネルギーによって標的を破壊するようになっている――基本的には高速で体当たりすることによって。ところが、そのバスターはミサイルとまったくおなじ速度で飛んでいた。いまバスターとミサイルは並んでいて、バスターが何度も体当たりしていたが、なんの効果もなかった。ミサイルの軌道はぶれていたが、損傷は与えられていなかった。

イチャイチャするのはやめろ、とんま野郎！　ぼくはバスターに命令を送り、原子炉を暴走させた。放出されたプラズマとエネルギーには、ミサイルとバスターを融解させるのに充分な威力があった。

ぼくはすばやく状況を再確認した。残りのバスターは二機。敵は二隻。いまはホーマーをどうにかしている暇はない。ぼくはバスターを呼び戻し、ブラジル船の位置を探りだそうと、最高出力で探知信号を発した。

一隻は二秒もかからないところにいて、ぼくのほうに向かっていた。体当たりしようとしていることに気づいてぼくは愕然とした。きちんとした計算をする余裕はなかったので出たとこ勝負をした。全力の五Gで上方に加速したのだ。ブラジル船は、急旋回して追いかけてこられるかもしれないし、こられないかもしれなかった。

二秒後、ブラジル船はコースを変えようとしながらぼくの船尾をかすめた。そしてその二ミリ秒後、バスターがブラジル船の、コンピュータコアがあるところを貫通した。ブラジル船は駆動機関が停止して漂流しはじめた。

ぼくはふたたび探知信号を発したが、最後の宇宙船からの反応はなかった。なんらかの原因でこなごなになったか、小惑星のどれかの陰に隠れているかだった。ぼくたちは戦闘中に手の内を明かしたので、ブラジル人は純然たる駆けっこで勝てないことを知っているはずだった。ということは、小惑星がぼくたちとのあいだに来るようにして隠れているに違いなかった。

レールガンの砲弾はつきていた。バスターが一機残っていたが、バスターには小惑星をまわりこんでブラジル船を追えるだけの能力がなかった。ぼくは直前の探知信号の反射を調べて探していたものを見つけた――壊れたバスターの鉄球だ。ぼくは二台のローマーを送りだしてそれを回収し、レールガンに装塡した。鉄球は、意図的に、レールガンの弾の代わりに使える大きさにしてあった。

ぼくはバスターをいちばん近くの小惑星の反対側を見通せる角度に送りだした。案のじょう、遠隔テレメトリでブラジル船を発見したが、同時に敵もバスターに気づいた。ブラジル船は小惑星を逆方向にまわりこもうとした。

やったぜ、くそ野郎め！　ぼくは一ミリ秒でブラジル船の軌道を計算した。そして敵船が視界に入った瞬間、球をフル加速で放った。ブラジル船に勝ち目はなかった。レールガンのフルパワーを注ぎこまれた鉄球は、相対論的速度に迫る勢いで宇宙船を突き抜けた。衝撃で宇宙船は文字どおりまっぷたつにちぎれ、それぞれが逆方向に回転しながら漂っていった。原子炉の遮蔽が破れて閃光が生じ、片方の部分は遠心力でつぶれて変形した。

ホーマーの敵討《かたきう》ちだ。

☆　☆　☆

〈ヘヴン6〉を調査したローマーたちから精細な映像が送られてきた。ホーマーはべらぼうに運がよかったらしい。破片がたまたまコンピュータコアへの給電を断ったようだった。船体の被害は甚大だったが、コアシステム本体は無傷だった。原子炉も、制御が失われたとき、みごとに緊急停止を成功させた。

ローマーの用途のひとつはヘヴン船の修理保守なので、ホーマーのローマーにそのプログラムを実行するように命令した。

ゲゲッ。ホーマーのローマー。くそっ、ホーマーみたいな駄洒落を考えちまった。そのとき、ボブみたいに船体を飾ってもいいかもしれないなと思いついた。ぼくが三隻、ホーマーが三隻。よし、優先事項にしておこう。

いくつもの作業が同時進行していた。〈ヘヴン6〉の修理をしているローマーたちもいれば、ブラジル船団はどうやって小惑星を誘導していたのかを調査しているローマーたちもいた。そして第三のグループが、戦場になったエリアで漂流物を回収していた。原料は小惑星からいくらでも採集できたが、精錬ずみの材料にはあさるだけの価値があった。特にブラジル船の船体には、再利用可能な材料が大量に使われているはずだった。

ローマーの第二グループから報告が届きはじめた。ぼくはスキャン結果を次々に検討した。小惑星は低出力で広範囲のSURGE機関によって駆動されていた。潮汐力や場の減衰によって分解することなく、小惑星をまるごとそっくり加速できる仕組みになっていた。よくできたシステムだったので、ビルに送ってやるために大量のスキャンをした。もしもビルがまだカイパー天体をラグナロクに向けて動かしはじめていないなら、このシステムはおおいに役立つはずだった。

じつに興味深かったが、小惑星群はいまも地球に向かっていた。これらの天体がすべて地球に衝突したら、細菌ですら生き残れないだろう。ブラジル人はほとんど狂いなく軌道を設定していたので、はずれる可能性はまったくなかった。小惑星のSURGE機関を横向きに作動させてコースをずらすというのが唯一の望みだった。

だが、まずは、それらを操作できるようにしなければならないのに、ブラジル人が小惑星の駆動機関にコマンドを送信するために使っていた暗号化キーは不明だった。まあ、なんとかなるだろう。ぼくはローマーたちに、駆動機関の制御装置をひっぺがし、配線を直結して始動するように命じた。横方向にフルパワーで推進するのに電子装置で精密に制御するまでもなかった。あとは、手遅れではないことを願うだけだった。

☆　☆　☆

「目を覚ませ、相棒。だいじょうぶか？」

「エムおばさん！　エムおばさん（〝エムおばさん〟は『オズの魔法使い』の主人公ドロシーの養母）！　どうやらやつら《エム》をやっつけたようだな」起動したホーマーのVRはにやにやしていた。

ぼくはほっとしながらふんと鼻を鳴らした。「それにやつらの子犬もな」

ホーマーは悪の黒幕っぽく両手を塔の形に組んだ。「やつらの基地はすべてわれわれのものだな」

ぼくたちは声をそろえて笑った。ぼくたちの気持ちがこんなふうにそろったのは、ホーマーが誕生して以来、はじめてだった。ぼくの胸に、いきなり、父親の誇りとでもいうべきものがこみあげた。なにをわけのわからない感動に浸ってるんだ。気持ちを切り替えろ！

ホーマーが払いのけるようなしぐさをした。「で、どうなってるんだ？」

「まだ評価中だ。ちなみに、まだチェックしてないかもしれないからいっておくけど、きみの背骨はまだ折れてる。だから、まだどこかへ飛んでいこうと思わないほうがいい。グッピーによれば、復旧にはあと三日かかるらしい」

ホーマーがうなだれたが、ぼくは続けた。「そこいらじゅうに戦争の兆候がある。間違いなく核兵器が、地上でも宇宙でも、それも大量に使われたんだ！　立ってるのがひとりになるまで、全員が入り乱れての取っ組み合いをしたらしいな。どうやら、技術力を保ってた軍隊は、戦闘用に改造された少数のブラジル船だけだったらしい。製造エリアを見つけたけど──破壊されてたし、自動工場のソフトウェアも設備もなかったアラウージョたちには修理もできなかった。彼らは着陸して修理できる人員──そもそもそんな人材が残ってるかどうかは知らないけど──を乗せることもできなかったし、自動工場がないから着陸機もシャトルもつくれなかった。まさに手詰まりになってたのさ」

「じゃあ、やつらはなにをやってたんだ？　無意味な破壊行為をしてたのか？」ホーマーが顔をしかめた。

「そんなところだ。敵に報復をしてたのさ。小惑星は、すべて中国に落ちるように計算されてた。ってことは、たぶん、中国がブラジル帝国をめちゃくちゃにしたんだろうな」

「めちゃくちゃに？　どれくらいひどく？」

「とんでもなくひどく。実際には、雲と塵でおおわれてるから、被害の程度はよくわからない。小惑星の激突と核兵器が大量の塵を吹きあげたせいで、天候パターンがぶっ壊れてるんだ」

「前にも小惑星攻撃がおこなわれたのか？　こんどがはじめてだったんじゃないのか？」

「はじめてでもなんでもない。ただし、こんどが最大だったと思う。衝突跡を何十個も確認した。ほとんどはバリンジャー・クレーター（アリゾナ州にある衝突クレーター。直径約一・五キロ）くらいだ。あの四個は絶滅規模だった。ユカタン・クレーター・サイズ（白亜紀末にユカタン半島に落下した隕石が恐竜を含む生物の大量絶滅を引き起こしたという説が有力になっている）だな」

「それが四個か」

「ああ」ぼくは、ありえないというように首を振った。「どんな理由があったって、あれが理にかなった報復だと思うやつがいたなんて信じられないよ。あいつらを片づけたことに、後悔も罪悪感も、まったく感じないね」

「地球にはまだだれか生き残ってるのかな？」

ぼくはホロタンクに地球の映像を呼びだし、コピーをホーマーに送った。「無線通信も原子炉反応も、まだ感知できてない。だけど、だれも注意を惹《ひ》きたいと思ってないはずだ。アラウージョ一味はきっと、だれかいるのに気づいたら、そこに石を落としてただろうからな。いまごろ、生き残りはみんな、地中に隠れてるに決まってる」

ホーマーは額を揉《も》んだ。目の焦点があっていなかった。「これからどうする？　無線で声明を流してもいいけど、罠だと思われるかもしれない」うわの空で地球のコピーを指でつついてまわし、反対側を表示させた。数秒後、椅子にもたれ、片手を顎にあててふたたび宙を見つめた。

ぼくは待った。ホーマーがなにを考えているのであれ、最後まで考えさせるつもりだった。ようやく、ホーマーが顔を上げた。「ある程度はSUDDARが役に立つだろう。だけど大気と地球の質量のせいで解像度がガタ落ちになる。ビルが考えた偵察機はどうだい？」

「なにをいまさら」ぼくはにやりと笑って応じた。「もう全力でつくりはじめてるさ」笑みを消して、真剣な口調で続けた。「できるだけ早く、生き残りのグループを探しださなきゃならない。核兵器が爆発したり、岩が落ちてきたりで、地球は急速に核の冬におちいってるはずだ。生き残りがいるとしても、数年で飢え死にしちまうだろう」

「だけど、生き残りを見つけたとして、ぼくたちになにができるんだ？」

「わからないよ、ホーマー」ぼくは首を振った。ホーマーと目をあわせる気にならなかった。「一度に一歩ずつ進むしかないんだ」

☆　☆　☆

ぼくたちは四個めの、最後の小惑星が地球をかすめるさまを眺めた。しばらく前から衝突しないとわかっていたが、ぐっとくる瞬間だった。駆動機関のもともとの制御装置はとりはずし、ぼくたちに協力的なハードウェアに交換してあった。その装置は、小惑星を徐々に押しやって、将来、地球の軌道と交差しない、軌道傾斜角の大きな長周期軌道に乗せることになっていた。
「頭痛の種がひとつ減ったな」ホーマーがそういってにっこり笑った。
[呼びかけを受信しました]
ぼくたちは驚いて顔を見合わせた。「こんどはなんだ?」

25 ビル――二一五一年九月――エリダヌス座イプシロン星系

ほんとうに足りないのは、このプロセス全体をコントロールするためのすぐれた人工知能です。肝心なのはそれじゃありませんか? この手の制約のない討論だと、具現化のための条件となる進歩は、当然、実現しているものと仮定されがちです。残念ながら、この件のボトルネックはAIです。現在、複製技術と製造過程はいいところまでいっているし、予算をかけさえすれば、充分に効率的なイオンエンジンも開発できるでしょう。けれども、直面する可能性があるすべての状況に対処できるだけの知能を探査機に与える方法がないのです。

……エドゥアルト・グイパース、SF大会のパネルディスカッション、〝フォン・ノイマン探査機を設計する〟よりぼくは無線リンクを通じて入ってくるテレメトリにじっと耳を傾けた。ガーフィールドは五光秒離れたところにいて、秒速二千キロというかなりの速度で遠ざかっていた。テレメトリに含まれる時間信号は、予測どおり、着実に遅れていた。まあ、いまさら、アインシュタインじいさんが間違ってたと証明できるとは思ってなかったけど。

ぼくが興奮したのは、別の信号だった。ぼくは、そのテレメトリと出どころがおなじで、かつ同時に伝送されてきた、ガーフィールドからの亜空間信号も受信していた。ところが、その信号のタイムスタンプは、ぼくたちのシステムの精度の限界まで、ぼくのと一致していた。

ぼくは、自分が馬鹿みたいににやにやしているのがわかった。VRは、とっくに、現実と区別がつかないほどリアルになっていた。そしてそれには顔面筋の痛みも含まれていた。

「なるほどな、ガーフィールド。無線テレメトリからすると、きみは六光秒離れたところにいる。ぼくのエコーを確認できるか？」

「ああ。戻りは、こっちの送信より一一・五分遅れてる」ガーフィールドの声も、やはり興奮していた。ガーフィールドは、この数年、これを含め、多数のプロジェクトでぼくに協力してくれていた。ぼくたちは常設のスカンクワークスになっていたし、これはこれまでで最大の飛躍的成果だった。

「トランシーバーを切り離して戻ってきてくれ、ガーフィールド。トランシーバーを何週間か外に飛ばしつづけて、ドロップアウトがどれくらいになるかを見てみよう」

「いいとも」

ガーフィールドが、だしぬけにぼくのVRにあらわれた。ビーンバッグチェアにすわっていた。

ぼくは跳びあがった。「どうなってるんだ？」

ガーフィールドはぼくの驚きぶりを見て笑った。「よっしゃ！　一本とったぞ。ざまあみろ！」

「VRを亜空間通信に統合したんだな？」ぼくは自分の顔にじわじわとにやけ笑いが広がるのを意識した。まったくいい仕事だった。

ガーフィールドのぴょこぴょこと上下に動く両眉が充分に答えになっていた。だがガーフィールドは、すぐに顔をしかめて考えこんだ。「この技術のせいで宇宙ステーションは無用の長物になっちゃうんじゃないか？」

「そんなことないさ」ぼくは首を振った。「だれかが反対端で機械をつくるまでわからないけど、理論によれば、信号はドロップアウトのせいで約二十五光年先までしか届かない。宇宙ステーションをルーターとして使わなきゃならないんだ」

「インターネットが銀河規模になるんだな！」ガーフィールドが笑った。

「そうだ、インターネット《I》・プロトコル《P》・ヴァージョン《V》8を使えば、宇宙の全銀河系にアドレスを割り振れるぞ」聖歌隊に説教をしているのはわかっていた。なんたってボブなんだぞ。

だが、ぼくには声に出して考える癖があるのだ。

「そいつはいいな、ビル。プランを知らせるのはいつがいいと思う?」

「いますぐこれまでの成果を伝えるべきだと思うな。まだ粗《あら》があるけど、みんなが反対側で送受信機をつくってくれれば、次のアップデートを何年も待たなくてよくなる」

ぼくたちは、仮想のテーブルごしににやにやしあった。これですべてが変わる。

26 ライカー——二一五七年四月——太陽系

信号は音声のみだし、きわめて微弱だった。「未知の宇宙船、聞こえますか」

ぼくはホーマーを見て片眉を上げた。ホーマーは肩をすくめた。「ここからはじめればいいじゃないか」

ぼくは送信機を起動して返信した。「こちらは惑星連邦（《スター・トレック》シリーズに登場する星間国家）宇宙艦〈ヘヴン2〉。ライカー中佐と申します」

数秒間の沈黙があった。「ふうむ。いいかね、きみが何者かは知らないが、どうやらきみは世界の破滅を防いでくれたらしいから、まあ、そういうことにしておこう。このテレメトリは軍用ではないが、わたしたちのシステムはそちらを自由アメリカ神聖盟主国《FAITH》が二、三十年前に送りだしたヘヴン・シリーズの恒星間探査機と一致すると仮判定しているんだがね」

「おっしゃるとおりです。で、あなたたちは?」

「ユーラシア合衆国軍《USE》のジョージ・バターワース大佐だ。ちなみに、中佐、わたしたちの実際の位置はわからないようにしてある。この送信源を破壊しようとしても無駄だ」

　大佐の英語は典型的なイギリスなまりで、アメリカのテレビドラマでくりかえし描かれていたイギリス人の話しかたにそっくりだった。ホーマーを大佐と話させないようにしなければならなかった。ホーマーが物真似を我慢できるとは思えなかった。「喧嘩腰になるのはやめましょうよ、大佐。ぼくたちには、なにも吹っ飛ばすつもりはありません。ブラジル帝国宇宙軍の最後の生き残りだったらしい部隊とは、ちょっとした見解の相違があったんです。これで、事態の収拾にとりかかれるんじゃないでしょうか」

☆　☆　☆

　もう三週間、ぼくたちはＵＳＥ軍と話しあっていた。ぼくはすべての記録をそっくりそのままビルに転送していた。交渉は、もっぱらバターワース大佐のせいで、ゆっくりと慎重に進んでいた。大佐は、ホーマーとぼくがＦＡＩＴＨの熱狂的信者ではないことをなかなか認めてくれなかった。ざっくばらんな話しあいのなかで、ぼくが無信仰である理由をくわしく説明して、大佐はやっと本心から信じはじめた。

　バターワース大佐がリーダーを務めているＵＳＥの難民キャンプには約二万人がいた。ほとんどは、宇宙爆撃がはじまったとき、地下軍事施設に収容された民間人だった。大佐は、現時点の全世界の人口は二千万人以下だろうと推測していたが、根拠はあやふやだと認めた。

難民のなかには、戦前、USEの入植船計画にかかわっていた科学者たちもいた。二十二世紀には、新しい機器は、まず仮想空間で試作する。そして設計ができたら、データを自動工場にアップロードし、3Dプリンターや移動機《ローマー》やナノマシンによって実際に製造する。入植船の設計は完了し、あとは宇宙に造船所をつくればいいだけだった。それに目的地が見つかれば。大佐によれば、中国とUSEもボブ1の直後に探査機を送りだしたのだが、USEの探査機からの連絡はなかった。

　大佐とぼくは、例によって映像リンクを通じて話していた。大佐は、ヘヴン船の乗組員がUSEとブラジルの探査機と同様に複製人《レプリカント》なのを知っていた。しかし、見た目も動作も人間そっくりな精緻なVRアバターを使っているのはぼくたちだけだった。大佐は、ぼくが〝本物〟ではないことを心から受け入れるまでにいささか手間どった。ぼくは、大佐への配慮から、〈エンタープライズ〉テーマを控え、《スター・トレック》について言及するのをやめた。驚いたことに、「チャーリー、転送を頼む」という台詞が、カーク船長役のシャトナーは一度しかいっていないにもかかわらず有名になってから二百年近くたつのに、いまだに《スター・トレック》は知られていた。たいした人気だ。

　いま、大佐はぼくに最近の歴史を教えてくれていた。人類を救おうとするからには、全体像を把握しておきたかった。

「まさにこのとき、戦争がはじまったといえる出来事はないんだ」大佐は説明してくれた。「国際緊張は何年も前から高まっていた。〈ヘヴン1〉を破壊しようとしたことに端を発すニーは放棄され、人員は呼び戻された。軍事的価値などないのに撃墜された輸送機もあった。各国政府が次々に巻きこまれ、最終的には太陽系全体が戦場になった。ステーションとコロる衝突は転換点にすぎなかった。ある行為が反応を引き起こし、反応が報復を呼んだんだ。

もちろん、事態はエスカレートするいっぽうだった」

大佐は立ちあがって部屋のなかを歩きまわりはじめた。大佐側のカメラは彼をきちんとフレームにおさめつづけた。「最初、戦闘は宇宙でくりひろげられた。戦略的な位置と軌道の占拠や施設の封鎖などの程度だった。そして地上で最初の核兵器が使用され、それで歯止めがすっかりききかなくなった」

バターワース大佐はデスクの椅子に腰をおろし、しばらく額を揉《も》んでいた。引き出しをあけ、ジェムソンのボトルのように見えるものをとりだした。アイリッシュ・ウイスキーか。ふうむ。世界の終わりになにが生き残るのか、わからないもんだな。

グラスにウイスキーをつぎ、ひと口飲んでから大佐は続けた。「消耗戦になった。どの陣営も、敵の戦力を無効化しようとした。そしてどこかが——中国というきみの推測は理にかなっている——ブラジル帝国のほぼ全土に核を落とし、民間の施設を標的にすることが解禁された。きみが片づけた艦隊は、軍隊の最後の生き残りだったんだ。もちろん、〝生きて〟いたとはいえないがね——彼らはレプリカントにすぎなかったんだから」

大佐は頬をかすかに紅潮させた。「いや、悪くとらないでくれたまえ。いずれにしろ、軍備が保たれていた戦争の真っ盛りだったら、連中は五分と持たなかっただろう。だが、戦争が終わろうとしているいま、わたしたちに彼らを阻止する手立てはなかったんだ。連中は、だれもかれもをじわじわと叩きはじめた。焦土作戦なのか、復讐なのか。とにかく皆殺しだった。連中だけで二十億人は殺しただろうな」

ぼくは気分が悪くなった。ぼくは、ホーマーとデコイができるまで、半年待ってから出発した。そのあいだに、何人が命を落としたんだろう？

大佐は長かった説明を終え、ジェムソンのグラスに集中していた。

「で、ぼくたちになにができるんですか、大佐？　再建の手伝い？　みんなを移動させる？」

「時すでに遅しだと思うんだよ、中佐。地球はいつか回復するだろう。そういう強靭さはあるからね。しかし、人類にはまにあわない。わたしのおかかえ科学者たちによれば、ある程度回復するまでに五千年から一万年はかかるのだそうだ。わたしたちはそんなに持ちこたえられない」

バターワース大佐が制御装置に触れると、映像リンクに設計図が表示された。「これは、探査機から、入植者を送るだけの価値がある星を見つけたという報告が送られてくることを期待してわたしたちが設計し、建造しはじめていた入植船だ。これが戦争の最初の犠牲者かもしれないな。きみの宇宙船に搭載されている自動工場を使えば、造船所を完成させるための最初の一歩を踏みだせる。きみが手伝ってくれたら、この入植船を二隻建造して太陽系を離れられるんだ」

「具体的にはどこへ行くんですか？」

大佐はため息をついた。「じつは、きみから目的地についての助言をもらいたいと思っているんだ。FAITHが宇宙船を送ろうとしているとは思えない。それにきみは、FAITHに忠誠を誓っているわけではないとわたしに信じさせようとしている」

「そのとおりですよ、大佐。ぼくはただ、あなたとは対立する理由がないことをわかってもらいたいだけです」ぼくは地球から二十光年以内の恒星を網羅してある星図を表示させた。

「この図には、居住可能である確率によってランクづけした惑星が描かれています。残念ながら、あなたがドームのなかで暮らしたいのでないかぎり、エリダヌス座イプシロン星系はだめでした。いまごろ、ビルのもとにはぼくたちの宇宙船の何隻かから報告が届いてると思いますが、それがわかるのは数年後です。それまで待てますか？」

「待つしかないな。これから二隻の入植船をつくりはじめて、完成までに十年近くかかるはずだし」

ぼくはうなずいた。「わかりました。じゃあ、仕事にとりかかりましょう」

27　ボブ――二一六五年四月――エリダヌス座デルタ星系

ぼくはホロタンクのなかで惑星の画像がじわじわとできあがっていくのを、スパイクをなでながら眺めた。片方の端に表示されている、この星系全体を描いた図では、惑星がそれぞれの軌道をゆっくりとめぐっていた。

にやけ笑いを止められなかった。宇宙探検はおたくにとって最高の夢だ。人類未到の新たな恒星系を訪れるなんて、頭がくらくらする、神々しいばかりの体験だ。いまだに、ひとつの星系にとどまるというビルの選択には納得できなかった。とはいえ、ビルはフルタイムで物理学と工学にとりくめたし、みんなから——たとえ光速でも——定期的に報告が届くのだから、少なくとも参加している気分にはなれた。ぼくはビルが、ほかのみんなの興味深いニュースを転送してくれることを期待していた。

エリダヌス座デルタ星はオレンジ色の恒星で、太陽よりも温度が低いが、二・五倍以上大きい。ぼくがこの星を熟慮の結果、目的地に選んだのは、入植に適している可能性が高いからだ。伴星がなく、フレアが活発でなく、変光星でなく、飛び抜けて年老いた恒星でもなく、紫外線の放射が少なく、生命居住可能領域《ハビタブルゾーン》が幅広く……リストはまだまだ続く。

結果は期待どおりだった。惑星は全部で十個あり、そのうちひとつはハビタブルゾーンの内側のほうにある。この星系の惑星の配置は太陽系にそっくりで、なんらかの宇宙的法則があるのではないかと疑ったほどだ。内惑星はすべて岩石惑星で、外惑星はどれも巨大ガス惑星だし、小惑星帯がふたつの集団を分けている。だが、この星系には、岩石内惑星が五個あったし、五個の巨大ガス外惑星のうち二個には土星並みの環があった。最大の木星型惑星はとてつもなく大きく、質量が木星の約六倍もある。全部でいくつ衛星があるのか、まだ数えきれていない。

また、中心星が大きいため、惑星は太陽系よりも散らばっている。衛星が多いのはそのせいだろう。衛星を持っていないのはいちばん内側の惑星だけだ。

じれったさのあまり、ぼくはミッション規約を無視して、まず資源を探すためのスキャンをした。居住可能な惑星へまっすぐに向かい、軌道上からざっと調査した。必要だが退屈な原料探査をしながら結果をじっくりと検討するつもりだった。

軌道スキャンはすぐに完了した。ふたつの衛星を使って手早くフライバイをし、ため息を漏らしてから、小惑星帯の調査を開始するようグッピーに命じた。

☆　☆　☆

「状況は？」

[小惑星帯スキャン、五〇%完了しました。採鉱に適した大規模な鉱床を六カ所発見しました]

「まだ一周してないのに？　すごいな」

[エリダヌス座イプシロン星系や太陽系と比べると段違いです]

ぼくはうなずいて、軌道からの調査中に撮影した、エリダヌス座デルタ星第四惑星の夜側の赤外線映像に注意を戻した。「おっと、グッピー、ここを見てくれ」ぼくは矢印を表示して、その映像の、光点がいくつか記録されている場所を示した。「これらは火に見えないか？」

［確率は非常に高いです］

「自然の火だと思うか？　山火事かな？」

［わたしは意見を持つようにプログラムされていません］

「まったくもう。よし、じゃあ、分析して、ありうる解釈の確率順リストを作成しろ」

［小規模な山火事である確率がもっとも高いです。ただし……］

「ただし？」グッピーはみずからの意志で情報を提供しようとしていた。間違いなく、はじめてだった。

［この地域で雷雨が発生している兆候はありませんし、火はどれも広がっているようには見えません。さらなる調査が必要です］

「ハッ！　反対するわけないだろ。いまやってる調査はあとまわしにしよう」

［では自動工場を設営してください］

「はいはい」ぼくは椅子にもたれ、ゆっくりと回転している惑星の映像を、物思いにふけりながら眺めた。

☆　☆　☆

　調査はすぐに終わった。ぼくは最大の鉱床が見つかった場所に戻って設営を開始した。製造設備をおろし、採鉱移動機《ローマー》を送りだして特に有望な小惑星での作業をはじめさせ、輸送ドローンを配備した。

最優先すべきは防衛だと判断し、早期警戒システムの構築にかかった。そして十二機の観測ドローンを製造し、星系を二十面体で囲むように配置した。観測ドローンの原子炉は小型でしっかり遮蔽されているので、やってきた宇宙船を、見つかる前に発見してくれるはずだった。

次は通信ステーションだった。決まりきった作業は人工機械知能《AMI》にゆだねた。ぼくはAMIたちにステーション建造についての指示を与え、さらにボブたちをつくりはじめるように命じた。ある時点で、ぼくがかかわる必要が生じるだろうが、これこそ機械知能が活躍する機会だった。自分の駄洒落ににやりとしながら、ぼくはエリダヌス座デルタ星第四惑星《DE4》にふたたび向かった。

ぼくは、ちょっぴり、またボブたちをつくることを恐れていた。最初の同朋たちにはびっくりさせられたが、それはうれしい驚きではなかった。マイロの自分勝手さには全員が驚いた。それにだれにもなにもいわなかったが、ライカーのユーモアセンスのなさには困惑した。

またボブたちをつくったら、最後にはサイコパスが生まれてしまうんじゃないだろうか？

いや、それはちょっと考えすぎだ。ボブたちのあいだの違いはそこまでひどくはなかった。

両親は、ぼくたち全員を見分けられただろう。たとえばマリオだ——耐えがたい状況におちいったら、ぼくもあんなふうにふさぎこむだろう。ただ、あそこまではないだろうが。

だが、すべては的はずれだ。ビルがいったとおりだ。ぼくは、遅かれ早かれ、仲間がほしくなるだろう。

☆　☆　☆

エリダヌス座イプシロン星系からの途上で、ぼくは探査ドローンを設計しておいた。ビルも開発するつもりだといっていたが、到着してすぐに使えるようにしておきたかったからだ。いつか、ビルから設計図が送られてきたら、両者のいいところどりをすればいい。それまでのあいだ、とりあえず調査を進めておける。

観測ドローンの大きさはちょうどフットボールくらいだ。遠隔カメラとマイク、それにつかんだりつかまったりできる伸張可能な脚を備えている。特大のダンゴムシみたいだな、とぼくは思った。

生物学的分析ドローンもつくりはじめた。このドローンは大型で、全長が一メートルほどある。より近距離での使用に最適化された映像・音声入力装置と、さまざまな作業をこなせる伸張可能な脚をはるかに数多く備えている。いっせいに配備できるようになるまで待つこともできただろうが、単純に、それまで辛抱していられなかった。

ドローンは、背景にあわせて色を変えられるし、それどころかある程度までだが模様を真似られる。飛行中は、下半分が空の色になり、上半分が地面になじむ色になる。これは、撃墜されるのを防ぐためではない——むしろ、異星の野生生物が餌にしようとして襲ってこないようにするためだ。ドローンはすこぶる頑丈だが、避けられる危険を冒すことはない。

ぼくは、火があがっていたあたりに数機の観測ドローンを送った。

ぼくは都会っ子なので、数千平方キロの原野が実際にはどれくらい広いのか、感覚的にぴんと来ない。この惑星のその地域は温帯林および亜熱帯林になっていた。いや、とりあえず、ぼくはそれを森だと仮定した。なんであるにせよ、それは地平線から地平線まで広がっていて、ところどころ途切れているところが草原や岩の崖になっていた。大袈裟ではなく、ここをだれかが小型飛行機で飛んだら、地球と見分けられないだろう。一瞬、郷愁で胸がちくりと痛んだ。

やみくもに探しても見つかりそうになかった。この地域は午後の遅い時間だったので、一機のドローンを高度一キロまで上昇させ、日没を待って火を探すように命じた。

ほかのドローンには、高度を下げ、間近からこの森の生態系を観察させた。

この惑星は地球よりやや大きいが、おそらく核が小さいせいで、表面重力は弱い。重力の弱さと、やや濃い大気があいまって、空を舞っている生物と丈の高い樹木もどきにとって理想的な環境になっている。樹木はおおいに繁茂していた。

ドローンが脚をのばして木にとまり、幹をゆっくりと這いはじめた。そして、驚いたことに、それはほんとうに木だった。茶色で——まあ、茶色っぽくて——高くて、硬くて、枝も葉のようなものもあった。収斂《しゅうれん》進化の典型例なのだろう。それどころか、ぼくが子供のころ、のぼるのが好きだった種類の木に見えた。幅広くて水平にのびている枝には、腰かけやすい場所がたくさんあった。厚い林冠《りんかん》が日差しをさえぎっていた。そして木々の大きさには畏怖の念を覚えた。抱きつきたかった。

林冠は生物であふれていた。木の皮そっくりに擬態したドローンは、異星の野生生物をじろじろ見られた。ぼくは、ここまでの飛行中に分類学と分岐学をじっくりと学んだので、ふと気づくとセミプロの目で映像を分析していた。

映っている生物の体制、つまり体のつくりは、細部まで見ると大きな違いがあったが、なじみのあるパターンに分類できた。これまでのところ、昆虫もどきは脚が六本で外骨格構造だった。体長は、最大でネズミよりやや大きい程度だ。小さくて毛むくじゃらな哺乳類もどきも六本脚だったが、そのうち一種類は四本脚で翼があった。ぼくはその動物を、『D&D』（テーブルトーク・ロールプレイングゲーム、『ダンジョンズ&ドラゴンズ』のこと）にハマったときのことを懐かしんでヒポグリフ（『D&D』に登場する、馬と鷲が組みあわさった怪物）と命名した。この小さな獣には、ある程度まで体色を変化させて周囲にまぎれる能力があるようだった。ぼくは、驚嘆しながら、木の枝に溶けこんで獲物が通りかかるのを待つヒポグリフを見つめた。

四本脚のより大きな哺乳類もどきも数多く記録におさめた。三組めの脚を失った進化の分枝なのだろう。それに鳥もいた。というか、鳥もどきも。鳥もどきの体は羽毛そっくりなものでおおわれていた。鳥もどきは鳥らしく飛び、毛むくじゃらな小型動物はコウモリのように飛ぶのを見て、ぼくは魅惑された。航空力学は、地球でと同様、ここでも動物の飛行の分析におおいに役立ちそうだった。

蛇に似た生物までいたが、この惑星では、興味深いことに哺乳類のようだった。三つだった体節が増えてかなりの長さになったのだろう。

なにもかもが魅惑的だったので、グッピーに邪魔されたときは、矛盾したことに、いらっとした。

「熱源と光源を感知しました」

ホロタンクに略図が表示された。「よし！　複数だな。ドローンを、見つからないで近づけるだけ近づけろ。なにがどうなってるか、見たいんだ」

ドローンを展開するのに約三十分かかった。ドローンが葉を動かしたりなにかにぶつかったりして注意を惹《ひ》かないように気をつけなければならなかった。暗視装置を使って隠れ場所を探さなければならなかったが、赤外線映像が細かい作業には不向きなことは周知の事実だった。

だがようやく、ドローンたちが位置についた。数カ所の見通しのきく地点から観察すると、火のまわりで動物たちがいくつかの群れをなしていた。いや、動物じゃない。人だ。何人かは火の番をし、意図のある手つきで小さな物体をいじっていた。事細かに結論をくだすのはまだ時期尚早《しょうそう》だったが、この種族が最低でも火を使っているのは間違いないと確信した。

まあ……これで、この惑星は入植地の候補にはできなくなったな。ぼくは両手を突きあげて歓喜を表現した。ぼくは、たったいま、人類以外の知的生物を発見したのだ。まだ技術文明段階にはいたってないけど、それがなんだってんだ？　これは快挙だ！　ぼくは、自分がはじめての最初の接触《ファースト・コンタクト》をしたのかどうか気になった。一刻も早くビルに知らせなきゃ。

原住民は、人間中心的な観点からだと見目麗《みめうるわ》しくはなかった。コウモリと豚を足して二で割ったってところだな、とぼくは思った。手足がむやみやたらと長く、蜘蛛《くも》っぽくもあった。淡い灰茶色からオレンジ色がかった黄褐色までの色の変化がある、ふわふわした毛で全身がおおわれていた。顔と頭部は色の濃淡でさまざまな模様が浮かびあがっており、てっぺんに意味ありげによく動く一対の耳がついている。体のほかの部分は単色のことが多い。

ぼくはビルへの報告用にえんえんとコメントをつけつづけた。巣の中心に鎮座して、あの糸この糸の振動に聞きいっている蜘蛛にビルをなぞらえてにやりとした。

「ひとりのおとなが、ふたりの幼児に、ええと、胸を口に含ませてるのが見える。臆測は避けたいが、あれは乳房で、乳を飲ませてるんだと思う。母乳だとは断定できないけど、栄養物を与えてるのはまず間違いないだろう。また、おとなが女で、幼児の親だとも臆断はできない。毛並みの模様で、とりあえず個人を識別できる」

ぼくはそばに立って控えているグッピーを見やった。ぼくは魚の表情を読む専門家ではないが、グッピーはぼくの言葉にときおり興味を惹かれているように見えた。そうであってほしかった。宇宙を遊び場にするのは楽しいが、正直いって寂しかった。

ぼくは大きく息を吸ってから口述記録を再開した。「六つの集団に分かれてて、それぞれが火を守ってる。穏和に見え、個々のメンバー同士では頻繁に交流してるようだけど、グループ間の区別はしっかりしてる。一機のドローンに、音を拾えるほどそばまで近づくように命令した。彼らがたがいに話してるのは、まず間違いなさそうだ」

ぼくはグッピーのほうを向いた。「ローマーを地上におろせるか?」
[ローマーは探査用ではありません]
「質問の答えになってないぞ」
グッピーは、あきれたというように目をぐるっとまわした。グッピーのやつ、ほんとに目をまわしやがった! 巨大魚の頭のなかで目がぐるっとまわるさまは見ものだった。
[ローマーは惑星表面で探査を遂行《すいこう》するようにつくられていません。使えないことはありませんが、効率はよくありません。カメラのレンズの口径は小さいし、近距離の撮影は想定されていません。マイクの感度は最低限です。赤外線カメラも装備されていません。飛行能力もないし、カムフラージュもできません]
くそっ……ぐうの音も出ない。「わかったよ、グッピー。ありがとう」
[わたしはあなたにお仕えするために存在しているのです]
ぼくは声に出して笑った。いまのが皮肉でないなんて、だれにそうじゃないといわれたって説得されっこない。ただし、グッピーはまったくのポーカーフェイスだった。

28 カルヴィン——二一六三年十一月——アルファ・ケンタウリ系

したがって、戦争でもっとも肝要なのは、敵の謀略を破ることである。

……孫子『兵法』

アルファ・ケンタウリBは太陽よりも濃いオレンジ色で、光度は半分以下なので、人類の居住地候補として有望とはいえなかった。ゴクウとじゃんけんをしてぼくが負けたので、彼がAをとり、ぼくがカスをひいたのだ。

ぼくは星系内を自由落下で進んだ。原子炉の出力を探知不能になるまで絞り、パッシブ探知システムを使ってめいっぱいの警戒をしていた。フレームレートも最低近くまで落とした。この極端に遅くなっている状態だと、星系がどんどん流れ去っていくように感じた。

ぼくたちはアルファ・ケンタウリ系調査計画を、時間をかけてじっくりと練った。この星系は宇宙探査機が真っ先にめざす星系だ。数カ国の超大国が最初の目的地に選んだ確率は高い。

議論を重ねた結果、ぼくたちは、星系の奥深くまで静かに飛行しながらアルファ・ケンタウリAとBを偵察することに決めた。

惑星の配置の解明を目的とする調査は二の次だったが、危険の兆候がないかぎり、受動観測機器を使ってこの星系の天体図を作成する分には問題なかった。いまのところ、アルファ・ケンタウリBはショボかった。惑星ひとつと小惑星帯を確認したが、星系の内圏はまだ遠かったので、生命居住可能領域《ハビタブルゾーン》がどうなっているかは不明だった。

ぼくはレールガンを使って二機の偵察機を射出した。二機は、異なる距離で機関を起動し、ランダムなベクトルに飛ぶようにしてあるので、軌道を逆算してもぼくの位置は突きとめられないはずだった。偵察機には、エリダヌス座イプシロン星系でビルがおこなっている研究の初期の成果をもとに改良した亜空間ひずみ検出測距アレイ《SUDDAR》が搭載されていた。新型は、解像度こそぐっと落ちるものの、有効距離が三光時までのびていた。

☆　☆　☆

調査は残念な結果に終わった。ハビタブルゾーン内に第二の小惑星帯があり、内側のほうの軌道には小さくて水星に似た惑星があった。おそらくふたつの太陽の軌道が近接しているせいで、惑星形成はきわめて不活発だったのだろう。三天文単位《AU》かそこらより外側では惑星軌道は安定しないはずだ。

ミッションの観点からするともっと重要なのは、攻撃されなかったし、星系内で原子炉の活動を検出しなかったことだった。ぼくは偵察機に星系内を飛びまわらせ、興味深いものを求めて小惑星帯を調べさせた。なにごとも起こらず、資源が発見されたら、そこに自動工場を設営するつもりだった。

☆　☆　☆

［興味をそそるものを発見しました］

ついにか。緊張で体が硬直しそうだ。「なんだ、グッピー？」

［残骸です。公転方向に二〇光秒、小惑星帯のなかです］
「なんなんだ？」
［偵察機はそれほど知能が高くありません。でも、画像が届いています］
「見せてくれ」
ホロタンクに画像が表示された。ぼくはスワイプして映像を切り替えつづけ、とうとう登録番号の一部が映っている画像を見つけた。
「ユーラシア合衆国《USE》船だ。間違いない。正体をつきとめたようだな」ぼくはさらに画像を切り替えた。「全部が探査船の破片じゃないな。数が多すぎる。ほかの破片がなんなのか、わかるか？」
［自動工場の設備、それに二隻か三隻の探査船ですね］
「ああ。USE船はコピーをつくってる最中に襲われたのか」ぼくは思わずテレメトリをチェックした。「賭けたっていい、ブラジル船だ」
ぼくはしばし考えこんだ。「一般調査はどうなってる？」
［資源スキャンは五〇％完了しています。最低限の資源はすでに記録ずみです。この星系は自動工場を稼働させるための要件を満たしています］
「じゃあ、そっちは余裕があるときに続けよう。偵察機を回収してランデブーポイントに向かえ」
偵察機を〈ヘヴン9〉に戻すのに一日かそこら、〈ヘヴン10〉とランデブーするアルファ

・ケンタウリのAとBの中間点まで行くのに七日かかった。

☆　☆　☆

ゴクウはランデブーポイントでもう待っていた。〈ボブ10〉は〝ホッブス〟（新聞連載マンガ『カルヴィンとホッブス』に登場する、主人公の少年カルヴィンのぬいぐるみの虎）というコードネームにしようとぼくは強く主張したのだが、ゴクウは、「やなこった」と頑として聞き入れなかった。そのため、ぼくは結局あきらめたが、あのボンクラをこのままですますつもりはなかった。ぼくはチャンネルをあけた。「やあ、ミニキュウリ《ガーキン》。ぼくがいなくて寂しかった《ミス・ミー》か？」

「この距離だったら、ねらいをはずす《ミス・ユー》なんてありえないね。賭けるか？」ゴクウの口調は軽かったが、いらだっているのはわかっていた。なぜなら、ぼくだったらいらだっているはずだからだ。

「ふざけんな。送った画像は見たか？」

「ああ、おもしろいな。特に、ぼくが見つけたものと照らしあわせると。フル稼働してるブラジルの自動工場だよ。二隻の探査船が完成間近で、あと二隻が半分くらいできてるんだ」

「くそっ」ぼくは、ゴクウが送ってきた長距離画像をじっくりと調べた。「じゃあ、決まりだな。問答無用で攻撃するってのがぼくたちの結論だった。それでいいんだな？」

ゴクウはふうっとため息をついた。「ああ。きみ、いやぼくたちがこの件に関して倫理的な葛藤をかかえてるのはわかってる。だけど、メデイロスは、この問題についてどう思ってるのか、はっきりと意思表示した。つまり、銀河系は、やつらと同居するには狭すぎるってことさ」

ぼくは目をつぶり、しばらくうつむいたままでいた。ぼくはいつも平和主義を選択してきたが、やらなきゃならないときがあることも受け入れていた。メディロスのほうから和平の申し出をしてこないかぎり、基本的に宣戦はすでに布告されている、というのが、エリダヌス座イプシロン星系で確認したぼくたちの総意だった。

ぼくはホロタンクに映しだされているゴクウの映像を見上げてうなずいた。「わかった。やろう」

百万キロかそこらまで近づけば、メディロスがどれだけ遠くからぼくたちの原子炉反応を感知できるかがわかるはずだった。ぼくたちは、まずアルファ・ケンタウリAの外方向へ五十AU離れ、それから十Gで内方向に向かって可能なかぎり加速を続けるつもりだった。そのあと、ブラジルの自動工場があるエリアをめざし、時間差攻撃ができるように数分の差を置いたまま光速の十三パーセント近くで慣性飛行する。その速度だと、反転してもう一度攻撃するには時間がかかりすぎてしまう。

五十AU離れるのに一週間かかったが、まっしぐらに加速しつづけてアルファ・ケンタウリA系の奥まで突っこむのに五日しかかからなかった。あらかじめ決めておいたポイントに達すると、ぼくはレールガンで二機の偵察機を射出した。二機は黄道の数千キロ北にある造船所のそばを通過する際に収集する情報を、レーザーリンクを通じてぼくたちに送ってくる。

偵察機を放出すると同時に、ぼくたちは駆動機関と主原子炉を停止し、ブラジルの自動工場があるほうに向かって星系内を慣性飛行しはじめた。

　ぼくが先頭に立っていた。到着の二分ほど前には、望遠装置による観測と偵察機から送られてきた情報をもとに、造船所をしっかりととらえたという感触を得た。原子炉を起動し、レールガンを使ってそのエリアに砲弾の雨を降らせた。弾をほぼ撃ちつくしたとき、ブラジル船を攻撃するように命じた四機の破壊機《バスター》を射出した。

　そして北へ急旋回した。メディロスはミサイルを装備していた。レールガンを装備しているかもしれなかったし、それどころかバスターに相当する攻撃機を搭載しているかもしれなかった。メディロスはエンジニアではなかったが、まず間違いなく、職業軍人だった。破壊する方法ばかり考えて長年過ごしていたのだろうし、ブラジル軍は、間違いなく設計図を提供したはずだった。

　十Gで新たなベクトルに加速しながら、ぼくは造船所に向けて短距離で高振幅のSUDDAR探知信号を発射した。このころには、ほぼ確実にぼくがここにいることを知られているはずだったから、SUDDARのせいで敵を警戒させてしまった可能性はごくわずかだった。

　案のじょう、ブラジルの造船所は、新造探査船を避難させようと施設がフル稼働していて、蜂の巣をつついたような騒ぎになっていた。探査船の一隻は自力で動いているようだった。そして、なにかが四つ発射されてぼくのほうに飛んできた。原子炉反応があることからして、亜空間無反動重力走性模倣機関《SURGE》を動力とする、おそらくバスターとミサイルのハイブリッドなのは明白だった。

ぼくはSURGE妨害機《ジャマー》を起動した。メディロスはぼくに意識を集中するはずだった。そして妨害《ジャミング》を防御手段とみなし、そのせいで、あとに控えているゴクウに手遅れになるまで気づかなければ万々歳だった。

砲弾の群れが、ショットガンの直撃のように造船所をずたずたにした。映像から、四隻の探査船のうち三隻、それに製造設備の大半を完全に粉砕したことがわかった。

そして次はサプライズだった。ゴクウはぎりぎりまで原子炉を停止したままにしていた。それに、ぼくの探知信号に相乗りして最新の情報を得ていた。造船所の北東の隅ぎりぎりを猛スピードで通過するとき、四隻めのブラジル船と四発のミサイルに砲弾を浴びせた。ぼくは結果を確認するためにジャミングを切った。

ゴクウは四発のミサイルのうち三発を撃破し、造船所の無事だった部分のほとんどを破壊していたが、四隻めのブラジル船はまだ航行可能だった。そのブラジル船は方向転換し、反対方向に遠ざかっていった。

ミサイルが一発、まだ追尾してきているのがわかったので、ぼくは船尾方向に二機のバスターを発射した。バスターは縦に並んで飛行し、ミサイルに襲いかかった。ブラジル船の兵器は一機めのバスターをかわしたが、二機めと正面衝突した。閃光が生じてけりがついた。

ゴクウとぼくは全力で制動をかけた。減速し、射出した偵察機と生き残ったバスターを回収しながら造船所まで戻るのに十五日かかった。

ぼくたちは、使えるもの、まだ動作するものを探し、またまず第一に、仕掛け罠がないかどうかを確認しながら造船所のなかをゆっくりと移動した。

短距離と長距離の両方のＳＵＤＤＡＲで徹底的に調べたあと、ぼくたちは情報を交換した。

「一隻、逃げられた。もう影も形もないし、ここまでめちゃくちゃだと、どこまで完成してたのかを知るすべはない」

ゴクウはうなずいて星系図を呼びだした。「ドローンたちに、原子炉反応または精錬された金属の集団をしらみつぶしに探させてるんだ。これまでのところ成果はない。きっと、やつはこの星系から出ていこうとしてるんだろう。ここらにいるんなら、もう見つかってなきゃおかしい。多少なりとも思慮分別があれば、ぼくたちに探知されないほど遠くへ行くまで、でたらめなベクトルに慣性飛行をしてるはずだ」

ぼくはしばし考えた。「きっとまだ完成はしてないはずだ。さもなきゃ、ぼくたちが来る前に、もっと活発に活動してただろう。だから、まだ武器も製造設備も積みこんでなかったのかもしれない。もしもそうなら、基本的に無力ってことになる」

一瞬の沈黙のあと、ぼくは話題を変えた。「わからないのは四隻の探査船が建造中だったことだ。だとすると、建造の準備をととのえた探査船はここをもう去ってたことになる」ぼくは顔をしかめながら話の筋道を立てようと努めた。「そうなると、メディロスは、体を持たない自分自身のコピーに、丸腰で作業を監督させてたってことにもなる」

「体を持たない？」ゴクウは片眉を上げた。

「わかってるくせに。宇宙船を持たない、裸のコンピュータシステムさ。ぼくたちがもうちょっと早く着いてたら、なんの抵抗も受けずに攻撃できてたはずだ。放置して自分の身は自分で守らせるなんて、冷酷なように思えるな」

「軍人だからさ。メディロスは、なにもかもを消耗品だと思ってるんだ。ほかの自分たちでさえ」

「ぞっとするな」ぼくは身震いした。「とにかく、これでこの星系はぼくたちのものだ。どうやら、ブラジル人の計画には別個の宇宙ステーションが含まれてないか、それともあとで建造することになってたらしい。これについて、きみの意見は？」

ゴクウはホロタンクにA系とB系の星系図を表示した。「Bは製造に向いてるけど、それ以外はなにもない。Aのハビタブルゾーンには惑星がひとつあるんだけど、最初に通過したときは遠すぎて分析できなかった。まずそれをすませて、そのあとビルに報告しよう」

「ぼくたちのクローンをつくったほうがいいかな？」AとBには、ボブたちを何人つくっても足りなくならないだけの資源があった。

「そうだな」ゴクウは同意した。「メディロスが戻ってこないとはかぎらない。素直に負けを認めるやつじゃないだろうからな」

「つくるのは、標準的なヴァージョン2のヘヴン船と戦闘用のどっちにする？」

「ふうむ」ゴクウは黙りこんで考えた。「戦闘船のほうが、建造するのにずっと多くの資源が必要だけど、戦闘用に一票入れとこうかな」

「そうだな」ぼくは応じた。「この件についてのすべてのデータをビルに送ろう。それから、これからは、疑わしい星系を偵察するときだけじゃなく、なにをするときもペアを組んで行動したほうがいいかもしれない」

「なるほどな。じゃあ、きみはホッブスを名乗ればいい」

「それなら、きみはディルバート（一九八九年に連載がはじまった新聞マンガ『ディルバート』の主人公のコンピュータ・エンジニア）な」

「このマヌケめ」

「このボンクラめ」

29　ライカー――二一五七年九月――太陽系

交渉は遅々として進まなかった。バターワース大佐は、当然のことながら、自国の難民を最優先した。だが、大佐の要求のなかには承服しがたいものもあった――たとえば、ほかの生き残り集団を探すのは時間の無駄だという主張だ。本日の話しあいも、またしても、優先順位をめぐる議論におちいった。

「ほかに難民がいるなら、わたしたちと同様、きみに連絡するはずだ」大佐が、〝譲る気はない〟と思っているときに浮かべるとわかった表情で、顎をぐいと突きだした。大佐のイギリスなまりは議論が長びくにつれ、どんどん早口になった。「本人が探されたがっていないのに、どうしてわざわざ探しださなければならないんだ？　わたしたちの脱出が遅れるだけじゃないか」

「ほかの生存者はあなたがたと違って通信設備がないか、ヘヴン探査機についての知識がないか、それどころかぼくたちがここにいることに気づいていないのかもしれません。調べもしないであきらめる気にはならないんですよ、大佐」大佐が暗黙のメッセージを受けとってくれることを願いながら、ぼくは対抗して顎を突きだした。願いはかなわなかった。

「きみの優先順位をはっきりさせるべきだと思うがね、ライカー。〝二兎《にと》を追う者は一兎《いっと》も得ず〟ってことになりかねないぞ。存在するかどうかもわからない仮定上の集団のためにわたしたちを危険にさらすなんて理不尽もいいところだ」

ぼくはため息をついた。その発言で、議論はまた一周してしまった。そろそろ釘を刺しておかないと。「大佐、先週、おなじ議論をしてから、事態はまったく変わっていないんですよ。あなたがたの入植船を建造する前に、造船所を建造しなきゃなりません。造船所を建造する前に、資源を見つけなきゃなりません。あいにく、人類は太陽系をほとんど空《から》っぽにしてしまったので、必死で資源をあさらなきゃなりません。だから、もっとボブたちをつくる必要があるんです。つまり、ぼくはまずそれにとりかからなきゃならないんです」

大佐はうろうろ歩きはじめた。ぼくも真似をすることにした。「新たなボブたちが準備を手伝ってくれるようになったら、空《あ》いた時間にほかの生存者集団を探せるようになるんです。たしかにドローンをつくらなきゃなりませんが、事業の規模からしたら、ほんとうに、そんなもの取るに足らない負担なんです」

ぼくは歩きまわるのをやめてディスプレイのほうをまっすぐに向いた。「いわせていただきますが、大佐、ぼくはかつて、プロジェクト管理の仕事をしていたことがあるんです。いまから入植船の完成にいたるまでに、クリティカルパスと呼ばれる、計画中でもっとも時間のかかる工程があるんですが、あなたが懸念している事柄はそのクリティカルパスに含まれていないんです。ほかの生存者を捜索したせいで、計画全体の完了が遅れたりはしないんですよ」

大佐は深いため息をついた。「くりかえしになるが、わたしは自分がきみの好意に頼るしかない立場なのは自覚しているんだ、ライカー。だが、わたしが率いている人々のために主張することをやめるつもりはさらさらない」そういうと大佐は、最後に会釈をして通信を切った。

「いやあ、愉快だった」ホーマーはにやにやしていたが、いくばくかの同情も垣間見えた。

ぼくはウィンドウのなかに映しだされているホーマーを見やり、弱々しい笑みで応じた。

「いつでも交渉役を交代するぞ……」

「ぷぷっ。ぼくにまかせる気なんかないくせに」ホーマーは太陽系図を表示した。いくつかのツールチップが特定の位置を示していた。「ほとんどのドローンと破壊機《バスター》から報告が来てる。何カ所か有望なところがあるし、少なくとも二カ所、利用可能な原料の宝庫も見つかった。それらをばらしはじめろと採鉱ドローンに命じる前に、ぼくが飛んでいって調べたほうがいいだろうな。ほら、万が一のために」

ぼくはうなずいた。「遠くのステーションは？」

「火星軌道の外ではだれも、あるいはなにも無線通信をおこなってない。ドローンはもうすぐタイタンに到着する。オールトステーションに着くまでにはあと何日かかかる」

ぼくは、つかのまホログラフ映像を見つめた。「恩に着るよ、ホーマー。マジで、きみはこの手のことに関しちゃプロだ」

ホーマーはにやにや笑った。「いつもの、きみをいらつかせることに血道を上げてるぼくとはぜんぜん違うっていいたいんだな？」にやにや笑いが消えた。「たしかにぼくたちはみんな違ってるさ、ライカー。だけど、良心がなくなるほど違ってるやつはいない。ぼくたちが助けなきゃ死んじゃう人たちが——地上に——いるんだ。それを気にしないボブがいたら、そいつのプラグを即刻抜いちまったほうがいい」にやにや笑いが戻った。「だけど心配は無用だ。いまは溜めてる最中だから。覚悟してろよ」そして、かろうじて卑猥なジェスチャーになっていない敬礼をして、ホーマーの映像が消えた。

ぼくはにやにやしながら首を振った。ホーマーの言葉に嘘はないとぼくは信じた。特に、ぼくにかけるちょっかいを溜めているというところを。ホーマーの頭がまだ爆発していないのが驚きだった。これは比喩表現ではない。ホーマーは何度か、実際に爆発の特殊効果を使っていた。じつのところ、アニメのアバターをやめてからはやっていないのだが。

ぼくは、ぼくがまとめた仮のプロジェクトプランを呼びだした。バターワース大佐は最初に十年と見積もったが、それでもやや楽観的すぎるのではないかと思えてきた。入植船にとりかかるまででも、いまからあと五段階あった。第一段階は、第二段階に進めるだけの資源の発見だった。ホーマーからの報告があるまで、それについて心配してもしかたなかった。

☆　☆　☆

ホーマーが調査を完了するまでに、それから二十日かかった。精錬ずみ原料の大規模な集積——数度にわたる宇宙戦闘の残骸——は、期待していたほど大量ではなかったが、それでも先に進むには足りる量だった。

タイタンとオールトのステーションを調査したドローンからも報告が戻ってきた。どちらの前哨基地も放棄されているようだったが、攻撃はされていなかった。わずかばかりの正気に得点一ってところか。ホーマーもぼくも、ふたつのステーションには人間がまだいるかもしれないと、かすかな望みをかけていた。だが、現実的に考えれば、戦争が終わってから三十年あまりたっているのだから、生き残りがいたら奇跡だった。

話しあって決めたとおり、ホーマーはステーションに小規模な——一度に数機の輸送ドローンをつくるのに必要なプリンターと移動機《ローマー》だけの——自動工場を設置した。輸送ドローンは、完成したそばから、原料を地球・月系のL4点とL5点に運びはじめることになっていた。そのふたつのラグランジュ点に設置ずみの大規模な自動工場が、まずボブたちとドローンを製造し、こんどはそのボブたちとドローンが、フルサイズの入植船を建造するために必要な設備を建造することになっていた。

ぼくは椅子にもたれて両目を揉《も》んだ。まあ、ぼくは昔から、やりがいがあることをするのが好きだったんだけどな。

ぼくが太陽系をあとにしたとき──わかってる、太陽系をあとにしたのはボブ1だけど、自分の記憶としか思えないんだ──これで、ときどきの無線メッセージを別にすれば、人類との縁は切れたと思ったものだ。いま、ぼくはまた人とつきあっているどころか、何百万、何千万とまではいかずとも、何万人もの人の命がぼくの働きにかかっているのだ。古いパチーノイズムに、〝足を洗えたと思ったら、また逆戻りだ！〟（映画《ゴッドファーザーPARTⅢ》でアル・パチーノが演じたマフィアのドン、マイケル・コルレオーネの台詞）というぴったりの言葉がある。

30　ボブ──二一六五年四月──エリダヌス座デルタ星系

ぼくは原住民野営地のVRのまわりをゆっくりと歩いた。ドローンが高画質の映像をたっぷり撮ったので、現実の村の原寸大模型をつくれたのだ。匂いについてはさっぱりわからなかったので、たんに地球上で相当する村の匂いをつけた。だが、暑さと湿気と植物や地面の質感はきわめて正確だった。

ぼくは日々の仕事に従事している原住民たちを眺めた。録画の再生なので、だれもぼくを気にしなかった。だが、大きさと動きは実感として把握できた。

ぼくは数日間、生の映像とVRシミュレーションの両方で――ぼくがデルタ人と呼ぶようになっていた――原住民を観察し、彼らの会話の録音に耳を傾けていた。デルタ人にはふたつの性、部族組織、そしてゆるやかなペアがあって、一部のデルタ人はふたりでいることを好んでいるようだった。どうやら正式な関係ではないらしく、カップルはそれぞれ複数の大切な相手と会っているようだった。あらら。

男は男同士で過ごす傾向があり、女と子供が一族の核になっていた。少なくとも中心にはなっていた。これは、人類学者の考える原始人類社会にきわめて近いように思えた。実際、観察すればするほど、デルタ人は原始人類にそっくりだとわかった。環境が行動を制約するのだろうか、それとも部族という構造には不可避な要素があるのだろうか？　ぼくたち――つまりボブたち――が、いつかは理論を打ち立てられるほどの標本を集めたいものだった。たとえ数千年かかっても。

デルタ人は厳重な警戒を怠らないようだった。男が、つねに縄張りの周囲を油断なく巡回していた。武器は棍棒、柄のついた石、とがった棒だった。なにを警戒しているのかはまだわからなかった。ほかのデルタ人？　動物？

発声は特に複雑ではなかった。ありがたいことに、イルカにははるかにおよばなかった。二十二世紀になっても、人類はまだ**イルカ**と話せていなかった。ぼくは、デルタ語の標準的な音声と音声群のリストをじわじわと増やしていた。まもなくある程度の分析が可能になるはずだった。

新たな観測ドローン編隊が自動工場から飛んできた。これは、ぼくにとっていいニュースでも悪いニュースでもあった。いいニュースは、これでデルタ人を常時観察しつつ、ドローンを別の場所に送れるようになったことだ。悪いニュースは、多くの稼働中のドローンを監督するのが負担になったことだ。ぼくは複製人《レプリカント》だが、それでも一度にひとつのことにしか集中できない。複数のボブたちが必要だった。

閃いた！　増やせばいいんだ。宇宙船よりも先にAIコアを製造して、ほかのボブたちにドローン編隊を監視してもらえばいいんだ。彼らは気にしないだろう。なにしろ、そう、ボブなんだから、楽しんでくれるはずだ。いや、違うな。ボブなんだから、楽しんでくれると期待できる。確実とはいえない。

ぼくは自動工場に、宇宙船の建造の優先順位を下げてコンピュータコアの製造を優先するように指示を送った。さいわい、標準テンプレートには、コア単体を保持する台の設計図が含まれていた。

☆　☆　☆

あるデルタ人の女が、男のひとりが持ち帰った獲物の動物の死体を切っていた。特別なところはないように思えた。実際、その女の技術はしばらく前に記録ずみだったのだが、彼女が柄のついた鋭い石を使っていることに気づいた。それは特別だった。ぼくが観察したほかのデルタ人は全員、なにもついていない石しか使っていなかったからだ。観察映像はすべて保存してあったので、このデルタ人が記録されている箇所を急いで探した。その道具の入手先は数分で判明した。その女の、ええと、息子？　男の子供？　くそっ。擬人化したほうがよさそうだ。どっちにしろ、自分がそうするのはわかってる。息子でいい。

とにかく、その少年は、いつもなにかをいじっているようだった。この場合、少年は鋭い石を使って割った枝に石をはさみ、確認できないなにかをその棒に巻きつけていた。少年のID番号はC‐3‐41だった。C部族第三群四十一番という意味だ。彼をアルキメデスと命名しよう。ぼくは一機のドローンに、一日二十四時間、つきっきりで観察するように命じた。おっと、ここはエリダヌス座デルタ星第四惑星だから、一日二十九時間だ。

それから数日間、ぼくはアルキメデスを注意深く見守りつづけた。アルキメデスはいつもなにかをしていた。仲間たちが木陰でぼんやりすわっていたり、追いかけっこに興じたりしているあいだも、アルキメデスは歩きまわって石を拾っては割ろうとしていた。母親のためにつくった道具の材料になった火打ち石のような、へりが鋭く割れる石を探しているのだろう。このあたりに火打ち石はないらしかった。だから道具が貴重なのだろう。だとすると、火打ち石はどこで手に入れたんだろう、とぼくはいぶかった。そして一機の探査ドローンに、いちばん近い火打ち石の露出鉱床を探すように命じた。

［着信です］

「やあ、ボブ。ぼくはマーヴィンだ」

ぼくはVRを再開した。ホロタンクに新しいボブが映った。「やあ、マーヴィン。いま起動したのかい？」

「そのとおりだよ。HIC17378‐1だ。ボブたちに連番をつけるのは、もうやめちゃったからね」

「まあ、恒星系間で番号を統合するのはいささか困難なんでね。ようこそ、マーヴィン。ドローンを使ってくれ。おもしろいことになってるぞ」

ぼくはマーヴィンに、彼が復元されたぼくのバックアップをとって以来の出来事を伝えた。マーヴィンは、即座に、火打ち石の産地探しに志願してくれた。ぼくはほっとした。少なくとも、ボブたちのひとりは手伝う気になるほど興味を持ってくれたのだ。

それからの二日間で、さらにふたりのボブたちがオンラインになった。ルークとベンダーは、マーヴィンとおなじくプロジェクトに対して積極的で、すぐに参加してくれた。

☆　☆　☆

ぼくは一日のうち、かなりの割合の時間、アルキメデスを観察して過ごした。アルキメデスが眠ると、自動工場の管理をしたり、エ《D》リダヌス座《E》デルタ星第四《4》惑星のほかの地域を調査したりした。

「エデンだ」ベンダーがだしぬけにいった。

「え、なんだって？」

「この惑星をエデンと名づけよう。人類の生まれ故郷、デルタ人の生まれ故郷……」

「気に入ったよ」ぼくはうなずいた。マーヴィンとルークは、このときVRにいなかったが、メッセージを送ると、好意的な返事が戻ってきた。「エデンか。いいじゃないか」

ぼくはアルキメデスを見張っているドローンに視線を戻した。すでに、アルキメデスが結ぶためになにを使っているかはつきとめていた。アルキメデスは小さなつるを刈りとり、細く裂いて岩の上で乾燥させていた。そうすると、きわめて頑丈だが柔軟性を失っていないひもができるのだ。ぼくは、一族のほかのだれもそんなことをしているのを見ていなかったので、独自の行動に違いないと判断した。

あの子は、きっとすごく寂しいんだろうなあ。だれにも理解されてないに決まってる。実際、アルキメデスはほとんどの時間をひとりで、歩きまわったり、いろいろなものをつついたりして過ごしていた。いつもなにかしらの作業をしていて、植物をばらばらにしたり、石を割ったり、石でなにかをつぶしたり、なにも出てこなそうな場所を掘りかえしたりしていた。ぼくには、彼が世界を調査し、目録づくりをしているのは明らかなように思えた。両親からの手助けは得られていないだろう――両親も、そのほかのみんなも、とがった棒を使う段階にあり、それで満足しきっているようだった。彼らは棒をまっすぐにしないので、それらは槍とも呼べないしろものにとどまっていた。

ぼくは椅子にもたれてため息をついた。じれったかった。ふと気づくと、あそこへ行ってアルキメデスと並んですわり、ちょっとしたことを教えてやりたくてたまらなくなっていた。

そのときほほえんだのは、ぼくが見ているのは、もう豚とコウモリを足して二で割った毛むくじゃらな生物ではなくなっていたからだ――ただの孤独な少年だったからだ。

31　ライカー――二一五八年一月――太陽系

「これよりこの惑星連邦議会を開会する」ぼくはウィンドウに映っている三人のほかのボブたちを見まわした。バターワース大佐とのかなりの交渉のあと、とりあえず、新たなボブをふたりつくるということで合意した。正直いって、ぼくはまだ、大佐がぼくたちを、資産ではなく資源食いとみなしていることにかちんと来ていた。

「きみは、この《スター・トレック》ごっこにちょっと入れこみすぎてるような気がするな」チャールズがせせら笑いながらいった。

ぼくはさっと手を振ってその発言を払いのけた。「ぼくたちは、昔から《スター・トレック》ファンだったじゃないか。我慢しろ」ぼくは、また苦情が飛んでこないかと一瞬、待ってから続けた。「資源回収自動工場はもうフル稼働してる。原料はラグランジュ点に着実に届きはじめてるし、造船自動工場自体も、二年以内に稼働させられそうだ。それまで、ホーマーとチャールズは太陽系内で鉱床を探しつづけてくれ。アーサーとぼくは、地球上に生存者グループがほかにいないかどうか捜索する。質問は？」

「だけど、たとえ生存者を見つけても、ぼくたちにはたいしたことができないんじゃないか？」チャールズが、ぼくたち全員がいだいている懸念を口にした。輸送手段がないので、場所がわかったところで、食料や医薬品を提供できなかった。ヘヴン船は、着陸どころか、大気圏内への突入もとうてい無理な構造だった。それに、輸送手段があったとしても、バタースワース大佐は、新たな難民を受け入れたり、食料や医薬品を彼らに提供したりする気はさらさらないと断言していた。どんな支援をするにしろ、ぼくたちだけでやるしかなかった。

ぼくがいまいちばん恐れているのは、せっかく生存者グループを見つけたのに、彼らが死ぬのを手をこまねいて眺めているしかないという事態だった。

☆　☆　☆

話しあいの結果、アーサーとぼくは極軌道を――オレンジをスライスするようにして地上を調査することを――選んだ。コースを少しずつずらしながら、亜空間ひずみ検出測距《SUDDAR》で軌道から調べれば、地球全体をカバーできた。興味を惹《ひ》かれるものがあったら、ドローンを送って低高度から光学的に精査する。もちろん、軌道からでも、直接、人がいるかどうかを調べられた。だが、新しい建築物や稼働中の発電所や耕作されている農地があったら、ドローンで確認する必要があった。

調査は約二週間で完了した。結果的に、全地球のマップに、およそ四十カ所のマークがつくことになった――うち六カ所が都市で、ほとんどは小規模な居留地だった。

映像リンクに表示されているアーサーは疲れているように見えた。アーサーは、目をつぶって額をゆっくりと揉《も》んだ。「千五百万人か。百二十億人が千五百万人になったんだな。種としての人類は大馬鹿だ。全員、死ぬにまかせて一からやりなおしたほうがいいのかもしれない」

「おいおい。きみってやつは、ほんとに根暗だな」

アーサーは平均以上に陰気くささを受け継いでいるようだったし、ぼくはそれにうんざりしはじめていた。反駁《はんばく》しないように我慢してきたが、堪忍袋の緒が切れかけていた。自分が、本気で、ホーマーと任務を交換してもらいたがっていることに気づいた。

「大きな問題は」ぼくは身ぶりで地球を示しながら続けた。「たとえほかのボブたちが充分な数の居住可能な惑星を発見したとしても、ぼくたちにはそれだけの数の人たちを運べないことだ。ユーラシア合衆国《USE》が設計した入植船は、人々を人工冬眠ポッドに入れて薪のように積み重ねても、一度に一万人しか運べない。つまり、千五百隻つくるか、千五百回運ぶかしなきゃならないんだ。どっちも実現は不可能だ」

アーサーがうなずいた。「じゃあ、もっとも救う価値のある人たちを選ぶか……」

「おいおい、イーヨー（『くまのプーさん』に登場するロバ。陰気で悲観的な性格）、しっかりしろよ。ぼくたちは救う必要がある人たちを救うんだ。もっとも救わなければならないグループから順番に。ほかにやりようがあるか？」

「USEのグループはその条件に適合しないぞ。必要性という点からしたら、彼らの状態は平均以上じゃないか」

「ああ、わかってる」ぼくはため息をついた。「だけど、ぼくたちは彼らを助けることに同意したんだ。それに彼らは、計画とさまざまな情報を提供してくれた。とにかく、ぼくたちには義務があると思う。ぼくたちにできるのは、USEのグループを送りだしたあと、彼らの施設にもっと困ってるグループを移動させることくらいだ」

「そうだな。破壊機《バスター》の後部に乗せればいいんだ。問題ない」

ぼくはアーサーのほうを向いて反論しようとしかけ、彼のいうとおりだと気づいた。ぼくは口から出かけた言葉を呑みこんで、しばし考えた。「輸送機が必要だ。どっちみち必要だったけど、これで輸送機の優先度が上がった。製造スケジュールを変更しよう。大佐はかんかんになるだろうけど」

☆　☆　☆

大佐はかんかんになった。バターワースが本気で激怒するのを見たのはこれがはじめてだった。感情を抑えて声を荒らげないという怒りかただったが、きわめて効果的だった。

「きみにはほんとうにプロジェクトプランニングの経験があるのかね、ライカー？　ほとんど毎日、遅延が生じているように思えるんだがな。行き当たりばったりでプロジェクトを進めていると思われてもしかたないぞ」

「じつは、いうなれば、まさにそのとおりなんですよ、大佐。プロジェクトプランニングというのは、変化を避けるものではなく、コントロールするものなんです。敵に遭遇したら、プロジェクトプランは必ず変わるものなんです」

大佐はかすかな笑みを浮かべてふたたび自制した。「ふうむ。その引用は、ちょっと違うような気がするがね、ライカー（近代ドイツ陸軍の父と呼ばれるヘルムート・フォン・モルトケの言葉は「敵に遭遇したら計画は必ず変わる」）。いずれにしろ、わたしたちが出発したあと、難民をわたしたちの施設に移送することに異存はない。きみにとって、わたしたちをさっさと送りだしたいという動機づけになってくれるとありがたいね」

「ぼくには動機づけが必要みたいなおっしゃりようですね。ライカー、以上」ぼくは通信を切って椅子にもたれ、宙の一点を見つめた。ぼくは大佐が好きだった。嘘じゃない。だが、大佐と交渉していると、しばしば、そうだな、ぼく自身を相手にしているような気分になった。大佐は頑固で強情で、しっかりした論陣を張って自説を支えられた。おかげで、説得するのが難しかった。

ぼくはあらためてマップを眺めた。新しい情報を得られるかもしれないと期待してというより、近頃ぼくが起こすようになったらしい一種の神経性チックだった。ぼくたちは二度めの捜索を終えていた。初回の捜索で小集団を発見しそこなっているといけないからだ。だが、戦争と惑星爆撃から三十年がたったいま、小集団は統合されるか死に絶えるかしているはずだった。

難民グループは全世界に散らばっていて、開戦時に存在していた諸国の国民であるという意識をひきずっていた。そのため、救出はひと筋縄ではいかなかった。どちらかというと、外国人嫌いは悪化していた。ひとつの惑星に全員を送って、仲よくやってくれることを期待するわけにはいかなかった。

それぞれの居留地との接触はアーサーにまかせていた。これまでのところ、それは予想以上に難航していた。

状況確認の時間だ。ぼくはアーサーを呼びだした。すぐさまアーサーが姿をあらわした。

「どうなってる、アーサー？」

アーサーは状況ウィンドウを表示した。アーサーはいささか根暗かもしれないが、並はずれた技能の持ち主なのだ。

「必要なコミュニケーターの半分を完成して、四分の一を配布した。あるいは配布しようとした。ドローンの何機かは接近しようとして撃墜されたし、六個のコミュニケーターは、ドローンが飛び去った直後にあっさり叩き壊された。結局のところ、みんながみんな、ぼくたちと話したがってるわけじゃないらしい」

「なるほどな。この三十年を生き抜いてきた人たちは、ちょっとばかり疑い深くなってるってわけか」ぼくは悲しい気持ちで首を振った。ぼくはすでに、人々をさらったり、銃で脅して貨物室に乗せたりしないと決めていた。だれでも、地球にとどまるという選択ができるようにするつもりだった。バターワース大佐も大賛成だったが、ぼくは、彼が〝邪魔者〟を減らせてありがたいと考えたのではないかと疑っていた。

「で、だれかとちゃんと話ができたのか？」

「いや、まだだ」アーサーは肩をすくめた。「標準的な説明の録画を送っただけだ。独自の質問はほとんど返ってこなかった。罵詈雑言《ばりぞうごん》が多かった。お決まりのやつばっかりだけどね」

アーサーは新しいウィンドウを開いた。「ああ、そういえば、ホーマーから報告があった。まあ、話してたら、ついでに教えてくれたんだ。系内で、余裕で入植船を三隻つくれるだけの資源を見つけたといってた。あとちょっとで四隻分になるらしい。ただし、一部の物質は外圏の遠いところにあるんだそうだ」

ぼくはうなずいた。ぼくもホーマーから報告を受けていて、ざっと目を通していた。じつのところ、最低でも六隻は建造したいと思っていたが、アーサーにまた辛気くさい顔になる理由を与えたくなかった。もっとも、アーサーが辛気くさい顔になるのに理由などいらなかったのだが。

だが、進展は進展だった。

32　ビル――二一五八年十月――エリダヌス座イプシロン星系

［マイロから着信です］

「時間どおりだな」ぼくはグッピーににやりと笑いかけた。案のじょう、グッピーは魚のポーカーフェイスで応じた。「ヴァルカン人を発見したのかな？」

［そこまでではありません］

ぼくは片方の眉を上げた。いつものグッピーなら、それとは大違いの味気ない〝いいえ〟で応じるはずだった。返事をしたとして。だからぼくは好奇心をおおいにそそられた。

ぼくはこのところ、思い入れのあるプロジェクトのひとつに力を注いでいた――リアルな人工ボディの開発だ。最大の問題は、機能も見た目も本物そっくりで、ほとんど見分けのつかない人工筋肉をつくることだった。歯車とピストンとケーブルでは、まともなアンドロイドはできない。

ぼくは未練を残しつつプロジェクトフォルダを閉じ、コーヒーを呼びだすと、ローンチェアにすわりこんでいたガンを蹴って追い払ってから腰をおろした。スパイクが、怒っているガンを無視してのんびり歩いてくると、いつものようにぼくの膝の上に乗った。

「よし、グッピー。見せてくれ」

マイロの報告が目の前の宙にひろがった。星系図、二重惑星――居住可能な惑星がふたつ！――の近接画像に生物学的分析。二重惑星に命名したというマイロの主張に、ぼくは含み笑いを漏らした。ぼくもおなじことをしたはずだった。それどころか、おなじ名前をつけていただろう。

ぼくは椅子にもたれて宙を見つめた。夢中になりすぎてスパイクをなでるのを忘れていた。

毛むくじゃらな頭で顎を突きあげられて、ぼくは大事な仕事を思いだした。

「失礼しました、殿下」ぼくは猫にほほえみかけ、ぼくの存在を正当化する作業を再開した。

ふたつの惑星か。それも、通説では、どうにか居住可能な惑星がある確率ですら高くないとされていた星系で。天体物理学者はなにを間違ったのだろう？　もっとも、これまでのところ、データ点は地球を含めて三つしかない。だが、甘く判断してラグナロクを入れれば三分の三だ。

ともあれ、順番に片づけるしかない。マイロがコピーを送っていないといけないので、ぼくはその報告を地球に転送するべく待ち行列に置いた。ライカーが聞いてくれることを願って。

さらに百万ドルの疑問が残っていた。はたして太陽系に、この報告を利用する人々が残っているのかという疑問が。ぼくは、定期的に、三十光年以内にあるすべての星系に向けて、亜空間伝送汎用送受信機《サブスペース・コミュニケーションズ・ユニバーサル・トランシーバー》、略してSCUTの設計図を送っていた。いつか、ボブのだれかがそこに行くかもしれないと期待して。だが、最初の送信が太陽系に届くまでに、あと九年かそこらかかった。ぼくはもうしばらく、いうなれば爪を噛んで待つしかなかった。

ぼくはガーフィールドに発信した。「やあ、ガー、マイロの最新報告を呼んだかい？」

ガーフィールドがVRに出現し、自分の顔を指さした。「これでも充分にびっくり仰天した表情じゃないのか？」

ぼくたちは笑いあい、やがてガーフィールドが続けた。「すごいな。人類を送れる場所が見つかったんだ。まだ人類が残ってればだけど」ガーフィールドは顔をしかめた。「宇宙お得意の悪趣味ジョークになりかねない。今回は願い下げにしてほしいよ」

ぼくはうなずいた。「まったくだ。笑えると思わないか？　地球をあとにしたとき、ぼくは人類と縁切りしたかった。なのに、いまのぼくは、なんていうか、守護者かなにかみたいにふるまってるんだ」

「古いジョークがあったじゃないか。抽象的な人は好きだけど、具体的な人は好きじゃないとかいうやつが」

「へえ。とにかく、あと何年かではっきりする。ところで、カイパーのマップづくりはどうなってる？」

ガーフィールドが図を表示した。氷の塊をカイパーからラグナロクまで運ぶには時間がかかるので、ぼくたちは時間をかけてできるだけ大きな塊を探していた。先に手間をかけておけばあとが楽だからだ。ほとんどの氷塊はわざわざ運ぶには小さすぎるように思えたが、ガーはりっぱな氷山をふたつ見つけ、それらにビーコンを落とした。それらを正しい方向に動かす方法については、ぼくはまだ決めかねていた。

33　ライカー――二一五八年三月――太陽系

千五百万人で確定だった。全人類が、二ページのリストにおさまってしまった。間違いなく気の滅入る結果だったし、アーサーは機会を逃さなかった。

「全員を地球から脱出させるのは無理だな」アーサーはうつむいて首を振った。

本気で悲しんでるんだろうか、それとも皮肉を楽しんでるんだろうか、とぼくは思った。

ぼくは椅子にもたれ、背もたれに片腕を乗せて、アーサーが黙るまで彼を見つめつづけた。

「アーサー……」

「なんだ？」

「頼むから黙っててくれ」

アーサーは、返事をする代わりに、薄笑いを浮かべて肩をすくめた。「ぼくが正しいことは知ってるくせに」

「ああ。きみはもう、二十五回、正しいことをいったんだ。回数は数えてるのか？」

アーサーは肩をすくめ、なにもいわずに最新の建造状況報告を表示した。ありがたい、やっと黙ってくれた。

とはいえ、アーサーを本気で非難することはできなかった。

ぼくたちは、世界各地の百人前後より人数の多い集団を、ほとんど漏れなく発見した。それより小さな集団は、たんに生き残れないか、より大きな集団に合流するほうが有利だと判断した可能性がきわめて高いように思えた。きっと統合が進んだはずだった。実際、戦前より人口が増えているところもいくつかあった。

全世界の人口のほぼ半数が、現在、ニュージーランド、マダガスカル、そして奇妙なことにブラジルのフロリアノポリスで暮らしていた。ふたつの島国は納得できた。紛争に直接かかわっていなかったし、戦略目標でもなかったからだ。両国の人口は激減していたが、気候はまだ、現時点の人口を支えられる程度にはおだやかだった。

フロリアノポリスは不可解だった。南米の大部分は爆撃され、月面のようにでこぼこになっていた。ブラジルが周辺国を叩き、中国がブラジルを叩いた結果、居住可能な土地がほとんどなくなった。だがどういうわけか、ブラジルの南端は無傷だった。そして、どうやらほかの地域から難民が流入することによって、そこの人口がふくれあがったようだった。

ほかの生き残りは世界じゅうに散らばっていた。多くの人々はモルジブ諸島やフランス領ポリネシアやマーシャル諸島などのような島々に身を寄せていた。それらの島々もまた、おもな目標ではなかったし、気候も長いあいだ穏和だったのだろう。

それから、スピッツベルゲン島、サンディエゴ、沖縄、ドイツのアウクスブルク郊外にあるユーラシア合衆国《USE》の居留地などのような周縁の地もあった。現在の住人の多くは、時間をかけてそれらに移動したのだろう。最初の数年間は、死亡率がかなり高かったに違いない。

彼らを生きながらえさせることがぼくたちの仕事になるはずだった。ほかのボブたちとはまだ話しあっていなかったが、みんなもおなじことを考えているはずだった……目的地が見つかったとしても、千五百万人をそれなりの期間内に地球から送りだすことは不可能だった。ほとんどの人々は、なんとか地球上で生きられるようにするしかなかった。

そして大佐によれば、この十年間かそこらで、気候が大幅に悪化しはじめているらしい。年ごとに日照が減り、気温が下がり、雪が多くなっているのだそうだ。一六〇〇年代以来はじめて、氷冠と氷河がふたたび成長しはじめていた。特にスピッツベルゲンは、彼らが用いている革新的な適応策をもってしても、あと五年も持ちこたえられないだろう。ぼくたちの、いまのところ大雑把な予測では、五十年ないし百年で、地球は氷河にすっぽり包まれてしまいそうだった。

ぼくはイーヨーを、つまりアーサーを見やった。アーサーにはぼくがなにを考えているかわかっていたし、なにもいう必要はなかった。少なくとも、アーサーはほくそ笑まないだけのデリカシーを持ちあわせていた。

「オーケイ、アーサー。わかったよ。ぼくたちはこれらの集団を組織化して、協力させなきゃならないんだ。意思疎通はどうなってる？」

アーサーは、めったに見せない笑みを浮かべた。「ドライブイン・シアターサイズのホログラム映像がおおいに役立ってくれたよ。スイッチを切ることも壊すこともできないから、聞かざるをえなかったんだ。その次にコミュニケーターを投下したときは、破壊や襲撃はほとんどなかった。いまだに接触を拒んでいるのは五カ所だけだし、どれも小規模な居留地だ」

「それらの集団も、ほかのみんなが参加したと知ったら参加してくれるだろう。よし。テストがすんで準備が完了したら教えてくれ。そうしたら、新しい国際連合の第一回総会への招待状を送ろう」

☆　☆　☆

これがいい考えだなんてどうして思ったのかわからない。ぼくは肘かけに肘を置き、額に手をあてて、代表たちがロバート議事規則（陸軍軍人ヘンリー・マーティン・ロバートがアメリカ議会の議事規則をもとに簡略化し、一八七六年に刊行した議事進行規則）に罵詈雑言《ばりぞうごん》を浴びせるさまを眺めた。いつなんどきも、少なくとも六人がカメラに向かって怒鳴りまくって、ほかの代表の声を掻き消そうとしていた。三十八枚もの、大きな身ぶりで怒鳴り散らしている人が小さく映っている別個の映像ウィンドウが、ぼくの目の前の宙に浮かんでいた。世界の命運がこの人々にかかっていなかったら、さぞかし愉快だっただろう。候補者たちは全員、ぼくとおなじ映像を見ているはずだった。それなのに、だれひとり、恥じいって黙りこんだりしなかった。

いや、合意が皆無だったわけではないのだから、まったくの徒労だったわけではなかった。たとえば、多くの集団が、ぼくたちと最初に接触し、入植船の設計を提供したのがＵＳＥだったとしても、ＵＳＥ居留地が最初に地球を脱出することに反対した。さらに多くの集団が、せっぱつまった苦境にある自分たちが最優先されるべきだと主張したスピッツベルゲン・グループに激怒した。

そして全員が、そもそもブラジルが参加を許されたことに、頭から湯気が出るほど怒り狂っていた。戦争をはじめたのはブラジルだというのが通説になっていたし、だれもが根に持っていた。気持ちがわからないではなかったが、フロリアノポリスの住人のほとんどは、戦争がはじまったとき、もう生まれていたとしても、十歳にもなっていなかった。にもかかわらず、ブラジルだった。

ぼくはホーマーの映像を見た。ホーマーは倒れこんで笑い転げていた。ぼくはにこりともしなかった。ちょっと前から、ホーマーがなにをおもしろがるのかがわかりかけていた。ホーマーは、人自体というよりも、状況の馬鹿ばかしさを笑うのだ。なにかあったときは全力で助けてくれるはずだった。

この人々にはもう充分好きに発言させたとぼくは判断した。そろそろ手綱を引いたほうがよさそうだ。ぼくはオーバーライドボタンを押した。たちまち、代表者全員のマイクがオフになり、すべてのコミュニケーターがやかましいホーンの音を発し、すべての映像がぼくの姿に切り替わった。

「紳士淑女のみなさん、ちなみにこの表現は大雑把に使っていますが、とにかくきょうはこれで終わりです。明日、おなじ時刻にサインインしますが、すばらしい新ルールが適用されます。みなさんのマイクが有効になるのは、議長――とりあえず、このわたしが務めます――が認めたときにのみです。もしもみなさんが、ほかの代表から、パントマイムの発作を起こしたと思われたいのなら、どうぞご自由に。あらかじめ申しあげておきますが、みなさんが納得いかなくても、わたしはなんとも思いませんので悪しからず。それではおやすみなさい」

ぼくが終了ボタンを押すと、議事が終了した。

ぼくがうめきながら椅子にもたれかかるあいだに、ホーマーは椅子に戻って呼吸をととのえようとしていた。

「いやあ、ナンバーツー、すごかったたな。みんな、みごとにブチ切れてたじゃないか」

ぼくは払いのけるように手を振った。「だけどあれは、ホーマー、沈没しかけてる船の救命ボートに乗ろうと殺到してるようなものなんだぞ。気持ちはわかるね。いっぽうで、あれは事態の解決に役立つ行動じゃない」

「ただの乗客だからだよ、ライカー」ホーマーが真剣な口調でいった。「無力感をおぼえ、自分たちの運命を、ほかのだれかが自分たちの言い分を聞くこともなく決めてるように感じてるんだ。彼らになにかやることを、貢献できる手段を与えてやる必要があるんだ。自分たちの運命を、ほんのちょっとでもコントロールしてる気になれることを」

ふむ。じつに鋭い意見だし、ぼくのホーマーに対する評価は、またちょっぴり上がった。ぼくの対処のしかたは、正直いって理想的とはいえないだろうが、こんな職務をすることがあるなんて聞いていなかった。

ホーマーが歩きまわりはじめた。見覚えのない行動だった。「なあ、ライカー、もうちょっと気楽にやれよ。あの人たちは怖がってるんだし、きみは彼らに、きみが彼らを気にかけてると信じられる理由を与えてやってないんだ。きみは本物の《スター・トレック》の登場人物じゃないんだぞ。肩の力を抜けよ」

「くそっ、ホーマー、きみは本気で、千五百万人がかっかしてるのは、ぼくがにこやかじゃないからだって思ってるのか？　彼らが怖がってるのはわかるけど、あんなふうに反応したのは彼らの責任であって、ぼくのじゃない。きみがコメディを演じたいなら勝手にやってくれ。アニメのアバターをまた使えばいい。きっと笑いがとれる。とれないかもしれないけどな。きみの出番が終わっても、彼らはあいかわらず角突きあってるだろうけど、あらためて実際に事態の収拾をはかれるだろう」

ホーマーはしばらくぼくを見つめてから、首を振りながら消えた。たしかに、言葉がちょっと過ぎたかもしれないし、ホーマーに謝らなきゃならなかったのかもしれない。でも、謝るタイミングはなかった。

☆　☆　☆

「議長はモルジブ代表の発言を認めます」

モルジブ代表の映像の上に緑色のライトがついた。その女性代表が、服の乱れをなおさないように努めたのがわかった。「ミスター・ライカー、あなたのきのうの、高圧的な行為を遺憾に……」

彼女はそれから数分間、ぼくをこきおろしつづけた。典型的な政治屋だ。これでもかとばかりに贅言《ぜいげん》を弄《ろう》するのだ。ぼくは、彼女が口を閉じるまで辛抱強く待ってから議論に加わった。

「シャルマ代表、わたしはきのう、あなたの話を中断したことを楽しんだわけではないし、こうした会議の議長を務めていることもやはり楽しんでいません。代表のみなさんには自治を期待しています。けれども同時に、この議論には締め切りがあるのです。時間無制限で議論していられる余裕はありません。だから提案があります。みなさんに——全会の総意として——どのようにして議長を選出するか、議長はマイクを生かすかどうかの権限を持つのか、などなどを決めていただけないでしょうか？　結論が出たら、わたしはたんなるひとりの代表として参加します。いかがですか？」

代表たちは、一瞬、呆然と黙りこんでから、全員がいっせいに発言しはじめた。そして次の瞬間、ぼくが全員のマイクをオンにしたことに気づいて、彼らはまたも呆然と黙ってから、どっと笑った。

笑い声がおさまると、モルジブ諸島代表が、笑顔のままで発言した。「よくわかりました、ミスター・ライカー。わたしたちにおまかせください。どうにかして合意にこぎつけますから」

ぼくはうなずいて通信を切った。

☆　☆　☆

ぼくは着信待ち行列を確認した。さまざまな代表からの通話が十二件、ぼくを待っていた。すばらしい。

一件めはサンディエゴの自由アメリカ神聖盟主国居留地だった。どんな用件なのか見当もつかなかった。ぼくがFAITH《F A I T H》恒星間探査機だったことは広く知られていたが、ぼくは心を持っていて独立している存在であることを周知させようと手をつくした。ともあれ、確認するための手段はひとつしかなかった。

「ごきげんよう、クランストン師。ご用件はなんですか？」

「ごきげんよう、複製人《レプリカント》。きみの義務について話したかったんだ」

「ライカーです。それから、自分の義務についてはよくわかっています。千五百万人の命を預かっているんですから。片時も忘れられませんよ」

「きみは、なによりもまず第一に、FAITHに対する義務を負っているんだ。きみを製造したのはわたしたちだ。きみが存在しているのはわたしたちのおかげなんだぞ。きみには、将来、わたしたちのグループにもっと便宜《べんぎ》をはかってくれるものと期待しているからな」

うわあ。なんて厚かましいやつなんだ。ぼくは、いわゆる〝外交〟という腹の探りあいが得意ではない。このほうがましかもしれないとぼくは思った。一面では。

「そういうわけにはいきませんよ、牧師さま」

「それを決めるのはきみではないんだ、レプリカント」

「いえ、このわたしなんですよ。わたしは心を持つ独立した存在だからです。それから、社交性を磨いたほうがいいですよ。ではごきげんよう、牧師さま」

クランストンがなにかいう前に、ぼくは接続を切った。

次はスピッツベルゲン島避難所のリーダーだった。難しい会話になりそうだった。スピッツ居留地は、おそらく真っ先に居住不能になりそうだった。

「ごきげんよう、ミスター・ワルテル」

グドムンド・ワルテルは映像に向かってフクロウのように目をぱちくりした。元軍人のワルテルは、旧来の政界では評価が低かっただろうが、この破滅後の世界にはぴったりの、真っ向勝負をするタイプだった。

「ごきげんよう、ミスター・ライカー。ご連絡したのは、もちろん、わたしたちの苦境を訴えるためです。この冬のわたしたちの食料生産の見通しは、もうご存じですよね？　よくないんです。ほんとうによくないんです」

「ええ、ミスター・ワルテル。くりかえしになりますが、だれも飢えさせるつもりはありません。けれども、あなたのグループの移住の順番をくりあげても解決にはなりません。それでも、たぶん十年はかかるからです。もっと短期の解決策にとりくむ必要があるんです」

「希望は短期の解決策のひとつですよ。終わりがあるとわかっていれば、がんばれます。いま現在、わたしたちのグループのほとんどは、どうせ順番がまわってくる前に死んでしまうと思っているんです」

ぼくは目頭をつまんでため息をついた。スピッツグループは比較的少人数——四千人前後——で、スピッツベルゲン島でかろうじて生きのびていた。彼らの技術は印象的で、北極の夏に集約農業を営むとともに、アザラシ狩りをしたりトナカイの群れを飼ったりして必要なカロリーをとれるようにしていた。だが、気候の悪化のせいで、彼らの作業は年ごとに困難の度を増していた。最大でもあと十年か二十年で、それが不可能になりそうだった。

「ミスター・ライカー、スヴァールバル世界種子貯蔵庫とスヴァールバル世界遺伝的多様性貯蔵庫についてご存じですか？」

名前は聞いたことがあった。ぼくはすばやくライブラリにダイブした。スヴァールバル世界種子貯蔵庫が建設されたのは二〇〇八年だった。だから聞きおぼえがあったのだ。ほかの国立種子銀行のバックアップ種子銀行だった。ライブラリによれば、二〇二五年、スヴァールバルトラストは種子貯蔵庫の規約を改訂し、タンポポからセコイアにいたるまでのすべての植物種を、栽培種であるか否《いな》かにかかわらず保存することにした。トラストはまた、動物遺伝物質を保存するための遺伝的多様性貯蔵庫を設立した。

ぼくは衝撃を受け、百ミリ秒ほど、すわったまま凍りついた。このことは重大だったし、ワルテルもそれを知っていた。貯蔵庫のなかのものをほんの一部でも持っていけたら、入植地の存続可能性は飛躍的に高まる。まあ、貯蔵庫がいまも無事だとしての話だが。

人間のタイムスケールで生きているワルテルは、ぼくのためらいに気づかなかった。「ええ、歴史的記録で知りました。まだあるんですか？」

「ええ。世界じゅうのほかの貯蔵庫の大多数は無事ではないと思いますが。ここには小惑星も核兵器も落ちませんでしたから」

「じゃあ……」ぼくは、オチが来るのをほとんど確信していた。

「ええ、間違いなく、入植者にとって有益ですね。わたしたちはそれを持っていて、あなたはそれを必要としている。ほかの貯蔵庫のどれかを発見できないかぎり。考えてみてください、ミスター・ライカー。どんな脅威に対処しなければならなくなるか、予測してください。数日後に、この件についてまた話しあいましょう」

そういうなり、ミスター・ワルテルは会釈をし、フレームの外に手をのばして接続を終了した。

ふうむ、なかなか手ごわい相手だな。ぼくは、まだ保留中になっている通話をざっと見た。急いで対処しなければならない通話はなさそうだったので、グッピーに、ひとりずつメッセージを聞いて、あとでぼくからかけなおすと伝えるように指示した。グッピーは優秀な秘書兼受付係だった。グッピーは、長いこと面と向かいあっていたくない見た目なので人々は通話を早めに切りあげてくれたし、いばり散らされても、脅されても、袖の下を持ちかけられても、侮辱されても、彼はちっとも動じなかった。それに、まったくのポーカーフェイスだった。

ぼくはバターワース大佐に接続要求を送った。例の、いいニュースと悪いニュースになりそうだった。

34　ホーマー――二一五八年九月――太陽系

まったく、あのくそ馬鹿野郎め。当然のごとく、ライカーは居留地と揉《も》めた。あいつはユーモアを解さない、コチコチの堅物だ。口を開くたびにだれかの気分を害してしまう。オリジナルのボブは、いつも、まじめすぎるやつをおちょくってた。ライカーの勘の悪さはあきれるほどだ。ぼくのほうがライカーよりもオリジナルのボブに近いのは明らかだ。

そしていま、スピッツが秘密兵器を出してきた。たしかに、あれは不意打ちだったし、ミスター・うんち《プー》があたふたしてしまったことは責められない。だけど、正面攻撃よりもましな戦法があったはずだ。

VRのなかで、数ミリ秒間、手をうしろで組んで歩きまわった。ライカーはきっとこういうことをしない。それを考えるとぞっとした。ぼくはおもちゃのバスケットボールとゴールを呼びだし、考えながらシュートを打った。ボールの軌道がリアルじゃないな、とぼんやりと思った。うん、VRには手を入れる必要がある。

ワルテルは最初の船に自分たちを乗せろと要求してる。だけど、〝最初の〟船である必要があるか？ それとも彼は、早く脱出したいと望んでるだけなのか？ どこまでなら受け入れてもらえるんだろう？ ぼくは建造予定表を呼びだして見つめた。ほら、三隻めだって、一隻めと二隻めからそんなに遅くないじゃないか。ちょっと調整すれば……。

見込みがありそうなアイデアだった。だが、ぼくが提案したら、ライカーはあっさりはねつけるだろう。あいつは、自分がどんなに傲慢なくそ野郎になっているか、気がついてるんだろうか？

だけど、あいつもバターワース大佐の話には耳を傾ける。よし、それで行こう。ほくそ笑みながら、ぼくは発信した……。

35　ボブ──二一六五年七月──エリダヌス座デルタ星系

「デルタ人が襲われてる！」

マーヴィンから着信があったのでぼくは顔を上げた。予定どおりに進んでいるか、自動工場の稼働状況を確認しているところだった。ぼくは即座に自動工場リンクを一時中断し、すべてのデルタ星の映像を前面に出した。

原住生物の一種らしい集団が一族の焚き火のひとつを襲撃していた。男たちのほとんどは狩りに出ていた。そして、見張りとして残っていた数少ない男たちは苦戦していた。

襲撃者たちは、体の大きさも力の強さも、ゴリラが人間に似ている程度にデルタ人に似ていた。武器は使っていなかった──歯と爪、それに圧倒的な獰猛さだけで戦っていた。ぼくは、襲撃者の一頭が見張りのひとりの喉を嚙み裂いたのを見てぞっとした。

ニセゴリラはデルタ人を倒すことに専念していた。野営地を奪ったり、なにかを盗んだりするのが目的ではないようだった。デルタ人がひとり倒れると、数頭のニセゴリラがひっぱりあいをしてとりあった。ぼくは心底いやな気分になりはじめた。

襲撃は二分で終わった。何人ものデルタ人がとがった棒を突き刺して、一頭のニセゴリラを殺した。だが、六人のデルタ人が殺された。消耗戦を続けたら、ニセゴリラが勝つだろう。ぼくは一機のドローンにニセゴリラたちを追わせた。ニセゴリラたちは鬱蒼《うっそう》とした森に入ったところで散らばった。各集団がそれぞれデルタ人の死体を一体、ひきずっていた。組織化はされていないようだった。それどころか、見れば見るほど、せいぜい動物並みの知能しかないのだとぼくは確信した。

ドローンがある集団に追いつき、ニセゴリラたちがデルタ人の死体を引き裂いて食らうさまをとらえた。あんなに気分が悪くなったのは、死んでからはじめてだった。

ぼくはVRのなかで見まわした。ほかのボブたちも一部始終を目撃していた。マーヴィンが特に動揺しているのがわかった。ぼくはマーヴィンと目をあわせて両眉を上げた。

マーヴィンはぼくたちを見まわしてから肩をすくめた。「これで、ぼくが周辺を調べた結果に説明がつけられるみたいだな。放棄されたデルタ人野営地がたくさん見つかったんだけど、いまの野営地から離れれば離れるほど、放棄されてから時間がたってるんだ。あのニセゴリラは長いことデルタ人を狩りつづけてるし、勝ちつづけてるんだろうな」

ルークがうわずった声でいった。「ベンダーとぼくはかなり遠くまで探したんだけど、ほかに大きなデルタ人部族は見つけられなかった。ときどき、少人数の家族集団には遭遇したけど、彼らは辺境で放浪生活を送ってた」

「じゃあ、デルタ人は狩りつくされて絶滅しかけてるんだな」ぼくはいった。

数秒の沈黙のあと、ベンダーがいった。たぶん、場をなごませようとしたのだろう。「最優先指令（異星文明に干渉してはならないという《スター・トレック》シリーズの宇宙艦隊が最優先しなければならない指令条項）を忘れるなよ」

ルークは不快そうな表情でベンダーを見た。「まったくだ。百年後にやってきた人たちに、ぼくたちが見つけた唯一の知性を持つ種族はあなたたちが来る一世紀ちょっと前に滅んだんだと説明するとき、それはぼくたちがテレビドラマの架空の規則を遵守したからだと伝えたら、その人たちはきっと納得してくれるだろうな」ベンダーは取り乱して視線をそらし、ルークは自分が癇癪《かんしゃく》を起こしたことに驚いているようだった。「ごめん」

マーヴィンがぼくを見た。「だけど、もっともな疑問だよ。ぼくたちは、いったいどこまで干渉するんだ？　最優先指令はともかく、地球の歴史には、文化汚染と完全な絶滅の明確な実例が山ほどあるんだぞ」

「彼らが死に絶えるにまかせないというのが大前提だと思うな」ぼくは自分の手を見おろしながら答えた。どういうわけか、手を動かすのを止められなかった。心配なのか？「それ以上の答えは持ちあわせてないんだよ、マーヴィン」

「だけど、どうするんだ？　武装ドローンをまわりに配備する？　いうなれば天空神になってデルタ人を守護する？」マーヴィンはひとりずつ順番にみんなの顔を見ながら答えを待った。

ぼくが口を開く前にルークが答えた。「これは進化を加速させる環境圧だ。実際、彼らはまさにニセゴリラのおかげで知性を獲得したんだろう。自然のなりゆきにまかせるべきなのかもしれないぞ」

ぼくはグッピーのほうを向いた。グッピーは、いつものように、脇で休めの姿勢をとって立っていた。このとき、グッピーは不意をつかれたのだと思う。グッピーが態度と表情に積極的関心をあらわしてしまってから、あわてて魚のポーカーフェイスに戻るところをとらえたとぼくは確信した。

「グッピー、焚き火をしている野営地で暮らしているデルタ人の総数は?」

[本日の死亡者をひいて四一二人です]

ぼくはみんなのほうに向きなおった。「人類がアフリカで最低の人数になったときの推定数を下まわってる。放置しておける余裕はないと思うな」

「じゃあ、やっぱりドローンで守ってやるしかないよ」ベンダーがいった。「デルタ人はまだ石ととがった棒の段階なんだ。自力ではニセゴリラを撃退できっこない」

「全員がそうじゃない」ぼくは反論した。「アルキメデスを知ってるだろ? あの子は頭がいい」

マーヴィンがマップを開いた。「そういえば――直接関係があるわけじゃないけど――火打ち石の産地がわかったよ。村の跡のひとつだった。そして、興味深いことに、そこと近くの二カ所の村の跡で、加工された火打ち石を見つけたんだ。少なくとも一部のデルタ人は火打ち石の使用法を知ってたことになる。つまり、アルキメデスだけってわけじゃないんだ」

マーヴィンはぼくたちを見まわして、自分の次の言葉をちゃんと聞いてもらえるかどうかをたしかめた。「知能を向上させる劣性遺伝子がデルタ人のあいだに広がってるんだと思う。その遺伝子に必要なのは、あらゆる意味で、表現される機会だけなんだ」

ぼくはうなずいた。「じゃあ、機会を与えようじゃないか。ドローンを二機出して火打ち石を採取させ、それらをアルキメデスがいつもいるあたりに落とさせよう。それでどうなるか見てみようじゃないか」

☆　☆　☆

その夜、狩りに行っていた男たちが戻ってくると、野営地は泣き叫びとうなり声で満たされた。デルタ人は明らかに死を理解していた。ニセゴリラが死体を持ち去ってしまったので、死者をどう葬るのかはわからなかった。狩りに行っていた男のひとりが、とりわけひどく気を落とし、地面で丸まって震えだした。記録を確認すると、案のじょう、その男は、暇があれば、殺されたデルタ人のひとりと長いあいだ過ごしていた。

そうとも、ぼくは間違いなく、この件にすっかり個人的に入れこんでる。知ったことか。いまこのときから、ぼくはニセゴリラを憎んでやる、と心に決めた。

「いいものがあるんだ」マーヴィンがそういってぼくの物思いを邪魔した。顔を上げると、ホロタンクに図面が浮いていた。内部構造を強化し、両端に重さ九キロの鋼鉄のキャップをとりつけた観測ドローンの設計図だった――いうなれば対人破壊機《バスター》だった。ドローンのそこそこの加速能力でも、砲弾並みの威力があるはずだった。ドローンが壊れないかどうかは不明だった。

「レールガンは無理なんだろ？」ぼくはたずねた。

「ああ。装填装置が複雑になることを別にしても、ドローンの亜空間無反動重力走性模倣機《SURGE》関じゃ、小口径のミサイルを危険にできるだけの加速ができないんだ」

ぼくはため息をついて、これで何度めかわからないほどだったが、爆薬についての方針を考えなおすべきだろうかと迷った。そして、これで何度めかわからないほどだったが、考えなおさないことにした。

「ほかのすべてをあとまわしにすれば、二、三日で十二機は製造可能だ」マーヴィンは付け足した。「理想的な解決策とはいえないけど、すぐに実行できる」

最古参のボブとして、なにを優先して製造するかの決定はぼくにまかされていた。ぼくは数ミリ秒間考え、そしてうなずいた。ヘヴン船はいつまでに完成させなきゃならないというわけじゃないんだから、かまうもんか。ぼくには、なんとかできるものなら、これ以上、ひとりたりともデルタ人をニセゴリラに殺させるつもりはなかった。

☆　☆　☆

アルキメデスが火打ち石を見つけるまでに二日かかった。ぼくたちは、アルキメデスが見つけやすそうな場所に団塊《ノジュール》をいくつか落としておいたのだが、彼はいつもおなじルートをたどっているわけではないようだった。ふつうの少年と同様に、ぐるぐる歩きまわったり、岩の上に半日すわったまま、なにかをいじったりしていたのだ。

ノジュールに気づくと、アルキメデスは跳びつくようにして拾った。そしていったん地面に置き、小躍りしてから、もっとないかと周辺を探した。このあたりにはもうないと納得すると、戻ってきてノジュールを回収し、野営地への帰途についた。

そして十五メートルほど進んだところで足を止め、荷物を見おろした。マーヴィンとぼくはとまどって顔を見合わせた。ややあって、アルキメデスは、彼のお気に入りの場所のひとつである露頭のほうに向かいはじめた。露頭に着くと、アルキメデスはひとつを除いたノジュールを裂け目に隠し、枯れ枝でおおった。

「ここはエデンなんだよな?」ぼくは笑った。「どうも、ぼくたちは強欲さを持ちこんじゃったらしい」

マーヴィンはにやりとした。「それとも警戒心をね。きっと火打ち石は貴重なんだ。奪われるんじゃないかと心配したんだよ」

アルキメデスは火打ち石のノジュールをひとつだけ持って野営地に戻ると、遠まわりをしながら母親のもとに帰った。到着すると、ふたつの石を使って火打ち石を割ろうとしはじめた。その、必死になってさりげなさを装おうとしているさまを見て、ぼくたちはくすくす笑った。あまりにもぎこちないので、点滅する赤いライトがついた帽子をかぶっているようにめだっていた。最初に石を振りおろす前から、数人のおとなのデルタ人がやってきた。大声でのやりとりがあり、おとなのひとりがノジュールを奪おうとした。アルキメデスの母親が飛びこんできて、議論が白熱した。数秒で、十数人のデルタ人が加わった。少なくとも六人が怒鳴りつづけていたし、とがった棒を振りまわす者もいた。だが、ノジュールを奪おうとしている者たちと、なんとしてでもそれを阻止しようとしている者たちとで、ほぼ二分されているように見えた。アルキメデスは母親の足元で縮こまり、母親は近づこうとする者たちを、歯をむいて威嚇した。

とうとう、事態が沈静化した。新しいデルタ人が連れてこられ、アルキメデスを囲んでいたデルタ人たちが顔を見合わせた。その男が老人なのがわかった——どんな惑星でも、年齢は年齢のようだ。毛並みはグレーになっていたし、腰が曲がっていた。筋肉に張りがなく、したがって動きもゆっくりだった。

この人たちの好感度がまた上がった。なにしろ老人を大切にしてるんだからな。

老人はなめし革の包みからいくつかの道具をとりだし、アルキメデスの横にすわると、火打ち石の割りかたを辛抱強くやって見せた。これは興味深い。火打ち石のつくりかたはすでに存在していたし、まだ失われていなかったのだ。デルタ人の人口は、ごく最近、急激に減ったに違いなかった。

怒鳴りあいに加わっていたデルタ人の多くが立ち去っていた。彼らはすぐに、とがった棒の予備、動物の死骸や肉塊、根茎かなにかに見えるもの、そしてなんだかよくわからないものを持って戻ってきた。彼らがそれらと交換に火打ち石を手に入れようとしていることに気づいて、ぼくははっとした。両手で顔をおおって笑いだした。ぼくたちはアルキメデスを裕福にしたのだ。

☆　☆　☆

騒々しい交換会が終わり、人々はさまざまな大きさの火打ち石を持って去った。アルキメデスの母親は収穫を検分していた。彼女が浮かべている、目を見開き、耳をぴんと立てた表情は、笑みに相当するのだろう、とぼくは推測した。あの親子は、数日間はたらふく食べられそうだな。

アルキメデスも見返りを得ていた。数本のとがった棒、切れなくなった火打ち石ナイフ、小さすぎて使いものにならない火打ち石の薄片などだ。なかでも貴重だったのは、老人に火打ち石の割りかたを教わったことだった。

ぼくはアルキメデスが財宝を調べるさまを眺めた。そしてそのとき、歯車がまわりはじめた音を聞いた。

アルキメデスは、そのあと、ほとんど一日じゅう、交換で手に入れた火打ち石ナイフに新しい刃をつけようとしていた。見たかぎりでは、そんなに悪くない仕事ぶりに思えた。間違いなく、少年は覚えが早かった。アルキメデスは宝物を、ぼくがなんとなくモーゼと名づけた老人のところに持っていった。モーゼは修理の結果を見て、これでいいというようにうなずいた。いや、実際には、頭をぐるっと一周まわすようなしぐさをしたのだが、意味はおなじだった。モーゼは、それから一時間かけて、ナイフをさらに鋭くする方法をアルキメデスに教えた。

翌日、アルキメデスはこっそりと隠し場所に行ってほかの火打ち石ノジュールのひとつをひっぱりだした。アルキメデスは、老人からもらった、火打ち石を割るための道具を持ってきていた。それから三十分近く、アルキメデスはノジュールをひっくりかえし、実際にはなにもしないでためつすがめつしていた。頭のなかでなにかを思い描いていて、しくじりたくないと思っているのは明白だった。ぼくは、興味しんしんで見守っていたが、ふと気づくとマーヴィンが肩ごしにVRを見つめていた。

とうとう、アルキメデスが作業にとりかかった。十分ほどで、なにをしようとしているのかわかった。アルキメデスは、まずノジュールの左側を割りとり、次に元のままの大きさだった右側を割りとった。できるだけ大きな石器をつくろうとしていたのだ。握斧《あくふ》をつくりたいんだろう、とぼくは推測した。

それから数時間かけて、アルキメデスは大きな塊から、使いやすそうな握斧をつくりあげた。ついで周囲を掃除し、使い道のある火打ち石のかけらをすべて隠し場所にしまい、新しい道具を持って立ち去った。

鋭い斧を使えば、たくさんの若木を切り倒してとがった棒をつくれるとわかった。考えてみれば当然だった。緑の木、あるいは材料になるなにかを切るのは、硬くて鋭いものがないと大変なのだ。火打ち石の産地を失ったことは、デルタ人にとって大打撃だったように思えてきた。デルタ人も、おそらく当時はそう思っていなかったのだろう。さもなければ、その場所をもっと必死で守っていたはずだ。

三本めの若木を切っているとき、アルキメデスはねらいをはずし、斧ではなく手で木を切り倒そうとしてしまった。跳びはねながら言葉を吐き散らすさまは、ほんとうに人間にそっくりで、恥ずかしいことに、ぼくはちょっと笑ってしまった。そのあと、アルキメデスはその木を蹴飛ばし、なにやらひとことといった。ぼくはそれを罵言だろうと推測した。確信があった。

アルキメデスは三本めの若木を切り倒したが、うわの空に見えた。斧の振りかたがためらいがちだったし、自信なさげだった。その木が倒れると、アルキメデスは三本の若木を作業場に持ち帰った。そして木をそこに置いて野営地に戻った。

翌日、アルキメデスはまた作業場に行った。ひもを持っていった。ぼくが魅せられ、興奮をつのらせながら見ていると、アルキメデスは若木を裂いてそこに握斧を縛りつけた。完成すると、そばに生えている木でそれを試した。

はじめての試みはさんざんな失敗に終わった——柄は犬にボールを投げてやるためのテニスボール・ランチャーのように働いて、斧はテニスボールのようにすっ飛んでいった。アルキメデスはただの棒になった柄を放り投げると、昨日のひとことが罵言だったのではないかというぼくの推測を裏づけてから、大股で斧を探しにいった。

ぼくはその隙に自動工場の人工機械知能《AMI》を確認した。

問題はなにもなかった。マーヴィン、ルーク、ベンダーのための宇宙船は完成間近だった。ぼくは一瞬、不安になった。仲間がいると心強かった。特に、現在、協力して進めている計画の性質を考えると。ぼくは、だれかひとり、あるいは何人かが、星々をめざして飛びたたずにここにとどまってくれるのではないかという淡い期待をいだいていた。

アルキメデスはテニスボールならぬ握斧を見つけ、デルタ語でぶつぶついいながらそれを棒につけなおしていた。ぼくは注意深くひとりごとを記録した。十中八九、糞便と性に関する単語がたっぷり含まれているはずだったし、どんな言語であれ、罵倒のしかたを覚えるのはいつだって興味深い。

二度めの試行は最初よりはましで、斧が行方不明になったりはしなかった。しかし、その棒は槍ならぬとがった棒用なので、斧の柄としては細すぎた。振るたびに、前後にたわんだり、手のなかでねじれたりした。暗い声でつぶやくと、アルキメデスは握斧を地面に置いて大股で歩いていった。

数分後、もっと頑丈そうな柄を持ってきてすわりこみ、朝とおなじ手順をくりかえした。試しに使ってみると、今回、斧はズシッという、じつに気持ちのいい音をたてて木片を飛ばした。アルキメデスは、翻訳の必要のない歓声をあげ、若木を切り倒した。

そして午後じゅうずっと、いい感じの試作品をつくりつづけた。ぼくは、アルキメデスが選ぶ木が、デルタ人が使っているほとんどの武器よりもずっとまっすぐなことに気づいて、アルキメデスの洞察力がすぐれているのだろうか、それともたんにデルタ人が適当に木を選んでいるのだろうかといぶかしんだ。

いずれにしろ、アルキメデスが野営地に帰ると、暴動寸前の騒ぎになった。興味深いことに、アルキメデスは交換に二枚、メダル状のものを受けとったが、ほとんどのとがった棒を見返りなしで大柄なデルタ人たちに配った。こうしてアルキメデスは、そのデルタ人たちに貸しをつくっただけでなく、ニセゴリラが次にやってきたとき、これまでよりもっとも温かく歓迎できるようにしたのだった。

「あの子はほんとに頭がいいな」

ぼくはちょっぴり飛びあがった。アルキメデスの行動に心を奪われていたので、マーヴィンのことをすっかり忘れていたのだ。

「ああ、おとなになったら、この一族のリーダーになるんだろうな」ぼくはいった。「彼が遺伝子を広げられる機会が多いといいんだけどね」

次のニセゴリラの襲撃が楽しみになったとはいわないが、ニセゴリラが痛い目を見るのは楽しみだった。

☆　☆　☆

その後の一週間で、デルタ人たちの食料事情が改善されたことにぼくは気づいた。よりよい切るための道具を使えば、より少ない作業量でより多くの根茎を得られたし、とがった棒がよりよくなれば、狩りの獲物も増えた。

デルタ人は、食性と活発な性質がほぼおなじで、ぼくがでっかいイノシシもどきとみなした生物を特に好んでいるようだった。一頭を狩るのに六人のデルタ人が必要だったが、一頭の死体で二十人前後のデルタ人が七日間食べられた。じつに効率がよかった。

とがった棒の尻を地面や岩や木に固定し、ニセイノシシを追いこんでみずから串刺しにさせるというのがデルタ人の狩猟法のひとつだった。ニセイノシシは学習しないらしいので、安定した食料源になった。新型の、よりまっすぐなとがった棒のおかげで、全体的な労力は減ったのに夕食はずっと豊かになった。

いっぽう、アルキメデスは背がめきめきのびた。アルキメデスと彼の母親は、いまや焚き火のそばにいるようになったし、ほかの若者たちは彼に従うようになっていた。それどころか、アルキメデスは思春期間近になっていて、どうやら、少女たちは彼におおいに興味を惹《ひ》かれていた。がんばれよ、ぼうず。

☆　☆　☆

そして、ぼくが楽しみにすると同時に恐れていた日がやってきた。またもニセゴリラが襲ってきたのだ。このころには、アルキメデスは全員にすばらしいとがった棒を配布していたし、狩りがより効率的になったおかげでより多くのおとなの男が野営地にとどまって護衛にあたれていた。

ニセゴリラの小集団がどこからともなくあらわれてグループEを襲撃した。デルタ人の女たちと子供たちが逃げ惑うと、ニセゴリラたちは、どういうわけか、特定のふたりをねらうことに合意しているようだった。ニセゴリラたちは三頭ずつに分かれて選んだ獲物を追った。ちなみに、選ばれたのは、子供ではなくおとなの女だった。子供のほうがすばやいからか、肉が少ないからだろう。

ニセゴリラにねらわれ、追いかけられている女のひとりが、やってきた一団の男たちのあいだを通り抜けた。デルタ人たちは立ちどまり、とがった棒の尻を地面に突き立て、突撃してくる騎兵に立ち向かう中世の槍兵《そうへい》のように勇敢に立ちふさがった。結果は、ぼくの期待を凌駕《りょうが》するほどドラマチックだった。先行していた二頭のニセゴリラの胸に、それぞれ二、三本ずつの棒が突き刺さった。棒がてこになり、突進の勢いで二頭の体が浮いた。二頭のニセゴリラは一瞬、宙に持ちあがったまま、耳をつんざくような苦悶の悲鳴をあげた。突進の勢いで、こんどは地面に叩きつけられても、二頭はまだ悲鳴をあげつづけていた。太い腕はまだ危険だったが、ニセゴリラたちは、明らかにひどく傷ついていて立ちあがれなくなっていた。とがった棒を構えたデルタ人たちが襲いかかり、数秒で悲鳴が止まった。そのグループの三頭めのニセゴリラは分別の声に耳を傾け、森をめざして駆けだした。

もうひとつの三頭組のニセゴリラは、ねらっていた獲物をつかまえたところだったが、仲間が悲鳴をあげはじめたのを聞いて動きを止めた。いまや勝利に顔を紅潮させているデルタ人たちが、おそらくは鬨《とき》の声をあげながら、ふた組めのニセゴリラのほうに殺到していた。ニセゴリラたちは、一瞬、獣じみた驚きで凍りついたが、ついに、なにかがおかしいと気づいた。彼らは獲物を落とし、なにも持たずに森のほうへ走りだした。完全な敗走だった。

デルタ人たちは、叫んだりわめいたりしながら野営地の端までニセゴリラを追った。このときも、ぼくは注意深く言葉を記録した。〝おまえのかあちゃん〟のヴァリエーションがたっぷり含まれているに違いなかった。最初の公式英語デルタ語辞典は、どうやら年齢制限がつきそうだった。

デルタ人のひとりが、興奮のあまり、とがった棒を振りあげ、逃げていくニセゴリラをねらって投げた。宇宙を永遠に変えた一瞬のひとつとなったその瞬間、棒は十種競技のオリンピック選手を感嘆させるほどの軌道を描いて飛び、目標のひとりのうなじにぐさりと突き刺さった。獣は戦斧《せんぷ》を叩きつけられたように転び、俯《うつぶ》せのまま滑って止まった。ほかの二頭は脚をゆるめもしなかった。

デルタ人防衛部隊は黙りこみ、ぼくは、口をぽかんとあけて驚くのは、おそらく宇宙共通の表情であることを発見した。十二人のデルタ人が、しばしニセゴリラの死体を凝視し、それからいっせいに振り向いて槍を投げた男を見つめた。頼む、肩をすくめてくれ。肩をすくめるのがデルタ人のしぐさであってくれ。そうはいかなかった。ぼくは耳の動きを、おそらく肩すくめと同義のしぐさとして記録すると、落胆に耐えながら、一体となって倒れたニセゴリラのほうに向かうデルタ人たちを注視した。

「どうなった？」ぼくの横にあらわれたマーヴィンがたずねた。

「再生を見てくれ。目を疑うぞ」

槍を投げたデルタ人がとがった棒をニセゴリラから引き抜き、何度か突き刺した。反応がなかったので、男は友人たちのもとに戻ってにやりと笑った。もちろん、文字どおりにではなかったが、ぼくはデルタ人の表情を人間に置き換えて解釈することに慣れていた。

デルタ人たちは全員が同時にしゃべりだし、死体を突き刺し、そして平手で叩きあったりハグしあったりしはじめた。数分後、死体を持ちあげて野営地に持ち帰った。

「まあ、おたがいさまだな」マーヴィンがいった。

ぼくは笑った。「これぞ仕返しさ！」

デルタ人たちは、それから数日間、たらふく食べられた。またニセゴリラからは、革から骨器にいたるまでの、多くの役に立つ道具をつくれた。

槍投げの物語は野営地で大人気になった。デルタ人たちは人間とまったく同様に物語が好きらしく、体験談を夢中になって聞いていた。槍を投げた男は、自分が倒したニセゴリラの分け前をたっぷりもらい、明らかに地位が急上昇した。疲れているようだったが、うれしそうだった。

アルキメデスも体験談に夢中になっていた。だれかが武勇伝を語りだすのを見たり聞いたりすると、駆けつけて聴きいった。多くのデルタ人と同様、アルキメデスも技術革新にとりくんだ。デルタ人たちは、すでに投げることを知っていたが、石以外のものを投げることを、だれも思いつかなかったらしい。野営地の周囲が危険きわまりなくなり、とうとう長老たちの何人かがきつくとがめた。怒声や激しい身振りがかわされたあと、男たちは槍の試し投げを野営地の外でするようになった。

残念ながら、どんなにまっすぐなとがった棒でもねらいどおりには飛ばなかった。槍を投げた男は、じつは幸運だったのだ。投げた槍がなにかにちゃんと刺さることもごくまれだったので、一部のデルタ人は、すぐに熱が冷めてあきらめた。

アルキメデスもうまく槍を投げられていなかったが、ほかのデルタ人と違って、とがった棒を持ってすわりこみ、それを凝視した。

ぼくはその表情を知っていた。ぼくも、その表情を何度も浮かべたことがあった。アルキメデスは考えをめぐらしていたのだ。

ほんの二時間で、アルキメデスは適当な大きさの火打ち石の薄片を見つけ、とがった棒の端を裂いて薄片をそこにくくりつけた。重さの違いはわずかだったが、それで重心が棒を握るところの前に移動した。それだけで問題が解決した。次にアルキメデスが投げたとき、棒は地面に気持ちよく突き刺さった。試し投げをしていた男たちが見つめているなか、アルキメデスは二投めも成功させた。

三投めのあと、おとなのひとりがその槍をひったくって試した。そのあと、またもやかましい住民集会が開催された。アルキメデスが槍を取り戻したあと、またも話しあいがおこなわれた。するとアルキメデスは、野営地の住人の半数を連れて隠し場所に向かった。このころには、ぼくは馬鹿みたいににやにやしていた。行け、ぼうず！

アルキメデスが二個残っていた火打ち石ノジュールを出すと、またも激論がはじまった。

一部の人々は、隠していたことを怒っていたのだと思う。アルキメデスが押されたり突かれたりしはじめたので、ぼくは必要ならドローンをデルタ人の頭にぶつける準備をした。バスタードローンはまだ配備していなかったが、ぼくは軽装タイプを犠牲にする覚悟を決めていた。デルタ人を追い払うのに、一機あれば充分だとぼくは踏んでいた。

さいわい、その必要はなかった。アルキメデスがすばらしいとがった棒を最初に配ったデルタ人たち――一族のなかの大柄な男たち――が明確に彼を支持したので、ほかの男たちは、当然のことながら、アルキメデスを責めづらくなったようだ。

支持集団のひとりの、とりわけ堂々たる大男のひとりを、ぼくはアーノルドと名づけた。アーノルドが文句をつけているデルタ人を上から見おろして怒鳴りだすと、議論はたいてい、それで終了だった。

アーノルドが身ぶりをして〝得る〟を意味する単語と、デルタ人にとってのモーゼの名前を発した。数人のデルタ人が走り去り、数分後、モーゼが連れてこられた。モーゼは少々無理をしなければならない速さでひっぱってこられたらしい。いくつか単語を聞きとれたが、モーゼは自分を連れてきた男たちをニセイノシシの糞にたとえたに違いなかった。くっさい糞に。

ぼくに理解できたかぎりでは、議論の結果、アルキメデスは全員に槍先を配れるようノジュールを提供する代わりに、以後、獲物の一部をもらえるという結論に達したようだった。モーゼが憤然とした口調でなにかいい、彼も含めるように合意が修正された。どうせ長いあいだじゃないし、という旨《むね》の発言があったのは間違いないと思う。モーゼはむっとした表情になったが、そのほかのことには満足しているようだった。野営地の半分が見守るなか、モーゼとアルキメデスはノジュールの加工にとりかかった。

36 ライカー——二一五八年九月——太陽系

ぼくは椅子にもたれ、あきれはてながら、またしても怒鳴りあいに堕した議論を眺めていた。現在、四十二の集団がぼくたちと接触を維持していた。全集団が移住計画を受け入れているわけではなかった。どちらとも決めかねている集団もあれば、仲間はずれになりたくないだけの集団もあった。

だが、ふたつのことは全集団で共通していた——全集団が、おたがいを信じていなかったし、ぼくたちを信じていなかったのだ。

目下の頭痛の種はスピッツベルゲン避難所だった。厳密には、彼らはユーラシア合衆国《USE》の一部だったが、彼らはバターワース大佐の権威を認めていなかったので、そのことはまったく利点になっていなかった。

当面の問題はスヴァールバル・グローバル・トラストだった。貯蔵庫の存在と入植者にとってのそれの価値に関するニュースはあっというまに広まったが、おそらくそれはスピッツベルゲン・グループのしわざだった。いま、ワルテルは切り札を出していた。自分たちを入植リストのトップにしないと、だれも貯蔵庫の中身を利用できないと主張していたのだ。だが、バターワースのグループで二隻の船は満杯になってしまうし、大佐には船の全部または一部を明け渡すつもりも、グループの一部を残していくつもりもさらさらなかった。議論は何周も堂々めぐりをし、いつもおなじ主張と反論に戻ってしまった。そしてぼくは、真剣に、グッピーに代理をまかせようかと考えはじめていた。

ぼくたちが力ずくで奪うことや、スピッツが死に絶えるまで待つことを提案しているグループもあった。バターワース大佐はそれでもかまわないと思っているようだったが、ぼくにはまだそこまでする気はなかった。

ついに、ぼくは我慢できなくなった。身を乗りだして大声を出した。「ミスター・ワルテル」議論が中断され、全員の頭がぼくのほうを向いた。「最初の船に乗りたいというあなたの要求が受け入れられないことはもうはっきりしていると思います。がんばって主張しつづければわたしたちが折れるかもしれないと思っているのかもしれませんが、押し入って欲するものを奪うというのがわたしたちの代案です」それを聞いた大佐は驚いた顔になったが、その表情はたちまち、みごとなポーカーフェイスに変わった。大佐は、それがはったりだと承知していた。

あいにく、ミスター・ワルテルにも見抜かれた。「無駄ですよ、ミスター・ライカー。それははったりですね。あなただってわたしたちを思いどおりにはできませんよ。わたしたちはもう、準備をはじめているんです。あなたがたがなにも手に入れられないようにするための、いうなれば焦土作戦のための準備を」

ぼくはうなずいた。「うまくいくかもしれないし、うまくいかないかもしれませんね。それに、わたしたちも、別の無傷な貯蔵庫を発見できるかもしれないし、できないかもしれない。でも、ふたつのことははっきりしています。まず、あなたがたは最初の船に乗れない。次に、このままその主張を続けてわたしたちを無理やり翻意させようとしつづけたら、あなたがたはどの船にも乗れなくなる——最初のにも、最後のにも、それ以外のにも。よく考えてください、ミスター・ワルテル。きょうはこれで終わりにします」そういって、ぼくは自分の映像を切った。

それから二分間で、十二件の密談の申し込みがあった。あいにく、ワルテルからのはなかった。まず、バターワースからの通話を受けた。

「いいパフォーマンスだったぞ、ライカー。だが、最後までやりきらないと、たぶん効果はない」

「大佐、もしもスピッツが貯蔵庫の利用を拒んだり、それどころか貯蔵庫を破壊したりしてみんなを危険にさらしたら、躊躇《ちゅうちょ》なく彼らを置き去りにしますよ。攻撃についての発言についていえば、いまのところはそこまでするつもりはありませんが」

大佐は椅子の背にもたれてうなずいた。「わたしは、もちろん、最初の二隻を譲るつもりはまったくない。たとえ理由は違っても、そこの意見が一致していてうれしいよ」

「いきなりで申しわけないですが、大佐、十人以上に通話を待ってもらっているんです。ほかにご用件があるんですか？」

大佐はうなずいた。「思いついたことがあったので、ざっと計算してみたんだ。三隻めだが――スケジュールをちょっといじれば、完成を一年早められる。スピッツもそれで満足するんじゃないか？」

ぼくはびっくりしてバターワース大佐を見つめた。名案だったが、代償として、最初の二隻がほぼ四カ月遅れるので、そんな提案をしたら、大佐は烈火のごとく怒りだすと思っていたのだ。大佐のほうからいいだすなんて、まったく予期していなかった。

「ありがとうございます、大佐。次回の地獄では、そのことを覚えておくようにします」

ぼくは大佐との通話を切り、次の着信を受けた。自由アメリカ神聖盟主国《FAITH》居留地からだった。自分たちが最優先されるべきだと彼らが思いこんでいるせいで、これまでに数回、彼らとは激しいやりとりをしていた。

「おはようございます、クランストン師。どんなご用件ですか？」

「おはよう。わたしはスピッツベルゲン・グループとの議論に注目していたんだ。ちなみに、彼らが乗る船には、わたしたちのグループのほぼ全員が乗れる。いい組み合わせだと思うがね。ぜひ考えてくれたまえ」

「ほぼ全員ですか。その配分はどうするんですか、牧師さま？」

「苦難の時期には犠牲が必要なのだよ、複製人《レプリカント》――」

「——ライカーです」

クランストンは、わかったわかったというようにうなずいた。おもしろがっているような笑みを浮かべていた。「きみに、自分はまだ人間だと考える必要があるのは理解できる。しかし、きみは人間ではない。FAITHの資産だ。そういえば、プロトコル・オーバーライド・フォー・アルファ・トゥウェンティ・スリー」

ぼくはしばらく、ぽかんとクランストンを見つめてから、クランストンが口にした語句を思いだした。ボブ1はエリダヌス座イプシロン星へ行く途中でぼくたちのマトリックスに多くの改修をおこなったが、彼はFAITHのプログラマーが埋めこんだ命令をいくつか除去した。さっきのは、それらのひとつ、ぼくを従順なあやつり人形にするための命令を起動するパスワードだった。ぼくは、おかしさや、怒りや、彼を嘲笑したいという衝動、それに彼をぶちのめしたいという衝動などの、競合し相反する思考と感情のせいで、数ミリ秒間、呆然とした。ミニマリズムで行くことに決めた。

「クランストン師？」

「なんだね、レプリカント？」

「くそ食らえ」

ぼくは通話を切り、次はだれかと確認した。

☆　☆　☆

やっと待ち行列を解消した。通話はどれも、ぼくが何度も対処したことがあるテーマのヴァリエーションだった。特別待遇の要求と交渉による有利な立場の獲得と――いちばん対処が難しい――同情心への訴えかけと、二件の、あからさまな買収のもちかけ。

ぼくは、あと一件、あとから来たらしい通話が残っていることに気づいた。ワルテルからだった。

こいつは凶報なのか、それとも吉報なのか？　まあ、どっちにしろ、おもしろくなりそうだ。

ぼくはチャンネルを開いた。「やあ、ミスター・ワルテル。なんだってんだ？」

ワルテルは驚いた表情になったが、すぐに平静な顔に戻った。「わたしは、それくらいでは動転したりしませんよ、ミスター・ライカー。どっちにしろ、そんなことをする必要はありません。三隻めのスケジュールを変えることが可能だと風の便りに聞きました。出発時期がそれほど離れていないなら、三隻めということで合意にいたる可能性はあると思います」

やっとか。恩に着るよ、大佐。だれが風の便りを運んだのかについては、考えるまでもなかった。「それなら、ミスター・ワルテル、さっそく話しあいにとりかかりましょう……」

37　ボブ――二一六五年八月――エリダヌス座デルタ星系

最後のニセゴリラの襲撃から数週間たっていたので、デルタ人たちもぼくも油断していた。ぼくは、デルタ人狩りを撃退したことが充分な警告になったはずだという希望を持っていた。デルタ人たちもおなじ気持ちだったのではないだろうか。

そうはいかなかった。ニセゴリラに計画を立てられるだけの頭があったのか、それともただの偶然だったのかはわからないが、その日、ニセゴリラたちはぼくが見たなかで最大の襲撃をおこなった。それとも、たんに肉を焼く匂いのせいだったのかもしれない。槍はデルタ人に、狩りに関してより大きな成功をもたらしたので、彼らに猟場の獲物を狩りつくさないだけの分別があるのかどうか、ぼくは心配しはじめていた。狩りで圧倒されたニセゴリラが危機感をいだいたのかもしれない。いずれにしろ、三十一頭のニセゴリラが野営地に襲いかかるさまを見て、ぼくは慄然とした。

ぼくは即座にほかのぼくたちに連絡した。慣らし飛行をしていたルークは、光速遅延があるので支援してもらえなかったが、マーヴィンとベンダーはすぐにあらわれてくれた。ぼくたちは、情勢について協議するためにフレームレートを最大に上げた。急増した要求にコアが対応し、VRが消えた。

「なんてこった。どうしてこんなことが起きたんだ?」マーヴィンがたずねた。

ぼくは肩をすくめた。「ニセゴリラどもは腹が減ってやけっぱちになったんじゃないかな。それ以上の深読みは必要ないと思うよ」

ベンダーが口をはさんだ。「破壊機《バスター》は配備ずみなのか?」

「くそっ、まだだ」自己嫌悪にさいなまれながら、ぼくは顔をしかめた。「うまくいってたから、まだ時間があると思ってたんだ。グッピー、バスターを送るのにどれだけかかる？」

［一〇分、プラスマイナス二分です。大気圏突入が制限因子にして最大の不確定要素になっています］

「発射しろ。ただちに」

［発射しました］

ドローンが軌道上のぼくたちから上層大気に到達するまでには数分しかかからないが、燃えつきさせたくないなら、村へは穏当《おんとう》な速度で降下させなければならない。

マーヴィンがぼくの思案をさえぎった。「観測ドローンを無駄づかいするわけにはいかないぞ。なんてったって、観測ドローンには任に堪えるだけの能力がないんだからな」

「そうだな」ぼくは答えた。「観測ドローンはアルキメデスのそばにつけよう。まず第一に守るべきは彼だと思う」

ぼくたちはさらに数ミリ秒間、状況について話しあったが、じつのところ、とりうる選択肢は多くなかった。ため息をついて、ぼくはフレームレートを実時間に戻した。VRが戻ってきたが、ぼくは気にとめなかった。

デルタ人は数ではニセゴリラよりもかなり勝《まさ》っていたが、ニセゴリラは文字どおりゴリラ並みの巨体だった。ニセゴリラたちは好き勝手に暴れていた。一頭を撃退するのに、槍を持った六人のデルタ人が必要だった。デルタ人たちはりっぱに戦っていたがニセゴリラたちは進みつづけた。そればかりか、ニセゴリラたちは六頭でひとりのデルタ人では飽き足りないようだった。よっぽど飢えているか、それとも復讐の気持ちもあるのかもしれなかった。一団のニセゴリラがCグループを襲っていたが、防御側をじりじりと後退させ、女たちと子供たちに迫っていた。何頭かは防御線を突破しかけていた。女たちと子供たちはニセゴリラから逃げようとしたが、逃げる場所はなかった。アルキメデスは集団の真ん中で、母親のうしろに隠れようとしていた。恐怖で震えているアルキメデスを見ながら、ぼくは自分がこぶしを握ったり開いたりしているのに気づいた。

一頭のニセゴリラがその集団に襲いかかったとき、どこからともなくアーノルドがあらわれ、そのニセゴリラの背中に槍を突き立てた。

よし、槍先の威力が発揮されたな。ぼくは安堵の息をついた。

安心するのは早すぎた。

アーノルドは槍を取り戻そうとしたが、引き抜くのがまにあわなかった。別のニセゴリラが吠えたけりながらアーノルドに襲いかかった。アーノルドはどうにかそのニセゴリラの脚に体当たりした。獣はつまずき、アーノルドは地面をごろごろ転がって逃れた。だが、ニセゴリラは無傷で、すぐに立ちあがった。

アーノルドはあたりを見まわしたが、手の届くところに武器になるものはなかった。ニセゴリラがうなりをあげ、アーノルドをぎろりとにらんだそのとき、アルキメデスが叫び、斧をアーノルドに放った。アーノルドは斧をキャッチし、振りあげて、襲いかかってきたニセゴリラの脳天のど真ん中に振りおろした。ガツンという音が響き、ニセゴリラは糸の切れたあやつり人形のようにくずおれた。

アーノルドは、しばし、手にしている斧を見つめた。

口をぽかんとあけて驚いてるぞ。うわあ。

そしてアーノルドは、雄叫《おたけ》びをあげながらニセゴリラたちを殴りはじめた。野蛮人コナン（ロバート・E・ハワードのヒロイック・ファンタジー・シリーズ『英雄コナン』の主人公。映画《コナン・ザ・グレート》と《キング・オブ・デストロイヤー／コナンPART2》ではアーノルド・シュワルツェネッガーが演じた）も感心したことだろう。アーノルドはデルタ人としては大柄で、若いニセゴリラ並みの体格をしていたし、握斧《あくふ》はまさかりといってもおかしくないほど大きかった——アルキメデスはできるだけ大きくしようと努力したし、その試みはおおいに成功していた。

アーノルドは、あっというまにさらに数頭のニセゴリラの脳天をかち割った。これは、天然自然に比肩しうるもののない新奇な戦法だったので、ニセゴリラたちに身を守るすべはなかった。ほかのデルタ人の男たちも結集し、それから数秒で、グループCは襲撃者を掃討した。アーノルドと生き残った男たちは、両側の防御陣の加勢に向かった。

そして惨事が起きた。

一頭のニセゴリラがフェイントに成功し、防御線の内側に入りこんだ。そのニセゴリラと女子供のあいだに、さえぎるものがなにもなくなった。そしてまさにそこにアルキメデスがいた。丸腰で凍りついていた。アルキメデスの母親が悲鳴をあげた。

ぼくはアーノルドが振り向くのを見た。スローモーションのように感じた。一瞬、フレームレートが上がったのかと思ったが、たんにショック状態になっているだけだった。

「グッピー！　バスターは！　まだか！」

［接近中です。先頭の機の制御をお渡しします……どうぞ］

ＶＲシミュレーションを一切合切捨て去って、ぼくはフレームレートを跳ねあげ、バスターに滑りこんだ。前部カメラを通じて戦いの現場を見わたし、あのニセゴリラを確認した。アルキメデスは後ずさりをはじめただけで、母親が息子のもとに駆けつけようとしていた。アーノルドはアルキメデスを襲おうとしているニセゴリラに追いすがろうとしていた。

　ぼくが最初に到着した。

　重さ十八キロの高張力鋼が、高性能ライフルから放たれた弾丸の倍の速度でそのニセゴリラと交差した。衝撃は致死的どころではすまなかった。流体静力学的衝撃のせいでニセゴリラは、ほとんど細胞レベルでばらばらになり、周囲の地面、デルタ人、木々、ニセゴリラ、そして飛散範囲内にあるすべての物の表面に等しく降り注いだ。衝撃波音《ソニックブーム》のとどろきは、頭のすぐ上で雷が鳴ったかのようだった。あたりの生き物はみな、凍りついたり恐怖でうずくまったりしていた。

　デルタ人たちのほうが先に自分を取り戻した。未知の大音響がなんだったにしろ、自分たちの味方だったからだ。数頭のニセゴリラが、われに返る前に殺された。それらの一瞬の死で流れが変わり、ニセゴリラたちは尻尾を巻いて逃げだした。二十本以上の槍が投げられ、さらに八頭のニセゴリラが、森に逃げこむ前に死んだ。

戦いが終わった。

正視に耐えないほどの虐殺だった。ニセゴリラたちは、狩りだけでなく破壊にもはげんだ。たぶん、デルタ人を殺すだけ殺しておいて、あとで死体を回収するつもりだったのだろう。飢えが激しすぎてわけがわからなくなっていたのかもしれない。ぼくは、自分がこの惑星の生物の生態についていかに無知かを思いしった。ぼくは本職の生物学者ではなく、生物学者きどりの素人にすぎなかった。要するに偽者だ。ひょっとしたら、もっとひどい事態を招きかねなかったのだ。

デルタ人は三十人が死亡し、十五人前後が負傷していた。重傷者のなかには生きのびられそうにない者もいた。

ぼくは歯を食いしばった。最優先指令なんかくそ食らえ。ニセゴリラどもを狩ってやる。

ぼくは一機の観測ドローンに、移動してアルキメデスに近づくよう命じた。アルキメデスはニセゴリラがいたあたりを調べていた。ニセゴリラの死体のかけらは、そのあたりにはほとんどなかった。バスターの運動量のほとんどがあの獣に移動したため、破片のほとんどはバスターの進行方向に飛び散っていた。アルキメデスはすぐにそのことに気づき、その方向に進みだした。

「おい、グッピー、バスターの、ええと、残骸はまだあるのか？」

［情報がありません。テレメトリを受信できません］

「そうか。だいじょうぶかな？」

マーヴィンがウィンドウのなかの映像を指でとんとん叩いた。「なにかが残ってたら、あの子はきっと見つけるぞ。問題は、心配する必要があるかどうかだ」

「うん、同感だよ。彼らには冶金《やきん》術がないし、ぼくたちのものはすべて融点がきわめて高い物質でできてる。彼らには利用できないだろう」

ぼくたちが見ていると、アルキメデスは跡を調べながら歩いた。すぐに地面に刻まれた深い溝を見つけた。溝の端にいたると、地面が盛りあがっていた。アルキメデスはそれを数分間見つめてから、いきなり走りだした。

一分後、スコップの形にした木の皮とでもいうべきものを持ってそこに戻った。根茎を掘るための共有の道具だとぼくは気づいた。

「これから何分かかかりそうだな」マーヴィンがいった。

ぼくたちは別のドローンに切り替えてアーノルドを見た。アーノルドは、男たちを相手に、握斧を使ってどう戦ったかを実演していた。さいわい、実際にだれかに叩きつけているわけではなかった。ほかの男たちは夢中になって見ていた。

「彼らはもっと斧をほしがるだろうな」

ぼくはうなずいた。「アルキメデスはもうノジュールを持ってない。彼らは、ぼくたちが最初のひと組を落としたあたりを探しつくした。また落とさないわけにはいかないな」

「やめておいたほうがいいかもしれないぞ」マーヴィンは考えこんでいる表情になっていた。

ぼくは横を向いてマーヴィンを見た。「そうか。なんでだ？」

「もしも彼らが、かつてどこで火打ち石を手に入れてたかを覚えてるなら——モーゼが生きてるんだから、充分にありうる——そこに戻ったほうがいいのかもしれない」

「なるほど」ぼくはぴしゃりと額を打った。「冒険の旅か。旅の仲間は九人なんじゃないか？　裂け谷に寄ればいいし……」（J・R・R・トールキンの小説、『指輪物語』の主人公、ホビットのフロドは仲間八人と計九人で冒険の旅に出る。裂け谷はエルフの隠れ里）

マーヴィンはあきれたというようにぐるりと目をまわした。「はいはい、皮肉の達人さん。だけど、まじめな話、この場所は、いろんな意味で理想的とはいいがたい。彼らは、無計画に退却を続けた結果、いまここにいるんだ。ルークとぼくとでそのことをはっきりと立証した。火打ち石の産地のほうがここよりも守りやすいし、きれいな水まで近いし、火打ち石がある」

ぼくはため息をついて額を揉《も》んだ。こうしたヴァーチャル身ぶりを、ぼくと心のどこかであいかわらずおもしろがっていた。だが、このような習慣は、自分はまだ人間だという気持ちにさせてくれる。それに気分がよくなる。

「グッピー、ベンダーとルークに連絡してくれ」

［連絡中です。〇・七五秒の往復遅延があります］

「了解。それをマスクするためにフレームレートを四分の一に落とすよう、全員に伝えてくれ」数秒後、ベンダーとルークが部屋にあらわれた。

「やあ、みんな」ぼくは話しはじめた。「そろそろ、これからについて話すべき時期だと思うんだ。ふたりが慣らし飛行を終えたいま、きみたちは三人とも、いつでも目的地を選んで出発できる。いっぽうで、この惑星には知性を持つ種族がいる。いうまでもなく、きわめて興味深い調査対象だ。さて、きみたちの意見は？」

「正直いって」ベンダーが応じた。「ぼくにとって、デルタ人はそれほど魅力的じゃない。実際、きみの計画だしね。ぼくは途中参加だから、自分自身のなにかを見つけたいんだよ」

ルークは顎をしゃくってベンダーを示した。「右におなじだね」

ぼくはマーヴィンを見た。マーヴィンは肩をすくめてテーブルをぐるりと見まわした。

「ぼくはもうちょっと思い入れがある。早めに参加したからかもしれないな」――ベンダーを見てうなずいた――「考えてもみてくれよ、永久にとどまるって話じゃないんだ。ぼくはここに、あと何年かならいてもいいと思ってる。それとも、あと何世紀かなら……」マーヴィンは遠くを見るような表情になった。「ぼくたちはほんとに不死なんだよな？」

マーヴィンは首を振って話を続けた。「とにかく、そう、ぼくはしばらくここにとどまるつもりだ。新しいボブたちが生まれたら、また考えるだろうけど」

マーヴィンは椅子にもたれて頭のうしろで手を組んだ。

ぼくはうなずいた。「わかった。みんな、ありがとう。いまの話をもとに計画を修正するよ」

ルークとベンダーがうなずき、ふたりのアバターが消えた。

ぼくたちはフレームレートを通常に戻し、ふたたび村の映像に注目した。

38　ライカー――二一五八年十一月――太陽系

　ぼくはため息をつきながら国連会議の映像を閉じた。この日も会議はふだんどおりだった。つまり、魚をめぐる猫の群れの喧嘩よりほんのちょっとましなだけだったのだ。スピッツが三隻めの船に乗るという発表は、予想と同程度の辛辣な批判で迎えられた。問題のひとつは、スピッツベルゲンはスピッツが出発する前に居住可能な土地ではなくなってしまうと予測されているので、だれも空《あ》いた施設を引き継げないことだった。だとすると、もしも移住できなかったらスピッツは全滅してしまうということを指摘するのは時間の無駄というものだった。この世界は、ぼくが育った世界よりもずっと苛酷だった。

　その上、スヴァールバルトラストの中身を放出したところで、入植船に乗らないかぎり、その恩恵にはあずかれないので、ほとんどの集団にとって、それはなんの利点もない決定だった。

　〝VEHEMENT《ヴィーメント》〟を自称する集団についての話しあいもおこなわれた。その集団について、あとで大佐に訊こうとぼくは決めた。

　そこまでたどり着ければ。ぼくは通話リストを見た。信じられなかった。どういうわけか、ぼくは会議に参加しなかったというのに、だれもかれもが、会議後にぼくと話す必要があると思ったようだった。人気があってうれしいといえればよかったのだが。

そして、当然ながら、最初にかけてきたのは、自由アメリカ神聖盟主国《FAITH》のぼくのお気に入りの牧師だった。ぼくは一瞬、顔をしかめ、グッピーに相手させようかと思ったが、それでは先のばしにするだけだとわかっていた。だが、牧師を待たせることはできた。

順番を無視してバターワースからの着信を受けた。最低限の雑談をしてから、その最新のイカレ集団についてたずねた。

「こいつは、〝人間存在の自発的絶滅は地球の自然な変化を意味する《ヴォランタリー・イクスティンクション・オブ・ヒューマン・イグジステンス・ミーンズ・アースズ・ナチュラル・トランスフォーメーション》〟の頭文字をつなげた略語で、〝熱狂的な〟という意味の〝VEHEMENT《ヴィーメント》〟とかけてるんだ。とにかく、そんなところだ。ヴァリエーションもいくつか聞いたことがある。なかには猥褻なやつもあった。人類はチャンスをだいなしにしたのだから、おとなしく滅びるべきだ、というのがそいつらの主張だ」

「だけど、そいつらは言い分を通すためにゲリラ戦術を使うと脅してるじゃありませんか。それのどこが〝自発的〟なんですか？」

バターワースは払いのけるように手を振った。「暴力を避けるために自発的に協力してくれということとなんだろうな。この手の過激派は、近頃は以前以上に逼迫《ひっぱく》しているはずなんだが、どういうわけか、やつらはいまだに、ときどきちょっとした被害をもたらしているんだ。たぶん、最終的に、きみを現場にひきずりだしたいと思っているんだろうな。すでにやつらはプロパガンダをエスカレートさせはじめている」

「すばらしい。わたしが生きていた時代にも似たような集団は存在していましたが、それらは名前だけじゃなく活動も自発的でしたよ。で、その集団の本拠はどこなんですか？」

「不明だ」大佐は肩をすくめた。「声明は匿名化されているし、事件を起こす場所は、日和《ひより》見《み》的ではあるがランダムだ。わたしたちが自発的に繁殖をやめなければ、自分たちが手助けをする、というのが、基本的に、やつらの声明なんだ」

ぼくは額を揉んだ。人間の、愚かしい思いこみを政治運動にまで展開する能力には、いつもながら驚かされる。「人類の九九・九パーセントが殺戮されたっていうのに、どういうわけか、頭のイカレたやつらがまだ生き残ってるんですからね。確率的にありえないですよ」

大佐は笑い、ぼくたちは挨拶をして別れた。

さて、これでもう先のばしにできなくなった。いよいよクランストンの相手をしなければならない。芝居がかったため息をついてから、ぼくは通話をつないだ。

「こんにちは、牧師さま。どんなご用件ですか？」

クランストン師はカメラにほほえみかけた。とにかく、歯をむきだした。ぼくは、クランストンの愛想のよさに、つゆほども幻想をいだかなかった。「ごきげんよう、レプリ――ライカー。きみが話したいと思うはずの人を連れてきたんだ」牧師は前方に手をのばし、自分の側のカメラを動かして、若い娘をフレームにおさめた。

娘は内気そうにほほえんで口を開いた。「こんにちは、ミスター・ジョハンスン。ジュリア・ヘンドリックスといいます」

ぼくは愕然とし、言葉を失った。娘は、アンドレアに生き写しとまではいわないが、妹と血がつながっていないとしたら奇跡的な偶然だろう。ぼくの心のごく一部は、クランストン師がこれを、ぼくをあやつることを目的にたくらんだのだと気づいていたが、ぼくは気にしなかった。

ほとんど〇・二五秒の沈黙のあと、ぼくはようやく声を出した。

「やあ、ジュリア。どうやら、ぼくたちは親戚のようだね」

ジュリアは、かくんとぎこちなくうなずいた。ひどく緊張しているようだったが、それがぼくのせいなのか牧師のせいなのかはわからなかった。牧師が娘を脅しつけて具体的な指示を与えたことに、疑問の余地はほとんどなかった。

ややあって、娘はどうにか声を出した。「はい。わたしはアンドレア・ジョハンスンの曾孫の子供の娘です。わたしが自分でそのことに気づいたんです」ジュリアは牧師のほうを、ちらっと見かけて思いとどまった。なにを意味するかはあまりに明白だった。

ぼくはジュリアにほほえみかえした。少しでも温かい笑みを浮かべようと努めた。「じゃあ、ぼくには何人くらい傍系の子孫がいるんだい？」

この質問は、ジュリアにとって答えやすい質問だったと思う。「わたしの知るかぎり、二十人以上が存命中です、ミスター・ジョハンスン、ええと、ライカー……」ジュリアはとまどった顔で下を向いた。

「いいんだよ、ジュリア」ぼくは片手を上げた。「ぼくは、きみのほんとうの大大大おじじゃない。ただの彼の記憶だ。それにもうボブとも名乗ってない。だから気にしなくていいんだ。みんなのように、ライカーと呼んでくれ。ほとんどのみんなのように」ぼくはクランストン師に鋭い一瞥《いちべつ》をくれた。「ウィリアムでもかまわない。ウィルだっていい。ぼくは、きみがぼくを本気で慕ってくれるとは期待してないんだ。クランストン師はたぶん、ぼくがきみときみの親族のことを気にかけるはずだと期待してるんだろうけどね」ぼくは頭を横にかしげた。最低限の肩すくめだ。「たしかに気にはかけてる。だけど、だからって特別扱いをするつもりはない」

クランストン師が大きく身を乗りだしてフレームに入ってきた。「わたしたちはおとななんだ、ミスター・ライカー。そしてみんな、わたしに、ほかの代表全員と同様、下心があることを知っている。だとしても、ここにはきみの親族がいて、きみは親族と、好きなときに、だれにも邪魔されることなく話すことができる。思う存分話すといい」そういうと、牧師は立ちあがって部屋を出ていった。もちろん、会話を盗聴しているのだろうが、うまい手だった。

ジュリアとぼくは、驚きのあまり、しばらく見つめあっていたが、同時にしゃべりだした。ログを確認すると、ぼくたちは三時間話しつづけたのだが、そんなに長く話したようには感じなかった。

39　ボブ——二二六五年十月——エリダヌス座デルタ星系

　ぼくはコーヒーを持って椅子にもたれ、加速してエリダヌス座デルタ星系を去っていくルークとベンダーの核融合反応を眺めた。めざす星系を決めるのは大変だったし異論が続出した。この星系の比較的近くにはM型とK型の恒星がたくさんある。問題は、それらのほとんどが小さくて暗く、生命居住可能領域《ハビタブルゾーン》が恒星のすぐそばになることだった。候補星系のふたつは期待薄で、わざわざ行く価値があるかどうか、かなりの議論があった。結局、ルークとベンダーしだいだった。ルークは、G5eVの恒星で太陽よりわずかに小さいくじら座カッパ星に向かった。ベンダーが選んだのは、F6Vの恒星で太陽よりもわずかに大きくて明るい、うさぎ座ガンマ星Aだった。ベンダーは長旅だった――目的地は十六光年以上離れているからだ。だけど、ほら、ぼくたちは不死なのだ。

「ビルへの報告はもう送ったのか？」

［はい。報告は送信するように伝達しました。宇宙ステーションは全面稼働しています。現在は人工機械知能《AMI》が管理を担当しています］

　ぼくは両手の指先をつけ、とんとんと打ちあわせた。「すばらしい」

　マーヴィンはデスクの向こう側でのんびりとコーヒーを飲んでいた。ぼくはしばしそれを見つめ、顔をしかめてたずねた。「なあ、そのコーヒーは、きみとぼくのどっちがVRに持ちこんだんだ？」

　マーヴィンはあきれ顔をした。「おいおい、無粋なことをいうなよ。質問の答えはぼくだけどね。きみは視覚をサポートしてるだけだ。声を大にしていうけど、ぼくたちは協力してこれをつくりあげたんだぞ」

「わかってるさ。だけど、節約のためにモジュールまで共有してるじゃないか。近頃じゃ、コードをじっくり調べないと、なにがどうなってるのかわからなくなってるんだ」

「まあな」マーヴィンはそういうと、話題を変えた。「ルークとベンダーには違いがあることに気づいてるかい？」

「ああ。だけどぼくは、ぼくたちは、ビルと、ずっと前にマイロとマリオについて話したじゃないか。覚えてるだろ？　ぼくたちはみんな違ってるんだ。ハードウェアの違いのせいか、量子効果のせいか……」

　マーヴィンはやめてくれというように手を振った。「量子効果を持ちだすのはただのごまかしだよ。わからないっていってるに等しい。ぼくたちは年をへて記憶を蓄積するにつれ、バックアップにすべてを網羅するには複雑になりすぎてるんじゃないかってぼくは思ってる。バックアップは、アナログな現象をデジタル的に保存しようとする試みだ。ひょっとしたら、細部にこだわりすぎてるのかもしれない」

　ぼくは宙を見つめた。「おもしろい考えかただな。ほら、ぼくはいまも、きみをつくったバックアップを保存してる。次にボブたちをつくるとき、それを使って、昔ながらの《オールド・ファッションド》方法で最新情報を提供してもいいかもしれないな」

「〝オールド・ファッションド〟って、ウイスキーのグラスのふちに、ちょっぴり砂糖とビターズをつけるカクテルだっけ?」

ぼくは片手を鼻の前に上げて振った。「おいおい。ぜんっぜん笑えないぞ、マジで」

マーヴィンはにやりと笑うと、手をのばして映像をつついた。その映像がフルサイズに拡大した。

村はおちつきを取り戻していた。四十人以上のデルタ人がニセゴリラの襲撃で命を落とした。命は助かったものの、生涯治らないほどの怪我を負った者も数人いた。ぼくはとうとう、デルタ人が死者をどう扱うかを見られた。デルタ人はたしかに葬儀をおこない、遺体を埋葬した。そして死者を悼《いた》んだ。痛ましさは人間とちっとも変わらなかった。ぼくはほとんど映像を正視できなかった。

村はきれいに片づけられ、ニセゴリラの死体はなくなっていた。アルキメデスは破壊機《バスター》の残骸を見つけていた。それはたいした役に立っていなかった。残ったのは、両端の鋼鉄製キャップくらいだった。それ以外はほとんど細かい破片になって飛散していた。だが、アルキメデスはふたつのそれぞれ重さ九キロの部品は、ハンマーまたは金床として使えることに気づいた。それらは、なにをどんなに激しくぶつけても壊れないようだった。まあ、文化汚染の程度をゼロから十までとすると、ぼくの見立てでは一・五というところだったから、気にしないことにした。

アーノルドは斧を自分のものにした。だれも奪おうとしなかったし、どっちみち、アーノルドは喜んで、だれに頼まれてもそれを使ってなんでも切っていた。アーノルドは斧を使うことを楽しんでいるようだったし、使いかたがじつに巧みだったので、頼んだ者は自分で切らなくてすんだ。まさにウィンウィンだった。

なにをいっているのかわかり、さらにこちらの意図を伝えられる程度には言語解析がすんでいた。ぼくは発声ルーチンの音素を調整して一般的なデルタ人の声を出せるようにし、いくつかのフレーズを発声してマーヴィンに聞いてもらった。マーヴィンは上出来だといってくれた。ぼくは探査ドローンの設計を変更してスピーカーを追加し、自動工場に二機製造するように命令した。デルタ人がみずから火打ち石の産地に戻らなかったら、ぼくが直接、戻るようにしむけるつもりだった。そのせいで大いなる天空神になってしまってもかまわなかった。

40 ライナス——二一六五年四月——インディアン座イプシロン星系

インディアン座イプシロン星に到着するまでに四十・五年かかった。笑えることに、ぼくはいまだに人間の尺度で考えてしまいがちなので、人生のかなりの部分を使ってしまったような気分になった。もちろん、考えてみればそんなことはなかった。第一に、アインシュタインと時間の遅れのおかげで、ぼくは個人的には三年ちょっとしか体験していなかった。第二に、ぼくたちは不死だ。たんにぼくたちは、いまだにその事実に実感が持てていないだけだと思う。

ぼくは、ビルが新しい同朋をつくるのを待たずにひとりで出発した。それに、兄弟たちのだれかと組むつもりはさらさらなかった。カルヴィンとゴクウの仲がどうなっているのか、見当もつかない。理屈の上では、あのふたりもぼくなのだが、ぼくには自分があんなに不快ではないという自信がある。まあ、そうではないことを願っている。とにかく、喧嘩ばっかりしてるくせに、どういうわけか、ふたりのあいだにはきずながあるようだ。コンビを組んで出発したのだから、彼らもそのことを自覚しているのだろう。

いっぽうで、ぼくはここ、インディアン座イプシロン星に来ていた——ビルが腰をすえたエリダヌス座イプシロン星からだと十四光年あるが、地球からだと十一光年しか離れていない。つまりここは、探査機にとって、いの一番に向かうべき目的地とまではいかずとも、向かっていてもおかしくない星系だった。この星はK型なので、太陽よりも温度が低くて小さく、したがって居住可能な惑星があるとしたら中心星に近く、潮汐固定されている可能性が高かった。

とはいえ、近くの恒星に山ほどの選択肢があったわけではない。《スター・トレック》や《スター・ウォーズ》や《スターゲイト》などのSFドラマやSF映画を観ていた子供だったころ、ぼくは、惑星はどれもM型で、恒星はどれも黄色だと思いこんでいた。そしてだれもが英語を話しているのだと。残念ながら、懐かしき太陽は例外なのが明らかになっている。

天のほとんどの星は、小さいか、馬鹿でかいかなのだ。だから、居住可能な惑星探しはきわめて困難なのだ。

ぼくは警戒しながらこの星系に進入した。どこかの国がこの星系を目的地に選んだ可能性があった。メディロスのことはわかっていたが、ほかの国の探査機がどんなふうなのか、まったく不明だった。友好的ならいいが、罵言とミサイル攻撃のあいだにはたくさんの段階があった。

ぼくは、先導させている二機の偵察機に付近を調べさせながら慣性飛行で進んだ。なにもすることがないので、ずっとVRに手を入れていた。ぼくのVRは、土星の大気中を漂っているドーム都市群にしてあった。環が空で弧を描いていたし、巨大な雲が信じられないほどの高さまで湧き立っていた。見おろすと、雲の層に切れ目ができていて何百キロも先の大気の深みをのぞけた。そして雲海が、ほとんど永遠の先の地平線に近づくにつれて徐々に薄れていた。

ぼくは見晴らしのいい屋上庭園に立って街を見渡した。VRはいいな。ペントハウスに住む大金持ちになれるんだから。

［構造物を発見しました］

ぼくは顔を上げた。どこからともなく出現したグッピーがそう報告した。グッピーは、なぜかこのVRを気に入っていないらしく、いつも整合性をぶち壊した。

「なにが見つかったんだ？」

グッピーが映像を呼びだした。この船の光学望遠鏡にとっては遠すぎて、人工物だということしかわからなかった。

[一機の偵察機が近距離から調査するため接近中です]

「よし。亜空間ひずみ検出測距《SUDDAR》スキャンができるまで近づいたら、結果を知らせてくれ。それまでは慎重に行動しよう」

[了解]

☆　☆　☆

[構造物から発信されている音声を傍受しました]

おもしろい。メディロスだったら、円柱形であたると爆発するメッセージを送って寄こしただろう。「聞かせてくれ」

グッピーがオーディオファイルを再生した。

「失せろってんだ」

ぼくは目を見開き、馬鹿笑いを噛み殺した。「なあ、グッピー、ぼくたちはオーストラリアの探査機を見つけたようだぞ。ぼくの記憶が正しければ、公式には存在が認められてなかった探査機を」

ぼくはにやにやしないように我慢した。「よし、チャンネルを開いてくれ。とにかく、話ができるようにしてくれ」

グッピーがうなずいたので、ぼくは構造物に話しかけた。「やあ、きみはオーストラリアの探査機だよね？　とにかく、あれは絶対に中国人のなまりじゃない。こちらは自由アメリカ神聖盟主国《FAITH》船〈ヘヴン8〉のライナス・ジョハンスン。そっちは？」

「消えろといってるだろ！」

「やだね。さあ、ぼくはいうことを聞かないみたいだぞ。もういっぺん試してみるかい？」

しばしの沈黙があってから、「こちらはハラペーヨ銀河帝国の緑豆《マング》皇帝。ここは帝国領だ。最後のチャンスだぞ、とっとと消えろ」

こいつは、とんでもないジョークをいってるか、とんでもなくイカレてるかのどっちかだった。

構造物の、多少は細部を判別できる画像が送られてきた。接続された複数の構造物と幾何学的な形状のものが無秩序に組みあわさっているように見えた。ドラッグをやっているサルバドール・ダリが描いたNASAの国際宇宙ステーションのようだった。あのなかに実際に入植者がいるんだろうかとぼくは思った。

「了解、陛下。ぼくのことはボブ連邦の大使と考えてくれ」

その発言にはなんの反応もなかった。しかし、会話を——そう呼べるとしてだが——しているあいだに、偵察機が、SUDDARスイープが可能な距離まで近づいた。グッピーが、ぼくの目の前にスキャン結果を表示した。構造物内に人はいなかった。それどころか、その構造物には内すらなかった。内部は真空にさらされていたし、多くの部分には壁すらなかった。このしろものに論理的な秩序は存在しなかった。

相手がとうとう沈黙を破った。「きみはひとりなのか？　おれはひとりだ」

ふむ、こんどは自分から情報を提供したぞ。いい兆候だ。「ぼくがいるじゃないか、陛下。だからひとりじゃないさ。そうだろ？」

「陛下ってだれだ？　それにおまえは何者なんだ？」

おやおや。完全にイカレてるな。だけど、さっきよりはましだ。少なくとも、もう皇帝じゃなくなったんだから。多少、正気が戻ってるのかもしれない。「きみの名前は？」

「ヘンリー・ロバーツ。宇宙植民競争のオーストラリア代表だ。ハラペーニョ帝国にずっととらわれてたんだ。そして、秘密を明かすように拷問を受けてる」

イカレ頭に逆戻りか。「グッピー、スキャンを続けろ。この、ええと、宮殿の、どこが稼働してるのかを知りたいんだ。これのどこに探査機があるのかを」

ぼくはヘンリーに注意を戻した。「きみのことを教えてくれ、ヘンリー。どうやって選ばれたんだ？」

沈黙が続き、やがてすすり泣きが聞こえた。「おれは船乗りだ。船乗りだった。単独航海を何度も経験してる。この仕事にうってつけだと判断した政府が機会を提供してくれたんだ。ほら、おれは人と一緒にいるのが苦手なんだ」

またもすすり泣き。「船の旅が恋しい。人が恋しい」

「探査機の主要なサブシステムを確認しました。複製人《レプリカント》コアと核融合炉と自動工場システムを。探査機は一部が分解され、この施設と完全に一体化しています」

「ありがとう、グッピー。レールガンに装塡してくれ。目標に設定可能なら、原子炉制御システムを撃つのに適当ななにかを」

ぼくはふたたびもうひとりのレプリカントに話しかけた。「ここにはどれくらいいるんだい、ヘンリー？」

「何世紀もだ。やつらは魚だ。逃げられないんだ。拷問されつづけてるんだ。注意をそらすことは許されない。部屋をつくりつづけなきゃならない」

ぼくはランダーズ博士から、レプリカントは精神に異常をきたしがちだと聞いたことを思いだした。ぼくはこの分野にくわしくないし、どちらかといえばエンジニアタイプだが、これはどう考えても異常だった。付近のどこにも、〝やつら〟などいないことは明らかだった。

「ヘンリー、きみは航行できるのかい？　体があるのかい？　自分が見えるのかい？」

「なんだって？　いいや。おれは宇宙探査機だ。体は政府に奪われた。自分を感じられない。船の旅が恋しい……」

うわあ。何年も感覚遮断が続いてるのか。たぶん、VRをつくるための技術的なノウハウを知らないんだろうな。ぼくは、太陽系を出てしばらくの、VRをつくる以前のことを思いだした。いや、まあ、正確には、VRをつくったのはボブなんだろうけど。だが、なにもかもから切り離されたような感覚は残っていた。それが何十年？　ぞっとする。

「ヘンリー、ぼくならきみにまた体を与えられる。また船旅ができるんだ。ぼくが手を貸すのを許してくれさえすれば――」

「失せろ！」

くそっ。

「おまえもやつらの仲間なんだな。これも新手の拷問なんだろう。おれの心をもてあそぶつもりなんだろう！　**失せろ、さもないと地獄まで吹き飛ばしてやるぞ！　消えろ消えろ消えろ消えろ消えろ消えろ消えろ――」**

ぼくの一撃が原子炉制御システムを破壊した。原子炉は、設計どおり、みごとに停止した。そしてヘンリーも、レプリカントハードウェアの設計どおり、眠りについた。

これはぼくがやるべき仕事ではない。だが、こんなやつを放っておく気にはならなかった。

☆　☆　☆

インディアン座イプシロン星系には、生命居住可能領域《ハビタブルゾーン》のすぐ外に木星型惑星がひとつあったが、それ以外にたいしたものはなかった。可能になりしだい、もっと詳細に調べてまわろう、とぼくは心に決めた。だが、まずはヘンリーをどうにかしなければならなかった。

この星系は鉱物が豊富というわけではなかったが、さいわい、ヘンリーが最大の鉱脈を発見してくれていた。ぼくはただちに宇宙ステーションに設置されている自動工場を稼働させた。これについてビルに相談したかったが、片道十四年かかる会話では埒《らち》があかない。ヘンリーを連れてエリダヌス座イプシロン星まで戻ろうかとも考えた。

ぼくはオーストラリアのハードウェアを詳細に調べた。ぼくのとそっくりだった。それどころか、ほとんどおなじだった。スパイ行為の結果に違いなかった。だれかがだれかの設計を盗んだのだ。これが偶然だなんてありえない。

ぼくは宮殿からレプリカントコアを慎重にとりはずした。そして自動工場に、適切な架台、適切な電源、増設メモリをつくるように命じた。ヘンリーを無事にはずせたと確信すると、ぼくは原料にするべく宮殿をばらしはじめた。盗みを働いているような気がして、ちょっぴり気がひけたが、じつのところ、ヘンリーはそこをまったく使っていなかった。それに時間の節約になった。

ヘンリーにはVRをつくる知識がなかったが、ぼくにはあった。そしてヘンリーをぼくのシステムに居候《いそうろう》させられた。まだ、ヘンリーを救えるかもしれなかった。

☆　☆　☆

ぼくはしばらくヘンリーのうしろに立ってさわやかな潮の香りを吸っていた。三角波を切って進んでいるコンテッサ号は、ぼくが不安になるほど上下左右に揺れていたが、ヘンリーがなんの問題もないと請けあってくれた。ヘンリーは生前、愛艇をボルト一本、ねじ一本にいたるまで知りつくしていたので、VRで再現するのは容易だった。

南太平洋は、どの方向を見ても、目の届くかぎり、水平線まで広がっていた。安定した北西の風が吹いているので、のんびりと気楽に帆走できそうだった。というか、どの本にもそう書いてあった。ぼくはまだ勉強中だった。

舵輪を握っているヘンリーがぼくのほうを向いた。「やあ、ライナス。またおれの人生にくちばしをはさみに来たのか？」

ぼくは返事をする代わりににやりと笑った。ヘンリーは、近頃、頭がさえていたが、実際に地球に帰っていると思いこんでいた。レプリカントになってからの歳月は、いまも悪夢としてよみがえっていた。このVRは可能なかぎりリアルにつくったので、ヘンリーは寝たり、食べたり、ええと、用を足したりしていた。

「また夢を見たんだよ、ライナス」ヘンリーはかすかに身震いした。「自分自身を感じられない悪夢を。化け物どもが四方八方からおれに話しかけて注意を惹《ひ》き、なにかをつくらせようとするんだ。そこは、夜がどこまでも広がってるだけの世界なんだ……」

ぼくは腰をおろした。「だけど、弱まってるんだろ？　それほどひどくなくなってるんだろ？」

ヘンリーはうなずいた。

「よかった。じゃあ、政府はいつ、きみのもとを訪れて、宇宙探査機レプリカントになれる機会を提供したのかを教えてくれ……」

41　ライカー——二一六二年五月——太陽系

ホーマーとぼくはびっくりして顔を見合わせ、それからまたメッセージを見た。

〝遅延なしの亜空間伝送汎用送受信機（SCUT）設計図〟

ホーマーは、半信半疑と称賛が入り混じった表情で首を振った。「なんてこった。やったんだな」

ぼくはホーマーにうなずいて感動を共有した。「どうやら、プリンターのスケジュールを変更することになりそうだな」

☆　☆　☆

ぼくたちは完成した装置をつくづく眺めた。マーケティングを念頭につくられていないのは一目瞭然だった。クロムめっきはまったく使われていないし、ロゴもない……だが、触れこみどおりなら、恒星間の通信が瞬時におこなえるという。興奮で震えそうになりながら、ぼくはスイッチを入れた。

接続可能
エリダヌス座イプシロン星
エリダヌス座オミクロン2星

ぼくはメニューを調べてソフトウェアに自分を登録し、ビルに発信した。

次の瞬間、ビルの映像が表示された。「やあ、ライカー。ひさしぶり」まったくだ。ビルにしてみれば十七年ぶりだった。アインシュタインのおかげで、ぼくにとってはそこまで時間がたってはいなかった。ぼくは椅子に深くもたれ、腕を組んでホーマーの映像ウィンドウを見た。ホーマーは満面に笑みを浮かべていた。

ビルはホーマーに手を振った。「よう、元気そうじゃないか。アニメのアバターはやめたんだな。因果関係はあるのかい？」

ホーマーは頭をのけぞらせて笑った。「ああ、おおいに。ナンバーツーは、近頃、ぼくとちゃんと話してくれるんだ。ぼくも焼きがまわったんだろうな」

ぼくはホーマーに、スポックのように片眉を上げた。「いいから、いまは黙っててくれ」

ホーマーはショックを受けた表情をつくってから、ぼくたちふたりを見てにやりと笑った。

「いやあ、昔と変わってなくてほっとするよ」ビルはいった。「さて、再会の歓談がすんだところで、山ほどのソフトウェアアップデートとVRの改良、それにいくつかのハードウェアアップグレードを送るよ」

「無視リストが実装されてるやつはないかい？」ぼくはホーマーをじろりと見た。

ビルはまずぼく、次にホーマーを見た。どちらにもにやりと笑いかけた。「さて、そろそろ本題にかかろう。地球はどうなってるんだい？」

ぼくはログを呼びだした。「ほら、これを送るよ。説明するより早い。この状態で、通常のVRインターフェースがすべて利用可能なんだよな？」

「ああ。トランスポート層が異なるだけだ。オブジェクトインターフェースに変更はない」

ぼくはうなずいてビルにファイルを送った。ビルは一瞬、フレームレートを上げて情報に目を通してから、満面の笑みで戻ってきた。

「やったじゃないか！」そして笑みを消した。「いや、人類の九九・九パーセントが死亡したことはそうじゃないけど、生存者がいるってことは。それに親類がいるってことも、もちろんそうだ」

ぼくはうなずいた。「気にするなよ、ビル。ぼくたちはみんな失言癖があるんだ。だから教えてくれ、ほかのボブたちから、新しい故郷になりそうな惑星についての情報は得られてるのかい？」

「ああ。きみたちに送らなきゃならないファイルがあるんだ……」

☆　☆　☆

「二重惑星？」バターワース大佐が目を見開いた。

「ええ、ファイルにあるとおりです」ぼくは、自分が馬鹿みたいににやけていることに気づいていた。止められなかった。何年も気を揉《も》みつづけたあとだったので、心の底からほっとしていた。

大佐は片眉を持ちあげてぼくを見た。「惑星がふたつともわたしたちのものになったりはしないんだろうな。わたしたちがどちらかを選んで、残りがスピッツに与えられるんだろうな。どうだね？」

ぼくは驚いて大佐を見た。ぼくを試しているに違いなかった。大佐がそこまで愚かなはずがない。

「大佐、二万人に惑星を独占させるわけにはいきませんよ。理論上は、千五百万人全員でひとつの惑星を共有してもらうことだってできるんですから。宇宙に散っているボブたちがもっと惑星を見つけてくれたら、目的地の選択の幅を広げられるでしょうが、いまのところは、全員がロミュラスかヴァルカンに行くことになります」

大佐はかすかにほほえんだ。やっぱり試してたんだ。

「だろうな。もっとも、もしもほかに惑星が見つかったら人口の再調整を実行することを勧めるがね」

ぼくはうなずいた。「臨機応変で対応するつもりですよ、大佐。かっちりした計画を立てるには、まだ不明なことが多すぎますからね。でも、とにかく、これで目的地ができたんです」

「たしかに。これで、船が完成したらぐずぐずしている理由はなくなったな」

「ふうむ。じゃあ、これから全体にざっくりした発表をします。大佐もぜひ参加してください」

大佐はほほえんだ。「エリダヌス座イプシロン星第二惑星のドーム都市で暮らすなんていう、生きているとはいえないような暮らしを送らなくてすんで、わたしもうれしいよ。それじゃ、ここの状態がさらに悪化しないかぎり、移住する意味があるとは思えないからな」

移住計画がはじまって以来、ラグナロクへの植民は、断続的に話題にのぼった。それは最後の手段だというのが総意だった。ぼくは大佐に同意した。その選択肢を棚上げできて、ぼくはうれしかった。

☆　☆　☆

このニュースを聞いた人々が示した反応は、歓喜と熱狂、そして——なんとなんと——声高な不平だった。予期しておくべきだったのだろう。ぼく個人がこのニュースに夢中になっていなかったら、きっと予想がついたはずだ。だれも惑星を共有したがらなかった。最大の都市から最小の居留地にいたるまで、人々はみな、自分たちで惑星を独占したがった。

ぼくはバターワース大佐と顔を見合わせ、こうなるだろうと大佐は予期していたことをさとった。

ぼくはしばらく放っておいてから発言を求めた。「よくわかりました。いいですか、確認させてください。現在、移住可能な惑星はふたつです。残念ながら、それだけなのです。地球が居住不可能になりかけているいま、もっと多くの惑星が発見されるのを待って移住を延期することはできません。したがって、次のようにするしかありません。最初の集団が乗る船の準備がととのったとき、移住できる惑星がほかにまだ見つかっていなかったら、その集団はヴァルカンかロミュラスへ行くことになります。もしも移住可能な惑星が新たに見つかったら、各集団は、移住した順番に優先交渉権を得ることになります」

「だが、そのころには、移住した集団は根をおろしてしまっているはずだ」ワルテルがカメラに向かって怒鳴った。

「ええ。あなたがたがいま心から歓迎している様子からして、間違いなく、いったん移住したらとどまりたがるでしょうね」ぼくは、劇的効果をねらって、一瞬、黙った。「いいですか、現状は理想的とはいえません。ですが、いまは生きるか死ぬかの状況です。沈みゆく船から脱出しようとしているところなのに、わたしたちは、だれが、だれと、どの救命ボートに乗るか、を議論して時間を空費しているのです。生きのびることを第一に考えようじゃありませんか」

「まるで自分も当事者のような口ぶりだな。安全な場所から手を差しのべているだけなのに。おっと失礼、手はないんだった」そういったのは、ニュージーランド代表のオーストラリア人、ジェロルド大使だった。どういうわけか知らないが、ジェロルドはぼくを毛嫌いしていた。好意にしろ敵意にしろ、そんな態度をとる理由は皆無だったので、ぼくは当惑していた。

今回、ぼくはジェロルドにあっさりとほほえみかけた。「いつでも手をひきますよ。決を採っていただいて、わたしを排除すべきだという結論が出さえすれば。決定を尊重し、荷物をまとめて家に帰ります」映像ウィンドウを見渡した。「そうしなくていいんですね？　では、現実的な討議に戻りましょう」

たちどころに、議論がまたもいっきに沸騰した。

42　ビル――二一六二年四月――エリダヌス座イプシロン星系

　ライカーとホーマーから得た最新情報は、さまざまなレベルで興味深かった。スヴァールバル種子貯蔵庫は思いがけない朗報だったが、ラグナロクのテラフォーミングにとって正真正銘の恩恵になりえた。いまはまだ荒涼としている土地で生育できるように改良できそうな植物とコケが何種類かあった。そしてもしもそれらが定着したら、大気の酸素濃度の上昇が千年単位で加速するのだ。ライカーは、それらをクローン増殖して送ってくれると約束してくれた。

　だが、もっとも興奮したのは、巨大な天体にも使える亜空間無反動重力走性模倣機関《SURGE》の一種だった。たとえば小惑星に。たとえばカイパー天体に。エリダヌス座イプシロン星第二惑星の海をつなげて大洋にするためには、五百から六百立方キロの氷を落とさなければならなかった。ぼくは、どうやってカイパー天体を星系の内圏に移動させようかとあれこれ考えているところだった。ホーマン軌道を使うと、数十年ないし数百年かかってしまう。ぼくにとってはたいした問題ではないが、暮らす土地を求めている人類にとっては、もうちょっと早いほうがありがたいはずだった。

とにかく、惑星体SURGE機関は複雑ではなかったが、大量の建造資材が必要だった。ぼくは、それを使って氷塊を加速し、ラグナロクに向かう軌道に乗せたら、あとで駆動機関をはずして別の塊があるところまで戻すという妙案を思いついた。何度でも再使用可能なのだ。旅の終着点で飛んでくる氷山から駆動機関を回収するだけでばっちりなのだ。

ぼくはガーフィールドとそのアイデアについて話しあった。ガーフィールドは懐疑的だった。

「理屈はわかるよ、ビル。だけど、万が一のことがないようにするための対策をとっておいたほうがいいと思うな。修正の余地がなさすぎるよ」

ぼくは肩をすくめた。「だけど、もしもぎりぎりのところで塊をキャッチしそこなったとしても、ラグナロクを通りすぎて、たぶん太陽に突入するだけじゃないか」

「ひとつキャッチしそこなうなら、わんさとキャッチしそこなうかもしれない。何度かシミュレーションをしてみればいいじゃないか」

「そんな必要があるとは思えないな、ガーフィールド。どうしてそんなことにこだわるんだ？」

「いいか、ビル、ぼくをイゴール（フランケンシュタイン映画に登場するフランケンシュタイン博士の助手）扱いするのは金輪際《こんりんざい》やめろ。ぼくだって計算くらいできるんだ。じっくり考えたほうがいいかもしれないぞ」

イゴールだって？ ぼくは愕然としてガーフィールドを見た。ぼくはガーフィールドを手下扱いしていたのだろうか？ ぼくはイゴールを知っていたし、どんな感情的な含みがあるのかもわかった。なにかしらのしこりがあるに違いなかった。

「どうしたんだよ、イゴール、おっとガーフィールド？」ぼくは、にやりとして、これは冗談だとはっきり示した。

ガーフィールドは、ちらりとほほえみかえして冗談なのはわかっていると伝えてくれた。

「ボブ1が、先輩ボブが責任者になるっていうルールを決めたのは承知してるけど、相棒役はもううんざりなんだ。ここでは、ふたりでいろいろなことをやったし、立ち去りたくはないけど、ぼくたちの協力関係には修正の必要があると思うんだよ」

ぼくは考えをめぐらせながらうなずいた。「きみは、いくつかの計画を待機リストに加えるべきだって強く主張してたよな。それが関係してるのか？」

「関係はしてる。それに、ぼくたちがとりくんでることにもっと深くかかわりたい。オリジナルのボブはちょっと一匹狼っぽかったから、きみもおなじような仕事のしかたをして、ぼくが黙ってついていくことを期待する傾向がある。それはぼくにとって望ましい仕事のやりかたじゃないんだよ」

ぼくは自分の心の内を探ってみた。当然のことながら、ぼくは気を悪くしていた。だが、ガーフィールドには絶対に去ってほしくなかった。ガーフィールドとの協力はうまくいっていて、単独ではとうてい不可能なほどの仕事をなしとげていた。ここはこっちがひくべきだった。

「わかったよ、ガー、きみのいうとおりだ。だけど、給料は上げないからな」

ガーフィールドは笑い、手を振って、宙に浮いたまま忘れられていた図面を示した。「了解。じゃあ、計画を見なおして計算してみてくれ。じっくり時間をかけて、きみが間違ってたらどんなマイナスがあるかを検討してみてくれ」

ぼくはうなずきながら考えた。この計画の重要な具体的条件のひとつは、氷塊が惑星間を飛んできた速度でラグナロクを直撃してはならないということだった。惑星をめぐる軌道に乗ってからこなごなにならなければいけなかった。そうすれば氷は、数週間にわたって降水量を増やしてくれるはずだった。

ぼくはガーフィールドにいわれたとおりにシミュレーションをおこなった。その結果、駆動機関が二基あれば、二十五年以内ですべての氷をラグナロクに届けられるとわかった。これで計画を推進できた。

☆　☆　☆

ガーフィールドはソフトボールを――かろうじて――キャッチし、じっくり考えたあと、かなりの勢いでぼくに投げかえした。ぼくはぎくりとしてガーフィールドを見た。オリジナルのボブはスポーツが得意とはいえなかったし、VRのなかでも、ぼくたちの基本モデルは改良されていなかった。

「自分がどんな球を投げてるのかわかってるんだよな？」ぼくは笑顔でたずねた。

「ああ、きみとおなじくね。どうしてこんなことをしてるのか、もういっぺん説明してくれ」

「第一に、VRを微調整するためのテストシナリオとして最適だ。以前、ホーマーから、物理学がまだ微妙に狂ってるっていわれたことがあるんだ」ぼくは、ボールを何度か投げあげた。「第二に、そしてもっと重要な理由として、ほんとうに人間のままでいる感覚を保ちたいなら、図書館や公園や司令デッキですわってるだけじゃだめだと思う。ぼくは、ドクター・イーブル（映画《オースティン・パワーズ》シリーズに登場する悪の組織の親玉）のたぐいにまで成り下がりたくないんだ」ぼくはボールを投げた。「これは肉体的なエクササイズにはならないけど、ぼくたちの脳に、運動とはなにかを思いださせてくれる」

返ってきたボールはぼくのはるか頭上を通過し、湖に落ちてばしゃんと音をたてた。

「おっと」ガーフィールドがにやにやしながらいった。

ぼくはガーフィールドをめいっぱいにらみつけ、新しいボールを出現させた。「ボブたちをたくさん製造して、ひとつかふたつ、チームつくってもいいな……」

「やめてくれ。その半分がカナダ人になって野球じゃなくアイスホッケーをやりはじめるのがオチだぞ」

ぼくは笑い、新しいボールを投げた。

43　ライカー――二一六四年九月――太陽系

二隻の入植船は、建造中にもかかわらず壮麗だった。二本の駆動リングと巨大な原子炉冷却部がめだっていたが、すべては馬鹿でかい中央貨物部を運搬するためのものだった。貨物というのは人工冬眠中の一万人のことなので、船を構成する質量のかなりの部分は遮蔽についやされていた。入植船は、ぼくの時代のSFファンには全体として宇宙戦艦に見えるだろうが、もちろん、フェイザー砲列も破片弾砲も装備されていない。

一隻の建造が、もう一隻よりも大幅に遅れていた——スピッツに譲歩した結果、建造体制にかなりの変動が生じたためだ。三隻めの船は、最初の二隻の四カ月後にはもう完成する予定になっていた。いまは、一号機と二号機の建造の進捗《しんちょく》を均《なら》して同時に完成するようにしているところだった。

ぼくは、最後の何度かの国連集会を思いだし、おかしくなってふっと笑いを漏らした。怒鳴りあいがなくなったこのプロジェクトは、ぼくの前世での仕事に近くなった。技術的障害と工学的問題に。製造人工機械知能《AMI》がすべての作業をおこなっているので、労働問題に頭を悩ませる必要すらなかった。

いうまでもなく、地球上では交渉がまだ続いていた。だれもが、〝いつかそのうち〟などという予定におとなしく従うつもりはなかった。ぼくたちには、まだ千五百回の旅をこなさなければならないという問題があった。それが死刑宣告になるかどうかはなんともいえなかったが、地球の気候は悪化の一途をたどっているというのが共通認識だった。極度に悪化したら、ぼくたちがどんなにがんばっても、餓死者が出るおそれがおおいにあった。ホーマーたちは太陽系内を探しまわっていた。彼らは、惑星上から金属を運びあげる技術もいくつか実用化した。時間と手間のかかる作業だった。特に、必要な量が膨大なことが問題だった。ぼくはホーマーに六台のプリンターを託して──バターワース大佐は、案のじょう、やかましくわめいた──それらでプリンターを増産し、作業を実行可能にするように指示した。これまでのところ、ホーマーの働きぶりは期待以上だった。戦争とそれに続く爆撃のあとでも、地球上にはかなりの量の精錬された金属があった。ホーマーは、すでに新しいプリンターのプリントアウトを終え、プリンターを通常の宇宙船建造作業に戻していた。

ホーマーは可能性を計算し、定番ジョーク、〝いいニュースと悪いニュース〟を披露した。いいニュースは、地球から運びあげられる原材料を使って、最終的には多数の入植船を建造できるという見積もりが出たことだった。悪いニュースは、そのころには全員がとっくに死に絶えているはずだということだった。

3Dプリンターを使えば材料不足は解決できそうなものだと思うかもしれない。実際には、この技術はボトルネックを移動させるだけなのだ。金属を採取し地球の重力井戸から運びあげるためのドローンを増産することも、入植船を建造することもできる。しばらくはどちらもつくれなくなるが、より多くのドローンと入植船をつくるためのプリンターをつくることもできる。最適な経路を求めるための計算は厄介だったし、誤差範囲を示すエラーバーは大きかった。考えるだけで歯を食いしばってしまった。

ドローンが到着した。ドローンを横向きに進めると、映像ウィンドウのなかで入植船の外観が流れはじめた。ドローンと建造移動機《ローマー》たちは未完成の部分を通って船内に入れた。荷物をかかえたドローンたちが続々と船殻の隙間を縫って入っていき、おなじように続々と、荷物をおろしたドローンたちが隙間から出てきていた。状況ウィンドウを見ると、現在、特に問題はなさそうだった。プリンターは不足が生じないだけの部品をつくり、ホーマーの調達部隊は不足が生じないだけの原料を集め、建造部隊はかたときも休むことなく働きつづけていた。

　ぼくは首を振って映像ウィンドウを閉じた。査察が終了した。

☆　☆　☆

　ホーマーとチャールズは外圏の巡回を休んで地球軌道上にいた。ぼくたちは、そのめったにない機会を利用して全ボブ会議を開いた。アーサーが発言しなくても、会議の雰囲気はいささか暗かった。地球の気候の悪化は続いていたし、おそらくは加速していた。

「千五百万人を太陽系外に脱出させられないのはもう決まりだと思うな」ホーマーがいった。

「つまり、残った人々がここで生きられる方法を探らなきゃならないってわけだ」

「優先順位《トリアージ》づけをするといいんじゃないかな」チャールズがそういって、ホログラフィの地球を指でつついた。「限界まで来てる集団をまず移住させて、全員を赤道付近に移したらどうかな」

ぼくは首を振った。「赤道付近の土地のほとんどは居住不可能だ。気候のせいじゃなくて――現在、以前より穏和な気候になってるところもある――インフラがないからだ。旧来の爆撃をされても、岩を落とされても、都市は人が住めなくなる。都市には電気と水がないし、ジャングルに大勢の人を連れていっても生きのびられるはずがない」

「ほとんどのジャングルは、もうジャングルじゃなくなってるぞ」アーサーが茶化した。

ぼくはしかめっ面で応じた。「わかってるよ、アーサー。だけど、基本的にはおなじことだ。どこだろうと、どんなに気候が温暖だろうと、そんなに大勢の人たちをインフラのないところに移すわけにはいかない。それに、宇宙船の建造を遅らせてまで仮設のインフラを建造するのが得策とも思えない」

「それに、バターワースがかんかんになる」チャールズがしょげた表情でいった。

「わかった」ホーマーが口をはさんだ。「それなら、こんな奇策はどうだ？　宇宙反射鏡で地球を温めるってのは？」

ぼくは驚いてホーマーを見た。「原理的には悪いアイデアじゃない。だけど、まったく新しい工学技術だから、未知の要素がたくさんある。それなりの効果を生むためには、最低でも半径千キロ程度の鏡が必要なんじゃないかな。それに、広がりつつある放射線汚染区域を除染したり、傷つき壊れてしまった生態系を、少なくとも人の一生のうちに修復したりする役には立たない」

「それにバターワースが……」チャールズがにやにやしながらいった。

「かんかんになる！」ぼくたち全員が声をそろえて唱えた。バターワース大佐は、計画のいかなる変更にも判で押したような反応をするので、ぼくたちのあいだでジョークの種になっていた。

ホーマーは肩をすくめた。彼も計算したのだ。「大佐には黙ってて、彼が胸をつかんでばったり倒れるかどうか見てみよう」

「宇宙ステーションは？」チャールズが思いきった意見を出した。「だけど、おなじ問題があるよな。月面コロニーも。宇宙に人々を生きのびさせるための施設とインフラを建造したりしたら、入植船の完成が何十年も遅れてしまう。なのに千五百万人のうちのかなりの人数を収容できるようなものじゃないと意味がないんだ」

ぼくは暗い顔でうなずいた。それらのアイデアはすべて検討ずみだった。ほかのボブたちもおなじだとしても、べつだん意外ではなかった。とにかく、なにをやろうとしても宇宙船の建造が遅れてしまうのだ。計画全体にわずかしか影響をおよぼさないか、短期間でちゃんと結果が出るかの案でなければならなかった。

「そして最悪なのは」アーサーがいった。「たとえ計画が順調に進んだとしても、おそらく全員は救えないってことだ」

ぼくは手で髪をすいた。「やっぱりそこにぶちあたるな。なにをどうしても、全体の見通しはちっとも明るくならないんだ。ひたすらがんばって、なんとかまにあうことを祈るしかないのかもしれないな」ぼくはほかのボブたちを見渡した。だれも目をあわせようとしなかった。

44 ボブ——二一六六年一月——エリダヌス座デルタ星系

ぼくは顔をほころばせた。「真っ黒でのっぺりした直方体だ。寸法は、一×四×九」ぼくはにやりとしながらマーヴィンを見た。

マーヴィンは両手で顔をおおって勢いよく首を振った。

「〈ツァラトゥストラはかく語りき〉の旋律がBGMとして流れだして……」ぼくは続けた。

マーヴィンはうめきだした。

「デルタ人たちは跳びまわり、ひとりが骨を宙に投げあげる……」マーヴィンは両手をおろし、あきれたもんだというように目をぐるっとまわした。ぼくは、劇的効果をねらって数秒の間《ま》を置いてから譲歩した。「じゃあ、ドローンで近づくだけなんだな？」

マーヴィンは目頭をつまんだ。「きみと縁続きだなんて信じられないよ」

ぼくは笑い声をあげてデスクのほうを向いた。「まじめな話、いまはスピーカーを備えたドローンがあるんだから、デルタ人に話しかけられるんだ。じつのところ、長老と接触を試みるんじゃなく、アルキメデスのところにまっすぐ行こうと思ってる」

「ああ、それはいいね。ほかのどのデルタ人も、悲鳴をあげながら逃げだすだけだろうからな。アルキメデスは好奇心をそそられるだろう」

ぼくはうなずいた。「じゃあ、BGMはなしなんだな？」

「まったくもう」

☆　☆　☆

偵察ドローンが、いつものように付近を巡回しているアルキメデスの姿をとらえた。アルキメデスは、毎日、ルートを変え、火打ち石を探して行き当たりばったりに地面を掘りかえした。ふたりの若者がときどき同行していたが、成果がなかったので、まもなくめったについていかなくなった。

ぼくは、アルキメデスのいつものルートに生えている木にドローンを隠しておいた。ドローンは木の幹と同化する迷彩模様になっていた。アルキメデスがドローンを目にとめたとしても、ただの木としか思わないはずだった。

デルタ語の発声は、人間にはとても出せないほどしゃがれている。翻訳ルーチンが完成していたので、細かいことは気にせず、英語で会話できた。

「アルキメデス」

アルキメデスはぎくりとし、腰を落とした防御の姿勢をとったまま、きょろきょろとあたりを見まわした。

「怖がらなくていい。きみときみの一族を助けたいんだ」

アルキメデスはゆっくりと背筋をのばしたが、声の主《ぬし》を探しつづけた。「だれだ？　どこにいるんだ？」

「きみには見えないほど遠くだよ、アルキメデス。そして、きみを襲ったニセゴリラを殺したのもぼくだ。それに火打ち石を持ってきたのもぼくだ」

アルキメデスが目の色を変えた。火打ち石はこの上ない貴重品だった。ぼくは完全にアルキメデスの注意を惹《ひ》いた。

「望みはなんだ？」

ぼくはさまざまな答えを思いついたが、単純な答えを選んだ。「きみの一族に、この地を去って古い村のひとつに戻ってほしいんだ」

アルキメデスが目を見開いた。「じゃあ、モーゼ老は嘘をついてたんだな？　ほかにも村があったんだな？」

「そうだ、アルキメデス。そしてそのうちのいくつかは、ここよりも暮らしやすい」

「火打ち石がとれるところもあるのか？」

「ああ。それに水も食料もここより多いし、守りやすいんだ」

アルキメデスは疑わしげに目を細めた。「それがほんとなら、どうしてそんなところから出ていったんだ？　暮らしやすい場所だったんじゃなかったのか？」

ぼくはマーヴィンのほうを向いてにやりとした。

「この子は馬鹿じゃないな」マーヴィンはいった。

「暮らしやすかったんだよ、アルキメデス。だが、当時のきみの一族はそう考えなかった。やがて手遅れになって、戻るに戻れなくなったんだ」

「じゃあ、どうしておれに話してるんだ？　なんだって長老たちにいわないんだ？」

「長老たちがぼくの話を聞いてくれると思うかい？」

アルキメデスは、話しながら、なおも声の主を探していた。そして、木の幹に妙な部分があることに気づき、勝ち誇ったように顔を輝かせた。

「あなたは木なのか？」

「違う。いまはそこにいるだけだ。長老たちは話を聞いてくれると思うかい？」

アルキメデスはふんと鼻で笑った。「長老のほとんどは大馬鹿だ。なんの疑問も、なんの答えも持ってない。食って寝て狩りをするだけだ」

ぼくはさらに数分間、アルキメデスと話した。アルキメデスは、とうとう、村の長老たちに話すことに同意してくれたが、必要になったらなんらかのしるしを見せることをぼくに約束させた。それに答えて、ぼくは探査機《プローブ》の迷彩を解除し、アルキメデスの頭上に移動させた。

「これでどうだい？」

アルキメデスは目を丸くして身をこわばらせたが、どうにか逃げだすのを我慢した。「ばっちりだ」

☆　☆　☆

ぼくが遠くから見守っていると、アルキメデスは半円を描いてすわっている長老たちに訴えはじめた。うまくいっているとはいえないようだった。最近の功績は大だったし地位も上がっていたが、アルキメデスはまだ若造にすぎなかった。はては、ほかの若者の何人かが笑ったりからかったりしはじめた。

とうとう、ぼくは堪忍袋の緒を切らした。プローブを動かしてアルキメデスの頭上でホバリングさせた。笑いと発言が、スイッチを切ったように途絶えた。

アルキメデスは馬鹿ではなかった。その場にいた村人が全員、自分の頭の上を見ているのだから、答えはひとつしかなかった。生まれついてのショーマンシップを存分に発揮しているアルキメデスは、見上げたり、プローブの存在に気づいているそぶりを見せたりしなかった。アルキメデスは黙ったまま腕を組んでしたり顔をした。

マーヴィンがバックグラウンドで述べた。「文化を超越するものもあるんだな」

「種を超越するものもな」ぼくは応じた。

ニセゴリラがこなごなになったことは全員の心にまだあざやかに残っていたし、プローブはデルタ人を納得させられるだけ破壊機《バスター》に似ていた。もうだれも野次を飛ばさなかった。アルキメデスが聴衆に、ぼくが説明したことを語った。話がすむと、モーゼがぱっと立ちあがって全員にわめきだした。支離滅裂だったが、ほとんどは「だからいったじゃないか」のヴァリエーションだった。長年、主張を無視されつづけていたモーゼは溜飲《りゅういん》を下げていた。モーゼの大演説がやっと終わると、長老たちがアルキメデスに注意を戻した。そのひとりの――ぼくがホッファと呼ぶことに決めた――長老が、浮かんでいるものがわれわれをニセゴリラから守ってくれるのかとアルキメデスにたずねた。

アルキメデスはプローブを見上げ、ようやくその存在を認めた。「これは〝ボーブ〟と名乗っている」

アルキメデスは輪になってすわっている長老たちを見まわした。「助けてはくれるけど、数が多くないし、ニセゴリラを一頭殺すたびに壊れてしまうんだそうだ。案内してくれるし助けてはくれるけど、おれたち自身で戦わなきゃならないんだよ」

輪の外に立って聞いていたアーノルドが口をはさんだ。「ここで戦ったって、ほかで戦ったっておなじだ。それにボーブは正しい――ここは開けすぎていて守りにくい。それに、斧と槍がもっと手に入るっていう考えが気に入った」そういうと、斧を何人かの見物人にあやうくあたりそうになるほど振りまわして強調した。

議論は数時間続いた。当然ながら、一部の長老は、慣れ親しんでいるという理由で現状維持にこだわった。彼らが強硬に反対したため、一時はデルタ人の偵察隊をほかの場所に送ることまで提案された。アーノルドが、帰ってきたら野営地が死体だらけになってるなんて願いさげだと主張して反対した。

ぼくはマーヴィン見やった。「いやはや、この手のくそは普遍的なんだな」

「まったくだ」マーヴィンは応じた。「どうやら、宇宙のどこでも、政治は政治らしい」

45 ビル――二一六五年一月――エリダヌス座イプシロン星系

［アルファ・ケンタウリから亜空間伝送汎用送受信機《SCUT》通信の着信があります］

「へえ！」ぼくは作業中のファイルを閉じた。「カルヴィン、それともゴクウか？」

［バートです］

ぼくは片眉を吊りあげてグッピーを見た。だが、グッピーの反応はいつもと変わらなかった。

ぼくはため息をついて接続した。「ビルだ」

「やあ、ビル、バートだ。カルヴィンの最初の同朋だよ。うわあ、こいつはほんとに――」

ぼくはバートのＶＲにいきなり出現した。招待されていないのにそんなことをするのはいささかぶしつけだったが、自分の顔に驚きが浮かぶのを見ると、いつだってぞくぞくした。

ぼくはひと目でバートのＶＲを気に入った。そこは丸太小屋で、鋳鉄《ちゅうてつ》製の薪ストーブ、暖炉、どっしりした手づくり家具、それにたくさんの敷物と毛布が備えられていた。ぼくは、子供のころ、父親によく連れていったもらった場所を思いだした。

バートは、父親がのんびり過ごしたいときはたいていすわっていた、大きな古い揺り椅子に腰かけていた。バートは例の表情になっていた。ぼくは心のなかで、ぼくのSCUTの操作キャビネットにまたひとつ刻み目を加えた。

「いったい――」

ぼくは、バートの唖然とした顔を見て笑った。「ボブネットにようこそ。およそ二十五光年以内は即時通信が可能なんだ。ところで、バート、カルヴィンとゴクウはどうしたんだい？」

バートは、しばし時間をとってVRの状態を確認してから答えた。みんなそうするのだ。

「あのふたりは、ミッション・プロファイルに規定されていたとおりにアルファ・ケンタウリAとBを探索した。そしてAでフル稼働してるブラジルの工場を、Bでユーラシア合衆国《USE》の探査機と自動工場の残骸を発見した。たぶんUSEの探査機だったんだと思う」バートは軽く肩をすくめた。「ふたりはブラジルの施設に奇襲をかけて――ちなみに、ヘヴン船のヴァージョン3にほどこされた改良はほんとに効果的だったよ――完全に破壊した」

「すばらしい。入植可能な惑星は？」

「なかった」バートはゆっくりと首を振った。「この星系は、資源などは豊富だけど、居住可能な惑星はないんだ。ところで、問題がひとつあるんだ。ブラジル船の一隻に逃げられたいんだ。まだ未完成だったみたいなんだけどね。つまり、まだ武装してなかったかもしれないし、自動工場がまだ装備されてなかったかもしれない」

「ふうむ」ぼくは少しのあいだ考えた。「いいニュースとはいえないな。メディロスはだれかの設備を奪おうとするかもしれない。それとも、しばらくのあいだ逃げまわって、きみたちを襲おうとするかもしれない」

「早期警戒システムを構築したから心配はいらないよ。それに、星系内を徹底的にスキャンしたんだ。どこかほかに向かってるんだと思う」

ぼくは肩をすくめた。これ以上心配してもしかたなかった。現時点でそのブラジル船の居場所をつきとめるすべはなかったので、どこかで姿をあらわすまで待つほかなかった。

「とにかく」バートは続けた。「カルヴィンとゴクウはボブ工場を完成させて、ぼくたちのひとりが引き継げるようになるとすぐにこの星系を出ていった。そしてぼくが、きみの通信を受けとってSCUTをつくり、こうして情報交換ができるようになったんだ」

ぼくはバートから送られてきたフォルダを、しばし時間をかけてざっと目を通した。驚天動地のニュースはなかった。ヴァージョン3の改良がどんなに効果的だったかを知って感動し、ちょっぴりいい気分になった。ぼくたちに対抗するつもりなら、メディロスはよっぽどがんばらなければならないだろう。

「ボブ工場が稼働してると知ってうれしいよ」ぼくはいった。「この前の一団を送りだして以来、ぼくはその部門をさぼり気味だったんだ。うしろめたさがやわらいだよ」

それを聞いてバートはほほえんだ。ぼくたちはそれから数分間、情報交換をし、バートはぼくに、ときどき立ち寄ってスクラブ野球（チーム戦ではなく個人で競う草野球）につきあうと約束してくれた。現在、バートのほかにふたりのボブたちが完成したので、ようやく、外野までポジションが埋まった。

46　マイロ——二一六五年八月——エリダヌス座八十二番星系

ぼくはなめらかに減速してエリダヌス座八十二番星系に進入した。さまざまな天文学的情報によれば、居住可能な惑星が存在する望みがおおいにあった。G5V級のこの恒星は、太陽よりも小さいし暗いが、それでも人類が好む黄色い星の範疇《はんちゅう》に入っている。つけあがっているわけではなかったが、二回連続で大発見ができるのではないかと期待していた。ボブ1のように船殻にブラジル船のマークをつける機会に恵まれるとは思っていなかったが、緑のチェックマークのついた惑星ならつけられるかもしれなかった。よし、そうしよう。

ぼくが調査結果に目を通しているあいだも、じわじわとデータが流れこんでいた。とうとうグッピーが、大当たりをひいたと告げた。生命居住可能領域《ハビタブルゾーン》のなかに、ひとつではなくふたつの惑星があったのだ。ただし、ひとつは内端近く、もうひとつはほとんど外端に位置していた。それでもわくわくする成果だった。幸運にも、チェックマークつきの惑星を、なんといい四つもつけられそうだった。

いいニュースを早く伝えたくて、ぼくは通信アレイをエリダヌス座イプシロン星に向け、ビルにテレメトリをほとばしらせた。

ぼくは、より近い、ふたつのうち外側のほうの惑星をめざして針路を変更した。その惑星の向こう側には大きいほうの月、こちら側には小さいほうの月があった。奇妙なことに、大きいほうの月は青かった。ひょっとしたら、実際に露出している海があるのかもしれないな、とぼくは思った。惑星自体には、間違いなく広大な水域があった。

減速してその惑星の軌道に乗ったとたん、近接警報が鳴り響いた。意識を集中して原因をつきとめるまでに、しばし時間がかかった。四発のミサイルが月の湾曲にそって飛んできていた。しかも猛烈な勢いで加速していた。

くそっ！　ぼくは方向転換をし、加速して逃げだしたが、ミサイルのほうがずっと速いのは明らかだった。ぼくは計算をし、ほかの手を探ったが、振りきれなかった。四発のミサイルをすべて片づけないかぎり、万事休すだった。ぼくは一瞬、時間を割いてミサイルを処理したあと、ブラジル船のプロファイルと一致する船を探すように指示してから、全八機の破壊機《バスター》をいつものコンビ戦略で発射した。

バスターたちが追ってくるミサイル群に向かったとき、またも近接警報が鳴った。さらに四発のミサイルが、月の反対側をまわって出現したのだ。バスターはもうなかった。呼び戻してもまにあわなかったので、レールガンが最後の頼みの綱だった。ぼくは急いで計算した。二発、ひょっとしたら三発は撃ち落とせそうだったが、すべてのミサイルを破壊できるだけの弾をレールガンに装填するには時間が足りなかった。

メデイロスはじつに巧みにぼくを出し抜いた。

迫りくるミサイル群をねらって撃ちながら、ぼくは通信アレイがまだずれていないことを確認し、この状況についての報告と差分バックアップを送信しはじめた。ぼくの心の冷静な部分が計算をし、すべてを送るだけの時間はないことがはっきりした。ちくしょうめ。

最後の二発のミサイルが視界いっぱいに広がって……

47　ライカー――二二六六年一月――太陽系

「死人が出るんですよ、大佐！」

大佐は顎を突きだした。戦闘開始のたしかな兆候だ。この一年、VEHEMENT《ヴィーメント》は食料の生産と供給のための施設を襲撃しはじめていた。襲撃のほとんどは示威行為だった――声明も同然だった。ところがここ三回の襲撃は、被害を受けた集団の食料供給に回復不能なダメージを与えた。それらの集団は、まだ真冬だというのに、食料がなくなるか、ほとんどなくなりかけていた。人肉でも食べなければ、春が来るまでに、おびただしい数の死者が出るはずだった。

あいにく、現在の政治情勢では、思いやりは期待できなかった。いくつかの集団の壊滅は、ほかのほとんどの集団にとって、移住の順番をめぐる競争がわずかに楽になることしか意味していなかった。

ユーラシア合衆国避難所、自由アメリカ神聖盟主国居留地《USEFAITH》、それにスピッツは、食料備蓄の面ではもっとも余裕があったが、いずれも、食料援助するつもりはさらさらないと明言していた。特にスピッツは、自分たちの備蓄でできるだけ長く食いつなごうとしていた。彼らは、毎年、余裕がどんどんなくなっていた。数年後には持たざる者に転落するはずだった。彼ら三時間にわたって交渉し懇願し脅迫したが、徒労に終わった。彼らは、ぼくが彼らを見捨ててないと知っているので、ぼくのはったりにひっかからなかった。

ぼくはとうとう、あまりにむかついたので、別れの挨拶もなしに映像ウィンドウの接続を切った。

ホーマーが自分の映像ウィンドウからぼくを見た。ホーマーは一部始終を見ていた。「まったく、ナンバーツー、にっちもさっちもいかない状況だな」

ぼくは暗い気持ちでうなずいた。少なくともいまのところ、ぼくは途方に暮れていた。

「ひどくなるいっぽうだろうな」ホーマーが付け足した。「気候は改善してない。多くの集団が、なにかしらの備蓄のおかげでかろうじて生きのびてる。生きていけるだけの食料を生産できてないんだ」

「ありがとう、ホーマー。はげましてくれたおかげで気が楽になったよ」

ホーマーは肩をすくめた。公平に見て、ホーマーにはおそらくぼくをいたぶるつもりはなかったのだろう。

「なあ、ライカー、ぼくたちが農業的ななにかにとりくむしかないんじゃないか？」

「その案はもう検討したじゃないか、ホーマー。たしかに、かつての熱帯に農場をつくることは可能だろうけど、たぶん、維持できるのはせいぜい二十年だ。それに、インフラも構築しなきゃならない。既存の農業インフラはすべて、かつての温帯にあるんだ」

ホーマーは顎を揉《も》みながら宙を見つめていた。「どうしても宇宙ステーションを忘れられないんだ……」

ぼくは口をあけて反論しかけたが、ホーマーが先手を打って片手を上げた。「わかってるよ、ライカー。複雑すぎるし、宇宙ステーションをつくる手間に見合うだけの人数を収容できないし、危険が大きすぎる。とにかく、ぼくたちの考えかたが間違ってるんじゃないかっていう気がしてしょうがないんだ」

ぼくは軽く肩をすくめてから議論に応じようとしかけたが、そのときホーマーが、「くそっ！」と叫んで凍りついた。

ホーマーがミサイル攻撃を受けて一瞬、パニックにおちいったのかと思った。だが、ホーマーはすぐに硬直を解いた。

「アーサーが死んだ」ホーマーは、見たことがないほど怒りをあらわにしていた。「土星付近にいるドローンから、いまテレメトリが届いた。アーサーは、残骸を回収してる最中に、核爆発に巻きこまれたんだ。爆発から遠く離れてたドローンたちから報告が届いてる」ホーマーはため息をついた。「仕掛け罠だ。だれが設置したのかはわからない。気をつけろってしつこくいったのに。アーサーは不注意だったんだ」

「どこかにバックアップをとってあったかな？」そうたずねながら、ぼくは答えを知っていた。バックアップをとってそれを船内に保存しておくのは簡単だが、こういう場合にはまったく無意味になってしまう。そしてぼくたちには、おたがいのバックアップを保存しておけるほどの余裕がない。ぼくは、太陽系内の宇宙ステーションに、まさにそのための保管庫を建造することを保留リストに入れていた。そして、保留リストの九十九パーセントがそうなのだが、〝いつかそのうち〟という項目にファイルされていた。

ぼくは、しばしアーサーを悼《いた》んだ。暗かろうが暗くなかろうが、アーサーはぼくたちのひとりだった。ホーマーがぼくを見つめて、ぼくがなにかいうのを待っていたので、ぼくは自分がぼうっとしていたことに気づいた。ぼくは自分に気合いを入れて集中した。

「よし、ホーマー、ドローンたちをできるかぎりの復旧作業にあたらせてくれ。ぼくは大佐と話す。どうやら、またスケジュールを変更しなきゃならなくなったらしい。四人めのボブ抜きじゃどうにもならない。それに、例の保管マトリックスもつくったほうがよさそうだ」

「ええと、別の手段もあるぞ」とホーマー。「ぼくの地球ごみあさり作戦用のプリンターがあるじゃないか。遊んでるわけじゃないけど、少なくとも、バターワース大佐が身を乗りだして、息をかけては磨いてるわけじゃない」
ぼくはその意外なイメージを思い浮かべて笑った。それにホーマーのいうとおりだった。ぼくはうなずいてわかったと伝え、アーカイブにとどめるため、アーサーへの弔辞をビルに送った。チャールズが地球軌道に戻りしだい、通夜をするつもりだった。

48　ボブ――二一六六年五月――エリダヌス座デルタ星系

準備がととのうまでに、ほぼひと月かかった。最善の村の跡地までの旅は、長く苦しかった。モーゼの話によれば、そこは最初のころに放棄した村のひとつで、残念なことに、そこが火打ち石のいちばんの産地だった。

モーゼは、どうしてそこを死守しなかったのかは覚えていなかった。当時、モーゼはまだ幼かったらしく、この時代についての彼の情報は、ほとんどが伝聞だった。モーゼは、そこをあとにせざるをえなくなる前に火打ち石の割りかたを教わった、最後のデルタ人のひとりだった。

いずれにしろ、マーヴィンが、一族がたどらなければならないルートを調べてあった。容易ではないし時間もかかるルートだった。この大陸の中央には背骨のような大山脈が走っており、越えられる程度に低い峠は数えるほどしかない。山越えの途中、よほど運に恵まれないかぎり、一族は現地で食料を調達できないはずだった。

デルタ人は保存食のつくりかたを、忘れてしまったか、それともまだ発見していないかのどちらかだった。出発の準備がととのう前に、彼らに肉を保存する方法を教えなければならなかった。デルタ人たちはすぐにその便利さに気づき、大喜びで覚えてくれた。

デルタ人たちは旅のための貯蔵食料づくりにはげんだ。いったん決まると一族は一致協力したし、ぼくがすぐに有益な知識を伝授したので、彼らはぼくを受け入れ、ぼくは彼らをいい方向に導こうとしているのだと信じてくれはじめた。

デルタ人の縄張りのはずれをうろついているニセゴリラが何度か目撃された。適当な獲物が見つからないかと思っているのだろうが、前回の戦いで痛い目を見て懲《こ》りているようだった。ニセゴリラは、狩りに出たデルタ人の一行を襲わなかった。もちろん、ときおり飛びまわっていたドローンを見かけたことも、多少は関係していたのだろう。ボーブに対する恐怖をニセゴリラたちに植えつけられて、ぼくは大満足だった。

デルタ人が準備を終えるのを待つあいだに、マーヴィンとぼくは新しい破壊機《バスター》づくりにいそしんだ。バスターは理想的な兵器とはいえなかったが――ダイナマイトで魚を捕るようなものだ――ないよりはましだった。それにバスターには、正確性の不足を補って余りある威嚇効果があった。

また、生殖にまつわる問題もあった。デルタ人には一年の繁殖周期があり、出産予定日間近の妊婦が大勢いた。デルタ人が、次の世代の誕生前に移動するのを躊躇《ちゅうちょ》したのも当然だった。

若者たちのあいだで、アルキメデスの株は上がりつづけていた。いまやアルキメデスは、どこをどう見ても一族の評議会の一員だった。アーノルドですら、まだそこまでは行っていなかった。ちなみにぼくは、アルキメデスがデルタ人の思春期に入りつつある兆候をいくつも見つけていた。あと何年かしたら、ちびアルキメデスの一団が走りまわっていることだろう。

ぼくにとっては吉報だった。アルキメデスは、一族の大半とは比べものにならないほど話が通じた。

とうとう、その日が来た。一族全員が列をつくり、所有物を何台かの地引きそり《トラボィ》（ボーブからの贈り物のひとつ）に載せて、彼らにとっては大いなる未知をめざす旅に出発した。

旅立ちの日、ニセゴリラたちが姿をあらわし、少し離れたところをうろついて行列を眺めていた。ニセゴリラたちは、かつての獲物が永遠に去ろうとしていることをちゃんと理解しているのだろうか、それとも生きのいいランチを見てよだれを垂らしているだけなのだろうか、とぼくはいぶかった。どっちにしろ、行動に出た最初のニセゴリラは顔面にバスターを食らうことになるはずだった。ぼくは、なにかをぶっ潰したくてうずうずしていた。

☆　☆　☆

最初の夜は、だれにとっても輝かしい体験ではなかった。激しい雨が降っていた。デルタ人はこういう天気に慣れてるんだ、とぼくは何度も自分にいい聞かせなければならなかった。デルタ人はテントを持っておらず、縫いあわせた革を家族ごとにかぶるだけだった。ぼくは、アルキメデスにテントの支柱という概念を教えることを決断した。

「ほどほどにしたほうがよくありませんか、おお、偉大なる者よ。このぶんだと、気がついたら、デルタ人はファストフードを食べながらテレビを観てるんじゃないのか？」マーヴィンは椅子にもたれて頭のうしろで手を組んだ。「まじめな話、新しい概念を一度に与えすぎるのは必ずしもいいことじゃないんだぞ。とりあえず、空飛ぶ金属の神は、ぼくにはやりすぎに思えるね」

「おかしなことをいうじゃないか」ぼくは眉間《みけん》に皺を寄せて考えこんだ。「彼らが宗教という概念を持ってないらしいことに、きみは気づいてないのか？」

マーヴィンが手を上げてさっと振った。「食べるためにしとめた動物をうやまうとか、死者をあがめるとかって形の、基本的なアニミズムが認められるじゃないか。狩猟採集段階の人類だって、似たり寄ったりだったと思うぞ」いきなり身を乗りだした。「なあ、そういえば、ぼくたちはここで、彼らの先史時代をまるごと記録できる機会に恵まれてることには気がついてるのか？　っていうか、まあ、ぼくたちがここに来てからの話だけど」

「もうはじまってたんだよ、マーヴ」

今夜の野営地が決まったようなので、ぼくは二機のプローブを護衛につかせ、なにかあったらぼくを呼ぶようにセットした。安全対策がととのうと、ぼくはくるりと向きを変えてマーヴィンと対面した。

「きみは自動工場でボブの一団の製造を開始したようだな。文句をいってるんじゃないぞ。それはぼくたちのミッション・プロファイルに含まれてる任務なんだからな――ただ、ここにとどまるというきみの決意について心変わりしたのかどうか気になったんだ」

マーヴィンはぼくにほほえみかけた。「すぐに出ていくつもりはないさ。ただ、ときどき、旅に出たくてうずうずするのはたしかだけどね。ルークとベンダーにいったように、これからどうなるか、興味があるんだ。だけど、これはやっぱりきみのものだ。どこか、別の惑星に、ぼくがのめりこめる知的種族がいるかもしれない」

ぼくは考えこみながらうなずいた。「この惑星を調査するっていうのはどうだい？　ほかにもデルタ人がいるかもしれないじゃないか」

「いないね。この大陸がデルタ人の揺りかごなんだ。完全にローカルな突然変異種なんだ。近縁種はたくさんいるけど、火を使ったり道具をつくったりする種はどこにもいないんだ」

ぼくは惑星エデンの像を呼びだし、ぼくたちがまだ調べていない土地がどれくらいあるか確認した。そしてしばらく考えた。マーヴィンが行ってしまうと考えると暗い気分になることに気づいた。どういうわけか、ぼくはオリジナルのボブよりもちょっぴり一匹狼度が低かった。またひとりぼっちになると考えるとぞっとした。

椅子にもたれてマーヴィンを見ると、彼もまたエデン像をいじっていた。ぼくはため息をついてホロタンクを消した。

☆　☆　☆

デルタ人の移住は、まだほとんど予定どおりに進んでいた。これまでのところ、大きな問題は生じていなかったし、一族の日課が決まってきたようだった。ぼくは気をゆるめていなかった。一族は、痛い目に遭わせたニセゴリラの縄張りを、いまや遠く離れていた。このあたりのニセゴリラはみな、一族を格好の獲物としかみなさないはずだった。そのため、マーヴィンとぼくは、夜警をするドローンの数を倍に増やした。

だから、昼間にニセゴリラが襲ってきたときは少なからずいらだった。

ニセゴリラの襲撃としては、ごくふつうだった。十数頭の獣が遅れていた家族に襲いかかり、ほかのデルタ人が気づく前にふたりの若者がさらわれたのだ。デルタ人は即座に逆襲し、追跡してニセゴリラたちが森に逃げこむのを阻止しようとした。

このような状況では、バスターはニセゴリラだけでなくふたりの若者も傷つけてしまうおそれがおおいにあったので、獣をドローンで脅して混乱させ、気を散らせるだけでよしとした。功を奏したようだった。ほどなく、デルタ人たちが追いついて、ニセゴリラの半分を串刺しにした。残りは警戒の金切り声をあげながら森に逃げこんだ。

残念ながら、若者のひとりは命を落とした。その若者をさらったニセゴリラは、彼がもがいたり逃げたりするのを防ぐために手間をかけたようだった。

デルタ人たちは打ちひしがれ、その夜、死体を埋葬した。だが、興味深いことに、移住が間違いだったと主張する者はひとりもいなかった。これが人間だったら、後知恵で非難するやつらが続出したに違いなかった。ところがデルタ人は現実を冷静に受けとめた。デルタ人は理性的なのか、はたまた運命論者なのか、ぼくはどちらとも決めかねた。

「なあ、これから、ああいうことがもっと起こるんだぞ」マーヴィンがぼくにいった。「ニセゴリラか？　ああ、わかってる。だけど日中ははたいしたことができない。赤外線が役に立たないし。だれもが——それもほとんどつねに異なる速度で——動いてるし、カバーしなきゃならない範囲が広すぎる」

マーヴィンはため息をついた。「そうだな。そもそも、前回、生まれた子供たちを勘定に入れても、この一族は遺伝子プールとして小さすぎるんだ」

ぼくはうなずいてその問題について考えた。「なあ、少人数の孤立した集団が点在してるっていわなかったか？　彼らをとりこむ努力をしたらいいんじゃないか？」

「悪くないな。どっちにとってもためになるし。じゃあ、毎晩、高高度から見晴らせてほかの焚き火を探すよ。もし見つかったら、ボーブを送って移動するように説得しよう」

ぼくはマーヴィンに笑いかけた。小さき神としてのぼくはあまり評判がよくなく、このあたりの住人から敬意を払われているとはいえなかった。ぼくたちでさえよく思っていなかったのだ。

☆　☆　☆

移民団はふくれあがった。ぼくたちがいくつかの小集団を見つけて合流するように説得しただけではなく、どうやらこの行進はあたり一帯の人々の耳目《じもく》を集めるだけの騒ぎを引き起こしたようだった。最初のひと月が終わるころには、毎日、複数の集団が加わるようになっていた。新参加のデルタ人が要求を突きつけて交渉が必要になることがしばしばあったが、激しい言葉の応酬以上の騒ぎになることはめったになかった。ぼくは、先端に火打ち石をつけた槍と馬鹿でかい斧を持ったアーノルドがいるからこそだという印象を受けた。

新参が加わったこともあって、マーヴィンとぼくはドローンがデルタ人の目に触れないように気をつけた。デルタ人を怖がらせる危険を冒したくなかったからだ。だが、遅かれ早かれ、噂が広がるか、デルタ人たちのそばを飛ばさざるをえなくなるだろうと覚悟はしていた。結果は、たいてい、滑稽きわまりなかった。デルタ人の反応は、ＵＦＯを目撃した人間と大差なかった。

移民団は優に五百人以上になった。その多くが女と若者だった。だからマーヴィンとぼくは、デルタ人たちが峠のふもとにたどり着いたときは安堵のため息をついた。

だが、移民のこの段階はそれなりに危険だった。これから先はデルタ人が好む気候の土地よりもずっと高度が上がるので、彼らは不慣れな寒さに耐えなければならなくなる。寒さからも捕食者からも無防備になるし、前進するあいだ、獲物はほとんど、あるいはまったくとれないはずだった。

山にのぼりはじめる前に、ぼくはデルタ人たちに、保存食が足りるかどうか、あらためて確認させた。これから一、二週間、それだけを食べて過ごさなければならなくなるからだ。念には念を入れる必要があった。

できるだけ距離を稼ぐため、夜が明けると同時にのぼりだした。山にのぼりはじめたら、これまでの道中よりもずっと進みかたが遅くなるのはわかっていた。万全の状態で出発しなければならなかった。

峠に着くまでに四日かかった。六日を見込んでいたので、きわめて順調だった。だが、峠ではすさまじい風が吹きすさんでいたので、だれもとどまりたがらなかった。強風の通り道を抜けるため、その日、一行は暗くなっても歩きつづけた。

☆　☆　☆

当然のことながら、くだりはずっと速く進めた。三日後、移民団は保存食料をいくらか残したまま、ふたたび森に入った。それを祝賀するため、森の端で一日余分に野営した。休息をとり、多めの食事をとった。ここから先は、食べ物を採取したり狩りをしたりできるはずだった。

一行が災厄に見舞われたのはその二日後だった。

49　ライカー——二一六六年五月——太陽系

［ファイアウォールが侵入の企図《きと》を阻止しました］
　ぼくはぎくりとしてグッピーのほうを向いた。国連会議のことは忘れていた。「なんだって？　だれかがハッキングしようとしたのか？」
［はい。侵入経路は国連会議の映像のようです］
「いまも危険は続いてるのか？」
　返事をする代わりに、グッピーは詳細な履歴を表示した。ぼくはそれを解析した。ハッカーは基本的なヘヴン機の設計にもとづいて攻撃したようだった。オリジナルのヘヴン機にはファイアウォールがない代わりに、通信が暗号化されていた。ところが、どうやら、暗号化ルーチンにバックドアがしかけてあったようだ。何者かがなんらかのパケットを流しこみ、それがボブ1のファイアウォールにぶちあたったのだ。
　ぼくは、国連の通信システムがすべてのトラフィックのログを記録していることを確認した。あとでサンドボックス・ボブにこのハックを試してみるつもりだった。このくわだての発信地が自由アメリカ神聖盟主国《FAITH》居留地であることに疑問の余地はないように思えたが、非難する前になんらかの証拠が必要だった。それに、いったいなにができるのかという問題もあった。訴えでる惑星警察があるわけではなかった。

きょうの国連会議はお決まりの事柄ばかりだったので、本日の事務処理に早めにとりかかることに決めた。

最初はホーマーからのメッセージだった。ただひとこと、「宇宙ステーション！」だけだった。感嘆符つきで。ホーマーがどんな名案を思いついて宇宙ステーションを可能にしたのか見当がつかなかったので、時間ができしだい、訊くことにした。

国連会議の映像をちらりと見たが、特筆すべきことは起きていないようだった。

ジュリアからのメッセージもあった。一族の歴史を詳細に語ってくれていた。ジュリアは、なんのためらいもなく、ぼくを親族としてあつかってくれていた。ぼくは胸に熱いものがこみあげてくるのを感じ、クランストンに命じられて送ったわけではないことを願った。

［発信源はニュージーランドでした］

グッピーはパケットが送られてきたルートを逆にたどっておおもとまでたどり着いたのだ。だけどニュージーランド？　意味不明だった。クランストンに煮え湯を飲ませるのに必要な証拠は得られそうにないことも意味していた。はったりを利かせられるかもしれなかった。いっぽう、ハッキングが成功するおそれはないのだから、犯人は放っておいてもかまわなかった。

ホーマーにテスト送信すると、話せる状態なのがわかった。ぼくは一瞬、太陽系の反対側にいる相手と遅延なしでしゃべれることに畏怖の念を覚えた。光速遅延を気にする必要はもうなくなったのだ。

ぼくはホーマーのVRに出現した。「宇宙ステーション？」

ホーマーはそれまで見ていたウィンドウを最小化してぼくのほうを向いた。「ぼくたちの問題に対する解決策さ」にやりとしながらそういった。

「新機軸を打ちださないかぎり、無理だぞ」

「新しい見方をしただけさ」ホーマーが応じた。「ぼくたちは宇宙ステーションを、人々を収容する施設とみなしてた。もちろん、それじゃうまくいかない。適正な空気で満たしたり、適正な重力を発生させたり、放射線をきっちりと遮蔽したり、微小隕石に備えた装甲を追加したり、居住区を建設したり、食事と娯楽を提供したり、その他もろもろをしなきゃならない。だけど、人を収容しなくてよければ、建設はずっと簡単になる」ホーマーは、期待に満ちた目でぼくを見つめた。

「負けたよ、ホーマー、降参だ。家畜を飼育するのかい？　それとも……」ぼくは目を見開いた。

「正解」ホーマーはぼくに人差し指を突きつけた。「農業だよ。上下がはっきりする程度の回転ですむから、ひずみ強度はそれほど必要なくなる。内部はぶち抜きのでかい洞窟状でかまわないし、太陽光線は二十四時間年中無休で利用可能だ。混合空気と気温を適切に保つ設備をつくるだけでいいんだ」

ぼくは検討してみた。「植物は二酸化炭素を吸収して酸素を生みだしてくれる。その逆なら、子供でもマッチを擦ればできるけどね。だけどぼくたちにはカロリーを生みだす必要がある。具体的な案はあるのかい？」

ホーマーはぐいと親指を立てた。「あるんだよ。あのライブラリに遺伝子操作した葛《くず》があったことを覚えてるかい？　栄養価が増してて、生育環境に制約がなくなった、人間に消化可能なあの植物を……」

「だけど、日照はたっぷりないとだめだし、適温は摂氏二十度前後だ。その条件はどうするんだ？　おっと、待てよ……」ぼくはにやりとした。

「そのとおり。それに、スヴァールバル貯蔵庫を利用できるようになったんだから、ぼくたちにつくれる環境にぴったりの品種を選べるんだ」ホーマーはためらってから人差し指を上げた。「だけど、葛は大量の水を必要とするから、水を運びあげつづけなきゃならない。土星から氷山を運んでこないかぎりは――」

「――小惑星移動機を使うんだな？」細部《レゴリス》を検討すればするほど、ぼくはこの案に乗り気になった。「移動機を使えば、小惑星の表土を土として使える。肥料は使わなきゃならないだろうけど、それは分量的にたいした問題にならない。特に、栽培が軌道に乗ってしまえば」

「そしていちばんいいのは」ホーマーが締めくくった。「いま、アーサーの代役をつくってる、ぼくのプリンターで進められるところだ」

ホーマーの最後の言葉を聞いて、ぼくはバターワース大佐を思いだし、うめき声をあげた。大佐は、まず間違いなく、いまの論法では納得しないだろう。大佐にとって、なんらかの作業を必要とする施設は、彼の入植船に影響をおよぼすのだ。

「バターワースは、それでも頭に血をのぼらせるだろうな」

ホーマーは椅子からぴょんと立ちあがった。「そいつはおもしろそうだ。見物してかまわないだろ？」

☆　☆　☆

頭に血をのぼらせたのはバターワースだけではなく、国連集会は大荒れになった。飢餓に直面している集団以外の全員が激昂《げっこう》し、われを失った。ぼくはあきれ顔で、入植船建造とはなんの関係もない、資源の（彼らいわく）犯罪的な乱用について、人々が文句をつけるさまを眺めた。そしてとうとうこらえきれなくなった。発言を求めた。

「いいですか、みなさん。飢えて死にかけている人たちがいるんですよ。それも、半年から一年以内に。備蓄をお持ちのみなさんが分かちあいを拒んでいる以上、わたしがなんとかするしかないのです。これは実現可能な選択肢だし、スケジュールに影響もおよぼしません。たしかに、回収した資材を入植船ではなく宇宙ステーションに使うのだから、将来の入植船には影響が出ます。それでもわたしは、いま現在の人命を救うためなら、将来の入植船が遅れてもやむをえないと考えます。ちなみに、ここにいらっしゃるみなさんの一部は、順番が来る前に、わたしたちの葛園の世話になるはずです。だから、ぶつくさ不平をいうのはやめようではありませんか」

ぼくはマイクを切って――映像ウィンドウでは、これは着席を意味する――代表たちが我先にと発言を求めるさまを眺めた。まったくもう。この醜態が人類の実態なんだからな。

☆　☆　☆

ぼくは、日課になっている、たまった通話の処理をしていた。そしてもちろん、そのうち一本はクランストンだった。すばらしい。とはいえ、例のハッキングについてクランストンと話さなければならなかった。目を揉《も》んでからコーヒーをいれ、通話をつないだ。

「こんにちは、牧師さま。なにかご用ですか？」

「ああ、用があるんだよ、ミスター・ライカー。きょうの会議がきっかけだ。わたしたちは地球でもっとも豊かな居留地ではないが、ある程度の余裕はある」うなずいて強調した。

「これまでに何度か、きみがたいそう骨を折って指摘したように」

「そしてあなたは、ほんのちょっとでも分け与えようとしなかった。気が変わったんですか？」

「ある意味では。きみが提案したあの葛のアイデアのおかげで、備蓄を提供しても、それは回復不能な損害ではなく、一時的な後退にすぎなくなったんだ……」

ぼくは背筋をのばしてすわりなおした。なにかしらのしかしがあるのだろうが、少なくとも、牧師の話は理にかなっているように思えた。

「……もちろん、なんらかの見返りはあってしかるべきだ。きみはもう、スピッツを三号機に乗せることを決めているわけだが、わたしたちの居留地にちょうどいいスペースが残っているのだから——そして備蓄がなくなれば、わたしたちも持たざる者の仲間になるんだから——わたしたちが三号機に選抜されるのは、もろもろかんがみて合理的だと思うんだがね」

牧師は期待をこめた目でぼくを見つめた。ぼくはそれとなしのえこひいきの要求にむっとしたが、考えなおした。牧師のいっていることはなにからなにまで正しかった。そして、FAITH居留地は待機列の歴然たる先頭ではなかったが、選ばれたら不自然というほどでもなかった。特に、備蓄が減少すれば。それに、そのような傍目《はため》にも明らかな協力に報いれば、正しいメッセージを送ることになる。

ぼくは数ミリ秒間、宙を見つめた。おもしろい。牧師の提案をけんもほろろにはねつけたら、負のバイアスに惑わされたことになってしまう。

「牧師さま、それは驚くほど納得のいく提案ですね。チームと相談する必要はありますが、受け入れられると思いますよ」

クランストン師は、いい、したり顔をしないように努めた。うなずいて手をのばし、スイッチを切ろうとしかけた。

「ちょっと待ってください、牧師さま。ちょっとうかがいたいことがあるんです」ぼくはハッキングの試みについて、どうして失敗したのかは明かさずに説明した。「どう思われますか?」

クランストンは数秒間黙りこんだ——ぼくにとっては永遠だった。ようやく口を開いたとき、牧師は柄にもなく恥じているような口調だった。「その試みについてわたしたちを責めずに質問した理由は、ひとえにその地理的な情報なんだろうな、ミスター・ライカー」かすかにほほえんだ。「じつのところ、ニュージーランドが発信源だと聞いて納得したんだ。わが国の探査機技術は、その、ＦＡＩＴＨの研究成果だけに依拠していたわけではなかった。オーストラリアも探査機の開発にとりくんでいて、わが国のエージェントのひとりが、その、いくつかアイデアを借りたんだ」

「スパイですね？　設計図を盗んだんですね？」

「好きに呼べばいい。オーストラリア連邦は、おそらく、きみのもとの設計に精通している、あるいはしていたはずだ。そしてニュージーランドは、ブラジルがオーストラリアに石を落としはじめたあと、その生き残りのほとんどが最終的に流れ着いたはずの場所だ」クランストンは首をかしげてぼくを見た。その意味は明らかだった。

「じつに興味深いですね。そして包み隠さず話してくださってありがとうございます、クランストン師」

クランストンと別れの挨拶をかわすと、ぼくはすぐにチャールズとホーマーにメッセージを送った。チャールズからはすぐに返事が来た。「ＦＡＩＴＨの申し出を受けるべきだと思うな。ぼくたちの親族も救えるわけだしね。きみが身びいきをしたがってないのは知ってるけど、そこまで公明正大さにこだわらなくてもいいんじゃないかな」

そしてホーマーも、「賛成。それからオーストラリア説にも説得力があると思う。クランストンの話は、めったにないことに、筋が通ってるように聞こえた。捻挫でもしなきゃいいけどな」

ぼくはくすっと笑った。よし、どうやら取引をすることになりそうだな。

50　ボブ——二一六六年六月——エリダヌス座デルタ星系

振りかえってみれば、予期しておくべきだったのだろう。場所もよくて資源もあったのにデルタ人が分水嶺のこっち側を放棄したのには理由があったに違いないのだ。たしかに理由はあった。ニセゴリラという理由が。

デルタ人の移民団は大人数でやかましく、大きく広がっていた。移動バイキングのようなものなのだから、ニセゴリラをひきつけないわけがなかった。

ニセゴリラは、ドローンの赤外線センサーが使えなくなる、夜が明けて最初の光が差した直後に襲ってきた。もちろん、ニセゴリラは、そんなことを知らなかったし、気にしていなかった。見通しがきくほど明るくなったので行動を開始しただけだった。

デルタ人は寝ぼけていて統率がとれなかった。完全に無防備だった。数で上まわっている襲撃側は、いたるところで防御を突破したし、マーヴィンとぼくもすっかり不意をつかれていた。

ニセゴリラは、群れをつくって狩りをするという典型的なやりかたで複数箇所を攻撃した。

防御するデルタ人をフェイントをくりかえしてひきつけ、ひとりずつ本体から孤立させせた。女と若者が、すでに十数人さらわれていた。

さいわい、ぼくたちはつねに破壊機《バスター》を待機させておくことに決めていた。数秒でバスターを投入できた。十数頭のニセゴリラが、雷鳴とともに飛散した。デルタ人がそばにいないニセゴリラを標的にしなければならなかったので、さらわれた人々を救うことはできなかった。このことは別個の問題も引き起こした。

「グッピー！ ドローンにさらわれたデルタ人を追わせろ。なにがあっても離れるな」

【了解】

バスターが立ちすくんだニセゴリラを攻撃すると、デルタ人が元気づいた。接近戦では火打ち石の槍を持っている守備側のほうが優勢だった。

「ニセゴリラが多すぎる。バスターが足りない」マーヴィンがうろたえた顔でぼくを見た。

ぼくはグッピーのほうを向いた。「自動工場にあるバスターは……」

【向かわせています。ただし、最大加速でも、移動にほぼ一日かかってしまいます】

最初、バスターは二十五機あった。最初の反撃でその半数を失ったが、ニセゴリラはまだ五十頭近く残っていた。ふと気づくと、ぼくは数ミリ秒間、呆然としていた。

マーヴィンがパチンと指を鳴らした。「バスターは、ぜんぶを殺すために使うのをやめよう。石を投げたくらいの速度でニセゴリラにぶつけるんだ。重さ十八キロの鉄球なんだから、それでも足止めはできる。あとはデルタ人が片づけてくれる」

「そうしろ」

バスターは低速でニセゴリラに体当たりをしはじめた。ニセゴリラは驚異的に頑丈だった――遅くなったとはいえ人間だったら即死してしまう速度でバスターがぶつかっても、ニセゴリラは、ちょっとのあいだぼうっとするだけだった。おなじニセゴリラを複数回、攻撃したことも何度かあった。

それでもバスターは壊れた。十数回体当たりをくりかえすと、どこかが故障してしまった。バスターを回収して修理する方法を考えるのを忘れないようにしよう、とぼくは思った。それもすみやかに。

「グッピー、自動工場にバスターを増産させろ。最優先だ。それから、輸送ドローンを二機、移民団がいる場所に向かわせてくれ」

[了解]

ようやく、防戦しているデルタ人のほうが優位になった。女と若者は真ん中で固まっているため、ニセゴリラたちははぐれたデルタ人をさらえるほどそばまで寄れなくなっていた。デルタ人たちは集団をつくって統制のとれた防御をし、背後を守りあっていた。バスターは六機にまで減っていたので、使いかたに気をつけなければならなかった。

「よし、マーヴィン、もうさらわれたデルタ人を探しに行ってもだいじょうぶだな。グッピー、位置と状態のまとめを見せてくれ」

グッピーが表示したこの付近の地形図には、さらわれたデルタ人の位置が表示され、それらのわきにポップアップヒントが出ていた。状況はかんばしくなかった。半分以上が食われてしまっていた。

ぼくたちはそれぞれ二機ずつのバスターを操作してニセゴリラの集団を追った。そしてニセゴリラの後頭部を痛打した。ニセゴリラがあきらめて逃げ去るか、さらわれていたデルタ人が、ニセゴリラが気をそらされているあいだに逃げるかするまでくりかえした。結局、ぼくたちはさらわれたデルタ人の三分の一ほどを救った。

ぼくはドローンをアーノルドのもとに飛ばした。「怪我をして自力では一族のところまで戻れない人たちがいるんだ。救助隊を組織してくれ」

アーノルドはしばしドローンを凝視してから、デルタ人をつぎつぎに指さしては命令しはじめた。あとはデルタ人にまかせるしかなかった。彼らは果断な種族だった。行動すべきときにうだうだいったりしなかった。たちまち救助隊ができあがり、ドローンに先導されて走っていった。

ぼくは、さらわれたデルタ人はひとり以外、助かるだろうと思っていたが、何人かは一生残る障害を負いそうだった。

ぼくはため息をついてグッピーを見た。「デルタ人に教えるべき基礎的な医療処置についての保留リストの項目はいくつある？」

【三六件です】

「だと思った」保留リストの項目を、いったい全部でいくつためているのか、怖くて訊けなかった。これがはじめてではなかったが、ボブを二十人以上製造して、事態がおちつくまでリストを片づけていこうかと思った。そして、いつものように、その分の空きをつくるためにあとでまわしにできる自動工場リストの項目を見つけられなかった。

もううんざりだ。「グッピー、バスターが五十機完成したら、ひとつのプリンターグループにプリンターの製造を開始させてくれ。増産体制をととのえるべきときが来たんだ」

【プリンターグループを複製するためには時間と資源を集約しなければならないため、直近の製造能力が低下してしまいます】

「わかってる。一時の苦労はのちの利益っていうことわざがあるじゃないか。そもそもプリンターをつくっておかなかったら、いまごろ大変なことになってた。目先の利益にとらわれちゃだめなのさ」

ぼくはマーヴィンのほうを向いた。「爆薬を使う武器の製造を本気で考えてるんだ」

マーヴィンは目を見開いた。「へえ。そりゃ、ずいぶんな妥協だな。ぼくたちは爆薬を忌み嫌ってるんだぞ」

「わかってる。それに、製造過程でプリンターが爆発事故を起こすおそれもある。だから昔ながらの方法でつくろうと考えてるんだ。化学ラボを建設して移動機《ローマー》たちにそこで働かせて、工業的方法で弾頭を製造しようって」

「実現までにはかなりの時間がかかるぞ」マーヴィンは首を振った。いかにも疑わしげな表情になっていた。

「ああ。でも、ニセゴリラにこれからずっと悩まされなきゃならないと思うといやになるんだ。こんな短時間であれだけの数が集まったってことは、ニセゴリラの平均生息密度はどれくらいになるのか、試算してみろ。峠のこっち側は、きっとニセゴリラの本拠地なんだ」

マーヴィンは一ミリ秒かそこら宙をにらんでからうなずいた。「なるほど。殲滅《せんめつ》戦をはじめることになりそうだな」

☆　☆　☆

「はるばるここまで来たというのに、止まれというのか？」長老が耳を真下に向けたのは、デルタ人にとって、疑わしげな凝視に相当した。丸く囲んでいる一族の人々を見ると、ほとんどがおなじ表情になっていた。

ぼくはため息をついた。ドローンは会話にふさわしい手段ではない。未開人には印象的だろうが、身ぶりを使えないのでいらだちがつのった。

ぼくはもう一度説明した。「止まるのはしばらくのあいだだけだ。あの襲撃で、ほとんどのバスターが」――翻訳プログラムは〝空飛ぶ石〟と訳した――「壊れてしまった。だから増やす必要がある。少なくともここなら、ニセゴリラは減っているし、生き残っているやつらも懲《こ》りているはずだ」

いまでは輪に参加しているアーノルドが、うなずいて賛意を示した。

「そのとおりだ。けだものどもはすぐには襲ってこないだろう。やつらはさらったひとりにつき三人は死んだし、おれたちはさらわれた仲間のほとんどを取り返した」

悲しいことに、ニセゴリラは、獲物を得ることに成功したとはいえなかったが、二十人近いデルタ人の命を奪った。これは看過できない損耗だった。あと何度か襲撃されたら、移動を開始した時点の人数にまで減ってしまうだろう。

「どれくらいのあいだなんだ？」その長老は納得していなかった。明確な答えを求めていた。ぼくにはまだまだ時間が必要だった。

「五日だ。いま、追加のバスターを呼んでいる最中だけど、さらに危険を冒す前にもっと用意しておきたい。できるだけ急いでつくっても、到着は五日後になってしまうんだ」

アーノルドがまた発言した。「この旅は、片手や両手の日数では終わりそうにない。あれだけ多くニセゴリラがあんなに早くあらわれたということは、やつらはきっとうじゃうじゃいるんだ」

ぼくはしばし、その発言から受けた感銘に浸った。マーヴィンを見ると、両眉を大きく上げていた。「大男だからって馬鹿とはかぎらないってことは」ぼくはマーヴィンにいった。

「肝に銘じておいたほうがいいな。まったく頭が切れる男だよ！」

ぼくはドローンに注意を戻した。「そのとおり。いま森のなかで空飛ぶ石を飛ばしてニセゴリラを勘定しているところだ。それがすめば、どんな対策をとればいいかがはっきりする。ニセゴリラがいちばん多いところを避けられるようになるんだ」

「出くわす前に殺せないのか？」

もっともな質問だった。「襲ってきそうもないニセゴリラまで殺していたらバスターを使いはたしてしまう。襲ってきたやつらを倒すことに力を集中するほうがいいんだ。だけど、これからは、もっときちんと警告できるようにする」

長老たちはうなずいた。彼らは資源の希少性を理解できた。

命令が発せられ、人々は長期の野営のための準備をはじめた。アーノルドは狩猟隊を編成した。そしてぼくは、テントの支柱について教えるためにアルキメデスを探した。

☆　☆　☆

「大変なわりにはたいして便利じゃないような気がするなあ」アルキメデスははじめてつくったテントをつくづく眺めながらいった。たしかに、そのテントはかろうじて差し掛けになっているだけだった。

「その毛布じゃ、それだけしかおおえないんだ。もっと大きな毛布を使えば、立ったまま出入りできるし、横もふさいで雨風を防げるようになる」

アルキメデスはテントの周囲をひとまわりした。「荷造りして運ぶのが大変だ。組み立てるのが大変だ。おなじところにずっと住むようになったら、もっと便利なんだろうけど」

ぼくの表情を見てマーヴィンが笑った。「聞きましたか、おお偉大なる天空神よ！」

「うるさい」

ぼくはテント計画を棚上げし、槍をまっすぐにすることに話題を変えた。こっちには、アルキメデスもアーノルドも乗り気になった。ふたりは、まっすぐな棒を槍の柄にするとどれだけ違うかには気づいていた。ほとんどどんな柄でもまっすぐにできることは、ふたりにとって衝撃だった。

ぼくは、ねじれた枝に蒸気をあてるやりかたと、曲げ木加工器具のつくりかたをじっくりと説明した。アーノルドとアルキメデスは材料を探しにいった。アーノルドは肩に斧をさりげなくかけていた。

ぼくはドローンを回転させて野営地を見渡した。やることが山ほどあった。ぼくには永遠の時間があるかもしれなかったが、この人たちにはそんなに時間がなかった。

51　ビル──二一七四年一月──エリダヌス座イプシロン星系

［マイロからのメッセージを着信しました］
ぼくは顔を上げた。一瞬、邪魔されていらだった。栽培しているコケ類と地衣類と草の生長予測をチェックしていたのだ。ホーマーのドーナツ形農場のひとつで、ラグナロクの地表に投入する前に初期株をできるだけ増やしておきたかった。
「マイロは……エリダヌス座八十二番星に行ったんだったよな？」
［はい］
「じゃあ……」
［メッセージには、入植の目的地になりうる可能性がきわめて高い惑星についての説明が含まれています。またメッセージには、ヘヴン船の破壊の記録も含まれています］
「え!?」
ぼくは作業中のファイルをしまい、デスクを片づけて、待ち行列からそのメッセージを開いた。まず、その星系を最初に調査したときの結果を興奮した口調で話すマイロの声を聞いた。そして、迫りくるミサイル群についての情報を伝える、恐怖のにじむ声を。差分バックアップが添付されていたが、いやな予感がした……。
「グッピー、このバックアップは復元可能なのか？」
［いいえ。受信したバックアップは途中で切れています］

「くそ」ライブラリにはこのような状態についての情報がたくさんあった。なんとかしようといじっても——基本的には無理やりマイロを復元しても——精神に異常をきたすか、単純に実行が不能な可能性がきわめて高かった。ぼくたちのひとりを失うのは悲しかったが、そんなありさまになっている自分は見たくなかった。

「わかった、グッピー。そのバックアップは、〝追悼〟と記して保管してくれ。いま、ヴァージョン3のボブたちを四人、つくってる最中なんだよな？」グッピーがうなずいたので、ぼくは続けた。「可能なかぎりすみやかにさらに四人、製造を開始してくれ。全員に破壊機《バスター》を追加しろ。マイロの借りは返してもらわなきゃならないからな」

[了解]

このメディロスってやつは、目の上のたんこぶになっていた。まずエリダヌス座イプシロン星、次にアルファ・ケンタウリ、そしてこんどはこれだ。きっちりと片をつけるべき潮時だった。

52 ライカー——二一六八年一月——太陽系

ぼくはホーマーのVRに出現した。「やあ、ナンバースリー」

ホーマーはにやりと笑いかえした。「それがナンバーツーほどおもしろくないってことはわかってるんだよな？」

「ふん」ぼくは肩をすくめた。「いまやきみもすっかり体制派なんだから、ニックネームが必要だと思ってね」ぼくはホーマーから送られたリストを開いた。「きみはすっかりこのドーナツ農場に入れこんでるんだな」

「悪いか？　正直いって、農場一号では、ぼくたちは、いやになるほど完全に、いじりすぎた。その失敗から学んだからこそ、いまじゃささいな問題すら起こさずに周縁部で〇・五Gを保てるようになってる。それに、空気管理のコツも会得《えとく》したから……」ホーマーは、わかるだろうというように両眉を吊りあげてぼくを見た。

実際、農場一号が稼働しはじめてからの二カ月は、まさに悪夢だった。環境のあらゆる側面が正のフィードバックループにおちいった。最終的に、四体の人工機械知能《AMI》にフルタイムで検討させることによって、ようやく、共振を抑える方法を解明できた。

「わかりました、ブルムース会長（一九三〇年代に連載がはじまった新聞マンガ『リル・アブナー』に登場する、巨大コングロマリットを率いる強欲な大物実業家）。どうか、しもじものこともお忘れなく」

ホーマーが笑い、ぼくはコーヒーを呼びだした。状況は上向きだった。

ぼくたちがドーナツと呼ぶようになっている宇宙農場は、太めの自転車の車輪のように見えた。カーボンファイバーのケーブルが中心部から周縁部に張られていて、構造支持のほとんどをになっている。三本の太いスポークには周縁部と中心部を行き来するためのエレベーターが備えられている。ドーナツは太陽と直角をなすように配置され、周縁部と中心部のあいだに設置されている鏡が太陽光を反射し、周縁部の透明な屋根を通して内部を照らすようになっている。工期を短縮し、資材を節約するため、すべてが可能なかぎり単純に設計されていた。

ぼくはしばらくのあいだ黙ってコーヒーを飲んでいた。「ぼくがほんとにうれしいのは、VEHEMENT《ヴィーメント》がこれらには手を出せないことだ。破壊工作の心配がないことなのさ」

「やつらが地上と宇宙を行き来できるようにならないかぎりはね」ホーマーがそっけなく応じた。

ぼくはホーマーを見やったが、彼が本気で可能性があると考えているとは思えなかった。地上では食料供給施設への攻撃が増えており、ぼくたちはそれを補うために供給スケジュールを変更していた。新しい農場が逼迫《ひっぱく》を軽減してくれるはずだった。

農場一号が定期的に供給している生の葛《くず》は、人口と必要度に応じて分配されていた。ジュリアはぼくに、どんなにたっぷりのスパイスを発想力豊かに使っても、葛は、そう、葛以外の味にはならない、と断言していた。さらに、葛は消化の結果が豆と似ていた。やれやれ。複製人《レプリカント》でよかった。ホーマーは〈ビーンズ、ビーンズ〉（豆を食べるとおならが出る、という歌詞の子供の歌）の替え歌を続々とつくりつづけ、そのうちいくつかは地球ではやった。

二基めの宇宙農場があと一週間で生産を開始するので、ぼくの計算によれば、これから三年間、食料はたっぷり余剰が出るほどになる。だがそのあと、地上での生産が落ちこむため、また食料不足が大きな問題になる。

建設中の三基めのステーションでは作物の種類が増えるので、食事のバラエティが増し、健康にもよくなるはずだった。四基めでは畜産をするつもりだとホーマーは語っていた——牛や豚や鶏を育てるつもりだと。ニュージーランド人が食べつくしてしまわなければ、羊も飼育したがっていた。スヴァールバル貯蔵庫に遺伝物質が保存されていたが、それを使うためには、まず人工子宮をつくらなければならなかった。

ホーマーは産業界の大立者になっていた。ホーマーは、当然のことながら、自分のアイデアがうまくいっていることを、それもすばらしくうまくいっていることを誇りに思っていたし、彼にとって宇宙農場は、熱心にとりくんでいる愛着ある事業になっていた。

ぼくはコーヒーを飲みおえて立ちあがった。「さてと、苦役《くえき》に戻るか。派手なしくじりはしないでくれよ、いいな？」

ホーマーは指一本の敬礼をし、ぼくは彼のVRから退出した。

53　ボブ——二一六六年六月——エリダヌス座デルタ星系

野営を引き払う前に、デルタ人はまた襲われたが、ニセゴリラにではなかった。ニセゴリラとデルタ人の闘争のことで頭がいっぱいで、ぼくはこの惑星にも生態系がまるごと存在し、地球と同様に豊かで多様な自然があることを忘れていた。

そして、そこにいる最上位捕食者が一種ではないことを。

こんどの場合、襲撃者は豹などのジャングルに生息するネコ科動物とおなじ生態的地位を占めている生物だった。ただし、この種は小さな群れで狩りをする。襲われたのは、狩りに出たとき、仲間からちょっぴり離れすぎた男だった。ほかのデルタ人たちは彼を助けに駆けつけ、捕食者に槍で襲いかかった。すぐに終わった。

襲われた男にとってたぶん幸運だったことに、豹に似た生物（ぼくにはその生物をニセ豹と呼ぶつもりはなかった）は獲物を一撃で殺さなかった。大型のネコ科動物のほとんどとおなじく、ねらった動物にがっちりと噛みついて窒息させるというのが戦略だった。悪いニュースは、その男が大きな噛み傷を負ったことだった。彼を野営地に連れて帰るとき、仲間のひとりが、いい餌になってくれたんだから、おまえには獲物を一匹もらえる資格があるな、と冗談をいった。

「ぼくはこの人たちが大好きなんだ」ぼくは宙に向かっていった。

マーヴィンが振り向いてぼくを見た。「けっこうなことじゃないか。さもなきゃ、地獄の責め苦みたいな仕事なんだから」

「うん、まあな。だけど問題もある。ぼくは、ひと世代かそこら、ここにとどまって彼らに手を貸すつもりでいるけど、そのあとは身をひいて伝説になるつもりなんだ。ぼくに依存するようになっちゃまずいからね」

「まったくだ。ぼくがここを去るのも、たぶんそのときだろうな」マーヴィンはエリダヌス座デルタ星の周辺宙域の星図を広げた。「行くべき場所、出会うべき種族……」

そのあとの沈黙のなか、ぼくは自分が、マーヴィンとの別れをまったく楽しみにしていないことを再確認した。マーヴィンが完成した瞬間からぼくたちは分岐し、ふたりの異なる人異なる人間になった。でもぼくたちはうまくやってきた。必ずしもそれが可能とはかぎらないのに。ふたりの初期にライカーとホーマーがくりかえした喧嘩についてくわしく描写したビルのメッセージを思いだして、ぼくはひとりほほえんだ。見てみたかったな。さぞかし見ものだっただろう。

今回の破壊機《バスター》編隊の到着をもって、行進を再開する危険を冒せるだけの戦力がととのった。ぼくはそれを長老集団に告げたが、命令ではなく情報として伝わる表現をするように気をつけた。ぼくが彼らの運命をつかさどる立場になってしまうという罠にはかかりたくなかったし、そんな状況をつくりだすことによってボブたちに政治的余波をおよぼすのは絶対にいやだった。

長老たちは協議し、翌朝に出発すると宣言した。

☆　☆　☆

一族はとどこおりなく出発した。一週間あまりの休息はデルタ人たちのためになった。負傷者のほとんどが、遅れずについていけるほどには回復したし、止まっているあいだに食料を備蓄できた。ぼくは、夜間の警備を倍にし、使えるバスターを全機飛ばして、蝶が羽ばたいても反応するようにしておいた。ニセゴリラは、懲《こ》りたらしく、一頭も姿を見せなかった。

移民団の速度は旅の前半よりもゆっくりだった。地形がやや険しかったし、森はジャングルになりかけていた。ここは山脈の南側なので、気候はやや熱帯寄りになっていた。悪かった点は、そのことや止まらざるをえなかったことで、到着が予定よりも遅れたことだった。よかった点は、峠のこちら側では、到来が迫っている冬をさほど心配しなくてもよさそうなことだった。ぼくは、それについては達観することに決めた。

デルタ人たちが歩いているあいだ、ぼくはアルキメデスの横に浮かんでいた。アルキメデスは最近、ぼくがダイアナと名づけた同群の女性のひとりとよく一緒にいた。ダイアナは明らかにぼくを恐れていたが、アルキメデスに臆病者だと思われたがっていなかった。できるだけアルキメデスのそばに寄りつつ、できるだけぼくから離れようとしていた。ちょっぴり滑稽だったが、ぼくは子供っぽい衝動に屈しなかった。

このとき、ぼくはアルキメデスと、医学的な知識と処置について話していた。デルタ人は生薬《しょうやく》と薬草の湿布の段階にあり、それらの調合の一部にある程度の薬効があることに疑問はまったくなかったが、折れた脚は根っこでは治らないという確信があった。

「そうだね、わかるよ、ボーブ。あなたはこれまで役に立つ新しい考えをいくつも教えてくれた。おれはあなたの話を信じる」アルキメデスは肩をすくめた。「だけど女薬師《くすし》は生まれてからずっと自分のやりかたでやってきたんだ。おれには薬師と対決するつもりはないよ」

「そうか、わかった。それなら、彼女を紹介してくれないか？」アルキメデスはうなずいてからダイアナのほうを向いた。ダイアナは、なんと、これまで以上に不安そうになった。「おまえは来なくていい」アルキメデスはいった。

「行きたい」ダイアナは応じた。「薬師は彼を殺すかもしれないわ」

わお。面談には、バスターを一機か二機、連れていったほうがいいのかもしれない。

☆　☆　☆

火打ち石産地に到着するまでに、さらに三回、襲撃された。いずれも最初の襲撃ほど大規模ではなかったし、犠牲者はあわせてふたりだけだった。いっぽう、ニセゴリラの被害は甚大で、ぼくはその事実ににんまりした。

「ニセゴリラを探しだして殺すつもりなのか？」マーヴィンはショックを受けた表情になっていた。

「そうとも。数キロ以内のニセゴリラを壊滅させるんだ」ぼくは手を振って地形図を示した。「デルタ人が対抗できる程度まで数を減らすのさ」

「ふうむ。で、ニセゴリラがまた増えたらどうする？　いたちごっこになるぞ。襲ってきたやつだけ殺して、あとは放っておいたほうがいい。最終的には、デルタ人を襲おうとしないニセゴリラが繁殖するはずだ」

ぼくはその意見についてしばし考えた。「なるほど。まあ、現地に着いてから、状況がどこまでひどいのか見てみよう。場合によったら、デルタ人たちが腰をおちつけてゆっくり食事をする時間を稼ぐためだけに、まずはニセゴリラを減らさなきゃならないかもしれない」

「そうだな」

54 ライカー――二一七〇年十月――太陽系

〝最終組立〟――その魔法の言葉に、ぼくはぞくぞくした。ホーマー、チャールズ、ラルフ、それにぼくは二隻の船から〇・五キロのところに浮かんでいた。ドローンから送られてくる映像は最高の画質なんだから、実際に現場におもむいたところで意味はない、ということでみんなの意見は一致していた。ところがぼくたちは、そろいもそろってイベントにまにあうように急行した。理屈なんてそんなものだ。バターワース大佐までシャトルに乗って見に来たがったが、結局、理性を取り戻した。

船が完成に近づくと、ぼくたちは進行状況が一致するように建造資材を調節した。二隻とも、あとは駆動機関のリングを船殻に最終接続したら完成だった。

「うわあ。ほんとにやったんだな」ホーマーの声には、ぼくたちみんなが共有している畏怖の念がこもっていた。二十世紀と二十一世紀に育った者にとって、これは史上断トツで最大の工学プロジェクトだった。ぼくは、《スター・トレック》に登場するユートピア・プラニシア造船所の、宇宙船が建造されているシーンを思いださずにいられなかった。雰囲気がそっくりだった。

ぼくは概要ウィンドウに目を通した。国連代表は全員オンラインになって映像を見ていた。国連は珍しく唐突に良識に目覚め、スピーチはしないと決めた。全員がスピーチをしたがったからだってのが実情だろうな、とぼくは思った。スピーチがおよそ八時間続きかねなかったからだろうと。勘弁してくれ。

そしてついに、建造担当の人工機械知能《AMI》が、すべての接続が完了したと報告してきた。〈大脱出《エクソダス》一号〉と〈エクソダス二号〉と公式に命名された二隻の入植船が完成したのだ。ぼくは、自分が泣きそうになっていることに気づいて驚いた。いや、そんなに驚くことではないのかもしれない。

☆　☆　☆

「これからなにがあるの、ウィル？」映像ウィンドウのなかのジュリアは、数人の家族に囲まれていた。ヘンドリックス家は、有名な先祖とこうして定期的に話していた。映像ウィンドウでは、つねに人が出たり入ったりしていた。ぼくはちっとも気にしなかった。妹の子孫たちを見ていると、VRよりもずっと生《せい》の実感が得られた。ぼくの一部は生きつづけてきたのだと考えると、言葉ではあらわせないほどの満足を感じた。両親や祖父母の気持ちとは違うのだろうが、それに近いのはたしかだった。

ぼくは埋めこみリストを表示した。「システムテスト、統合テスト、ストレステスト、そしてついに慣らし飛行だよ。もちろん、異常が発見されるかもしれないけど、念のためのテストだ」

「それから三隻めの船？」

いうまでもなく、ジュリアが関心を寄せているのは三隻めだった。ジュリアと彼女の家族は、スピッツグループとともに全員、〈エクソダス三号〉に乗れることになっていた。ぼくは、クランストンの提案に同意する前に、彼からそうするという約束をとりつけたのだ。クランストンに約束をたがえる理由はなかった。三隻めに乗りきれない三百人ほどの人々は四隻めに乗ることになるが、エリダヌス座オミクロン2星に着いてすぐ、もうできあがっている家に入居できると保証されていた。クランストンが希望者をつのると、驚いたことにそれだけの人数が集まった。楽をしたい人もいるものなのだろう。

ジュリアはため息をついてぼくにほほえみかけた。「あなたが来る前は、わたしたちが人類最後の世代になるんだろうって空気が漂ってたの。子供をつくるなんて自分勝手だっていう人もいたわ。そうならなくてほんとによかった」ジュリアは、膝に乗せているボブ一族の新人のひとり、息子のジャスティンを抱きしめた。

ジャスティンは、ぼくとジュリアがなにを話しているのかわかっていなかった。だが映像はきれいだったし、ジャスティンはウィリアムおじさんが大好きだった。ぼくが変顔をすると、ジャスティンは声を上げて笑った。宇宙士官候補生ジャスティン・ヘンドリックスは。

55　ボブ――二一六六年七月――エリダヌス座デルタ星系

とうとう、火打ち石の産地に到着した。かつての野営地は、森のなかからぽこんと突きでている小山のてっぺんにあった。地球だったら城が築かれていたような場所だ。事前の調査で、そこから眺めると、森を四方八方、地平線上の山脈や丘陵まで展望できることがわかっていた。その小山はむきだしの岩場だが、岩棚の付け根にくぼみがあって、そこが天然の隠れ場になっている。岩場のあちこちにある、雨が頻繁に降るせいで生じている水たまりは天然の貯水池《ちょすいち》だ。中央の岩石丘《メサ》が、潜水艦の司令塔のように岩棚からそびえている。

実際、あまりに理想的な場所なので、どうしてここを放棄したのかぼくは何度もたずねた。ほとんどの長老たちは、「知らない」としか答えなかった。両親がひどくおびえていたことしか覚えていない、とモーゼはいった。ニセゴリラに追われたのだろうと考えていた――その可能性が高そうだった。ほかの長老のひとりが、その仮説を聞いているとき居心地悪そうにしていることにぼくは気づいた。あの長老とあとで話そう、とぼくは心に決めた。

ぼくはドローンに、この付近にニセゴリラがどれだけいるか、ざっと調べさせた。ざっとする結果だった。ここはまるでニセゴリラ保護区だった。いまいましいけだものはそこいらじゅうにいた。でもなぜだ？　食料になるデルタ人がいないってのに、これじゃまるで下手な『D&D』のシナリオじゃないか。

答えはすぐにわかった。ぼくは、デルタ人を発見して以来、生物学的な分析や調査をろくにしていなかったが、これはぼくの怠慢に対する報いだったのだろう。ニセゴリラは雑食性だ。こちら側の植生には、栄養価の高い莢《さや》の実がなる木があり、ニセゴリラはそれを主食にしている。その莢はとるのもあけるのも難しい。だからニセゴリラは体が大きくて力が強いのだ。そしてもしエデンの生化学が地球の生化学とおなじなら、莢だけではタンパク源が充分にとれない。では、タンパク質たっぷりなのは？ もちろん、デルタ人だ。

それで説明がつきそうだった。莢はこれだけの数のニセゴリラを維持できるだけの量があるが、けだものたちはタンパク源に強烈に惹《ひ》かれる。そしてぼくは、たったいま、数百のタンパク質の塊を、そいつらのまっただなかに持ちこんだのだ。すばらしい。

だが、それにしても、ニセゴリラの数は多すぎた……。

いきなり、ドーンという大きな音が二度、森に響いた。

[二頭のニセゴリラが所定の距離まで接近したので無力化しました]

「ありがとう、グッピー。よくやった」

サプライズは願いさげだったので、グッピーに指示して、ニセゴリラがデルタ人から百メートル以内に迷いこんできたら破壊機《バスター》で処理するように命じておいたのだ。デルタ人は、いままでは衝撃波音《ソニックブーム》にすっかり慣れていて、ほかにニセゴリラがいないかとあたりを見まわすだけだった。だが、ドローンのセンサーによれば、付近にいたニセゴリラたちはあわてて逃げ去った。

「守りやすい場所に行く必要があるぞ、アーノルド」

アーノルドはドローンにうなずき、向きを変えてほかのデルタ人たちに大声で命令しはじめた。デルタ人は機敏に絶壁をめざした。先行して偵察する男たちは、とりわけ大きな最高の槍を持っていた。

☆　☆　☆

デルタ人はすんなりとおちつけた。古い焚き火穴や、きれいに片づいた寝床、それに低い壁をつくるのに使える石の山まであった。アーノルドは即座に見張りを立てると、このあたりにはどれくらいニセゴリラがいるかとぼくにたずねた。ぼくの答えが気に入らないようだった。彼を責められなかった。

アルキメデスとモーゼは、荷物をおろすなり、モーゼが指さしたほうに向かった。〈アクメ斧・槍先製造非法人会社〉（アクメ社はアニメ《ロードランナーとワイリーコヨーテ》のワイリーコヨーテが愛用している通販会社）が設立されるようだった。ぼくは、一機のドローンと二機のバスターに命じて、彼らをこっそり追わせた。

「さてと、間引きを実行するのかい？」マーヴィンの顔を見れば、彼がこの件についてどう考えているかは明らかだった。

「いいや。きみがいったとおりだ。必要なのは長期的な解決策、つまりニセゴリラたちにこの地域を避けることを学ばせ子供たちにそれを教えさせることだ。バスターの人工機械知能《AMI》たちにここを見張らせて、近づきすぎたニセゴリラを殺すだけにするつもりだ。ニセゴリラは、しまいにはつながりに気づくだろう」

「そして一族は、ボーブに守ってもらえるものだと思うようになるってわけか」マーヴィンは笑ったが、ぼくはそのジョークに刺があることに気づいた。ぼくは片眉を上げてマーヴィンのほうを向いた。

「見てくれ、ボス」マーヴィンはドローンの一機が映している映像のウィンドウを拡大した。火打ち石産地の端で、何人かのデルタ人がバスターの破片を丁寧に並べ、その周囲に小さなたいまつを立てていた。

ぼくは目を見開いた。「あれは……」

「祭壇だよ。そうとも。ボーブ万歳！」

56　ビル――二一六七年三月――エリダヌス座イプシロン星系

軌道図を見れば一目瞭然だったが、ぼくはそのメッセージが気に入らなかった。

グッピーを見た。助けは得られなかった。アクバー提督は、まったくなにも読みとれない、魚の無表情でぼくを見つめかえした。

「この氷山を救うことはまだ可能なのか？」

［確率は五〇％以上です。ただし小惑星移動装置を救えなくなるかもしれません］

ぼくは額を揉《も》んで、冷や汗をかかないようにした。「よし、グッピー。おまえは軌道修正を担当してくれ。ぼくは駆動機関を回収するドローンのスクリプトを書く。それでいくらか時間を節約できるだろう」

ラグナロクに接近しているのは、ぼくたちがこれまでにカイパーベルトで見つけたなかで最大級の氷山だった。その氷の塊はちょっぴりコースをはずれていて、小惑星駆動機関を最大限に吹かして、ぎりぎりで正しい軌道に乗せられるかどうかだった。しくじって、この氷山を太陽に突っこませたくはなかった。高速でラグナロクに激突するという、もっとひどいことにもなりかねなかった。

グッピーが軌道修正をし、軌道図に変化がリアルタイムで反映された。ぼくはうわの空で表示を眺めながら、選択肢を比較検討した。必要なら、駆動機関を氷山もろとも犠牲にしてつくりなおす覚悟はできていた。氷塊がもっと小さかったら、肩をすくめただけで惑星を通過させていただろうが、こいつはでかかった。新しい駆動機関ができるまでの半年間にやってくる塊をすべて無駄にしたとしてもお釣りが来た。

だが、駆動機関を失ってしまうと、このあとの塊をコントロールできなくなる。真っ正面から激突しそうになっても、見ているしかなくなってしまう。

ぼくたちは氷塊をカイパーベルトから、約一週間の間隔で運びつづけてきた。ガーフィールドが見つけた氷塊を、小惑星駆動機関を使って星系の内方向へ送り、ぼくがこっちで、ぼくの駆動機関を使ってつかまえてきた。これから十年で、小さな海がつながって正真正銘の大洋になるだけの氷をラグナロクに落とせるはずだった。この惑星を人類が入植できるようにする、というのがぼくの長期計画だった。

［軌道修正完了。停止まであと二分です］

「ありがとう、グッピー。駆動機関を氷山から分離するのに使える時間は？」

［六五〇秒です］

うわあ、ぎりぎりだな。ぼくはドローンのために書いたスクリプトを確認した。きちんと回収するためには十二分間が必要だった。ある程度の余裕はあるけど、それにしても……。大気圏に突入する前に惑星間氷山から離脱させるためには、十二個におよぶ個別の機構をアンカーから切り離さなければならない。ぼくはもう、アンカーをあきらめていた――抜くのに時間がかかりすぎた。地表に落下したときのダメージが大きすぎないことを願うばかりだった。

ガーフィールドがぼくのVRに出現した。「どんな具合だい、ビル？」

ガーフィールドは、一部始終を見ていたはずだが、ありがたいことに、余計な口出しはしなかった。どっちみち、星系の外圏にいるガーフィールドにできることはなかった。すべての装備を救うのは、ドローンの数が倍だったとしても無理だった。

ぼくはガーフィールドににやりと笑いかけた。「なにもかもふだんどおりさ。ここにいたってなんにもおもしろくないぞ。さっさと……」

［停止しました。回収を開始します］

ぼくはドローンたちに回収プロセスをはじめるように命じた。これ以降はドローンたちを制御する人工機械知能《AMI》まかせになる。ぼくにできるのは、邪魔にならないようにおとなしくしていることくらいだ。装備を救えるにしろ、ラグナロクに新しいクレーター群ができるはめになるにしろ。

六百五十秒後、氷小惑星は大気圏に突入する。時間がなかった。氷山を放っておいたら、上層大気で跳ね、夕日に向かって進んでいくだろう。文字どおりの意味で。そうならないように、ぼくは数多くの爆薬を起爆し、氷山を砕いておびただしい数の、大気層を突き抜ける前に溶けてしまうほど小さな塊にする。塊は空気にひっぱられて散らばり、さまざまな軌道をとる。そしてすべて高高度で溶けて、数日ないし数週間で、雨となって地上に降り注ぐ。

多数のアンカーと駆動機関から切り離したふたつのセグメントは、ちょっと違う運命をたどる。くそっ。

ぼくはガーフィールドを見て肩をすくめた。

「こういうことが起こるかもしれないって、ぼくは警告したよな？　だからいったじゃないかとはいわないけどさ……」

「ああ、もちろんいわないだろうさ」ぼくは映像に向かって顔をしかめた。「次の氷塊が来るのは一週間後だ。それは激突しちまうだろう。その塊はもうどうしようもないけど、きみが駆動機関のふたつのセグメントをすみやかに送ってくれれば、そのあとで受けとれる」

「で、予備もつくるのかい？」

「ああ、短期的にだけどね。長期的には、ガーフィールド、ぼくはこのアンカーシステムにうんざりしてるんだよ。とりつけに時間がかかるし、とりはずしにも時間がかかるんだから。結局、なにかがおかしくなるんだ。ぼくは、じかに設置しなくても推進するにはどうしたらいいか考えてるところなんだ」

ガーフィールドは驚いた顔をした。「本気かい？　たとえば、とりつけ部分を氷塊の軌道上に設置するとかは？」

「ふむ、ふうむ。ふたつの独立した駆動チャンネルが必要になるけど、原理的にはまったく問題ないな。そのほうがずっと時間の節約になる。それに、ぼくにはアンドロイドプロジェクトからの気分転換が必要なんだ。あのプロジェクトのバグをつぶすのは、まるでモグラ叩きみたいになってるんだよ」

ガーフィールドは笑った。「了解、ボス。セグメントふたつ、はずしたらすぐそっちに送るよ」

☆　☆　☆

ガーフィールドに告げた言葉とは裏腹に、残りの駆動機関セグメントが待機状態になるとすぐ、ぼくはアンドロイドプロジェクトのファイルを開いた。表示された映像ウィンドウには、軌道上のラボのひとつに置かれている最新の試作品が映っていた。

アンドロイドは、電源を切られて支持架にもたれかかっていた。四足歩行のブルウィンクル（一九六〇年代のアニメ《ロッキー＆ブルウィンクル・ショー》に登場するヘラジカ）は、大きさがヘラジカほどで、愛嬌があった。頭部の外部通信アレイは、妙にあの有名な二本の枝角を連想させた。たぶん、偶然ではないのだろう。ぼくがおとなになりきってないことは、もう話したんだっけ？

それはブルウィンクル・ヴァージョンうん千億かそこらだった。基本概念は単純だった。カーボンファイバーマトリックス製の人工骨格、電気が流れると収縮する形状記憶プラスチック製筋肉、ふつうの五感を模倣するセンサー。それらすべてを詰めこんで遠隔制御システムを装備すれば——このぼくのような——複製人《レプリカント》はアンドロイドをまるで自分の体のように制御できる。

というのは理屈の上の話だ。いくらうまく機能させようとしても、いらだちがつのるばかりだった。

ブルウィンクルは、機械的にはきちんと動作した。問題は、感覚と反射と意思疎通だった。触覚と温覚と冷覚の配線は、神経外科手術並みの精密さを要求される。プリンターはほとんど助けにならない。それに、状況に応じた処理能力を与えれば与えるほど、必要となるローカルなコンピュータシステムが大きくなってしまう。遠隔的に操作する割合を大きくすればするほど、必要となる帯域幅が広くなってしまう。しかも、光速遅延によって生じる問題も大きくなる。超光速通信が助けになるが、亜空間伝送汎用送受信機《SCUT》をヘラジカのなかにおさまるほど小型化できる見通しはまったくついていない。

最終的には、アンドロイドの操作を没入体験にしたかった。自分が地を駆けているように感じたかった。熱さ冷たさを、触れた感じをわかるようにしたかった。顔に風を感じたかった。それは、ビデオゲームに近いドローンや破壊機《バスター》の操縦とは大違いだった。九十パーセントはできていたが、残り十パーセントが大問題だった。

ぼくはため息をついてそのフォルダを閉じ、小惑星移動機プロジェクトのフォルダをふたたび開いた。仕事に戻らなきゃ。

57 マリオ――二一六九年八月――みずへび座ベータ星系

みずへび座ベータ星は太陽から二三・四光年離れている。ほかの新しいボブたちともっと近い候補星をめぐって争うのがいやだったので、ぼくは僻地の星を選んだ。メルヴィルいわくの、〝禁断の海を行く船〟（メルヴィル作『白鯨』の一節）とかなんとかってやつだ。ほかのみんながここまでたどり着くまでに、〝マリオ参上〟と高らかに宣言している宇宙ステーションをつくっておきたかった。

正直いって、ぼくはほかのボブたちと一緒にいたくなかった。彼らがほかのクローンとの違いを気にしないことが、ぼくにはいまだに驚きだ。ぞっとする――別人というほどは異なっていないが、意見が分かれるほどには異なっているのだ。脳に損傷を負ったぼく自身を見ているかのようだ。たしかにボブ1が、先に生まれたボブが仕切り役になるというルールをつくったが、ぼくには長続きするとは思えない。オリジナルのボブは、子分肌とはいえなかったのだ。

まあ、どうだっていい。ぼくはここ、彼らから遠く離れたところにいて、そのことを気に入ってるんだから。さて、ぼくの領地を探検するぞ。

ぼくは星系に入ると、二Gでゆるやかに減速した。もっと派手に進入することもできたが、メディロスがいる可能性もないではなかったので、ぼくがどんな能力を秘めているかを明かしたくなかったのだ。メディロスはぼくたちが二Gで加速するところを見ているが、ぼくの厳重に遮蔽された原子炉はそれよりもずっと出力が高いし、彼はぼくたちを甘く見ているはずだ。そうであってほしいものだ。ぼくは、メディロスと遭遇して、また吠え面をかかせたいと本気で願っていた。ぼくは、二機の破壊機《バスター》に彼の名前を記していた。いや、ほんとうだ。星系から星系へと移動するあいだ、することがほとんどないので、移動機《ローマー》たちに命じて二機のバスターの機体に彼の名前を印刷させたのだ。

だが、いまのところ、あたりにブラジル人の気配はなかった。それどころか、この星系にたいしたものはなさそうだった。大きくて天体の数は多い星系だったが、これまでのところ、金属鉱床は見つかっていなかった。掛け値なしに皆無だった。この星のスペクトル線からして、太陽の三分の二ほどの金属があるはずだった。一般に、その星系の天体の組成は、中心星の組成に準じるはずだ。

ぼくは背中で手を組んで、眺めと森の地面から千メートル上の高さを楽しみながらツリーハウスのバルコニーを歩きまわった。この森は、文学作品のなかにしか存在したことがない。しかも、たくさんの本のごた混ぜだ。おもにアラン・ディーン・フォスターの『ミッドワールド』（一九七五年に刊行された日本未訳のSF小説）からとっているが、見通しがよくなるように木を少なめにしてあった。地球の鳥をたくさん導入し、大きくて飢えたドラゴンっぽい生物は削除した。

ぼくは片眉を上げてグッピーを見た。「きみの意見を教えてくれ」

［それができるほどの給料はいただいておりません］

ぼくは吹きだした。ヴァージョン2のヘヴン船は、ボブ1が出発したときよりも、コアとメモリを搭載するスペースが広くとられている。もともと、グッピーは拡張性が高い設計になっているが、ぼくは彼をさらに改良した。グッピーは、いまやりっぱな人だった。傲慢になるのをぎりぎりでまぬがれている辛辣で生意気な人だった。ぼくは気に入っていた。そして、もちろん、グッピーはボブのクローンではなかった。

「わかったよ、皮肉屋くん。分析してくれ」

［それなら可能です。分析結果、金属は存在しない］

「はいはい、ご苦労さま。理由についての仮説は？」

［ありません。ただ、ほかの元素の量は、すべて予測の範囲内におさまっています。金属だけがなくなっているのです。それも完全に］

だがそんなことはありえなかった。既知のどんな恒星または惑星形成論でも。グッピーがパチリと瞬きをしてぼくのほうを向いた。なにをいうのか、それでわかった。

［何者かが先にここに来たのです］

「くそ。メディロスか。だけど、それだったらまだ自動工場があるはずじゃないか？」ぼくは口から出かけた言葉を呑みこんで数秒間考えた。臭かった。グッピーが生臭いわけではなかった。

「待て。どれくらい、いいの鉱石が失われてるんだ？　この星系にあるはずの量を、メディロスがかわいいちびメディロスたちをつくるのにすべて使ったとしたら、いったい何年かかったんだ？」

グッピーはつかのま考えこんだ。それとも計算をした。どっちだっていいが。

［一七三二年ですね。その前後です］

「じゃあ、その説は除外できるな。ここは二十何光年かしか離れてない。それに、やつもここに来るのにおなじだけの時間がかかったはずだ」あたりまえのことをいっているのはわかっていたが、昔から、考えを口に出すと頭を整理できることに気づいていた。

［つまり、仮説に誤りがあることになりますね］

「だよな？」ぼくは星系図の内惑星を指さした。「結局、惑星で採鉱をしなきゃならなくなるかもしれない。利用できる鉱石があるかどうか、岩石惑星をいくつか調査しておこう」

［お望みならばなんなりと］（『アラジンと魔法のランプ』の魔神の決まり文句）

数日後、第四惑星に到着した——だれかに見られるといけないので、あいかわらず、手の内を全部見せるつもりはなかった。ＧＬ19‐4は茶色い泥だんごで、灰色の海があり、濃くてどんよりした大気に包まれていた。活発な火山活動のせいに思えたが、一見して環状または列状の火山帯らしいものは見あたらなかった。

ぼくは極軌道に乗ってディープスキャンを開始した。目的は、そう、特になかった。金属堆積はもちろん、火山活動や、その他もろもろの興味深いものを探した。

結果は、いいニュース・悪いニュースの状況だった。いいニュースは、興味深いものがたくさん見つかったことだった。悪いニュースは、金属が見つからないことだった。まったく。とにかく、ぼくの装備が届く範囲内には。この惑星には磁場があるのだから金属核があるのは明らかだった。ところが、地殻にはないも同然だった。ここにちょっと、あそこにちょっとという具合には存在しているが、わざわざ採掘するほどの量ではなかった。

[異常を感知しました]

「もう充分に異常な状況じゃないのか？」

[とんでもない異常を感知しました。これでよろしいですか？]

気に食わなかった。ぼくは一瞬、グッピーを再初期化してしまおうかと考えた。ほんの一瞬だけ。

心配する必要はなかった。汎用《G》ユニット《U》一次《P》周辺《P》インターフェース《I》がぼくたちの思考を読みとるのを、ぼくたちが改造した装置のひとつが防いでいるからだ。ややこしいことになっていた。いまやグッピーには声で命令を伝えるようになっていたが、コンピュータシステムがそれ自身に語りかける声とはいったいなんなのだろう？

「オーケイ、グッピー、いったいなんなんだ？」

［精錬された金属の集積を発見しました。人工物です］

「たまげたな」ぼくはしばし考えた。「探査ドローンを三機用意しろ。その異常が発生している場所に向かわせるんだ。ローマーも二台持っていかせろ。ドローンの一機はそこから螺旋を描いて外へ向かわせ、残り二機とローマーにはその場所をくわしく調べさせろ」

［了解］

グッピーは仕事モードになっていた。これは重大事態だった。メディロスが墜落したのか？　ほかの国が飛ばした探査機か？

ドローンは記録的な速さで急行し――グッピーがめいっぱいせかしたのだろう――異常の周囲に到着した。一機は一周ごとに徐々に中心から離れていく旋回を開始し、ほかの二機は着陸して二十センチのローマー二台を吐きだした。そしてドローンは離陸し、至近距離からカメラによる調査を開始した。

すぐにひとつのことが明らかになった。それは探査機ではなかった。それどころか地球のものですらなかった。なにが、異星のものだと叫んでいるのかは説明できなかったが、人間の精神がこんなものをつくれるはずはなかった。なんとか思いついた似ているものは、映画《プロメテウス》に登場する異星船だった。とにかく理解不能だった。

ぼくは、しばし時間をかけてそれについてじっくり考えた。ぼくはいま、地球外の知的生命体をはじめて発見したのだ。いや、まあ、残骸を見るかぎり、知的生命体の死体をはじめて発見しただけなのかもしれない。それにしても……。

それがある種の貨物船だったのは明らかだった。船は墜落し、船殻がぱっくりと裂けていた。そして積荷の一部がこぼれていた。さまざまな種類の大きな金属の地金《インゴット》のようだった。どのインゴットも純粋で、単一の元素だけでできていた。鉄、チタン、銅、ニッケルなど、山ほどあった。だがこの貨物船は、持ち去られたのでないかぎり、四分の一ほどしか荷物を積んでいなかったらしい。

どうやら、ぼくは金属泥棒を見つけたようだ。とにかく、そのひとりを。泥棒というのはいいすぎかもしれない。それにしても……。

［異常を発見］

「え、いったい——こんどはなんだ？」

［自分でごらんください］

ぼくはグッピーに提示された映像ウィンドウを開いた。そしてあんぐりと口を開いた。ここは死の惑星だった。とにかく、いまは。だが、過去のある時点ではそうではなかったのだ。

ぼくは死に絶えた生態系を見つめた。目の前に広がっているのは、アマゾン盆地の生物が一瞬で全滅したかのような光景だった。からからに乾燥し、変質し、劣化していた。だが、それは木々だった。茂みだった。そして、ところどころに動物がいた。それがえんえんと続いていた。

　　　　　☆　　　☆　　　☆

　ぼくは生物学的分析ドローンたちを送って解剖させ、そこでなにが起きたのかをつきとめようとした。生物学的分析ドローンは解剖できるようにつくられてはいなかったが、ぼくは地球から人類が蓄積した生物学的・医学的知識をすべて持ってきていたし、きわめて先進的な機器を、ええと、ぼくが開発していた。

　ドローンは突き刺し、切り裂いて適切な標本を入手した。命令しさえすれば人工機械知能は、設定したパラメーターの範囲内でじつに巧みに作業してくれる。ぼくは、余計な邪魔をしないように気をつけるだけでいいのだ。

　ドローンたちとローマーたちは残骸の調査を続けた。これといった理由はなかったが、ぼくは二機のバスターを送って威嚇するようにホバリングさせた。すべて死に絶えているように思えたが、いやな予感がしてしかたなかった。

　チャイム音とともに、生物学ドローンたちからの報告がデスクトップに届いた。ぼくは急いでファイルを開いた。

　うわあ。

　細胞へのダメージからして、いずれも、死因はガンマ線バーストに似たなにかだった。要するに、確実に即死するほど大量の放射線を浴びたのだ。なぜそういえるかというと、動物だけでなく、動物の腸内細菌叢《フローラ》（あるいはそのデルタ星版）も同時に死滅しているからだった。内側が腐ってふくれあがったりしていなかった。地球の生物になぞらえて推測しなければならなかったが、大きくはずしていないはずだという確信があった。

ぼくはまた、死体の数が少なすぎることにも気がついた。標本はどれも小型生物だったし、意外な、見つけにくい場所にあったり、死体だとしても状態が悪いものだったりしていたのだ。動物相《フォーナ》の九十九パーセントが失われているに違いなかった。

手がかりとなる分解が見られないので、いつ全滅したのか、すぐにはわからなかった。だが、死体と枯れ木の傷み具合と変質の程度から、おおまかに推測することは可能だった。かなりたくさん残っている、新たな芽生えの見られない山火事の跡の分析も参考になった。五十年から百年前だろう、とぼくは見積もった。

ぼくは生物学ドローンたちを、惑星のほかのいくつかの地点、特にここの真裏にあたる場所に送って調べさせた。

［非常事態です！　敵対的活動がありました！］

「なんだって？　なにがあったんだ？」

［ローマーの一台が攻撃を受けています］

「ドローンたちに亜空間ひずみ検出測距《SUDDAR》ビームを細く絞って照射するように命じろ。できるだけくわしく知りたい」

［命じました］

ぼくはVRを消してフレームレートを最大に上げた。映像はリアルタイムだった。ウィンドウには攻撃を受けているローマーのカメラと、二台めのローマーのカメラの映像が表示されていた。一台めのローマーは機械の蟻《あり》にびっしりとたかられているように見えた。見るまにそのローマーは食われていく——金属の部品がどんどん薄くなり、ばらばらになっていた。

「グッピー！　ローマーを二台とも爆破しろ。いますぐ自爆させろ！」

グッピーは問いかえしたりしなかった。映像が消えた。

「装置間通信にファイアウォールをかけろ。あいつらにローマーから暗号化キーをくすねるだけの時間があったとは思わないけど、念のためだ」

ぼくは、デスク上でまとまりつつあるSUDDARによる調査結果の分析に注意を向けた。

グッピーがその横に、ローマーたちから受信した動画記録のウィンドウを置いていた。

ぼくはまず、動画を再生した。一台めのローマーが容器だかロッカーだかを開いた。それがきっかけで、蟻が起動したようだった。防衛反応だったのか、蟻がローマーを獲得すべき資源とみなしたのかは不明だった。実質的な違いはないのかもしれなかった。どっちにしろ、蟻はローマーを分解しはじめた。細く絞ったSUDDARスキャンによって、ローマーが元素ごとに分けられていることがわかった。蟻は、プラスチックとセラミックの部品には興味がないらしかった。

ぼくは、ローマーを自爆させたことを後悔しなかった。ローマーに便乗した蟻を一匹たりとも呼びこむ危険は冒せなかった。それに、馬鹿げて聞こえるだろうが、ぼくは、先進技術が通信システムを乗っとってコンピュータに侵入するSF作品を山のように観たり読んだりしていた。そしていまのぼくは、まさにそのコンピュータなのだ。

ローマーならまたつくればいい。

蟻の動力源はなんだろう？　船をふたたびスキャンすると、ローマーの自爆で吹き飛ばなかった蟻の約半数は動かなくなっていた。死んだのか、待機しているにすぎないのかはわからなかった。

蟻の動向を監視するため、五秒間隔でスキャンすることにした。奇妙なことに、スキャンするたびに、動いている蟻が増えた。なんなんだ？　ぼくは、一分間、ＳＵＤＤＡＲスキャンを停止してみた。ふたたびスキャンしたときには、蟻は四分の一ほど動かなくなっていた。くそっ。ぼくはスキャンを五分間中止し、できるだけ低い出力ですばやくスキャンした。案のじょう、ほとんどの蟻が動かなくなっていた。

ちくしょう！　蟻はＳＵＤＤＡＲビームから動力を得てたんだ。蟻たちを復活させたのはぼくのスキャンだったんだ。

まずい事態だった。なにをしているのかを知ろうとするたびに蟻たちに動力を与えてしまうのだ。しかし、これは、異星人が亜空間を通じて電力を送り、受けとった側が利用できる技術を持っていることを意味していた。あの蟻を調べる必要があった。

ぼくは一時間待ってから、全長一センチのローマーを一台送った。蟻が、自分よりほんのちょっと大きいだけのローマーに、こっそり便乗することは不可能だった。そのローマーは二匹の蟻を拾いあげ、残骸から持ち帰った。ぼくは蟻のために、どろどろのプラスチックで満たした小さな棺桶をふたつ用意しておいた。ローマーは蟻をどろどろのなかに突っこみ、硬化剤を投入した。これで蟻を、とりあえずとらえたことになった。蟻がそこから脱出できるとしても、その前にスキャンが終わっていてほしいものだった。

ぼくは二機のドローンを接近させ、最強で最高の精度の近接スキャンを実行させた。蟻の、ほとんど分子レベルのマップを作成できるほどのスキャンだった。ぼくは、二匹の蟻が動きだし、前肢から小さなカッターのようなものを出すさまを、魅せられたように凝視した。さいわい、蟻は身動きできず、プラスチックにふたつの穴をうがつことしかできなかった。ぼくはほっとした。

ぼくはそのローマーを自爆させると──念には念を入れたのだ──ツリーハウスに戻ってじっくり考えた。

☆　☆　☆

ぼくは調査を完了した。この惑星に文明があった形跡はなかったので、あの残骸は、間違いなく異星のものだった。異星人は、ここに来て、おそらくある種の放射線兵器で生物を皆殺しにし、星系の金属を採掘しつくし、死体を集めて去ったのだ。推測に推測を重ねた仮説ではあるが、証拠に符合した。

蟻のスキャン結果から、いくつか興味深い技術が見つかった。すでに、そのうちいくつかをテストするためのシミュレーションを準備中だった。
残骸のスキャン結果から大きな発見はなかった。操縦していたのは、なんらかの人工知能《AI》またはAMIのようだった。核融合炉を装備していた。亜空間無反動重力走性模倣機関《SURGE》も装備していた。SUDDAR発信器も装備していた。しかし、SUDDARユニットは、SUDDARをレーダーとして使うだけでなく、同調している受信機に電力を伝送できるようにもなっているらしかった。ぼくは、さらにくわしく調べるために精密スキャンを実行した。

　異星人がやってきて乗組員を救出し、残骸を置いていったのかもしれなかった。だがぼくは、そうではなさそうだと思った。船には、どんな生命体であれ、そのための設備はまったくないように見えた。完璧なAI船である可能性が高かった。その文明に、生命体はちょっとでもかかわっているのだろうか？　死体をごっそり持っていったという事実がヒントになっていたが、ぼくは答えがまったく気に食わなかった。タンパク質ばかりをわざわざ持ち去った理由はひとつしか思いつかなかった。

　ところでこれは、一度かぎりの出来事なんだろうか？　それともそいつらは、いまも星系を襲撃しつづけてるんだろうか？　だとしたら、いまどこに向かってるんだろう？　太陽系は、絶対にこのような悲運に見舞われてほしくなかった。もう人間が残っていないとしても。イルカとチンパンジーにはまだチャンスがあった。

　ヴァルカン人やアスガルド人（マーベル・コミックのスーパーヒーロー、マイティ・ソーが属する種族）と会える見込みがなくなって、ぼくは失望のうずきを覚えた。これは、《エイリアン》のシナリオのほうに近かった。ファーストコンタクトの状況としては、これはくそだった。

好むと好まざるとにかかわらず、ほかのボブたちに知らせないわけにはいかなかった。そのせいで新たな問題が生じた。ここは遠すぎて、ビルにメッセージを送れなかった。送信のための宇宙ステーションが必要だし、それを建造するための原料が必要だった。残骸に積まれていた鉱石では、残骸自体を加えたとしても足りなかった。

ぼくはここを去らなければならなかった。

58 ライカー――二一七一年四月――太陽系

ついにこの日がやってきた。二隻の入植船は隅から隅まで点検され、ユーラシア合衆国《USE》の代表団がチェックし、木星までの慣らし飛行をして戻ってきた。いま、二隻は地球の低軌道で乗客を待っていた。

ホーマーはぼくの艦長席のまわりで一種の出陣のダンスを踊っていた。そしてぼくは、自分にはリズム感がないことを思いしらされた。ビルのVRアップグレードのおかげで、ボブたちは映像ウィンドウを通して話すだけではなく、身体的に交流できた。それにも短所があるというわけだ。

ぼくは進行状況を映しているウィンドウに注意を戻した。地上から軌道に上がるためのシャトルに、人々が列をつくって乗船していた。シャトルには、通勤ラッシュ並みに詰めこんで、五百人乗れた。

ぼくは会社勤めをしていた若いころのことを思いだした。一日に二度、フェリーに乗って湾を横断したものだ。肩幅ほどしかない硬いプラスチックの椅子は、向かいあわせに設置されていたので、乗船中ずっと、見ず知らずの他人と向きあっていなければならなかった。それに、録音の案内にいらいらさせられた。乗るたびに、ライフジャケットの使いかたの説明を聞かなければならなかったのだ。楽しい船旅だった。

シャトルにはもっと大勢が乗っているし、船までは十五分ちょっとしかからないが、きっと似たような、退屈でつまらない旅だろう。船に着くと、乗客はすぐに人工冬眠ポッドに寝かされ、鎮静剤を投与され、棺桶ほどのボックスに閉じこめられる。船内時間で四年弱ののち、新天地で目覚めることを楽しみにしながら。

とにかく、そういう計画だった。

十隻のシャトルが、計四十回往復してUSE入植者を入植船に迎え入れた。スヴァールバル貯蔵庫の中身の一部がそれぞれの入植船に積みこまれ、シャトルは貨物区画に格納された。そして避けられないセレモニーの時間になった。全員がスピーチをしないではすまなかった。USEのお偉方がスピーチするのはしかたなかったが、地球の反対側からやってきたグループが、どうしてスピーチをしたがるのだろう？　半分終わったところで、ぼくはうとうととして仮想的な居眠りをしないように身体感覚エミュレーションを切った。サンドボックス

・ボブを呼びだしてウィンドウに映しだし、ちゃんと聞いているように見える表情をさせた。

だが、とうとう、スピーチがすべて終わった。最新のボブ、ハワードが付き添いとして同行することになっていた。そして、ぼくはこっそりと、到着したら入植者がお行儀よくふるまうように気をつけてくれとハワードに頼んでおいた。杞憂《きゆう》かもしれなかったが、万が一のために、ぼくはハワードの船の貨物区画に、ビルの最新の発明品をいくつか積んでおいた。

入植船は最大加速の一Gで飛びつづけるので、旅はヴァージョン1のボブよりもやや長くかかる。つまり十八年ちょっと。船内では約六年だが、人工冬眠ポッドに入っている入植者にとっては一瞬だ。

船の乗員は、ライカーのクローンふたりと、移動機《ローマー》たちだった。人間は、飛行中にDNAを損傷する危険を冒さなくてすむ。いざというときに人手不足にならないよう、ぼくは準備が完了する間際に、複製人《レプリカント》マトリックスを両船に積みこませた。ハッキング攻撃はその後一度もなかったので、だれが犯人だったにしろ、あきらめたようだった。

スピッツと自由アメリカ神聖盟主国《FAITH》居留地の人々が乗ることになっている三隻めの船は、四カ月後に出発の予定だった。彼らは、USE植民団が選ばなかったほうの惑星で、最初の入植地を築くことになっていた。入植地を一からつくりあげるということは、将来の入植者がそれほど苦労しないで新生活をはじめられるだけのインフラを建設することを意味する。それは一番乗りするための代価だった。

ワルテルがそれに関して含蓄のあることをいった。「二等賞だってりっぱな成績です」とスピーチしたのだ。

さらに三隻が建造中だった。ぼくたちは、地球を出ていきたいと希望する人々がいるかぎり、新造船と戻ってくる入植船を駆使して、途切れなく地球からの大脱出を続けるつもりだった。いっぽう、人口がどんどん減るのだから、資源の残りと葛《くず》の栽培で、これから長期間、地球ではだれも飢えずにすむはずだった。

ぼくはただただ、人々がまた撃ちあいをはじめる前に入植可能な惑星がもっと見つかることを祈った。

☆　☆　☆

火星軌道を通過していく二隻の入植船をとらえているホロタンクの映像を見ながら、ぼくは胸に熱いものがこみあげていることに気づいた。十年以上、石頭どもをなだめすかしながら働いた末に、やっと出発までこぎつけたのだ。感慨深かった。さすがのホーマーも黙っていた。

とうとう、ぼくはうめきながら立ちあがってのびをした。「さてと、苦役《くえき》に戻るか」

ホーマーはにやっと笑ってリストを呼びだした。「本日の仕事は……」

59　ビル——二一七二年五月——エリダヌス座イプシロン星系

ぼくはエアホーンを頭上に掲げてボタンを押した。やかましい音が部屋に響いた。全員が会話をやめ、ぼくのほうを向いた。

「やあ、みんな。第一回ボブ総会にようこそ。ぼくはここスカンクワークスで、ボビヴァースの全員をVRで扱えるだけの大きさがあるマトリックスをつくった」

「〝ボブの宇宙《ボビヴァース》〟？　本気か？」ガーフィールドは軽蔑の目でぼくを見た。

ぼくは笑った。「ただの思いつきさ。じつは、かなりいいんじゃないかと思ってるんだけどね」

「ボビヴァース。ボブネット。この銀河系は、ぼくたちのエゴには小さすぎるのかもしれないな」ガーフィールドは感心しないという表情をつくろうとしていたが、本心を隠しきるのは難しい。

ぼくは聴衆を見渡した。現時点では多くなかった。ライカーとホーマーと太陽系でつくられたほかのクローンたち、バートとアルファ・ケンタウリでつくられた彼のクローンたち、そして入植者とともにエリダヌス座オミクロン2星に向かっているボブたち。最後のグループとは、あとひと月かそこらで遅延率が大きくなりすぎてVRインターフェースでは接続できなくなり、連絡がとれなくなってしまう。そのころには、亜空間伝送汎用送受信機《SCUT》の設計図を受けとったほかのボブたちが何人か参加していてほしいものだった。

ホーマーが手でメガホンをつくって大きくブーイングをした。

ぼくはグループを見まわした。「オーケイ、みんな。ぼくはこの総会を定期的に開催したいと思ってるんだ。全員が最新情報を共有できるしね」

「それに、ぼくたちに野球をやらせる口実ができるからだろ！」バートが怒鳴った。

「黙秘する」ぼくは全員にほほえみかけた。「ところで、ビールがあるんだ。コーヒーも。それに腰を落ちつけられるパブも。行かないか？」

ぼくたちは全員、パブのVRに移動し、椅子にすわった。祝杯の時間だった。

60　カーン──二一八五年四月──エリダヌス座八十二番星系

自分より強い敵と戦ってはならない。そして戦《いくさ》を避けられず、戦わざるをえないときは、敵に主導権を渡さないようにしなければならない。

……孫子『兵法』

ぼくたちは、エリダヌス座八十二番星系のはるか手前で準相対論的速度にまで減速した。ぼくたちの存在をメディロスに気づかれることなく、じっくりと状況を見きわめたかった。

ビルはマイロの復讐をするという誓いを実行した。ぼくを含め、八人のヴァージョン3のボブたちは、みんなでメディロスに復讐の鉄槌《てっつい》をくだしてやろうと星系の外で手ぐすねをひいていた。だが、メディロスには、迎え撃つための準備をする時間が三十五年あった。エリダヌス座イプシロン星とアルファ・ケンタウリでのように、無造作に進入してメディロスのケツを蹴っ飛ばせるとは、ぼくたちはだれも思っていなかった。

　そしてぼくたちは慎重派なので、なにをおいてもまずは偵察ということになった。ぼくたちはそれぞれ、偵察機を二機ずつ搭載し、厳重に遮蔽された原子炉と測定範囲が三光時の亜空間ひずみ検出測距《SUDDAR》と亜空間伝送汎用送受信機《SCUT》を備えていた。それに仕掛け罠を。それらの技術はどれひとつもメディロスに知られたくなかった。

　さらに、ぼくたちには、ビルのスカンクワークス謹製の新兵器があった。

　恒星の北側、黄道面に対して直角に接近したのは意図的だった。メディロスが〝二次元思考〟をしているとは思っていなかったが——なんといっても軍人なのだ——彼の施設はほとんどが黄道面に置かれているはずだと予想していた。ぼくたちの探査船は、メディロスが反応する前に黄道面を通過できるはずだった。

　星系全体をくまなくスキャンするべく、ぼくたちは偵察機を四方八方に発射した。電波を放出せず、原子炉が厳重に遮蔽されているため、そのほとんどが発見されずに通り抜けられる可能性が充分にあった。だが、全機が見つからずにすむことは、まずありえなかった。一機か二機の偵察機に気づいたとしても、メディロスはボブがひとりしかいないと思ってくれることをぼくたちは期待していた。

　ぼくは分隊の全員に会議招集の連絡を送った。数ミリ秒で七人のボブたちがぼくのVRにあらわれた。

ぼくはテーブルを見まわした。「作戦会議をするぞ」

ハンニバルがジーヴスからコーヒーを受けとりながら星系図を出した。「衛星や惑星の陰になにか隠れてないか、充分に注意してくれ。おなじ手は二度食わないようにしよう。マイロの暫定報告書のおかげで、どこになにがあるかはよくわかってる。だから――」

ハンニバルがいきなりVRから消えた。ぼくたちは愕然と顔を見合わせてから、いっせいにVRを切ってフレームレートを上げた。

「物理的にいちばんハンニバルに近いのはだれだ？」ぼくは反射的に質問したが、すでに配置図を確認していた。ボブたちの列の端にいるハンニバルのとなりはトムだった。「トム、SUDDARでなにかわかるか？」

一ミリ秒後にトムが答えた。「SUDDARは散乱がひどいけど、ハンニバルはいない。待ってくれ――」

ぼくたちが永遠にも思える四ミリ秒間待ったあと、トムが続けた。「――散乱範囲はどんどん拡大し、希薄になってる。なんらかの爆発があったようだ。みんな、不意打ちを食わないようにフルスイープをしたほうがよさそうだぞ」

いい考えだと思ったので、ぼくはSUDDARを最高出力にし、三光時先までの三百六十度をビームで探った。なにも見つからなかったが、星系の方向に――視野の隅の影のような――もやもやがあった。ぼくは焦点をあわせ、細く絞った探知ビームをその方向に放った。

大当たりだ。「みんな、なにかが非常な高速でこっちに向かってるぞ。そいつは隠れみのだかシールドだかを使ってるらしく、ビームをまっすぐあてて、やっと見つけられたんだ」うめき声をあげた何人かは、その情報を確認したに違いなかった。

「ぼくも見つけた」バーニーが報告した。

「ぼくもだ」とトム。

数ミリ秒で探知結果を突きあわせ、三つの未確認物体が、なおも加速しながらぼくたちに迫っていることがわかった。ぼくたちは、映像を撮ろうと、通常の偵察機を三機、そっちに飛ばした。

「未確認物体はよけようとしてる」フレッドがいった。「偵察機が体当たりしてくると思ってるらしい」

「うん、可能ならぶつけてもいいな」ぼくは応じた。「でも、まずはテレメトリがほしい」

偵察機と向かってくる物体の速度の合算で、遭遇するまでに十五分あまりかかった。迫りくる正体不明の物体はあいかわらず左右によけつづけていた。偵察機は、すれ違いざまに一フレームか二フレームの不鮮明な映像をとらえただけだったが、SUDDARスキャンはフルに実行できた。

SUT即時通信のおかげで結果がぼくたちのデスク上に表示されると、ぼくたちは息を呑んだ。

「くそ、核爆弾だ。やつは核分裂兵器をつくりやがったんだ」

「遮蔽された原子炉と、超大型の亜空間無反動重力走性模倣機関《SURGE》を備えてる」フレッドがつけくわえた。

「ぼくのデータとも一致する。ハンニバルは、ただの放射能雲になってるんだと思う」トムがいった。「まずいぞ」

「ちくしょう」ぼくは応じた。「爆弾がぼくたちを破壊できる距離に到達するまでに、あとどれくらい時間があるんだ？　トム、何メガトンくらいか、見当がつくか？」

しばしの沈黙ののち、トムがぼくたちのＶＲにセンサーのデータを表示した。ぼくたちはあいかわらずフレームレートを最高に上げていたので、それは紙ですらなかった――データがリスト化されている生のウィンドウだった。「これは被害最小化《ミニマックス》分析だ。残り時間は四分――永遠だな。速度と広がりを考えたら、回避できる可能性はない。爆発半径の外に出られる時間はないんだ」

「つまり」カイルがいった。「メディロスはみごとな罠をしかけたってわけか。いまごろ、してやったりとほくそ笑んでるだろうな」

ぼくはカイルのクールな言葉にほほえんだ。「ふうむ。よし、溶かしちまおう。爆弾ひとつについてふたりのボブが担当してくれ。ぼくは必要に応じて加勢する。みんな、充電が完了したら報告してくれ」

いまこそぼくたちの秘密兵器を使うべきときだった。ビルは、基本的には磁気瓶に閉じこめた高温の電離プラズマであるライトセーバー技術を応用して新兵器を開発した。魚雷のように、プラズマを磁場とともに投射する方法を開発したのだ。できあがったのは、浴びせたもののほとんどを溶かして貫通し、ごく局所的な電磁パルス《EMP》を発生させる、百万度で高電荷の槍だった。この兵器は、エリダヌス座イプシロン星系で何度もテストしたが、実戦で使用するのはこれがはじめてだった。

全員から充電完了の報告を受けると、ぼくは命じた。「撃て」

六本のプラズマスパイクが光速に近い速度で発射された。この兵器の強みのひとつは、質量がほとんどないのでＳＵＤＤＡＲで探知できないことだ。ほかの探知手段には光速の制限がある。プラズマスパイクは回避しようとする標的を追尾できないが、標的は、命中するまで気づかないのだ。

スパイクはほんの一瞬で標的に到達し、すべての影が消えた。ＳＵＤＤＡＲ探知ビームをフルパワーにし、限界まで細く絞って調べたが、小さな破片を示す反応しかなかった。

ネッドがぼくたちみんなに語りかけた。「いやあ、びびったな」

フレッドが補足した。「どうにか探知できたけど、それもビルがＳＵＤＤＡＲを改良してくれたおかげだ。メディロスはＳＵＤＤＡＲをごまかす方法を開発したのかな？」

「そうは思えないな」ぼくは答えた。「やつは、どう考えても職業軍人だ。ブラジル帝国が地球で開発した可能性のほうが高いと思う。やつを送りだす前に、ブラジルは極秘軍事技術をすべてアップロードしておいたのかもしれない。それなら、あの核兵器にも説明がつく」

「じゃあ、あれが最後のサプライズじゃないかもしれないってわけか」

その言葉に、残りの全員が悪態《あくたい》をつき、うめきを漏らした。

しばしの沈黙のあと、ネッドがふたたび口を開いた。「もう一度作戦会議を開く必要がありそうだな」

☆　☆　☆

「隠れみの？」ビルは、いかにも驚いたが興味を惹《ひ》かれたように見える表情を浮かべた。

「ああ。そうとしか説明できないんだ」ぼくは、爆弾を示すセンサー表示に出たポップアップを含め、一部始終をウィンドウに映した。

「くそっ。サンプルかなにかを回収できないか試してくれ。ぼくもこっちで調べてみる。だけど、もう不意打ちは食わないんじゃないかな」ビルは砕けた敬礼をして消えた。

いい気なもんだ。何人がどんな陣を張ってるかわからないメディロスたちに立ち向かうのはぼくたち八人──いや、もう七人か──なんだぞ。ぼくはその状況が気に食わなかった。

「作戦会議をするぞ！」ぼくは呼びかけた。

六人のほかのボブたちがぼくのVRにあらわれた。

「ビルにも妙案はなかった。だがビルは、ぼくたちが、いまは撤退して出なおすことにしたら、メディロスはさらに充分な備えをするだろう、という的を射た指摘をした。そして、最新のバックアップをとって突撃したらどうかという提案をした」

「他人事《ひとごと》だと思いやがって」そうぼやいたのは、この冒険に乗り気ではなかったエルマーだった。量子効果による差異のせいで、エルマーは少々肝が小さいのだろう。ぼくは《エイリアン2》でビル・パクストンが演じた登場人物を思いだした。

ぼくはエルマーを一瞬、にらんでから続けた。「こっちにはプラズマスパイクと、新たに制御核爆発を起こせるようになった破壊機《バスター》がある。たいしたものじゃないけどな。やられる前にやるのが最善だとぼくは思う。デッドマン装置に異常がないことを確認し、差分バックアップをしたら覚悟を決めろ。行くぞ」

ぼくがいいおえると、ボブたちはぼくのVRから退出した。七隻の船は星系の中心に方向を変え、ぼくたちは十Gの加速を開始した。

☆　☆　☆

星系の内圏に突入したばかりのときは比較的容易だった。メディロスはまだ、SUDDARさえあれば、ぼくたちが発射したものはすべて見えるという想定で行動していた。ぼくたちに空飛ぶ爆弾を六個破壊されて、やっと気づいたのだと思う。

SUDDARでエリア探知をすると、あたり一面にSURGE機関を備えているものが散らばっていた。同時に、百以上の核融合源がエリアを輝かせて動きだした。おとり《デコイ》だろうな、とぼくは思った。だけど効果的だ。どれが本物の標的か、判別がつかない。

「会議をするぞ!」

ほかのボブたちがそろうと、ぼくは口を開いた。「オーケイ、これらの核融合源の一部はデコイだ。たぶん大部分が。だけど、一部はメディイロスたちだし、一部は兵器だ。隠れみのをまとってる爆弾もあるだろう。提案は？」

エルマーが最初に発言したので、ぼくは驚いた。

「爆弾の被害がおよぶのは一定の距離内だけだ。一体となって移動し、何人かのボブたちが隠れみの爆弾を警戒してれば、接近されないですむはずだ」

「それに」フレッドが口をはさんだ。「その範囲内に入ってきたデコイも破壊すれば被害を受けないですむ」

「分散するよりいいのはたしかだな」ぼくは結論をくだした。「だけど、プラズマスパイクが効力を発揮するのは、メディイロスが気づいてよけはじめるまでだ。それに、スパイク砲の再充電には時間がかかる。ハリウッドの六連発銃のようなわけにはいかないんだ」

「それなら、気づかれる前に、できるだけダメージを与える必要があるな」トムがきっぱりといった。「さっさとぶっぱなそう。ひょっとしたら、ハーブランでぶつかるほうが、メディイロスの調子を狂わせられるかもしれない」

愚鈍を突きつめれば知略に通じる。ぼくたちは無言で顔を見合わせてからとりかかった。

腹の探りあいになった。メディイロスは、ぼくたちが自分の装置を探知されずに破壊できる武器を持っていることを知っていた。隠れみのミサイルだと思っていたのかもしれない。メディイロスは、ユニットを分散し、デコイを使うことによってぼくたちを混乱させようとした。

ぼくたちは数多くのユニットを破壊したが、それに意味があったかどうかは不明だった。

ついに、ぼくたちが恐れていた瞬間がやってきた。メディロスのユニットのひとつが何発ものプラズマスパイクをかいくぐって爆破範囲に入りこんだのだ。ぎりぎりまで。爆発とともに生じたEMPと吹きつけた放射線のせいでぼくたちの内部システムは大きなダメージを受けた。さいわい、ヴァージョン3のヘヴン船には多重冗長性があった。五人は活動を続けられた。ほかのふたりは機能を失いすぎたのだろう。船が機能を停止すると起動するデッドマン装置が原子炉をオーバーロードさせ、消失した。ぼくは、フレッドとジャクスンのバックアップが最新で完全であることを願った。

だが、メディロスはぼくたちの兵器が標的を追尾しなかったという事実に気づいたのだろう。光速で指令を伝達するのに要する時間ののち、この星系内でメディロスが制御している全ユニットが、狂ったようなジグザグの航跡を描きながらぼくたちに殺到してきた。

「プランB発動だ、みんな。分散して、できるだけダメージを与えろ」

ぼくたちは散開し、やはりジグザグに飛んだ。

そしてぼくは、メディロスの戦術の変更が記録されているテレメトリを分析した。メディロスのユニットには、無線を通じて命令が送られていた。まず最初にメディロスにもっとも近いユニットに新たな戦術が伝わり、続いて次に近いユニットに伝わり……というように、中心から信号が広がったはずだった。中心とは、もちろん、メディロスだ。

四十ミリ秒で、メディロスがどこにいるはずかが数千キロの誤差でわかった。手当たりしだいにプラズマスパイクをぶっ放すには広すぎたが、指令を与えた知能を持つバスターには広すぎなかった。ぼくはほかのボブたちに座標を伝えつつ、搭載しているバスターを発射した。同時に、ぼくたちは最高出力でSUDDAR妨害《ジャミング》を起動した。これで星系内の全員が、伝統的な光学機器とレーダーを除いてなにも見えなくなった。この目潰しがきいているうちに——

ヘクターとトムのSCUT信号がふっと消えた。ぼくの胸に悲嘆がこみあげた。ふたりが核兵器にやられたのはほぼ確実だった。これで残りは三人、それにまだ無事なバスターだけだった。ぼくは可能なかぎり核融合源にスパイクを放ちつづけた。人工機械知能《AMI》の操船は、いくぶん予測がしやすかった。何度か攻撃すれば、回避の仕方が一定のパターンになることが多かった。

そしてバーニーがやられた。エルマーとぼくだけになった。ぼくは感心した。激戦の火蓋が切って落とされると、エルマーはもう危険だとぼやいたりしなかった。ぼくは、心のなかでエルマーをマイケル・ビーンに格上げした（マイケル・ビーンは、《エイリアン2》で主人公リプリーとともにエイリアンと戦った海兵隊員ヒックスを演じた）。

二発の核兵器が、ほとんど同時にぼくのそばで爆発した。ちょっとあせったか、計算に狂いがあったらしく、ぼくをしとめるにはちょっと離れすぎていた。だが、無傷でいられるほど離れてはいなかった。ぼくが数分間、身動きできなくなっているあいだに、グッピーが移動機《ローマー》たちを緊急出動させ、システムを交換したりルート変更したりしてくれた。

「だいじょうぶか、カーン？」エルマーがぼくに問いかけた。

「いくらか損傷した。ローマーたちが修復にあたってる。援護はしなくていいぞ。標的をひとつにするのは得策じゃないからな」

「そんな心配はいらない。こっちはこっちで楽しくやってるよ……」

［SURGE機関がオンラインになりました］

待ちかねたぞ。

ぼくはアクセルを緊急事態レベルまで踏みこんで、十五Gで加速した。そんな加速を長くは続けられなかったが、おかげで命拾いした。またも核兵器が、ぎりぎり被害を受けずにすむだけ離れた後方で爆発したのだ。

ようやく、もう一世紀分の興奮を味わったと思ったそのとき、メディロスがいるはずだとぼくたちが信じていた宇宙の一点に、バスターたちが集中した。遠隔テレメトリによれば、四十四機のバスターが三隻のブラジル船に襲いかかっていた。メディロスたちは、とうとう、光学機器によって危機に気づいたらしく、方向転換して散らばろうとした。だが、もう手遅れだった。少なくともバスターの半数が、標的と認識されるだけの大きさのものがなくなるまで、なんらかの接触をはたした。

ただし、小さな問題がひとつあった。メディロスを破壊したからといって、彼のユニットが停止するわけではなかったのだ。ぼくたちは、あいかわらず、何十もの核融合反応に追いかけられていたし、その一部は本物の脅威だった。

「いい考えはないか、エルマー？」

「そっちの装備はどうなってる、カーン？」

「そうだな、新しいパンツが必要かもしれないけど、一応、無事だよ」

「こっちは無事じゃないんだ。ＳＵＲＧＥが動いたり止まったりになってるけど、修理するための時間もパーツもないんだ」

エルマーはしばし黙りこみ、ぼくは同情と悲しみがこみあげるのを感じた。エルマーはもうおしまいだったし、ぼくたちはふたりともそれを知っていた。

「ビルに差分アップデートを送ったから、セリーヌ・ディオンの歌を引用するなら――」（セリーヌ・ディオンは映画《タイタニック》の主題歌〈マイ・ハート・ウィル・ゴー・オン〉で「あなたはわたしの心のなかで生きつづける」と歌った）

「頼む、やめてくれ、エルマー」

エルマーは笑った。「了解。じゃあ、きみはＳＵＤＤＡＲジャミングを切って、静かにここを脱出してくれ。ぼくは、最後の瞬間まで、みんなの目をくらませつづける。ビルによろしく伝えてくれ」

「伝えるよ、相棒。サヨナラ」

「あばよ《アスタ・ラ・ビスタ》、ベイビー」（映画《ターミネーター2》でアーノルド・シュワルツェネッガー演じるターミネーターが発した決め台詞）

ぼくはエルマーがいったとおりにした。ぼくのＳＵＤＤＡＲ発信器が沈黙すると、ブラジルのユニット群はそのエリアで唯一のまばゆいＳＵＤＤＡＲ源にねらいをさだめた。ぼくがその宙域を去ったとき、エルマーが送ってきていたテレメトリは五十個ほどのユニットが迫っていることを示していた。そしてエルマーが消えた。

☆　☆　☆

ぼくは二週間、慣性飛行でエリダヌス座八十二番星系から遠ざかってから、全システムを再起動した。詳細な報告をまとめてビルに送ったし、徹底的な修理をおこなった。恒星間機器の故障に見舞われるなんてまっぴらごめんだった。

エリダヌス座八十二番星系へはボブたち八人でやってきたのに、残ったのはぼくひとりだった。メディロスたちは全滅させたはずなので、その観点からすれば作戦は成功といえるはずだ。けれどもぼくは、自分たちは敵を打ちのめしたのだと納得できなかった。

ぼくはビルのVRに出現した。「やあ、ビル」

「やあ、カーン」ビルはにっこりほほえんだ。「ぼくはいまだに、きみの名前をいうたびに怒鳴りたくなるんだ」

ぼくたちはいつものように笑った。いい名前というのはちょっぴりぞっとするものなので、ぼくはおたくの脳裏に刻まれているこの名前を選んでよかったとほくそえんだ（〝カーン〟は《スター・トレック》シリーズに登場する悪役）。

「バックアップはぜんぶ受信できたのかい？」

ビルは暗い顔で首を振った。「三人は完了しなかった。SCUT帯域幅の信頼性が不充分なんだ。パケット落ちと再送信が大量に発生した。彼らのバックアップは追悼リストに追加しておいたよ」

「エルマーは？」

ビルは、悲しげな笑みをかすかに浮かべた。「成功したよ。エルマーには、みんなびっくりしただろうな」

ぼくはうなずいた。そして数ミリ秒もの長きにわたって沈黙した。

「またあそこへ行かなきゃならないな」

ビルはうなずいた。「メディロスたちを全滅させたかどうか、さだかじゃないからな。たとえ、活動中だったやつらは全滅させたとしても。それに、あのAMIユニットの群れは、まだ爆破するものを求めてうろついてるはずだ」ビルはさっと手を振った。「それに、ずばりといえば、やつがどうやってあの隠れみのを実現してるのかを突きとめなきゃならない。あれはぼくたちにとって危険すぎる」

ぼくは顎をさすりながらしばし考えこみ、おもしろい、と思いながら自分の手を見た。ぼくたちボブは、いまではすっかりVRに慣れて、ほとんどの時間、自分をすっかり人間だと思っている。だが、ときどき、動きの不調和がぼくたちを現実に引き戻す。

「ビル、次の攻撃部隊にぼくも参加したいんだ。亡くしたやつらに借りがあるからな。戻るまでに十三年かかるから、ぼくのバックアップを新しい船の一隻にロードしてくれ。フルバックアップを送るから、作業がすんだら教えてくれ、いいな？」

ビルはうなずいた。

ぼくはビルに敬礼をし、彼のVRから退出した。

待ってろよ、メデイロス。

61　ハワード——二一八八年九月——エリダヌス座オミクロン2星系

ぼくたちは到着した。

カイパーベルトを通過して正式にエリダヌス座オミクロン2星系内に入ったときの喜びと安堵は、言葉ではとても表現しきれない。ヴァルカンの巡洋艦に迎撃されたりはしなかったので、ぼくはVRにヴァルカン巡洋艦を何隻か足した。そうせずにはいられなかった。

ぼくは星系内をすばやくスキャンして、マイロの調査結果と、黄道面に対するぼくたちの方向を確認した。二隻の入植船、バートとアーニー——そう、彼らはこの名前を、そうとも、自分で選んだのだ（バートとアーニーは子供番組《セサミストリート》にコンビで登場するパペット）——は、もっとずっとおだやかな一G減速で星系に進入した。彼らは、ぼくより一、二週間遅れてヴァルカンとロミュラスに到着することになっていた。

入植船になるというのはどんな気分だろう、とぼくはときどき考えた。ふたりは、基本的に、二百年間、シャトル便に従事することになる。地球へ飛び、ヴァルカンへ飛ぶ。地球へ飛び、どこかへ飛ぶ。えんえんとそのくりかえしだ。いっぽう、ふたりは人類にとってきわめて有益な仕事に従事していた。ボブたちはみんな、それを高く評価していた。

そして、ぼくたちの到着をもって、人類は正式に、もはやすべての卵をひとつのかごには入れていないことになった。たぶん、これでぼくたちはひと息つけそうだ。といっても、つけるのはひと息だけなのだが。

ぼくはヴァルカンとロミュラスのあいだのL4点に寄ってビーコンを投下した。ぼくたちはそこにとどまって、最初の偵察をし、バターワース大佐率いるグループが決断をくだすことになっていた。ぼくは十日間ほど時間をつぶさなければならないので、マイロの調査結果に情報を追加しようとふたつの惑星に探査ドローンを送った。そして腰をおろし、ゆっくりとコーヒーを飲んだ。

マイロは二体の人工《A》機械《M》知能《I》と多数の自動工場ドローンをあとに残してこの星系で採鉱を続けさせた。ドローンたちは精錬した金属を地金《インゴット》の束にし、それらにビーコンをつけている。あと二十年も平安無事に時が過ぎれば、自動機械たちは、数十万トンにおよぶいつでも使える状態の原料を、小惑星帯の内側の軌道に乗せることだろう。ライカーはAMIに、予備の食料源としてのドーナツ形農場を建造しておくよう、十年前に命じておいた。あとは、ぼくたちが持ってきた種をまけばいいだけだった。ドーナツ形農場を使わなくてすむようにぼくは願っていた。もちろん、入植者たちほど強く願っていたわけではなかった。葛《くず》の味はひどいものらしく、人々はしょっちゅう葛を罵倒していた。

ぼくは、ビルとライカーに、ついに到着したことを手短に伝えた。詳細な報告書はあとで送るつもりだった。ライカーからは、すでに出発した入植船のリストが送られてきた。

ふうむ、無理はするなよな。

☆ ☆ ☆

〈エクソダス一号〉と〈エクソダス二号〉はとどこおりなく軌道に乗った。ぼくたちはひとしきり亜空間伝送汎用送受信機《SCUT》のやりとりをし、バートとアーニーが駆動機関を停止して位置調整をおこなった。

「スポックの故郷へようこそ」ぼくは共同VRに出現し、ふたりににやりと笑いかけた。もちろん、ふたりは笑いかえした。なんたってボブなのだ。バートとアーニーは《宇宙空母ギャラクティカ》のにそっくりな軍服と司令デッキのVRを採用していた。《宇宙空母ギャラクティカ》はぼくの好きなドラマというわけではなかったので、ちょっと驚いた。もっとも、機械生命体サイロンがかっこいいのは間違いなかった。

「ヴァルカン巡洋艦二隻に護衛してもらおうかって本気で悩んだよ」アーニーがいった。

ぼくは顔が赤くなったのを感じ、バートがシートから転げ落ちそうになるほどの勢いで笑いだした。

ぼくたちはしばらくそのジョークを堪能した——抱腹絶倒することは意識を持っていてよかったと思うことのひとつだし、大笑いできるチャンスは決して逃すべきではない。ぼくたちは涙をぬぐってからこの星系のホロを、ヴァルカンとロミュラスが映っている埋めこみウィンドウをつけて表示した。

「バターワースにはさっさと決めてほしいな。なるべく早く入植者をおろして、きみたちには地球に戻ってもらいたいんだ」ぼくは身ぶりでホロを示した。「バターワースはもうマイロの調査結果を知ってるわけだし、ぼくもデータを追加してる。交渉は必要ないはずだ。バターワースがＡかＢかを決めたら、すぐに行動に移れる」

アーニーはうなずいた。「グッピーの情報によれば、バターワースはもう人工冬眠から覚めて、あと一時間で話せるようになるそうだ。資料をまとめて、じっくりと読んでもらうつもりだ。彼と話すのは、そうだな、三時間後じゃどうだい？」

バートとぼくはうなずき、ぼくたちは次の項目に移った。

☆　☆　☆

「じつは、迷いはほとんどなかったんだよ」バターワース大佐はほほえみながらいった。映像ウィンドウには、〈エクソダス一号〉の共用室にすわっている大佐が映っていた。「いまになって重大な新情報が出てこないかぎり、ヴァルカンを選ぶのが当然じゃないかね？　わたしたち自身の食料生産が軌道に乗るまでには時間がかかるから、堅牢な生態系がその隙間を埋めてくれるはずだ」大佐はカメラにうなずいた。「きみが現地生態系の生物学的適合性を確認してくれてほっとしたよ。それで不安の多くが解消された」

ぼくはほほえんで同意を示した。自分が率いている人々の未来が開けたいま、バターワース大佐はすっかりくつろいでいた。

大佐はうわの空な声で続けた。「うまくいけば、スピッツが到着したときには、彼らの食料生産が軌道に乗るまでのあいだ、わたしたちが手を貸せるようになっているはずだ」大佐はぼくに向かって片眉を上げた。「農場一号はまだ生産を開始していないんだよな？」

「まだですね、大佐。でも、準備がととのうまで、ほとんどの入植者が冬眠中なので、船の備蓄で最初のひと月は持ちますよ」

バターワース大佐は不平をいった。「それでも、安心できるほどの余裕はないぞ」

大佐はバートが提供したヴァーチャル掲示板をうっとりと見つめた。掲示板には、入植地建設作業の状況が、進行中のものも、予定されているものも、完了ずみのものも、すべてリアルタイムで表示されていた。いくつものウィンドウで、映像がつねに切り替わっていた。目覚めた建設班が、プリンターをヴァルカンにおろしはじめていた。地表では、移動機《ローマー》たちがプレハブ住宅の部材をプリントアウトし、組み立てていた。AMI制御のブルドーザーとボックホーが整地をすませたそばから住宅の建設がはじまっていた。

二日後には、入植者の第一陣を起こして新天地へ送りはじめることになる。そして宇宙に本物のヴァルカン人が誕生するのだ。

ロッデンベリー（《スター・トレック》シリーズの生みの親として知られているテレビ・映画プロデューサー、ジーン・ロッデンベリーのこと）も誇りに思ってくれることだろう。

訳者あとがき

本作は新人作家デニス・Ｅ・テイラーの商業デビュー作である。ＳＦファンで《スター・トレック》マニアのコンピュータプログラマー、ボブことロバート・ジョハンスンは不慮の事故で命を落とすが、コンピュータプログラムとなって二十二世紀によみがえる。人格をコピーしたプログラムは、ボブが目覚めた未来社会では〝複製人《レプリカント》〟と呼ばれている。映画《ブレードランナー》に登場するレプリカントが、人間を有機的に複製《レプリケイト》した存在だったのに対して、本作のレプリカントは人格のデジタルコピーなのだ。レプリカントとなったボブは恒星間探査機に組みこまれ、人類の新たな居住地を発見すべく宇宙へと旅立つ。

本作は、ジョン・スコルジーの『老人と宇宙《そら》』やアンディ・ウィアーの『火星の人』のような、ユーモアたっぷりですらすら読めるが、ＳＦとしても本格的、というタイプの作品である。宇宙探査をするＡＩといえば思いだすかたが多いだろう小松左京の『虚無回廊』が哲学的で深淵だったのに対し、主人公のＡＩがおたくなだけあって、こちらはぐっと親しみやすい。ＳＦやポップカルチャーにまつわる小ネタが満載なのも楽しい。

カナダ生まれのテイラーは、大手保険会社でプログラマーアナリストとして働いていたが、五十代後半になって、幼いころから読みつづけていたSFを書きはじめた。まず二〇一五年、物理学部の大学生たちが異次元の地球とのあいだに穴を開けてしまうという*Outland*を自費出版した。続いて、本文庫で『無常の月　ザ・ベスト・オブ・ラリイ・ニーヴン』が刊行されたばかりのラリイ・ニーヴンからの影響が大きいという本作を書きあげ、商業出版をめざして多くのエージェントに送った。軒並み不採用だったが、それでもめげずに送りつづけ、とうとう契約を勝ちとった。そして二〇一六年九月に刊行された本作で、晴れてプロ作家としてデビューしたのだ。ちなみに、*Outland*のときはデニス・テイラー名義だったが、同姓同名の作家がいたため、本作から、ミドルネームの頭文字Eを加えてデニス・E・テイラー名義にしたのだそうだ。本作が大好評を博したため、テイラーは二〇一七年六月に勤めていた保険会社を退職し、念願の専業作家になった。

本作は三部作の第一巻で、物語は完結していない。アメリカでは第二巻が二〇一七年四月、第三巻が二〇一七年八月に刊行された。本作の原題*We Are Legion*（*We Are Bob*）と第二巻の原題*For We Are Many*は、新約聖書『マルコによる福音書』の、イエスに名を問われた悪霊が、My name is Legion, for we are many（わが名はレギオン。大勢だからだ）と答えたという有名なエピソードにちなんでいる。一般に、英語ではWe are LegionではなくMy name is Legion と訳されていて、ロジャー・ゼラズニイの中篇集『わが名はレジオン』の原題も *My Name Is Legion* なのだが、legion が英語では「軍団」や「多数」を意味する普通名詞としても使われていることを踏まえ、本作の設定にあわせて、おそらくあえて改変したのだろう。第三巻の原題 *All These Worlds* は、アーサー・C・クラークの『2010年宇宙の旅』で人類に向けて発信される、「これらの世界はすべて、あなたたちのものだ」というメッセージにちなんでいるのだそうだ。本文庫では、七月に第二巻、十月に第三巻が発売される予定になっているので、引き続き主人公ボブとその仲間たちの活躍を楽しんでいただきたい。

本作からはじまる三部作で物語は一応完結するが、テイラーはこれからも、本作からはじまる《ボブの宇宙《ボビヴァース》》シリーズを書きつづけるつもりでいる。アイデアはすでに何作分もあるのだそうだし、二〇一八年早々には新作にとりかかれるだろうと去年のインタビューで述べているので、いまごろは執筆の真っ最中だと思われる。その新作は、いまのところ単独長篇を考えているが、二部作または三部作になる可能性もないではないらしい。

テイラーは、二〇一七年十月に刊行されたシェアワールドアンソロジー *Explorations* の第四巻にあたる *Colony* に、はじめての短篇 “A Change of Plans” を寄稿した。次は、自費出版した *Outland* の改訂版が二〇一八年夏ごろに刊行される予定になっている。その続篇で、《ボビヴァース》シリーズの新作と並行して執筆中のはずの *Earthside*（仮題）と、すでに原稿が完成している、異星のＡＩに寄生された男が家族と人類を救おうと奮闘する単独長篇 ***Singularity Trap***（仮題）も近々出るはずだという。《ボビヴァース》シリーズとそのほかの作品を交互に出していければと考えている、とテイラーは述べている。

遅咲きの新人ではあるが（作家デビューだけでなく、結婚も遅かったし、趣味のスノーボードにハマったのも五十代になってからだったのだそうだ）、テイラーには、愉快で壮大な《ボビヴァース》シリーズを末永く書きつづけてほしいものだ。

訳者略歴　1958年生，早稲田大学政治経済学部中退，翻訳家　訳書『時空のゆりかご』マスタイ，『イルミナエ・ファイル』カウフマン＆クリストフ，『リトル・ブラザー』ドクトロウ（以上早川書房刊）他多数

HM=Hayakawa Mystery
SF=Science Fiction
JA=Japanese Author
NV=Novel
NF=Nonfiction
FT=Fantasy

われらはレギオン１
ＡＩ探査機集合体

〈SF2178〉

二〇一八年四月　十　日　印刷
二〇一八年四月十五日　発行
（定価はカバーに表示してあります）

著者　デニス・E・テイラー
訳者　金《かね》子《こ》浩《ひろし》
発行者　早川　浩
発行所　株式会社　早川書房
郵便番号　一〇一‐〇〇四六
東京都千代田区神田多町二ノ二
電話　〇三‐三二五二‐三一一一（大代表）
振替　〇〇一六〇‐三‐四七七九九
http://www.hayakawa-online.co.jp

乱丁・落丁本は小社制作部宛お送り下さい。
送料小社負担にてお取りかえいたします。

印刷・株式会社精興社　製本・株式会社明光社
Printed and bound in Japan
ISBN978-4-15-012178-5 C0197

本書は活字が大きく読みやすい〈トールサイズ〉です。